菱凪咲希【ひしなぎさき】

立仙昇利【りっせんしょうり】

「……その絵が、三人を殺したとでも言うのか？」

「うーん、さてねぇ、どうだろうね」

――暗く、鋭く、とてもとても『痛い』絵だ。四人は一様に、そんな感想を抱いた。

絵に描かれているのは、魚だった。闇の中を泳ぐ三匹の魚。しかし、その描かれ方が独特だ。

例えるなら、真っ黒なガラスを細く鋭い金属の針で執拗に引っ掻いて傷つけたような。

そういう痛々しさを感じるような荒い線で描かれているのだった。

叶音【かのん】
19歳。人の精神に潜る異能を用いて、恐怖を祓う仕事をしている。

逸流【いつる】
10歳。叶音と同じ能力を持つ少年。彼女のサポートを行う。

立仙昇利【りっせんしょうり】
叶音が働く探偵事務所の所長。胡散臭いけれど世話焼き。

菱凪咲希【ひしなぎさき】
はぐれ者の女刑事。連続溺死事件の謎を追う。

SICK《シック》2
—感染性アクアリウム—

characters

プロローグ　水獣の中の自由

巨人が桶《おけ》で海を掬《すく》い取ったような、小さく閉じた青い世界が広がっていた。

円柱形の、海水に満たされた強化プラスチック製の桶は、その水族館の一番の目玉とされる巨大水槽だった。観賞用の通路は緩やかに傾斜しながら水槽を取り囲むバネのような形をしていて、常に通路の右側が水槽と隣接し、小さな海の世界を覗《のぞ》けるようになっている。

照明は足下が見えるくらいの必要最低限に抑えられており、その代わりに、壁一面を埋めつくす水槽の仄《ほの》かな光が空間を満たしている。温度を感じさせない揺らめく青色は、月明かりのように静謐《せいひつ》で、月よりも強い命の気配を感じさせる。

普段は子供を始めとした大勢の人で賑《にぎ》わう場所だが、平日の閉館間際の現在は、別世界のように静まり返っていた。空調が起こすささやかな空気のうねりすら音として聞こえるようだ。

そんな青色に満たされた静かな通路の踊り場に、一台の車椅子があった。座るのは痩軀の少年だ。車椅子の後ろには、少年よりひと回り年上の女性が佇《たたず》んでいる。

車椅子の少年も、女性も、一言も発さずに水槽に身体《からだ》を向けている。果たして何分、何時間その水槽の前にいるのか、もう本人達さえ判然としなかった。

水槽には沢山《たくさん》の命が生きていた。渦を作るイワシの群れ。鋭い牙《きば》と鰭《ひれ》を持つサメ。大人の身長よりも大きいエイが、通路の下からぬっと姿を見せ、そのまま上の方へ消えていく。

魚の目は感情を見せない。水分が多くてらてらとした大きな目は、確かに命であるはずなのにどこか無機的だ。こちらにひとかけらの意識も向けずに水槽を泳ぐ様は、より一層その通路を、決して交わる事のない異なる世界を覗き見る窓のような特異なものに感じさせる。

水槽を眺める車椅子の少年。その肘掛《ひじか》けに乗せられていた腕が、静かに持ち上がった。

車椅子には小さなテーブルが取り付けられており、そこに二十四色の色鉛筆のケースが開かれている。テーブルの奥には更に譜面台のようなものが取り付けられている。

譜面台に広げられているスケッチブックには、何十本もの歪《ゆが》んだ色線が引かれていた。

病的に痩《や》せ細った指が、震えながら色鉛筆を取る。

最初は指先で抓《つま》むようにして。取りこぼしそうになったので、関節を曲げて巻き込むようにして。手の震えは止まらず、色鉛筆は指の中で危うげに揺れている。何の変哲もないただの鉛筆が、まるで鉄の塊でできているみたいだ。

腕は震えながら鉛筆をスケッチブックに押し付け、ゆっくりと滑らせる。

しかし線はほんの数センチで終わり、限界を迎えた腕が色鉛筆を取り落とした。

宙を舞った色鉛筆は、水族館の絨毯《じゅうたん》に音もなく落下する。

「……」

車椅子の後ろに佇んでいた女性が、静かに色鉛筆を拾い上げた。再び握らせようとするも、少年の手が取り落とした格好のまま虚空《こくう》に制止しているのを見て、身動きが取れなくなる。

少年の指先が、何か恨み言でも吐くようにスケッチブックに押し付けられた。静かな水族館の通路に、紙を押すとん、とん、というか細い音が響く。

「っふ……ふぅぅ……！」

静かに、少年は泣きだした。

一度、涙も唾液《だえき》も出なくなるまで泣き叫び、それでもなお込み上げてくる悲しみに打ちのめされるような。容赦なく振るわれ続ける暴力にとうに抵抗する事は諦《あきら》め、ただ痛みに嘆くばかりのような。そういう、諦めと悲哀が交じり合った、枯れきった嗚咽《おえつ》だった。

「自由が欲しいよ、姉さん」

少年は振り絞るようにそう言った。

女性は何も言わない。かける言葉を探せず、取るべき行動も見つけられず、ただその場に立ち竦《すく》み、少年の頬に滴《しずく》が伝うのを眺めている。

ゆらりと二人に影が落ち、水槽を巨大なジンベエザメが昇っていく。巨体がゆうゆうと泳ぐ様は、その水槽が海の〇．〇〇一％にも満たない小さな世界である事を忘れさせるほどに雄大だ。その魚影に覆われた暗がりで、少年はまた嗚咽を漏らし「自由が欲しいよ」と繰り返した。

「大海原なんて贅沢《ぜいたく》は言わない。狭い水槽の中でも、自由に身体《からだ》を動かして泳ぐ事ができたら……それができたら、ほかに何も望みやしないのに……」

肘《ひじ》掛《か》けに乗せた手がカタカタと震える。

少年にはもう、悲しみを訴える握り拳を作る力すら残されていなかった。

「苦しみのない場所へ行きたい。この不出来な身体に縛られない、もう少しだけ広い所へ行きたい。俺が望むのは、ほんのそれくらいの自由なんだ。ただ、ほんのそれくらいの……」

「遊雨《ゆう》……」

女性は膝《ひざ》を突いて、車椅子越しに少年を抱きすくめた。最初は恐る恐る。それから強く。祈るようにして。

「頑張ろう、遊雨。諦めないでいようよ。生きていればきっと、報《むく》われる日が来るよ。遊雨が苦しむ所も、それに負けないように頑張る所も、神様は見ていてくれているよ。いつか必ず、手を差し伸べてくれるよ」

女性の声にも涙が滲《にじ》んでいた。同じだけの悲哀を籠《こ》めて少年を抱きすくめる。

祈りのようなその声に、少年が言葉を返す事はなかった。深い悲しみに暮れる彼の心に、中身のない詭弁《きべん》なんて何の慰《なぐさ》めにもならなかった。

ちりん、ちりん、と鈴の音がして、閉館時刻が近付いている事を告げる。

深い青色を湛《たた》えた水槽とそこに住む生き物達は、まるで違う世界の出来事のように、二人の悲しみを気にもかけずに泳ぎ続けている。

閉じた人工の海も、流れる時も、その空間そのものも。二人の深く昏《くら》い悲しみに一つの救いももたらさず、残酷な無関心だけを突き付けていた。

一章　刑事・探偵・溺殺霊

「今回で三件目らしいっすね、溺殺霊《できさつれい》の被害者」

運転席でハンドルを握っていた男性が、後部座席からの声に、煩《わずら》わしげに眉をひそめた。

「……その意味分かんない呼び名は何だ、小知田《こちた》」

男性はバックミラー越しに後ろを見やりながら尋ねる。

小知田と呼ばれたのは、一見すると子供のようにも見える、小さな体型の女性だった。茶に染めた髪は短くまとめたボブカット。円《つぶ》らで大きな目はどこかリスを彷彿《ほうふつ》とさせる。

後部座席に座る小知田は、怯《おび》えた様子で自分の小さな身体《からだ》を抱き、ぶるっと震わせた。

「鑑識の同期から教えてもらったんすよ。今回の現場は、関わったら呪われる厄ネタだって……やだなぁ。怖いっすよぉ。のこのこ現場に向かって、小官達、呪われたりしないっすかね」

「なにガキみたいな事言ってんだ。呪いだか知らんがビビってんじゃねえよ、ポチ太」

「んなっ……そのあだ名やめてって言ってるじゃないっすか。こっちは真剣に怖がってるのにひどいっすよ、進藤《しんどう》先輩！」

「真剣に怖がってるのがガキっぽいんだろ。いいじゃないかポチ太って名前。威嚇するチワワみたいで、よく似合ってるぞ」

「馬鹿にしてるっすよね、ちっこいへなちょこって馬鹿にしてるっすよね!?　刑事ともあろうものが見た目で差別とは心外っす、現行犯っすよ！」

「そういうキャンキャン吠《ほ》えるところがますます小型犬みたいで――こらやめろ、乗り出してくるな！　運転中だぞ、シートベルト付けて大人しくしてろ！」

身を乗り出して肩をバシバシ叩《たた》いてくる小知田を後部座席に押し込んで、進藤と呼ばれた男性は凄《すご》みを利《き》かせて睨《にら》んだ。小知田はまだ何か言いたげだったが、先輩の命令通り、シートベルトをいそいそと付けて座り直した。膝《ひざ》を揃えて後部座席に座る様子や、不機嫌にぷくっと頬を膨らませている様子を見ると、本当に社会人なのかと疑いたくなってしまう。

二人は刑事だった。三年目になる進藤誠一《せいいち》は、糊の利いたスーツをしっかりと着こなした短髪の男性だ。事件に対応していく中で所作も態度も堂に入ったものになり、順調に成長を重ねていると彼自身も自負している。

対する新人の小知田は、贔屓目《ひいきめ》なしでも子供にしか見えない。グレーのスーツに袖を通しているものの、幼い顔立ちはアンバランスすぎて、着せ替え人形のような印象を抱かせる。

そして小知田は、どうやらこれから向かう事件に対して本気で怯えているようだった。後部座席に沈めた身体をせわしなく揺すっている。

「うぅ、やだな、やだなぁ。呪われたらどうしよう、溺殺霊……」

「常々思うけれど、お前はよく刑事になれたよな。俺が面接官でお前がやってきたら、即座に迷子センターに届け出てるぞ」

「た、単なる事件ならこんなに怖がったりしないっすよ。小宮も、お腹《なか》のこの辺にふんって気合い入れて頑張るっす！　でも幽霊相手ってどこに気合い入れるといいんすかね。ここ？　それともここ？」

「知らんがな……」

自分のお腹をペタペタ触る小知田《こちた》をバックミラー越しに一瞥《いちべつ》し、進藤《しんどう》はハンドルを回す。

フロントガラスの外の景色は、漆黒《しっこく》と言っていい真夜中だった。時刻は午前零時。郊外の住宅街であるそこは街灯もまばらで、付近に人の気配はなく静まりかえっている。

「はぁ。これから行く現場は怖いし、進藤先輩はそっけないし、咲希《さき》先輩は相変わらず寝てい るし……これから現場だっていうのに、よく寝てられるっすよね」

そう言って小知田は、視線を進藤の隣、助手席の方に向ける。

一人の女性が、そこで豪快な寝息を立てていた。

「すか―――……すぴ―――……」

くたびれた雰囲気の女性だった。ヨレヨレのスーツ。そばかすがまばらに散った不健康そうな肌。濃すぎて痣《あざ》のようになった目の下の隈《くま》。後ろに纏《まと》めた長い髪は本人の寝相の悪さもあって車のアームレストにまで垂れている。

目を閉じた顔は非常に整っており、元は相当な美人だろうが、ホームレスの如《ごと》きくたびれ方で全てが台無しになっている。寝相もだらしなく、半開きの口からはちょっと涎《よだれ》が垂れていた。

「起こしてやるなよ。移動中が先輩の唯一の安眠時間だからな」

「え。その噂《うわさ》って本当なんすか？」

「誇張はされてるだろうけどな。警察署そばのコインランドリーで服を洗って着回してる人だぞ。自分の家に帰っているかどうかも疑わしいよ」

進藤は苦々しく顔をしかめた。指摘するのも疲れたといった声で溢《こぼ》す。

「いつもだらしない格好してるから上から目を付けられて、厄介な事件ばっかり担当させられて首が回らなくなってるんだ。今回の一件だって、面倒だから押しつけられたに決まっている」

「た、たしかに小宮、変死体とかヘンな事件ばっかり見てて、同期からやけに気の毒がられてるなーとは思ってましたけど。やっぱり咲希さんの担当事件って、ヤバいのばっかりなんすか？」

小知田が大袈裟《おおげさ》に驚いて目を丸くする。助手席の女性は、自分の話がされているなんて気付きもせず、むにゃむにゃと表情を緩めている。

「気付くのが遅すぎるくらいだが、その通りだよ。この人の元には理解できないような異常事件ばかりが舞い込んでくる。チームの俺達は不気味な死体ばかり見せられて、部署で孤立している先輩のせいで昇進のルートもない。人並みに偉くなりたい俺にとっては外れクジだよ」

悪態を吐《つ》きながら、進藤は咲希の寝顔を一瞥した。それから、肩を竦《すく》めてハンドルを切る。

「けれど、一番厄介なのは――そういった異常事件を解決してしまう事だな。はぐれ者のくせに優秀だから、なおさら角が立つんだ」

何度も道を曲がり、住宅街の奥まった所に来ると、暗闇の中に赤と青の光が混じってきた。一軒家の前で、パトカーが数台停車し点滅灯を回している。

事件が起きた証《あかし》である赤と青の明滅に近づきながら、進藤《しんどう》は小知田《こちた》に先輩として助言した。

「お前も今のうちに勉強する事だな。この人ほどだらしない人は居ないけれど、この人以上に刑事らしい人も俺は知らないよ」

小知田が神妙な顔でごくりと息を呑《の》む。助手席で寝息を立てる女性が、果たしてどんな夢を見ているのか、ふごっと鼻を鳴らして身体《からだ》をもぞもぞと揺すった。


事件現場は、郊外の住宅街にある一軒家だった。

既に家を囲むように規制線が敷かれており、進藤はその規制線を潜《くぐ》った所で車を停めた。助手席のドアを開け、まだ寝息を立てている女性の肩を揺する。

「咲希《さき》先輩……咲希先輩っ。起きてください」

「んぅ……運転中は起こすなよ、進藤。あと五時間は寝れるはずだ」

「そんだけあればこっから名古屋まで行けますよ。運転は終わってもう現場です」

痺《しび》れを切らした進藤がシートベルトを外すと、支えを失った身体が外に転がりそうになる。

咲希は寝起き特有の不機嫌さに唸《うな》りながら、助手席から足だけを外に出して座り込んだ。その身体を進藤が更に揺する。

「ホラ、立つんですよ、咲希先輩。鑑識や他の警察に不格好な真似《まね》を見せないでください」

「待て進藤。服を直させてくれ。このままだと乳がこぼれる」

「え……って！　なんて格好で寝てるんですか!?　こぼれるとかいちいち言わなくていいんですよ、さっさと直してください！」

思わず息を詰まらせながら進藤が叫んだ。咲希は隈《くま》の張り付いた寝惚《ねぼ》け眼《まなこ》のまま、自分の、第四ボタンまで開けておへそまで見えようかというシャツをぱたぱたと扇《あお》いでいた。だらしなく開け広げられた隙間《すきま》からは、豊かな二つの膨らみが作る谷間が覗《のぞ》いている。

咲希はシャツのボタンを閉じると、谷間にもぞもぞと腕を突っ込み、収まりの良いらしい位置に調整する。最後にポケットからミントタブレットを取り出し、一粒口に放った。

バキンと嚙《か》んで、冷たい息を吸い込み、眠気を吹き飛ばす。

「ん、よし。行くぞ進藤。小知田はいつも通り規制線の見張りだ」

「りょ、了解っす！」

「急に仕事モードに入るんだもんな、この人は……了解です」

これまでのぼんやりした態度が嘘のように、咲希の足取りはずんずんと迷いがない。

玄関では鑑識班が並び、二人の到着を待っていた。咲希は敬礼で挨拶《あいさつ》をすると、毅然《きぜん》とした足取りで玄関を潜っていく。

進藤《しんどう》は咲希《さき》の後に続きながら、先ほど車内で小知田《こちた》が言っていた事を思い出していた。

溺殺霊《できさつれい》。関わったら呪われる厄ネタ。そんな言葉を聞いたからだろうか。未明の夜空を背後に建つ一軒家は、どこかねっとりとした闇を蓄えているようにも感じられた。説明の付かない嫌な予感が、進藤に喉を鳴らさせる。

玄関に踏み入った瞬間に、その予感は、現実的な忌避感情へと変わった。

屋内の空気に、刑事という仕事柄詳しくなってしまった異質な臭いが混じっている。

死臭だ。死体の浸《つ》かった水の臭いがする。

玄関からは廊下が延びており、右側に二階へ続く階段。左側に一階の各部屋へ続く扉がある。

咲希は左側、一番手前の部屋に入っていく。

追いかけた進藤は、広がる光景を見た瞬間、足を止めて絶句した。

二十畳ばかりの広いダイニングキッチンだった。中央手前にテーブル。奥には寛《くつろ》ぐためのソファと大型テレビがある。

事件発生時は、ちょうど夕食の準備をしていたのだろう。大皿に盛られたサラダや食器が食卓に並んでいる。カセットコンロが用意されているから、鍋をするつもりだったのだろう。

午後六時の夕食時を切り取ったような、家族の景色。

そこに、死体が二つあった。

「……異常死体と言われるだけはあるな」

冷や汗を流しながら、進藤が静かに呟《つぶや》いた。

死体の一つはキッチンにあった。恐らく母親だろう。今夜のメインディッシュとなる鍋の用意中だったらしく、まな板の上には切った白菜や桜形に飾り切りにした人参が並んでいる。鍋には水を張って昆布を入れ、ガスコンロで火をかけて出汁《だし》を取っていたらしい。

その鍋に顔を突っ込んで、彼女は死んでいた。ガスコンロの前に直立し、まるでお辞儀でもするように身体《からだ》を折り曲げ、鍋に顔を埋《うず》めている。

通報が入るまで、母親が顔を突っ込んだ鍋は火がかけられたままだったようだ。鍋の水はとっくに蒸発し、母親の顔はあぶられ――進藤は黒焦げになった顔面を一瞥《いちべつ》し、さっと目を逸《そ》らした。向こう一週間は焼肉を食えそうにない。

「あれが、母親」

咲希は凄惨《せいさん》な母親の死体を指さして、その指をつい、と動かした。テーブルを抜けて、壁際の食器などを収めた戸棚へ。

「そんで、あそこで現代アートみたいな格好で死んでるのが、娘か」

「……不謹慎ですよ」

進藤が眉をひそめてそう咎《とが》める。その声には覇気《はき》がない。

咲希の言う通り、娘らしき死体の状況もひどく現実離れしていた。

胸あたりまでの高さの食器棚の上には、一抱えはある大きな水槽がある。少女はその戸棚に乗り上げ、ブリッジをするような格好で、水槽に頭を突っ込んで死んでいた。肌の色を失い、白く濁った目を見開いた少女の死体の傍《そば》を、数匹の熱帯魚が何も知らない顔で泳いでいる。フローリングには、水槽から溢《あふ》れた水が乾ききらないまま広がっていた。

咲希《さき》たちが到着する前に、鑑識が大まかな検証をしていた。貰《もら》った資料を進藤《しんどう》が読み上げる。

「被害者はこの家に住む峰岸《みねぎし》一家。広告会社に勤める峰岸俊之《としゆき》、その妻の聡美《さとみ》、娘の奏《かなで》の三名です。死因は気道を水で塞《ふさ》がれた事による溺死《できし》。自殺と見られています」

「自殺、ねぇ」

憮然《ぶぜん》とした声で咲希が呟《つぶや》く。

「三人家族って話だったな。父親はどこにいるんだ？」

「上です。本人の寝室のベッドで死んでいるのが見つかりました。こちらも自殺。父親はベッドに仰向けになり、コップ一杯の水を口と鼻に含んで溺死していたそうです」

「……はぁ？」

聞き間違いかと思い、咲希は声を上げた。進藤は眉をひそめて手にした紙を睨《にら》んでいる。

咲希は天井を向き、その格好で、口に水を含むのを想像した。その状態で鼻に水が入れば、確かに息はできなくなるだろうが。

「なんだそりゃ。死因は、うがいの失敗とでも書くつもりか？」

「俺に言わんでくださいよ。実際にそういう死体が出てるんですから……そして、食卓にはノートの切れ端を使った、娘の遺書があったそうです」

「何て書いてある？」

「……『さようなら、私たちは鯨《くじら》に会いに行きます』と」

口にした瞬間、ひやりとした悪寒《おかん》が進藤の背筋を撫《な》でた。冷蔵庫の中のように冷え切った、別世界に足を踏み込んでしまったような心地になる。

「今回の事件は初めてではないそうです。類似した事例が直近で二件報告されています。海に呼ばれる、鯨に会う、そんな言葉を残して自殺している。その手段は必ず溺死だそうです」

「自殺者同士の関連性は？」

「現時点では何も……鑑識の間では、溺殺霊《できさつれい》の呪いなんて言われているそうですよ」

本来なら冗談で笑い飛ばすべき台詞《せりふ》を、進藤は青ざめる内心を自覚しながら言った。

火にかけた鍋に顔を突っ込んで溺《おぼ》れ死ぬ。熱帯魚の水槽に逆立ちして頭を浸《つ》けて死ぬ。どちらも異常だ。食卓の景色と死体の状況が、まるで噛《か》み合わない。悪夢でも見ている気分だった。

「まさか、本当に呪いが――」

進藤がそう口にした時だった。

パァン！　と思い切り咲希が手を叩《たた》いた。銃声もかくやという音に、進藤が身を竦《すく》ませる。

咲希は相変わらず、隈《くま》の浮いた半目の眠たげな無表情のまま、ただその眼光を刃のように鋭くさせて、進藤を一瞥《いちべつ》した。

「私達の仕事は何だ、進藤《しんどう》。ありもしない呪いに怯《おび》える事か?」

「そ、れは……」

「ここにあるのは死体だ。何らかの理由で命を奪われてしまった被害者だ。娘の通う学校には友達がいただろう。父の勤める会社には、彼を頼りにしていた部下もいたはずだ。母親は毎日の家族の団らんがいつまでも続くようにと願いながら、うまい夕食を作り続けていただろう
——そんな日常が突然奪われた。ここは、そういう事件の現場だ」

「……」

「お前はこの悲劇を碌《ろく》に調べもせずに、残された友人や遺族に対して『彼らは意味不明の呪いに殺されました』なんて言うつもりか?」

端的で、強烈な詰問《きつもん》。進藤はその視線に射られて、及び腰になっていた自分を戒めた。深く息を吸い、内心で自分の頬を張って、毅然《きぜん》とした目で「いいえ」と答えた。

「いいか、進藤。オカルトなんてない。証拠を集め、状況を分析し、ただ起きた真実を暴く。それが私達の仕事だ」

「はい……すみません。ありがとうございます、先輩」

「ん。分かったら始めるぞ、鑑識呼び込め! 普通じゃない死に方をしてるのは事実だ。念入りに調べて原因を突き止める。髪の毛一本も取りこぼすなよ」

咲希《さき》が発破をかけ、本格的な現場捜査が始まった。外で待機していた鑑識班が部屋に入り、

死体を前に手を合わせて黙禱《もくとう》し、手際よく現場の証拠品を検《あらた》めていく。

現場を主導する姿を後ろで眺めながら、進藤は静かに舌を巻いていた。

現実と信じたくないほどの凄惨《せいさん》な死体を前にしても、全く臆《おく》する事がない。その胆力を形成したのは、長い現場経験だけではあるまい。ヨレヨレのスーツを着ただらしない風貌《ふうぼう》の女性は、それでもやはり、進藤が知る限り最も優秀な刑事だった。

咲希は鑑識に一通りの指揮をし終えると、振り返って進藤の肩を軽く叩《たた》いた。

「さ、私達も混ざるぞ。未《いま》だに呪いにビビッて腰が引けているなんて事ないよな」

「あり得ませんよ、いい発破を食らいましたからね。じゃあ俺は、上の階の父親を調べて――」

早速調査を始めようと、進藤が動き始めた時だった。

遠くの方で、甲高《かんだか》い悲鳴が響き渡った。

「――きゃあああぁぁ……！」

「この声、小知田《こちた》か？」

咲希の質問に対する答えは向こうからやってきた。悲鳴の残滓《ざんし》が消えない内に、ずだだだだっともの凄《すご》い勢いの足音が近づいてきて、半泣きの小知田が室内に飛び込んできたのだ。

「先輩先輩、先輩！　助けてっすー――！」

「小知田？　お前な、持ち場を勝手に離れんぐほぉぉぉぉ!?」

小知田は全力疾走の速度を維持したまま、進藤の腹に猛烈なタックルを喰《く》らわせた。小知田は進藤《しんどう》をフローリングに押し倒し、その腹にぐりぐりと顔を擦《こす》り付ける。

「で、出たっすよ！　鬼が出たっす！　このままだと小宮達殺されるっす、一人ずつ順番に頭からガリガリ齧《かじ》られちゃうっすよぉ！」

「つげほ、ごっほ！　鬼だと？　そんな奴がいてたまるかって……！」

呻《うめ》きながら進藤が顔を持ち上げた、まさにその時。

じゃらり、と異質な音が聞こえた。

大量の数珠《じゅず》を転がすような音が、玄関の方から聞こえてくる。

咲希《さき》も鑑識班も思わず動きを止める中、それはじゃらり、じゃらりと音を立てながら家の中に踏み入ってきて――ぬぅ、とダイニングに姿を現した。

小知田《こちた》の言う通り、それは恐ろしい形相だった。黄金色の大きな瞳に爛々《らんらん》と輝く眼光。血に濡れたように赤い肌、口から覗《のぞ》く牙《きば》は絡《から》み合う茨《いばら》のように歪《いびつ》に捩《よじ》れている。同じく捩れた角の生えた頭からは、木製の小さな玉を無数に付けた簾《すだれ》が全身を覆うほど大量に垂れていた。

ヒィッと小知田が悲鳴を上げ、進藤の首に抱き付いた。

「で、出たぁぁぁぁ!?　鬼ぃぃぃぃぃぃぃぃぃ!?」

「ぐぉぉぉぉぉぉぉぉ!?　やめろ小知田、首折れる、折れるってのぉぉぉぉぉ!?」

「いやだ来ないで小宮はちっこくておいしくないっすよ！　食べないでくださいっすぅぅぅ！」

「あっはっは。落ち着きたまえ、食べたりなんてするわけないじゃないか」

小知田の悲鳴に応じる、あっけらかんとした笑い声。

それは他でもない、いきなり現れた鬼の声だった。それは自分の恐ろしい顔に手をやり――被《かぶ》っていた仮面をすぽっと外す。

怪しい仮面の下から現れたのは、これまた怪しい、奇抜すぎる男だった。

俗に漢服と呼ばれる、やたら装飾過剰な中華系の民族服。首や指にはどこの文明のものかも分からないアクセサリーを大量に身に着けている。

男は漢服の裾をまさぐると、色の薄いサングラスを目にかけた。それから彼は、フローリングに転がって呆気《あっけ》に取られる小知田と進藤に、くたびれた印象の柔和《にゅうわ》な視線を向けた。手にした大きな仮面を持ち上げて言う。

「驚かせて申し訳なかったね。この仮面は、ミャンマーの深き森に住む部族に代々伝わる、退魔の儀で使用される祭具なんだ。古代に悪神を打倒した聖なる神を模していて、あらゆる呪いから身を守ってくれる優れものさ」

「「……」」

「だから、安心したまえ。もう君達が怪異の呪いに怯《おび》える必要はない！　最強の祭具と、何よりこの僕が来たんだからね！」

突然に流暢《りゅうちょう》に語り始めた男性は、不敵な笑みを浮かべてビッと自分の胸に親指を突きつけた。

進藤と小知田は、揉《も》み合って床に倒れた格好のまま呆気に取られてそれを見ていたが、やがてその顔に見覚えがある事に気付いた小知田《こちた》が、「あ！」と声を上げて男性を指さす。

「誰かと思えば、要注意人物十四番！　ヘンな格好で街を徘徊《はいかい》する警戒対象じゃないっすか！」

「その通り！　あまねく魑魅魍魎《ちみもうりょう》を打ち祓《はら》う稀代《きたい》の霊能探偵、立仙昇利《りっせんしょうり》とは僕の事――待って、僕って警察のブラックリスト入りしてるの？　前科もないのに⁉」

立仙昇利。街の片隅で霊能探偵事務所なんていう眉唾《まゆつば》なものを営む男だ。いつも奇抜な格好で街を練り歩いており、警察関係者の間では、いつか児童誘拐《ゆうかい》でも起こしかねない要注意人物としてマークされている。

そんな不審者の代表のような男が、どうしてか事件現場に現れた。進藤《しんどう》は小知田を押しのけて立ち上がると、警戒心も露《あら》わに漢服姿の男性を睨《にら》み付ける。

「今は見ての通り、現場検証の真っ最中だ。部外者は出ていって貰《もら》おうか」

「まあまあ、そう殺気立たないでくれ。僕はこの家に染みついた死者の霊魂に呼ばれて来たんだ。君達には僕を追い出す正当な理由があるが、それをして損害を被るのは君達の方だぞ」

「訳知り顔で何を馬鹿げた事を――」

「この家、呪われているよ」

昇利の声は、死体の転がるダイニングに異様な存在感を持って響いた。摑《つか》みかかろうとしていた進藤が思わず足を止める。

「僕の第六感が、この家に潜むこの世ならざる存在の気配を感じている。それは餓《う》えた獣《けもの》のように殺意を漲《みなぎ》らせて、餌場《えさば》にやってきた新鮮な命を虎視眈々《こしたんたん》と狙っているのさ。次は誰を呪い殺してやろうか、とね」

色の薄いサングラスの奥の目に底知れない深みを湛《たた》えて、昇利は居並ぶ人々を順番に指さしていく。小知田が「ひっ」と短い声を上げて身を縮ませた。

「現実離れした異様な現場なんだ。想像を超えた異様な存在も考慮に入れるべきではないかな？　せっかく、ここに霊の声を聞いてかけつけた霊能探偵がいるんだ。事件解決のために取れる手は全部使うのが、本当に賢い警察の姿だと思うけれどね」

進藤は、昇利の怪しい気迫に一瞬ひるんだが、すぐに気を取り直した。ありもしない呪いに怯《おび》えは不要だと、先ほど教わったばかりなのだ。首を振って「馬鹿馬鹿しい」と吐き捨てる。

「どこの馬の骨とも知れない奴が、警察を語るな。俺達は警察で、ここは現場だぞ。イカれた衣装のおっさんの第六感も、溺殺霊《できさつれい》なんていうなんの根拠もないオカルトも、入り込む余地なんてどこにもない……ですよね、咲希《さき》先輩」

「……」

「……先輩？」

反応がない事を意外に思った進藤が振り返ると、咲希が昇利を睨みつけていた。

それは、ただ現場を踏み荒らされた嫌悪感などではない濃密な敵意を持っていて、進藤は喉を詰まらせた。しかしそれも一瞬の事で、咲希はふっとその気配を掻《か》き消した。肩を竦《すく》め、つまらなそうに言う。

「別に構わないだろ。いさせてやれ」

「な……正気ですか、咲希《さき》先輩？　こんな胡散臭《うさんくさ》い部外者を同席させるなんて」

「知らねえ男一人がいたって、観葉植物と大した違いはない。それが部屋の隅で黙って立っているくらいならな。そうだろ？」

そう言って、咲希は昇利《しょうり》を見据えた。昇利は降参するように両手を上げ同意の印とする。

「もちろん、そちらの邪魔をするつもりはないよ。霊験《れいげん》あらたかな僕が見聞きするものは、君達のそれとは言葉通りに次元が違う。部屋の隅に居させてもらえればそれで十分さ」

「聞いたな、小知田《こちた》。少しでも捜査の邪魔をする素振りを見せたらその場でしょっぴけ」

「りょ、了解っす！　公務執行妨害の現行犯っすよ！　イメトレで磨き上げた小官の手錠さばきが唸《うな》るっす！　あちょぉぉ……！」

「……というわけで、手錠でぶん殴られたくなかったら邪魔するなよ。ホラ、お前等《まえら》もいつまで固まってやがる！　早朝までに遺体の運び出しまで持って行くぞ！」

咲希が手を鳴らすと、鑑識班は金縛りが解けたように行動を再開した。戸惑いながらも、手際のよい動きで現場の隅々を検《あらた》め、写真に収めていく。

昇利は言われた通りに部屋の隅に立って、鑑識の様子を眺めた。傍《そば》には顔が焼けた母親の死体があるというのに、動揺した様子は微塵《みじん》もない。

その隣に、咲希が並び立った。ポケットから取り出したタブレットを一つ口に放り込む。ミントの香りがする冷たい空気を肺に送り込み、それを吐き出すついでのように言った。

「午前一時の、マスコミも嗅《か》ぎつけてない現場だぞ。どうやってこの場所を突き止めた、立仙《りっせん》」

「そこはホラ、僕の類《たぐ》い稀《まれ》なる霊感の為《な》せる業《わざ》だよ。この場所に蟠《わだかま》る死者の霊が助けを求めていたのが聞こえたのさ！　……ってのは冗談として、探偵には情報を仕入れるツテが色々とあるのさ。仲良しの友達や人に言えない関係まで色々とね」

「そうかい。そのツテを使って、お前を受け入れてくれそうな私に狙いを定めて来たって所か？」

「君に出会ったのはたまたまだよ。いずれ顔を合わせるとは思っていたけれどね……活躍は聞いてるよ。後輩にもずいぶん慕われているみたいじゃないか、咲希ちゃん」

「そっちこそ、妖しい噂《うわさ》ばかり方々で聞こえてくるぞ。その胡散臭い服はどういう了見だ？」

もう一粒タブレットを噛《か》み、咲希は横目でじろりと昇利を見た。

「いきなり現れたと思いきや、霊感だ第六感だと適当な事をペラペラと。霊能探偵なんて奇天《きて》烈《れつ》な事を嘯《うそぶ》いて、お前はどういう意図でここに来たんだ」

「意図なら最初に語った通りだよ。この家にある呪いを解きに来たのさ」

「……はぁ？」

「肩書きは冗談じゃないんだよ、咲希ちゃん。この現場には本当に怪異が潜んでいる」

やはり頭がおかしくなったのか？　と言いたげな咲希の目線に緩い笑みを返して、昇利は前方の、鑑識作業が進む現場を指さした。

「咲希《さき》ちゃんはこの現場をどう見る？　一見したところ、外部の犯行の線は考えにくいよね」

　昇利《しょうり》の問いかけに、彼女は舌打ちしながら応えた。

「金銭や貴重品が盗まれた痕跡《こんせき》はなく、荒らされてもいない。抵抗した形跡がないのも妙だ。何者かによる殺人が考えにくいという消去法で、自殺の可能性が高いように思える」

「だが勿論《もちろん》、自殺にしてはやり方が異常だね。首を吊《つ》ったり睡眠薬をお供に練炭を囲んだり、他に楽な方法は沢山《たくさん》ある。仮に一家心中を決めていたとしても、これから夕食というタイミングで死ぬだろうか。どうせなら、おいしいご飯をお腹《なか》いっぱい食べてから死にたいよね」

　倫理的には同意しかねたが、道義的にはその通りだった。食卓には鍋の具材である肉や野菜が載り、父親の酒のつまみとして幾つかの小鉢も用意されている。

　数時間前、そこには仲睦《なかむつ》まじい家族団らんの光景があったはずだった。現場に散らばる日常の残骸は、その名残を強く残している。

「なぜこのタイミングで死んだ。なぜこのように死んだ。自殺にせよ他殺にせよ、理由が丸ごとすっぽ抜けている。まるで……」

「まるで、突然どうあっても溺れ死ななければいけなくなったから、手近なものを使って間に合わせたみたいだね」

　咲希が脳裏に浮かべた言葉を引き継ぐようにして、昇利が言った。

荒唐無稽《こうとうむけい》だが、辻褄《つじつま》だけならもっとも合うように聞こえる。咲希は眉をひそめた。

「仮に突然に死を選ばせる何かがあったとすれば、何者かの自殺教唆《きょうさ》が疑われるだろう。どこかの馬鹿げた新興宗教の聖書に『溺《おぼ》れる者は救われる』と書いてあれば、度《ど》し難《がた》いが納得はできる。近所の住民や親戚に、変わった様子がなかったか、人付き合いに変化がなかったかを聞き込む必要があるな」

「そうだね。自ら死を選ばせるほどの情動に人を突き動かすのは、いつだって信仰か怪異だ」

「怪異……お前はよほど、根拠のない馬鹿馬鹿しいオカルトでものを考えたいらしいな、立仙《りっせん》」

嫌悪感を滲《にじ》ませて、咲希がじろりと睨《にら》み付ける。

昇利は顎《あご》の無精髭《ぶしょうひげ》を指で弄《いじ》りながら、鑑識が忙しく動き回るダイニングを眺め続けている。

サングラス越しの彼の瞳は、明らかに咲希とは別のフィルターを通して状況を観察していた。

そうして現場を見ていた昇利は、顎髭をなぞっていた指を、ふと止める。

「時に、この食卓は奇妙だね?」

「……突然どうした」

咲希の視線も、ダイニング中央のテーブルに向けられる。長方形型のそこには、家族三人分の椅子と食器が並べられている。一見して取り立てて言う所などないように見えるが……。

「ほら、椅子の位置が変じゃないかい？　こういう四角形の机に椅子を三つ置くとしたら、ふつうはテレビの前を開けておくものだ。なのに、一つはテレビを背にするように置かれている」

言われてみれば、という指摘だった。静まり返った事件現場として見れば気付きにくいが、家族が食事を取る風景を想像すると、確かに奇妙だと言えない事もない。

「椅子を置かない空白の一辺は、テーブルに座った三人ともが視線を向ける事ができる唯一のスペースだ。たまの外食もあるだろうが、一日三回、三六五日の食事はここで取る事が大半だろう。空白の一辺は、この家の住人全員が一番見る事になる場所なんだ」

「……」

「その空白にあるのは、賑《にぎ》やかしのテレビのように無害なもの。あるいはその家族を象徴とするような——重要な意味を持つ何かだ」

昇利《しょうり》は机の中央を指でさし示し、それからつい、と指先を空白の一辺に向けて動かした。

食器を並べる戸棚と、娘が顔を突っ込んで死んでいる水槽が置かれている面だ。壁には家族で撮った写真や、海外旅行で買ったのだろうポストカードなどが額縁に入れられて飾られている。

その写真やポストカードの中に紛れ込むようにして、一枚の絵がある。

昇利が指し示した視線の焦点は、その絵に向けられていた。

「……その絵が、三人を殺したとでも言うのか？」

「うーん、さてねぇ、どうだろうね」

昇利はゆっくりと絵に近づいた。咲希《さき》、進藤《しんどう》、小知田《こちた》の三人も、後を追って周囲に集まる。

——暗く、鋭く、とてもとても『痛い』絵だ。四人は一様に、そんな感想を抱いた。

絵に描かれているのは、魚だった。闇の中を泳ぐ三匹の魚。しかし、その描かれ方が独特だ。例えるなら、真っ黒なガラスを細く鋭い金属の針で執拗《しつよう》に引っ掻《か》いて傷つけたような。そういう痛々しさを感じるような荒い線で描かれているのだった。

鳥瞰《ちょうかん》視点で描かれた魚には鱗《うろこ》も目も描かれてなく、子供の絵のように抽象的で、粗雑にさえ見える。線は赤・青・黄色の原色だ。黒い背景に走る原色の線は、目に痛いほどに毒々しい。

「なんか、すごい絵っすね。怖いのに、何だか目が離せない感じ」

小知田《こちた》がぶるりと身を震わせる。それは四人が感じた共通の感想でもあった。

最前列で絵を眺めていた昇利《しょうり》は、近くからしげしげと眺め回し、それから咲希《さき》に尋ねた。

「咲希ちゃん。この絵、しばらく借りてもいいかな?」

「んなっ……だ、ダメに決まってるじゃないっすか。状況証拠っすよ、警察に保管責任があるっす。インチキ探偵に渡す訳がないじゃないっすか。ねえ咲希先輩!」

「ああ、構わない」

「先輩っ!?」

まさか折れると思わなかった小知田がショックを受ける。咲希は後頭部を掻いて言う。

「指紋や血痕《けっこん》が付いていないか、いま鑑識に調べさせろ。そういった状況証拠が出なければ、絵の現物が必要になる機会はそうそうない。倉庫で腐らせておくくらいなら、馬を走らせる人参として使うのも悪くないさ」

「俺は反対ですよ、先輩。こんな妖しい奴に証拠を預けるなんて、責任が問われますよ」

「私はどうせはぐれ刑事だよ、何か言われたら私に全部なすり付けちまえ。それと、進藤《しんどう》と小知田は写真を撮っておけ。ウチでリスト化してる、危険指定のカルト団体や新興宗教との関わりがないか調べるぞ」

「りょ、了解っす」

指示された小知田が、自分のスマホで魚の絵を撮影する。進藤も渋い顔をしながら彼女に続いて写真に収める。

鑑識は数分をかけて絵を調べ『状況証拠なし』と結論を打った。検出された指紋は、絵を飾る際に付着した家族のもの以外に怪しいものは検出されず、事件前後に動かされた形跡もない。

咲希は鑑識から絵を受け取り、昇利に差し出した。

「五日間だけ貸す。汚したりしたら眉間を撃ち抜くぞ」

「了解したよ。そちらが『信仰』、こっちは『怪異』だ。ううん、腕が鳴るなぁ。霊能探偵の腕の見せ所だ。テレパシーに阿頼耶識《あらやしき》にシャーマニズムに、古代アステカの呪術までガンガン使っていくとしよう」

昇利がにこやかに笑って、絵を受け取ろうとする。

しかし額縁を引っ張った時、予想以上の抵抗があった。昇利が顔を上げれば、咲希の眼が昇利を見据えていた。隈《くま》の張り付いた半目に底冷えする色を滲《にじ》ませ、凄《すご》みを利《き》かせた声で言う。

「言っておくが、私はこれっぽっちも期待してない。馬鹿げた格好で私の領域に踏み込んできたお前に、正直イラついている。人が死んでいる現場に、怪異やら霊感なんてイカれた価値観を持ち出してきた事に、失望してもいる」

「……」

「せいぜい、この落胆がプラスに傾くよう努力してくれ」

突き放すようにそう言って、咲希《さき》は昇利《しょうり》に押しつけるようにして絵を渡した。

絵を受け取った昇利は、どこか寂しそうに見えた。陰《かげ》を取り払うように、柔らかに笑う。

「大船に乗ったつもりで任せたまえ。僕はこの怪異を止めに来た、正義の霊能探偵だからね。僕なりのやり方で、僕の正義を遂行《すいこう》してみせるとも」

「用が済んだなら失《う》せろ。こっちは忙しいんだ。戯言《ざれごと》に興味本位で耳を貸すのもお終《しま》いだ」

会話は終わりと、しっしと手を振る咲希。

昇利は咲希に命じられるまま、絵を脇にかかえてその場を後にしようとして、「ああそうだ」と声を上げた。足を止めて振り返る。

「最後に、いかにも霊能者っぽい予言を残して去るとしよう。咲希ちゃんは知っているかな。一週間ほど前に、警察に行方不明の届け出が出ていただろう。七歳の男の子だ。名前は確か、みきと君だったかな」

「……ああ、知ってる。足取りが全く摑《つか》めず、身代金の要求もない。担当者は悪い冗談めかして神隠しなんて言ってるな」

　咲希が応じると、昇利は自分の目を指さした。まるでその色の薄いサングラス越しの淀《よど》んだ目には、常人に知り得ない世界の裏側が映っているとでも言いたげに。

「彼、もうすぐ見つかるよ。僕の千里眼が、怪異に囚《とら》われている彼の魂を見つけたんだ」

「……」

「この世ならざる怪異は存在するよ、咲希ちゃん。君がどれだけ目を逸《そ》らそうとしてもね」

どこか諭《さと》すような声色で、昇利が言う。

　咲希の目が細まり、これまでで一番の、零下まで冷え込んだような敵意を昇利に突きつけた。

「失せろと言ったぞ、本当に逮捕されたいのか？」

「ああ、もう行くよ。お互いの領分で正義を遂行しよう。手が届く限りの命を救うためにね」

　そう言って、昇利は今度こそ現場から去っていった。

　ひらひら揺れる漢服の裾が視界から消え、アクセサリーの揺れる音が遠ざかっていき、聞こえなくなって、ようやく咲希は全身から放っていた怒気を収め、舌打ちした。

「何を役割分担したみたいに言ってやがる。土足で踏み込んで荒らし回っただけだろうが、インチキクソ霊媒師《れいばいし》が」

　苛立《いらだ》ちも露《あら》わに眉間に皺《しわ》をよせ、ミントタブレットを口に放り込んでガリガリと噛《か》み潰《つぶ》す。

　進藤《しんどう》が傍《そば》に立ち、予想以上に苛ついた様子の咲希に尋ねる。

「あの男、やけに親しげでしたね。もしかして、咲希《さき》先輩の知り合いですか？」

「思い出したくもない腐れ縁だよ。今では人生の汚点だ。これ以上聞いてきたら殺す」

「聞きませんよ。今の殺気立った咲希さんにそれ言われたら洒落《しやれ》にならないです」

咲希はもう一度現場を見回した。胡散臭《うさんくさ》く緊張感のない霊能探偵がいなくなった事で、空間は再び、三人の人間が異様な状態で命を落としたという重苦しい帳《とばり》が降りる。咲希の鋭敏な嗅覚《きゆうかく》は、ミントの香りでは覆い隠す事のできない、水に浸《つ》かった死体の臭いを嗅《か》ぎ取っていた。

「……認めてたまるかよ。オカルトも、それに傾倒するお前みたいなイカレ野郎も」

吐き捨てるように言って、咲希もまた警察としての務めを全うするために動き出した。

水槽に顔を突っ込んで死んでいる少女の顔は、ずっと咲希達の方に向いていた。しかし、水に浸り白濁した目が何かを映す事はもうない。

水槽に飼う熱帯魚が、長くたなびく鰭《ひれ》を躍らせながら、少女の開け広げられた口の中へしきりに出入りを繰り返していた。

まるで、新しい玩具《おもちや》で遊ぶように。

二章　きさらぎレイル・ウォー

たたん、たたん、という規則的な音が鳴っている。

目を覚ますと、少年は電車に揺られていた。

「……ここ、どこ?」

ひどく困惑して、少年は呟《つぶや》く。

見た事のない種類の電車だった。車体は木製で、内装は漆塗《うるしぬ》りされた木の光沢がある。真ん中の通路を中心に、向かい合って四人で使う座席が左右に並んでいる。その座席も木製だった。擦《す》り切れた木目からは、何十年という年季を感じた。

間違いなく、少年が住む街では見た事のない種類の電車だ。

どうしてこんな電車に乗っているかも分からない。記憶がすっぽりと抜け落ちていた。

困惑しながら、少年は立ち上がり、電車の中を確認する。乗客は少年以外に誰もいない。

ドアの側にはポスターが貼られていた。どこかの山と泉を写した写真だったが、その下には黒く太い文字で『彌絽重藻』と書かれていた。文字化けなのか、意味がまったく通じない。

窓の外には青々とした田んぼが広がり、遠くには古い木造の民家が見えた。

日本の片田舎のような風景だったが……とても、不気味な景色だった。

青々と茂る稲は直立している。風が少しも吹いていないのだ。それに差し込む太陽の光にも、温度をまるで感じない。見上げても眩《まぶ》しいとすら感じなかった。まるで写真の中に入り込んだみたい。そんな風に思うほどに、作り物めいて、ひどく冷たい景色なのだった。

振り返っても、同じような田んぼが続いている。人は誰もいない。気配すらもない。そんな静かすぎる田園風景の真ん中を、たたん、たたん、と音を立てて電車が走っている。

「……夢、なのかな」

ひとりぼっちで椅子に座り、少年は膝《ひざ》の上に乗せた拳をぎゅっと握りこんで呟いた。

自分がどこか知らない場所に連れていかれているという不安は、迷子の時の押しつぶされそうな気持ちに似ていて、それよりもずっと怖かった。

しかし、しばらくすると景色に変化があった。

藁《わら》にもすがる思いで景色を眺めていた少年は、田んぼの中に人の姿を見つける事ができた。農作業服に、麦わら帽子を被《かぶ》っている。この村の住人だろう。

「っおおーい、おーーーい！」

思わず叫んで、窓を叩《たた》く。電車の中から幾ら呼びかけたって聞こえる訳がない。田んぼに佇《たたず》む人はぴくりとも反応せず、電車はあっという間にその景色を後ろに流し去ってしまう。

少年は窓に張り付いて、見捨てられたような気持ちで人のいた光景を目で追っていた。

しかし、諦《あきら》めて視線を前に向けた少年は「えっ」と短く声を漏らした。

田んぼに人が立っている。

農作業服に麦わら帽子を被《かぶ》った、田んぼの中に立つ人。さっき通り過ぎた人と同じような……というより、そっくりそのまま同じ格好。呆気《あっけ》に取られている間に、電車がその人影を後ろに流し去っていく。

三度目に同じ光景が現れた時は、驚きで言葉すら出なかった。しかも今度はひとり増えて二人になっていた。全く同じ麦わら帽と農作業服姿で、田んぼの中に佇《たたず》んでいる。

空気は相変わらず、命の気配のない静けさで満ちている。

少年は、田んぼに立つ誰も農作業をしていない事に気が付いた。案山子《かかし》のように佇み、ただじっと電車を見ている。というより、視線は明らかに電車の中の少年に向いていた。麦わら帽子で顔はよく見えないが、陰《かげ》から除く肌はやけに白っぽいように見えた。

異質な光景に、少年は窓から目が離せなくなる。たたん、たたん、と電車が走り、外の景色は次々と流れていく。

田んぼに佇む人の数が増えていく。生白い肌をした農作業服姿が、三つ、四つ、五つと。まるで何かを待ちわびるみたいに。

不意に、少年の身体《からだ》につんのめるような力がかかり、思わず座席に手をついた。

ブレーキがかかったのだ。たたん、たたん、という音が、徐々にリズムを遅くしていく。

田園ばかりの窓の外の景色に、突然駅が現れた。少年の知っているような人で賑《にぎ》わう駅ではない。幅広のコンクリートだけの、閑散《かんさん》としたプラットホームだ。

電車はゆっくりと時間をかけて駅に停車する。

シューと排気音が上がり、扉が開いた。

扉が開ききるガコンという音がして、それを最後に、何も聞こえなくなる。

静寂。駅名のアナウンスすらもない。

少年は、開け放たれた扉から目が離せなくなった。恐る恐る、扉の前に移動する。

プラットホームの柵《さく》の上に、奇妙に真新しい看板が立っている。

看板には、ただ『のど』とだけ書かれていた。

「……」

降車を促す声が聞こえる事もない。相変わらず人の気配はしない。

一方で、扉が閉じる気配もなかった。時間が止まったみたいに、電車はぴくりとも動かない。

ヒリつくような沈黙は、少年に「出て行け」と急《せ》かしているようだった。

「……っ」

沈黙に炙《あぶ》られていると、沸騰した水が泡を出すみたいに、『きっとここが終点なんだ』という考えが頭に浮かんできた。

閑散とした駅だけど、駅員さんや、交代の運転手が見つかるかもしれない。駅名が分かれば、帰る手段だって見つかるだろう。

田んぼに立っていた人達は、少なくともここの住人には違いない。気味が悪いけれど、助けを求めれば力になってくれるかもしれない。

少なくともこんな、どこへ行くとも知れない電車の中にいたいとは思わなかった。

だから少年は動く。怖くて身を縮ませながらも、恐る恐る足を前に踏み出し、扉の外へ一歩を踏み出そうとして——

「出たらダメよ、みきと君」

背後から響いた声に、その一歩を止められた。

驚いて振り返ると、いつの間にか乗客が一人、座席に座って少年に視線を向けていた。

強烈な格好をした少女だった。金の混じった黒髪。耳にはいくつものピアス。黒い服の上に羽織るのは、金糸で飾られた荒々しい意匠が眩《まぶ》しい真っ赤なスカジャンだ。

突然現れたとしか思えない攻撃的な格好の少女に、少年——みきとは目を丸くして尋ねる。

「お姉さん、誰?」

「知らない人に付いていかない。君も学校で習ったわよね? 得体の知れない生き物が相手なら、なおさら慎重にならなきゃ」

みきとの質問には答えないまま、少女は自分の金の混じった髪を指で弄《もてあそ》ぶ。

「神隠しは人ならざる者が起こす現象だけれど、その本質は『連れ去る』のではなく『付いてこさせる』ものよ。人の精神はなまじ力が強くて肉体と癒着《ゆちゃく》しているから、直接捕まえて引っぺがすような真似《まね》は、よほど強い力を持っていなければ不可能なの」

少女の言葉を、みきとは半分も理解できない。少女は足を組み替え、更に続ける。

「だから奴らは、あらゆる手を使って人を誘う。不安を煽《あお》り、心の弱い部分につけ込み……越えてはならない一線を踏み越えさせる」

「え、っと……」

「その開かれた扉が、君の越えてはいけない一線。扉の向こうの景色は、フォビアという化物があなたを食べるために仕掛けた罠なのよ」

少女がそう言った瞬間だった。

静まりかえった世界に、初めて風が吹いた。オォ、と唸《うな》りを上げた風が、外から扉の中に吹き込んでみきとの髪をなびかせる。

振り返ったみきとは、ドアの外の景色を見て「ひっ」と喉を詰まらせた。

いつの間にか、プラットホームに、あの農作業服の人型が立っていた。

近くで見れば、それが人の姿を象《かたど》った人でない何かである事は一目瞭然《いちもくりょうぜん》だった。毛のない肌は固まりかけのセメントのような白灰色で、口には唇がなく、むき出しになった黄ばんだ歯がニタニタと笑みを浮かべていた。

シューと音を立てて、電車の扉が閉まろうとする。

しかし人型は、閉まりかけたドアの隙間《すきま》に白い手を差し込んだ。ギギッと扉を軋《きし》ませながら扉を押し開け、その隙間から顔を突き出してきた。

「うわあああ!?」

「へえ、思ったよりグイグイ来るわね? まあ、ここが『喉』って事は、もう口の中には放り込まれてるって事だもの。無理矢理にでも嚙《か》みつぶそうって魂胆《こんたん》かしら」

「いやだ、怖いよ! お、お姉さん……っ!」

「大丈夫よ、奴らはあの扉を潜《くぐ》れないわ」

少女はそう断言し、みきとの肩に手を置いた。優しく、温かく、とても力強い手だった。

人型の麦わら帽の下には、目も鼻も無かった。つるりとしたぶよぶよの白灰色の顔面に、醜悪《しゅうあく》な食欲だけを煮詰めたような黄ばんだ歯だけが浮いている。その目も鼻もない顔がみきとに確かに狙いを定め、扉を更に押し開けようとして……

その格好のまま、ぴたりと動きを止めた。

不意に訪れた沈黙に、みきとがおそるおそる顔を上げる。

少年の目に飛び込んできたのは――淡い紫の光。

「奴らは扉を潜れない。なぜなら、あたしがそれを許さないからね」

不敵に笑う少女の左目には、いつの間にか丸い片眼鏡がかけられていた。縁には人の手が象《かたど》られていて、大きめのレンズを抱き込むような装飾がある。

その片眼鏡をかけた左の瞳が、幻想的な紫色になっていた。自ら光を放っているようで、片眼鏡の周囲に熾火《おきび》のような光の粒が舞っている。

紫の光の粒子は同時に、人型を包み込むように発生していた。まるで停止ボタンを押されたみたいに、人型は微動だにしない。

スカジャンの少女は立ち上がると、腕をぐるぐると威勢よく回しながら人型に近づいていく。

「ここは人間専用車輛《しゃりょう》で、相乗り厳禁よ。出直しなさい、化物！」

そう言い、少女は人型の顔面に向けて、全力の拳を叩《たた》き付けた。

拳は化物の、目も鼻もない顔面のど真ん中に強烈に叩き付けられるが——音が全くしない。化物の身体《からだ》は止まったまま全く動かない。

「あれ？　……ああ、こういうことか」

きょとんと目を丸くした少女は、すぐに合点がいったようだった。

片眼鏡をかけた紫色の左目を、ぱちんと閉じる。

その瞬間、大砲のような轟音《ごうおん》が鳴り響き、人型が凄《すさ》まじい勢いで弾《はじ》け飛んだ。

人型は駅の柵《さく》に激突して動かなくなる。少女の現実離れした膂力《りょりょく》で殴られた顔は、つるりとした白灰色の顔面をべっこりと陥没させていた。

少女は満足げに頷《うなず》き一つ。尻餅《しりもち》をついたまま呆気《あっけ》に取られていたみきとの前に立つと、微笑《ほほえ》んで手を差し出した。

「あたしは叶音《かのん》。お母さんからお願いされて、あなたを迎えに来たの。こんな辛気《しんき》くさい場所はさっさとおさらばして、お家《うち》に帰りましょう」

◇

シュー、と音を立て、今度こそ電車のドアが閉まった。そのまま緩やかに速度を上げていく。

叶音《かのん》の頭の中に、朗《ほが》らかな少年の声が語りかけてきた。

『田舎の駅なんて、すごく大きな『巣』だね。かなり強いフォビアなのかな』

「どうかしらね。さっきのを見るに、手応えのない雑魚《ざこ》みたいだったけれど」

『それは叶音と、僕が作った幽骸《コープス》がと〜っても強いからだよ！　ね、それ凄《すご》く格好いいでしょ？』

少年が指すのは、叶音が左目に着けた片眼鏡だ。彼女はその縁を撫《な》でて「そうね」と応じる。

『《我極性偏見鏡《がきょくせいへんけんきょう》》！　視線を向けた対象の動きを止める事ができるんだ！　それに知的でとってもおしゃれ。似合ってるよ、叶音っ』

「そりゃどうも。強力なフォビアが元になった分、幽骸の力も上々。苦労して視線恐怖症をぶっ殺した甲斐《かい》があったってものね」

赤いスカジャンを羽織った少女、叶音。その頭の中で語り掛ける少年、逸流《いつる》。

二人は、人の精神世界〈ゾーン〉を自在に行き来する事ができる特異能力者だ。その力を使って、人の精神に寄生し恐怖をもたらす概念生命体フォビアを殺して回っている。

いま電車の外に広がっている田園風景は、その精神世界〈ゾーン〉の中でも非常に危険な、フォビアが人間を捕食するために生み出したテリトリーだ。一定以上に成長したフォビアのごく一部は、精神に寄生するのではなく独自にフィールドを構築し、そこに人の精神を引き込んで捕食する手段を取るようになる。

見た事もない謎の駅。誰もいない廃墟《はいきょ》。一見現実と同じようでいて、文字や言葉がまるで通じない街。俗に平行世界や神隠しと呼ばれる異常現象の正体がそれだった。特に睡眠中や泥酔した時などの、精神と肉体のつながりが希薄になった時。人は怪物の巣に精神を迷い込ませ、空間を支配するフォビアの餌《えさ》となる。

「本当はこの場所を作っている本体を捜して殺しておきたいところだけど、みきと君を放ってはおけないわね。逸流、ここから引き上げられそう？」

叶音は自分の頭に語りかける声、ここではない〈ゾーン〉から叶音を見守る逸流に尋ねる。

しかし、逸流が返したのは、渋い声。

『んー、ちょっと難しいかも。余計なものが引っかかりそうだから』

「余計なもの？」

叶音が反芻《はんすう》する。

逸流が返答をするまでもなく、答えは叶音達の乗る電車に纏《まと》わり付いてきた。

突然にドスンッという衝撃がして、速度が急激に落ちる。

ガタガタと揺れる電車に不安を煽《あお》られ、周囲を見回したみきとは、それを見つけてしまう。

真っ白な肌をした人型が三人、電車の窓に張り付いて、こちらに黄ばんだ歯を向けていた。

「わぁぁぁぁっ⁉」

「それもそうか。化物が、餌《えさ》をみすみす見逃すほど諦《あきら》めがいいはずがないわ」

舌打ち一つ、叶音《かのん》は緩みかけていた気を引き締める。

電車の上部に、ずるずると巨大な何かが這《は》うような音がした。音は電車の後部に移動したかと思うと、突然、連結部の扉が爆発したように弾《はじ》け飛んだ。

扉が宙を舞い、車内の二人に向けて飛来する。

「止めるわ。あたしの後ろに隠れて!」

みきとを自分の背に匿《かくま》い、叶音が左目に装着された《我極性偏見鏡《がきょくせいへんけんきょう》》の力を発動させる。

叶音の左目が淡い紫の光を纏《まと》い、扉を燐光《りんこう》に包む。

扉はそのまま空中にぴたりと制止する——かと思うと、まるでバットで打ち返されたように、逆方向に勢いよく跳ね飛んでいった。

「はぁ?」『はれ?』

叶音と逸流《いつる》が素《す》っ頓狂《とんきょう》な声を上げる。その間にも、扉は元々あった電車の後部からも飛び出し、そこで《偏見鏡》の射程範囲から切れたのか、線路に落ちて粉々に砕けてしまう。

「視線を向けたものを止めるんじゃなかった? それとも、幽骸《コープス》にも不具合って起こるの?」

『ううん、調整は完璧だし、予想外の事なんて起こるはずないんだけど……あれぇ?』

二人はきょとんとして砕け散った扉を眺めるが、分析をしている余裕はない。

電車の後部に開いた穴から、ソレはずるりと姿を現した。

最初に覗《のぞ》いたのは、やはり人型だった。扉の上から左右から次々と顔を覗かせる。かと思いきや、それらの後ろから、更に巨大な白い塊が姿を現した。柔らかな身体《からだ》を穴に押しつけ、ところてんのようにずるると車内に流れ込んでくる。

人型と同じ、つるりとした不気味な白色の体表。巨大なそれに頭はない。目も鼻も見えない。つきたての餅《もち》のようにぶよぶよとし波打つ、白灰色の塊だ。

唯一器官として把握《はあく》できるのは、手だった。長く伸びた太い腕が二本塊から突き出ている。腕に生えた指は人の上半身の形をしていた。指一本一本の関節から先が、腰から上の人型をしているのだ。

「不気味な奴。さしずめこの空間は、化物の盛大な指人形劇の会場だったたって事かしらね」

「お、お姉さん……！」

「あたしの後ろから離れないでね、みきと君。心配しないでいいわよ、あたしはああいう化物をぶっ殺すプロだから」

『来るよ、叶音っ』

おびえるみきとを匿って微笑《ほほえ》みかける叶音。脳内で逸流が叫ぶと同時、肉塊のフォビアがぶるりと震えて襲いかかってきた。

巨大な二本の腕が、肉塊から押し出されるようにして長く伸びてくる。五本の指先に生えた人型の上半身が、手を振り乱して叶音《かのん》の手足を引きちぎらんと迫る。

瞬間、ギギィ！　と目覚ましい擦過音《さつかおん》がして、人型の群れのうち半分。片方の手に連なった五体が、瞬《まばた》きのうちに消え去った。千切れとんだ肉片が白いペンキのように座席を汚す。続けざまに擦過音がし、今度はもう片方の手が薪割《まきわ》りのように縦に裂けた。肉を裂かれる衝撃に、腕は狼狽《うろた》えたように後退する。

後ろで眺めていたみきとも、何が起きたのかすぐには理解できなかった。叶音が勢いよく腕を振るったと思ったら、たちどころに怪物の腕が弾《はじ》け飛んだようにしか見えなかった。

手品のようなその現象が、目で追いきれないほど高速で振るわれた一撃によるものと気付いたのは、叶音が腕を回し、それを手元に引き戻してから。

叶音の手に握られていたのは、鞭《むち》だった。植物の蔓《つる》を想起させる薄暗い緑色をしたそれには、鋭い棘《とげ》が大量に付き、有刺鉄線のような残忍な輝きを放っている。

「《泥薔薇《どろばら》の裂傷鞭《れつしょうべん》》。あんたみたいなガタイばかりがデカい奴にはおあつらえ向きの幽骸《コープス》ね。いくら裂いても裂ききれないもの」

棘だらけの鞭を手にし、叶音は笑みを向けた。片眼鏡をかけた淡い紫色の瞳がすぅと細まる。これから一切容赦はしないと相手に思い知らせるような笑みは、残忍な捕食者のそれだった。

「元よりあんたを生かして野放しにする気なんてこれっぽっちもないのよ。覚悟しなさい、害

獣。徹底的にいじめ殺してあげる」

「──────」

果たしてそのフォビアに、叶音《かのん》の言葉を認識する感覚器官や意識があるのかどうか。白い肉塊はぶるりと波打ったかと思うと、ちぎれた指先がもこもこと隆起し新たな人型を生み出した。

「芸がないわね、紙粘土！　このまま摩《す》り下ろしてあげるわ！」

新たにできた人型目がけて、叶音が腕を振るった。

目にもとまらないほどに加速した鞭《むち》の一撃は、チェーンソーに匹敵するほどに強烈だ。フォビアの白い肉塊が豆腐のように砕けて飛沫《しぶき》を舞わせる。叶音は舞うように身体《からだ》を回し、立て続けに二撃、三撃と喰《く》らわせる。

腕二本では不足と見たか。白い肉塊がぼこぼこと沸騰するような音を立てて、新たに腕が二本生えてきた。その指先にはやはり、目も鼻もない、黄ばんだ歯の並んだ人型の上半身。

腕四本、人型二〇体。それらが地面を這《は》うような挙動で一斉に押し寄せる。

鞭を振るいながら、叶音は左目の《我極性偏見鏡《がきょくせいへんけんきょう》》を起動した。瞳が淡い紫の光を纏《まと》う。

『大丈夫、叶音？　その幽骸《コープス》、さっき変な動きをした気がするけど』

「吹き飛んだ扉の事なら、至って正常な反応よ。あたしの予想が正しければね」

叶音は魔性の視線を、床を這う人型の一体に向けた。紫の燐光《りんこう》が人型を包み込む。

《偏見鏡》で見た相手は動きを止める。逸流《いつる》はそう説明したが、それは正確ではないと叶音は判断する。

視線恐怖症から派生したフォビア《覗き鬼》。その力を宿した《我極性偏見鏡》の視線は、対象を空間に釘付けにする。動かない石像にするのではなく、現在の座標にピン留めするのだ。

そして、叶音達が今いるのは、線路を疾走する電車の中。

その結果、空間に縫い付けられた物は、高速で移動する電車から置き去りにされる事になる。

叶音の仮説通り、淡い燐光を纏わせた人型が、射出されたように電車の後部へと吹き飛んだ。巨大な腕の中指から生えていた人型だけが固定され、残りの手は電車と共に高速で前方へと移動する。結果、中指が凄《すさ》まじい勢いで腕に埋没し、周辺の肉も巻き込んで爆発したような破壊をもたらした。

強烈な威力に、叶音は思わずヒュウと口笛を吹いた。

「これは、文句なしに当たりの幽骸ね！」

上機嫌に口の端を持ち上げた叶音は、右手の《裂傷鞭《れつしょうべん》》で手近にあった座席を砕き割って空中に舞い上げると、《偏見鏡》の視線を向けた。

空中に縫い付けられた二人掛けの椅子が、前に進む電車に置き去りにされ、大砲となって後方のフォビアを貫いた。白い肉片の飛沫が散り、塊にぽっこりと風穴が開く。

盛大な破壊力の一撃に、叶音が更に気分を高揚させ、ギラついた笑みで肉塊を睨《にら》みつけた。

「実力差は歴然じゃないかしら？　このままミキサーみたいに削りきっておしまい――とぉ!?」

哄笑《こうしょう》を上げようとした叶音《かのん》の声が上擦《うわず》り、身体《からだ》をよろめかせた。

いきなり、背中から突き飛ばされるような衝撃が走ったのだ。電車が更に速度をがくんと落とした。あちこちから、ミシミシと不気味な音がする。

「とっとと!? 何が起きたの、速度が落ちてるみたいだけどおぉぉっ!?」

状況を把握《はあく》しようと窓に視線を向けた叶音は、ぎょっと目を丸くし、自分が致命的な見落としをしていた事を悟った。

窓が、白く染まっていた。

最後尾に陣取るフォビア。そこから先頭に向かって半分ほどの窓が、白い肉塊で埋め尽くされていたのだ。

いや、窓だけではない。フォビアが粘土のように伸縮自在な身体を使い、外側から電車を覆い尽くそうとしているのだ。先の急激な減速は、レールを噛《か》む車輪に肉塊が食い込んだ結果に違いない。

「あたし達を捕まえるんじゃなく、電車ごと呑《の》み込んでまるごと消化してしまおうって訳!?」

『うえぇ……お腹《なか》壊しそう』

窓から覗《のぞ》く肉のカーテンには、餓鬼《がき》の食欲を煮詰めたような黄ばんだ不気味な歯が水玉模様のように浮き、がちがちと音を鳴らしていた。その光景はまるで数十もの人間を溶かして粘土状にしたものを塗りたくったみたいで、本能的な畏怖《いふ》を感じさせる。

その白い肉の粘土から浮き上がるようにして、大量の手形が窓に押しつけられた。ピシッと危うい音を立てて走った亀裂《きれつ》は、みるみる全面に広がり、甲高《かんだか》い音を上げて窓が砕け散る。

粘土状の白い肉塊が、雪崩《なだれ》のように車内に飛び込んできた。それはあちこちで泡立つと、人の手や上半身を次々と形成し、叶音達に向かって伸びてくる。

「う、うわあああっ！」

「後ろに下がって、みきと君！」

叶音が《裂傷鞭《れっしょうべん》》を軽く振るうと、パキンと卵の殻を割るような音がして、鞭《むち》が根元から二股に分かれた。枝分かれは続き、茨《いばら》は二本から四本、八本へと数を増やす。

叶音は八本にまで増えた鞭を振るい、迫り来る白い腕や上半身を消し飛ばした。数が増えた事で面積が増大した、絶大な威力の薙《な》ぎ払いが、白い肉の飛沫《しぶき》を盛大に撒《ま》き散らす。

しかしフォビアは肉体の損壊など意に介さず、次々と新たな腕や上半身を生み出してくる。

そもそも痛覚など存在しないのか、あるいは叶音の攻撃など、蚊に血を吸われるほどの微々たる損壊でしかないのか。電車の外側を埋め尽くす肉のカーテンの侵食は進み、更に一つの窓が白く染まった。車輪が絡《から》め取られ、また速度が一つ落ちる。

跡形もなくなるまで削り取るという意気込みがそもそも間違いだった事を、叶音は屈辱《くつじょく》と共に思い知った。相手の質量は叶音が目測で予想したものを遥《はる》かに凌《しの》いでいた。今や叶音の作戦は、バケツを使って砂場の砂を空にするような無理難題へと変わっていた。

歯噛《はが》みする叶音《かのん》。逸流《いつる》があーあと呆《あき》れるように声を上げる。

『〈ゾーン〉じゃ見た目の印象なんて当てにならないって事を忘れてたね。新しい武器が楽しすぎて浮かれちゃってたかも』

「ぐぬぬッ、あまりにも図星すぎて何も言い返せない……！　ごめん逸流、このままだとヤバそう。助けに来て！」

『しょうがないなあ。準備するからほんのちょっと待っててねっ』

逸流がのんびりと言うと、叶音の頭の中で髪の毛が一本抜けたような、逸流との繫《つな》がりが途切れた感じがする。

その間にもフォビアの侵食は続いていた。

粘土状をした身体《からだ》で圧縮しているのか、それとも斑《まだら》に浮いた口で細かく削り取っているのか。電車のそこかしこでバキバキという破砕の音がする。

そして、その詳細は定かではないおぞましい破壊が、とうとう電車の後輪を砕いた。

電車ががくんと傾き、床が急勾配《きゅうこうばい》の坂に変わった。

叶音とみきとはバランスを失い、床を滑り落ちていく。その先に待つのは、車体を埋め尽くす不気味な白肉の絨毯《じゅうたん》だ。そこから大量の白い腕と黄ばんだ歯が沸騰するように湧き上がり、二人を捉える瞬間を今か今かと待ちわびている。

「いやだっ！　助けてお姉さん！」

「ッ――」

叶音は一瞬の判断で、手近にあった椅子を蹴《け》りつけ、みきとの方へと跳んだ。彼の身体をひしとキャッチすると、手にした《裂傷鞭《れっしょうべん》》を振るって、ドア付近の手すりに巻き付けた。それを引いて、間一髪、白い腕の侵食から距離を取る。

手すりに縋《すが》り付くようにして様子を見れば、電車の崩壊は手の施しようがないほど進んでいた。天井は崩れ去り、座席は次々と潰《つぶ》されていく。車輪の剝《は》がれた底部がレールに当たって削れるギィイィという痛ましい音が響き渡り、激しい花火を散らしている。

つきたての餅《もち》のような質感の、ぶよぶよとした白灰色の肉が視界を覆い尽くしていく様は、何か悪い冗談のようでいながら、生理的に恐怖をもたらすおぞましさだった。

「お、お姉さん。僕達食べられちゃうの……!?」

自分達が絶体絶命である事を自覚したみきとが、藁《わら》にも縋るように叶音に抱きついてくる。白い肉の侵食はいよいよ勢いを増している。数分もしないうちに叶音達のいる場所も、叶音達自身も肉塊に取り込まれてしまう事だろう。

肉塊に取り込まれれば果たしてどうなるか。ちょうど人間が指で虫を潰すみたいに、肉の圧力で粉々にされるだろうか。無数に浮いた黄ばんだ歯でちょっとずつ齧《かじ》り殺されるだろうか。あるいは身動きを封じられたまま、胃酸《さいご》のようなもので全身を溶かされるかもしれない。いずれにせよ、死んでも避けたい凄惨《せいさん》な最期には違いなかった。

迫りくる死の予感に、叶音《かのん》が歯噛《はが》みした時。

彼女は、遥《はる》か遠くの方から響く音を聞いた。

「今の……」

はっとし、耳を澄ますと、今度ははっきりと聞こえた。

ぽぉぉ……という、野太い笛の音。

叶音はこの先起こる全てと、この危機的状況を脱する策を予見した。

「……みきと君、今からあたしの言う事をしっかり聞いてくれる？」

叶音は胸に抱いた少年の目を見つめた。

「情けない話だけれど、今はとてもヤバい状況になってしまってるわ。ここから脱出するために、今からちょっと無茶な事をするわ。その間、あなたに構ってあげられないかもしれない」

叶音の目は、怪物を前にして焦燥《しょうそう》してはいるが、恐れだけは微塵《みじん》もなかった。

生きる事と戦う事を諦《あきら》めない、強い目だ。その目がみきとの涙を止め、勇気を呼び起こす。

「あたしに抱きついて、絶対に手を離さないって約束して。振り落とされたらあなたは死ぬ。だけどあたしの傍《そば》にいる限り、絶対に死なせないって約束する――どう？　できそう？」

「っ……分かり、ました」

「よし、いい返事。大丈夫よ。ちょっと大げさに言ったけれど、ジェットコースターくらいのスリリングなお遊びだから。一緒にお家《うち》に帰って、お母さんを安心させてあげましょうね」

みきとは頷《うなず》くと、彼女のお腹《なか》に手を回し、ぎゅううっと力一杯抱きついた。元気付けるように、叶音はその頭を優しく撫《な》でる。

ぽぉぉぉ――という汽笛の音は、もうかなり近くまで迫っている。

叶音は目を閉じ呼吸を整え、覚悟を決めた。

《我極性偏見鏡《がきよくせいへんけんきよう》》を発動し、左目に淡い紫の燐光《りんこう》を灯《とも》した。その目を後方――もう無事な箇所がほとんど無くなった電車の、運転席を仕切る扉に向ける。

紫の燐光が扉を包み込んだ瞬間、それは空中に釘付けにされ、走行する電車から置き去りにされた。扉は木材の破片を巻き添えにしながら引き抜かれ、空中を飛翔する大砲になる。

「っ行くわよあたし――今だッ!!」

その固定化した扉目がけて、叶音は跳んだ。

ヴンッと空気を唸《うな》らせるほどの速度で、扉が叶音の目の前を横切り、後ろにすっ飛んでいく。

もし動線に腕でも翳《かざ》せば、ゴボウよりも簡単にへし折れて千切れ飛んでしまうだろう勢いだ。

叶音は《泥薔薇《どろばら》の裂傷鞭《れつしようべん》》を振るい、扉に絡《から》みつける。

ぐんっと意識が身体《からだ》から引っこ抜かれるような衝撃。

カタパルトで射出されたみたいに、叶音達は扉に引き摺《ず》られ、真横に吹き飛んだ。

フォビアが慌てて白い肉を波打たせて無数の腕を形成し叶音達を捉えようとするも、緩慢なその挙動は、空を飛ぶ二人を捉えるにはあまりに遅い。

果たして空間に縫い付けられた扉は、フォビアの真っ白な腕を幾本も跳ね飛ばしながら、二人を崩れゆく電車の中から脱出せしめた。

わっ、と空間が開ける開放感。風が叶音《かのん》の金混じりの黒髪を吹きさらす。

そうして開けた視界の向こうから――電車の後を追うようにして、一台の機関車が煙を上げながら走ってきていた。

黒い車体で煙突からもうもうと煙を噴き上げる、もはや走っている姿など日本のどこでも見られない旧式の蒸気機関車だ。

「叶音！　お待たせ――――！」

元気いっぱいの声と一緒に、ぽっぽ――――！　というけたたましい汽笛の音がする。

運転席に、子供と言っていい年齢の少年がいた。ふわふわの黒髪に、無邪気な輝きをこれでもかと詰めたぱっちり大きな瞳。普段はゆったりとした大きな青のパーカーを羽織っているのだが、今はご丁寧にも車掌服を着て帽子を被《かぶ》っている。

「逸流《いつる》、何それ!?　どこから拾ってきたの!?」

「えへへ、拾ったんじゃなくて僕が作ったんだよ！　すごいでしょ、格好いいでしょ～」

逸流はご機嫌に蒸気機関車の汽笛を鳴らす。

叶音以上に〈ゾーン〉に対する適応力を持つ彼は、自分の姿を自在に変え、様々な物質を自在に生み出したりもできた。蒸気機関車もその能力を使って生み出したものなのだろう、が。

「何でもできるからって、この危機的状況で遊んでんじゃないわ――待って、なんで真正面から突っ込んでくるの!?　止まるか曲がるかしなさいよ、あたし達をぺしゃんこにするつもり!?」

「機関車だよ？　急に曲がったり止まったりできる訳ないじゃない。はい叶音、これ使って！」

逸流が運転席から顔を出し、エンジンに石炭をくべるための大きなシャベルを放り投げた。

叶音は《裂傷鞭《れっしょうべん》》を引いて停止した扉の上に立つと、間髪入れずにそこから跳躍した。視界から外れて《偏見鏡《へんけんきょう》》の停止能力が切れた扉が、線路に落ちて粉々に砕け散る。

即座に《偏見鏡》の視線を動かし、逸流が放り投げたシャベルを空間に釘付けにした。そこに《裂傷鞭》を巻き付けて、ありったけの力を籠《こ》めて身体《からだ》を引き上げる。

叶音は空中に放り出された時から更に三メートルほど上へと跳び上がり、蒸気機関車と正面衝突の最期《さいご》を回避した。空気の唸《うな》りがゴウッと足下を掠《かす》めるのにぞっとしながら、機関車の荷台にしかと着地する。

「ッぶはぁ死ぬかと思った！　みきと君、大丈夫？　怪我《けが》はない？」

「う、うん……！」

叶音にぎゅっと抱き付いたままだったみきとは、アクロバットな動きに目を回してはいたが、傷一つなかった。頭をふらふらさせながらもしっかり頷《うなず》く少年は、しかし叶音を見た瞬間にぎょっと顔を青ざめさせる。

「お姉さん、目が……!?」

片眼鏡をかけた叶音《かのん》の左目からは、血の涙がだくだくと溢《あふ》れ出していた。紫の燐光《りんこう》が止んだ叶音の目は白目が赤く染まり、まるで致死の病に罹《かか》ったかのようだ。

しかし叶音は、指摘され初めて血涙に気付いたように、頬に手を添え、流れる血を見る。

「ああ、どうりでさっきから眼球が殴られてるみたいにズキズキすると思った……大丈夫よ。呪いの反動は慣れっこだから。この茨《いばら》の反動も、ただ痛いだけだし軽いものよ」

フォビアの遺骸《いがい》を加工した幽骸《コープス》は、使用者に呪いの反動をもたらす。《偏見鏡《へんけんきょう》》もしかり、右腕に装着した《泥薔薇の裂傷鞭《どろばられっしょうべん》》も例外ではない。叶音が右手を翳《かざ》すと、鋭い棘《とげ》を持つ茨が叶音の右手に巻き付き、彼女の手を食い破っていた。ぽたぽたと血が滴《したた》る手を見て、みきとが更に顔を青ざめさせる。

しかし、滴る血と裏腹に、叶音の顔には穏やかな微笑が浮かんだままだ。彼女は真っ赤に染まった目でみきとをじっと見つめて「大丈夫」と力強く言い切った。

「あたしはすっごく強いから、このぐらいはへっちゃらなの。あなたが無事なら、それで十分」

「っ……僕のためにごめんなさい。ありがとう、お姉さん」

「泣いたりしないでよく頑張ったわね、みきと君。とってもえらいわよ」

叶音は安心させるように微笑《ほほえ》んで、茨で侵されていない方の手で少年の頭を撫《な》でてあげた。

今まで死の淵にさらされていた心がようやく落ち着けたか、みきとはくすぐったそうにしながら叶音の手を受け入れ、ほっと身体《からだ》の緊張をほぐす。

そんな弛緩《しかん》した空気に差し込まれる、不満げな少年の声。

「はぁい、お話タイム終了～！　叶音は僕のお姉ちゃんだよ、勝手に仲良くしないでよねっ」

「え？　わあっ⁉」

不意に逸流《いつる》がそう言った途端、ぽんっと音を立ててみきとの足下に扉が現れ、みきとを車内に引きずり落とした。どうやら中は寝台車輛《しゃりょう》らしく、みきとは車内に設置されていたベッドにぽすんと着地。彼が目をぱちぱち瞬《まばた》かせている間に、パタッと扉が閉じて、彼の姿を叶音の視界からかき消してしまった。

またぽんっと音がして空中に扉が現れると、逸流が降り立った。明らかに不機嫌な様子で、円《つぶ》らな瞳を細めてじと～っとした視線を叶音に向けている。

子供らしい嫉妬《しっと》に、叶音は呆《あき》れて肩を竦《すく》め、あえて言い聞かせるように言った。

「ちゃんとあの子を大切に守ってあげるのよ、逸流」

「そのぐらい言われなくてもちゃんとするよ。それより叶音、ほらっ」

「……何？」

「何じゃないよぉ。危ない所を僕が助けたんだよ。言う事とやる事があるんじゃないかなっ」

「そうね。あんたがもっとマシな乗り物で助けに来たら、くぐった死線が一本くらい少なかった気がするけれど」

「そうだとしてもっ。叶音は僕を、あの子よりずっと、うーんと褒《ほ》めるべきだと思うなっ」

「はいはい、いつもありがとうね逸流《いつる》。えらいぞーいいこいいこー」

「もーっ。そういう適当な感じじゃないのが欲しいのー！」

「いつも褒《ほ》めてないって訳じゃないでしょうに。いいから離脱するわ。安全確保が先決よ」

「むぅ、もっと褒めて欲しいのに……分かった。迂回《うかい》用の線路を作るから、ちょっと待ってて」

そう言うと、逸流がぐっと空中に手を翳《かざ》した。すぐに身体《からだ》に掛かっている力の方向が変化する。見れば田んぼから湧き上がるように枕木と鉄棒が浮かび上がり、みるみるうちに田んぼをぐるりと回るようなレールを形成していた。

「このままぐるっと回って、元いた場所まで戻ろったぁ!?　な、なんでチョップしたの叶音《かのん》!?」

「曲がれるんじゃないのよ！　さっきあたしに正面衝突しかけてきたの何、ほんとに当ててつけだったりする!?」

「ち、違うよ。これも結構コツがいるんだってば……あ、ほら、怒ってる場合じゃないよ。フォビアが迫ってきてる！」

そもそも怒らせんなという叶音の突っ込みは間に合わず、激しい衝撃が機関車を揺さぶった。

視線を左に向ければ、先ほど脱出したばかりの電車が機関車の真横にベタ付けされていた。

既に電車は操縦権を完全にフォビアに明け渡している。走行にレールなど必要ないと言わんばかりに、水を張った田んぼの土をえぐりながら爆走している。

箱状の車体は白灰色の肉の布で完全に覆い尽くされ、そこからぶくぶくと沸騰するように黄ばんだ歯を持つ上半身が大量に湧き上がり、叶音達に向けて両手を振り乱している。車輛《しゃりょう》の天井一面にそんな光景が広がるのは、さながら罪人を煮立てる地獄の釜のようにも見えた。

真っ白に覆われた車体から、ひときわ巨大な腕が二本湧き上がってきた。蒸気機関車の上に立つ二人を押しつぶそうと振り上げられる。

叶音は《泥薔薇《どろばら》の裂傷鞭《れっしょうべん》》を振るい、その二本の大腕を薙《な》ぎ払った。すると、まるでその一撃の対価を支払わせるように茨《いばら》が叶音の持ち手の方に伸びてきて、棘《とげ》を彼女の手に食い込ませた。ぶしっと鮮血がほとばしる。

「いってててて！　くそ、無闇矢鱈《むやみやたら》に振るいすぎたわね。あたしの血を吸ってめちゃめちゃ元気になってる」

「《裂傷鞭》の根は、埋まってくれなかったの？」

「あれは血に反応する仕組みだから、餅《もち》みたいな身体をしたアイツは対象外みたい。この《偏見鏡《へんけんきょう》》との相性はいいけど、持ってくる幽骸《コープス》を間違えたわね……っつつ」

そう言い、叶音は唸《うな》るように目元を押さえる。血涙は大量というほどではないが収まる様子はなく、叶音の左目を痛ましい紅に染めている。

「目は大丈夫そう？　僕にはあの子みたいに強がったりしないでよ」

「ん……あと一回かな。もっといけないこともないけど、そうすると反動で、多分しばらく何も見られなくなる」

「それはダメだよ。叶音《かのん》には僕を見ていて貰《もら》わなくちゃいけないもん」

「あんた今、自分が目が離せないわんぱくだって自己紹介した？　……ともかく、ちまちま削っても埒《らち》が明かないわ。でっかい一撃で、あのぶよぶよ全部をぶっ壊さないと」

「それならアレだよね。ちょっと待ってて！」

逸流《いつる》が肩から提げたポシェットを機関車の屋根に置き、そこにずぼっと手を突っ込んだ。せいぜい十数センチくらいの大きさしかないポシェットに肘から先を全部差し込み、それでも探しきれないのか更に肩まで入れる。その光景に叶音は、国民的アニメの猫型ロボットのお腹《なか》のポケットを思い出した。「むむ」とか「えっと、え～と」とか唸《うな》りながらしばらく格闘した逸流は、やがて目的の物を勢いよく取り出した。

「見つけた！　はい叶音、これならあんなフォビアもお茶の子さいさい、だよねっ」

そう言って逸流が叶音に手渡したのは――一振りのハンマーだった。

釘打ちで使われるくらいの、片手で振るえるサイズのハンマーだ。しかし本来は平たくなっているはずの鎚《つち》部分は、例えるなら鷹《たか》が鋭い鉤爪《かぎづめ》をぴったり閉じたような、三本の曲がった円《えん》錐《すい》が合わさったドーム状となっている。

多少宗教や創作物に詳しい人であれば、それがヴァジュラと呼ばれる、邪神を討ち滅ぼす神具を象《かたど》ったものであると分かるだろう。黄鉄鉱色の表面には荘厳《そうごん》な意匠が施されている。持ち手である柄の底の方からは細い鎖が伸びており、その先端にも、鎚と同じようなヴァジュラ型のアミュレットが付いていた。

叶音は、この幽骸《コープス》が何なのかを知らない。フォビアの呪いの性質を持つ幽骸は所有しているだけでも精神を穢《けが》してくるため、記憶を消す事によって呪いの封じ込めを行っているからだ。

叶音が幽骸を手にした事により、その記憶の封じ込めが解除される。

思い出した瞬間に、叶音は今日一番の忌避感に、げぇっと顔をしかめさせた。

「よりにもよってコレ？　もっとまともな物ないの、逸流？」

「それが一番まともだよ〜。今の状況なら一番使いやすいし、いっちばん強いよ！」

「そりゃそうかもだけど……うぁー思い出した！　あたしコレ嫌いなのよ。前にも『二度と使いたくない』とか言ってた気がする！」

「一撃で決めるって言ったのは叶音でしょ〜？　戦いに使える幽骸からしてレアなんだから、ちょっとの副作用ぐらい我慢しないと」

「ぐぬぬ……しょうがない、なるようになれだ。さっさとぶっ殺して帰るわよ！」

気合いを新たに、叶音は併走してくるフォビアを睨《にら》み付ける。

フォビアの方も、餌《えさ》だったはずの少年を食い逃し、もう一人の少女には抵抗され、痺《しび》れを切らして決着をつけたがっているようだった。

フォビアの車体がぐぐっと傾き、こちらにぶつかろうとしてくる。

猛烈な勢いで迫るフォビアを前に、叶音はスゥと深く息を吸い、覚悟を固めた。

「あたしは全ての恐怖を殺す。フォビアの亡骸《なきがら》ごときに、怖気《おぞけ》なんて抱いてられるかっての！」

叶音《かのん》は右手の《泥薔薇《どろばら》の裂傷鞭《れっしょうべん》》を勢いよく振るい、フォビアに覆われた電車、今まさにぶつかろうと迫る側面部分を切り裂いた。八本に枝分かれした鞭《むち》が白い肉を飛沫《しぶき》のように飛び散らせ、元の車体を露《あら》わにさせる。反動で茨《いばら》が叶音の手に巻き付いて激痛を与えてくるが、それを歯を食いしばって黙殺し、立て続けに二撃、三撃。

暴風のような鞭の応酬《おうしゅう》は、とうとう電車の側面を覆う白い肉のかなりの部分を削《そ》ぎ落とした。反動で右腕が食い破られるのも厭《いと》わず、明確なダメージにもならない攻撃を繰り返した理由。叶音が見たかったものが露わになる。

叶音は左目に装着した《我極性偏見鏡《がきょくせいへんけんきょう》》を起動。血涙を流す左目に淡い紫色の燐光《りんこう》が灯《とも》る。

叶音はその、焦点を合わせた物体を空間に釘付けにする視線を――フォビアに支配された電車、今まさに露わになった車輪へと向けた。

今のフォビアは、例えれば獣《けもの》だ。叶音達に向け、猛烈な勢いで突進してくる猪《いのしし》だ。

そのつま先が、急に地面に突っかかり動かなくなったらどうなるか。

「危険運転取り締まりよ。みっともなくすっ転べ！」

ドウッ！　と爆発するような衝撃をあげて、フォビアが空中に思い切り跳ね飛んだ。まるで倒立前転でもするように、一〇メートルは下らない直方体の車体が縦に回転しながら宙を舞う。

そうして宙に打ち上げられた電車と、それに纏《まと》わり付くフォビアを、叶音はしかと睨《にら》み付けた。同時に、血まみれの右手を動かして《裂傷鞭》を自分の足下、機関車の外壁へと突き刺した。金属とも植物ともつかない暗い緑色の棘《とげ》が、蜘蛛《くも》の巣のように叶音の周囲に広がる。

「覚悟決めなさい、あたし。ほんのちょっと我慢するだけなんだからっ！」

叶音が手にしたハンマーをぎゅっと握ると、柄の底部から伸びた鎖がひとりでに動き出した。鎖の先端のアミュレットが獲物を狙う蛇のように持ち上がり、空中のフォビアにその先端を向ける。

アミュレットが強烈な輝きを放ち始めた。光はみるみる内に光量を増し、輪郭も見えなくなるほどの強烈な輝きになる。

白色に輝くそれは、太陽や月に類する、人の手の及ばない超常的なエネルギーの本流だった。ぞくりと、本能的な怖気が叶音の身体《からだ》を緊張させる。

――幽骸《コープス》の名は《霹靂《へきれき》の帝墜鎚《ていついつい》》。

叶音はそのフォビアをいつ、どうやって倒したのか、全く記憶に残っていない。

そもそも叶音は、その呪いの力を自分が所有している事自体信じられなかった。ことその幽骸が孕《はら》む恐怖は、叶音が平時相手取る恐怖症と比べても、限りなく死に近いものだったから。

それは、かつて神と同一視された力。

人の身に余り、理解などできず、支配するなど当然できず、今もなお数多くの死者を生み出し、恐怖の対象であり続けるもの。

世界の断《いな》き。神の怒り。

それが訪れれば、全ての生命が頭を伏しておびえるしかない、原始的恐怖の一つ。

――落雷恐怖症。

「ツいっけえええええええええええええ!!」

叶音《かのん》は吠《ほ》え立ち、全身全霊の力を籠《こ》めて、目を潰《つぶ》すほどに強烈な光を纏《まと》うヴァジュラへ、ハンマーを叩《たた》き込んだ。

その一撃が銃弾の雷管を叩いたように、ヴァジュラに籠められたエネルギーが解き放たれる。

そこからは一瞬だった。

それも当然。雷の速度は視認など許さない。雷の威力の前には生命の存命などあり得ない。

ガァアアアン――――――!!　と。凄《すさ》まじいという表現すら足りない轟音《ごうおん》。

雷光はその在り様のままに空間を蹂躙《じゅうりん》した。果てしなく、圧倒的で、誰にも制御できない。

その理《ことわり》を証明するだけだとでも言うように。

金色の閃光《せんこう》が、まず上空に跳ね上がっていたフォビアを、それが覆い尽くす電車ごと包み込んだ。光と熱が白い肉を焼き尽くし、分解し、塵《ちり》のレベルまで消滅させる。

そして、雷は貫く相手を選ばない。

雷は、最もエネルギーの奔流《ほんりゅう》の傍《そば》にいた叶音にも、同じ勢いで襲いかかった。

「んぎゃッ――」

全身の細胞一個ずつをハンマーで叩き潰されたような衝撃。意識が一瞬で真っ白に染まる。

右手を覆っていた《裂傷鞭《れっしょうべん》》は威力に負けてたちまちの内に焼き切れた。叶音は機関車の上から弾《はじ》き飛ばされる。

「叶音っ！」

その身体《からだ》を、逸流《いつる》が受け取った。

後を追って空中に飛び出した逸流は、投げ出された叶音の身体をキャッチ。そのままぽむと手を叩いて、落下する地面に扉を生み出した。同じ扉が、逸流が飛び出したばかりの機関車の上にも開かれている。

二人は扉から扉へ、空間を飛び越えて機関車の上へと躍り出た。二人もみ合うようにして、五メートルばかりも転がってようやく止まる。

叶音の身体からは、シュウシュウという水分の蒸発する音が鳴っていた。赤いスカジャンのあちこちが焦げて黒ずんでいる。身を起こした逸流が、叶音の身を揺さぶった。

「叶音、大丈夫？」

「っ……ぬあああもおおお！　いったあああああああい!!」

揺さぶられた叶音は、のたうち回って叫び声を上げた。その声は悲痛な様子はなく、むしろ怒りという生命力に満ち満ちている。逸流がほっと胸をなで下ろした。

「よかった。元気みたいだね」

「これのどこが元気に見えるのよ！　うう、身体《からだ》がバラバラに砕け散ったみたい。あちこちめっちゃ痛い……！　こうなるって分かってたから嫌だったのよぉ……！」

機関車の屋根の上で身悶《みもだ》えながら、叶音《かのん》は泣き言を漏らす。

《霹靂《へきれき》の帝墜鎚《ていついつい》》から放たれた雷は、狙いを定めた相手はもちろん、振るった自分自身をも襲う。それが分かっているから、叶音は《泥薔薇《どろばら》の裂傷鞭《れっしょうべん》》を車体に張り巡らせてアースとし、電流の逃げ場を作っていた。けれどそれはあくまで致命傷になる事を回避するための措置で、身体を流れる電流の威力や痛みは軽減してくれない。

「うぅ。いったい、やばい、マジでしばらく立てないぃ……トラウマになりそう……」

「大丈夫だよ、叶音。影響を抑えるために記憶を封じ込めるから、トラウマは残らないし、幽骸《コープス》はいつでも初めての気持ちで使えるよ」

「それが嫌だって言ってるの！　もう許さない。絶対、絶対絶対、今度こそ絶対に！　二度とこんなトンデモ幽骸なんて使ってやらないからねぇ……！」

「そういうのまで含めて忘れるんだってば。あはは、今だけ叶音が妹になったみたい」

逸流《いつる》が困ったように笑いながら、悶える叶音の頭を優しくよしよしと撫《な》でてあげる。

焼け果てて塵《ちり》と化したフォビアの残骸が、黒い雪となってはらはらと空を舞い、幻想の田園へと降り注いでいた。

危機を脱した逸流の機関車は、そのまま田園を進む。

やがて辺りに霧が漂いだした。霧はみるみる内に濃くなっていき、伸ばした手の指先すら霞《かす》むほどになる。その霧の中に現れた駅のホームに、機関車は停車した。

ドアが開き、そこから恐る恐るみきとが出てきた。傍《そば》には叶音がいる。落雷のショックから立ち直り、すっかり気勢を取り戻した様子だ。

みきとは鬱蒼《うっそう》とした霧に包まれた場所に立ち、不安げに叶音に視線を向けた。

「お姉さん、ここはどこ？」

「ここは安全よ、心配しないで。すぐに大人の人がみきと君を迎えに来てくれるわ」

「本当に？　霧ばっかりで何も見えないし、なんだか怖いよ」

身体を縮めさせて、みきとが訴える。しかし叶音は冗談めかして「あら」と言った。

「何も見えないなんて事はないでしょう？　ほら、よく見て。あそこに駅舎が見えるわよ」

そう言って、叶音はみきとの後ろの方を指さした。

振り返って叶音の指先を辿《たど》れば、確かに白い霧の中に、ぼんやりと建物の輪郭があった。目を凝《こ》らしていると、徐々に輪郭や色彩がはっきりしてきて、木造の駅舎が霧の中に姿を現す。

まるでみきとの視線が、辺りの霧を払ったみたいだった。

「上出来。さあ、もっと色んなものを見つけてみましょう」

後ろから叶音《かのん》の手が伸びてきて、霧の中を指さした。

その指を追いかけて顔を動かしていくと、視線が霧を払い、様々なものが浮かび上がってくる。線路を挟んで建てられた、反対車線のホーム。そのホームを繋《つな》ぐ、黄緑色の塗装がされた歩道橋。樹脂製の古いベンチ。

やがてみきとは、駅名の載った看板を見つけた。耳元で叶音が満足げに頷《うなず》く。

「でかしたわね。なんて書いてあるか読める？」

言われるまま、書かれた駅名を読み上げた。その頃には白い霧はほとんど消えかけている。

みきとは叶音に肩を叩《たた》かれた。ぽん、ぽん、と優しく、励ますように。

「怖いのも我慢して、よく頑張ったわね。すぐに迎えに行くから、いい子で待っていてね」

視界にあった腕が背後に引っ込む。傍《そば》にいた少女が遠ざかる空気の揺らぎを背中に感じる。

「助けてくれてありがとう、お姉さ――」

お礼を言いながら振り返ったみきとは、目を丸くする。

そこにはもう誰もいなかった。スカジャンを羽織った少女もいない。乗っていたはずの機関車もない。いつの間にかみきとは、見た事ない駅のホームの真ん中に佇《たたず》んでいた。

辺りを包んでいた霧は朝靄《あさもや》に変わっていた。ホームから見える空は早朝の白んだ青色をしていて、今まさに地平から昇った朝日が辺りを眩《まぶ》しく照らし出す。

「……お姉さん？」

呟《つぶや》いた声に応える声はない。

朝の訪れを告げるような爽《さわ》やかな風が吹き抜け、少年の髪をさぁっと吹き流した。

そこは既に現実の世界だった。少年の心を苛《さいな》んでいた悪夢は消え、悪夢から救い出した少女もまた、風のように消えていた。

そして、果たしてそれは幻聴だったのか——訳も分からず佇む少年は、遥《はる》か遠くで響く、別れの挨拶《あいさつ》のような汽笛の音を聞いたような気がした。

◇

全ては劇的に、滞りなく進んだ。

記録として残る契機は、交番に届いた一件の非通知電話だった。電話は、行方不明の子供が駅にいるとだけ告げると、そのまま切れてしまう。駐在員が半信半疑のまま駅に向かうと、ちょうど駅員に保護された少年が、鳩が豆鉄砲を食ったような顔で駅舎のベンチに座っていた。

田畑とそれを育てる農家の住まいがあるばかりの、小さな駅だった。場所は東北の某所。少年の住まいのある東京から、実に五百キロ近い距離を隔てていた。

捜索願いが出されてから五日目。失踪《しっそう》してから一週間。生きたままの発見は絶望的と思われていた中での発見だった。

これを奇跡と呼ぶか奇妙と呼ぶかは、意見が分かれている。

少年の持つICカードには、彼が電車を乗り継いで発見された駅まで向かった履歴が残っていた。監視カメラには、途中の駅舎のベンチで横になって夜を明かす姿も確認されている。

確実な情報だけを辿《たど》れば、やたら長距離の、はた迷惑な家出としか見えない一件だった。しかし、不可解な点はいくつもある。

監視カメラには電車に一人乗り込む少年の姿が映っていたが、通過駅の駅員も乗客も、彼の姿を見た人は皆無だった。

更に、少年には発見されるまでの記憶がなかった。彼は警察の取り調べに、夜の街を歩いていたら、不思議な夢を見て、目が覚めたら駅にいたと証言した。一週間の失踪《しっそう》には釣り合いの取れない説明で、聴取した警察官は頭に疑問符を浮かべたが、誰よりも大きい疑問符を浮かべているのが少年本人なのだからどうしようもない。

外傷もなく、身代金の要求もなく、誘拐《ゆうかい》を匂《にお》わせるような証拠は本人の証言含めて何もない。警察は狐に抓《つま》まれたような気持ちを抱えながら、事件性なしと判断した。非通知でかかってきた電話についても、正体が分からないままうやむやに終わった。

それが、一度は『神隠し』とすら称された行方不明事件の、一連の顚末《てんまつ》だった。

お化けに襲われた所を赤いジャンパーを着たお姉さんに助けられたという少年の夢は、駐在員のメモの走り書きに残されるだけに留《とど》まった。

その少年の見た夢こそがこの事件の核心だったと知る者は——まして、少年が現実へと戻ってくるため、『神隠し』との壮絶な死闘があった事を知る者は——誰も存在しないのだ。

「そう……たったひとり、この事件を解決に導いた、一人の霊能探偵を除いてはね」

ブツブツと独り言を呟《つぶや》きながら、昇利《しょうり》はキーボードをカタカタと鳴らした。

格安で買った中古のノートパソコンの画面には、今しがた昇利がしたためたばかりの文章が並んでいる。昇利はそれを眺め、満足げに瞳を輝かせた。

「最後にキメ台詞《ぜりふ》——信じるか信じないかなど関係なく、それは確実にこの世界に存在しているのです。お心当たりのある人はぜひご相談ください以下連絡先——いやぁ今回も筆が冴《さ》えてるな！　僕ってば意外と文筆家の才能があるんじゃないかい!?」

応接用のソファの上で上機嫌に身体《からだ》を揺すり、昇利はほくそ笑む。

そこは都心から大分離れた郊外の、築三十年は下らないビルの一室だった。人気《ひとけ》のない路地を更に深く進んだ場所。店と呼んでいいかも疑わしい店が並び立つ怪しい通りの一角。立仙《りっせん》昇利が営む霊能探偵事務所は、そこに居を構えていた。

事務所の内装は様々ないかがわしい物品で埋め尽くされている。壁を埋める本棚は黒魔術や民間伝承、超能力に関する書籍などで埋め尽くされており、その背表紙の前のスペースには、ミニチュア水晶や木彫りの髑髏《どくろ》、異国情緒漂うネックレスなどが所狭しと並べられている。部屋の一角には通販サイトから届いた段ボール箱が無数の塔を作っており、そこからもどこかの民族の仮面や分厚い装丁の書物が覗《のぞ》いていた。

怪しい以外の統一性が何もない、混沌《こんとん》とした事務所だった。埃《ほこり》と黴《かび》の匂《にお》いが染みついた空気の中、雑多にオカルティックな小物が所狭しと並ぶ空間とあれば、漢服姿にサングラスを着けた昇利《しょうり》のいかがわしい姿はむしろよく馴染《なじ》む。

「……、…………」

だから叶音《かのん》は、三十も過ぎたオッサンが、妖しい笑顔でぶつぶつと独り言を呟《つぶや》きながらパソコンに向かっている光景ぐらいは、日常として否応なしに受け入れなければいけないのだった。

霊能探偵事務所のドアを開けるやいなや、過剰に自画自賛しながらパソコンに向かいきゃっきゃとはしゃぐオッサンを見せられて、叶音のテンションは一気に零下まで下降する。彼女はじっとりとした半目のまま彼の傍《そば》に近寄った。

「気持ち悪い笑顔を浮かべて何してたんです？　昇利さん」

「やあ、おはよう叶音ちゃん。聞いてくれるのかい、僕の素晴らしい広報活動を！」

「聞かされたんですよ、嫌でも。読み上げながらじゃないと文章を書けないなんておじいちゃんですか……言ってた内容からして、先日のみきと君の件ですよね。広報活動って？」

叶音が尋ねると、昇利はフフンと得意げに笑い、ノートパソコンを回転して画面を見せた。

「困っている人のための相談窓口というものは、困っている人にその存在を知ってもらわなければ意味を為《な》さないだろう？　フォビアを倒す叶音ちゃんの特殊能力も、フォビアに悩まされている人に届かなければ助ける事に繋《つな》がらない——という事で、勉強しながら苦節数か月！　とうとう探偵事務所のホームページを開設したんだよ！　霊能探偵事務所の活躍を僕の素晴らしい文章で綴《つづ》り、全国に紹介しようという訳さ。どうだい、これで千客万来間違いなしだろう！」

昇利は得意げに胸を張る。

一方の叶音は、パソコンの画面を一目見た瞬間に、ぞわっと怖気《おぞけ》を走らせた。

目の前に広がる信じられないものに、脳の処理が追いつかなくなる。

「あ、の……このブログの背景、なんで『立仙《りっせん》霊能探偵事務所』って斜体の文字が、斜めに敷き詰められてるんですか……？」

「いいだろう？　シンプルかつ機能的で、名前を憶えて貰《もら》うという目的に合致したデザインだ」

「トップページの所、昇利さんの写真が右から左へスライドしてるんですけど……」

「ああそれ！　凄《すご》いだろう、ＨＴＭＬでこの動きができた時は感動ものだったさ！」

「下にあるのは……まさかコレ、アレですか。伝説のアクセスカウンター……」

震えそうになる手でマウスを向けた先には『あなたは今□□□,□46人目の来訪者です』という文字が並んでいる。かつてこれをＨＰに置く文化があったのだという事を知ってはいたが、本物を見たのは初めてだった。

何か見てはいけない禁忌に触れた気持ちで、叶音はサッと顔を青くさせた。

目元を押さえ、どうか悪い冗談であってくれと願うような心地で唸《うな》る。

「カウンターの桁《けた》多すぎでしょ。どんな自信があれば、このサイトに十万人も来ると思えるんですか。こんな画面を見せられるなんて軽いテロ行為なのに、被害を受けた人がもう四六人もいるなんて信じたくない……」

「惜しかったね、叶音《かのん》ちゃん。あと少しでキリ番だったのに」

「こんなしょーもないサイトのアクセス五十人目なんて虚《むな》しいばかりで何の喜びもないですよ！　……え、ちょっと待って。こんな魔境にあたしのこれまでの仕事が掲載されてるんですか!?　名前付きで!?」

ヒュッと甲高《かんだか》い音を出して叶音が息を呑《の》む。その瞬間、ともすればどんなフォビアの恐怖症よりも強い恐怖が叶音の背筋を貫いた。幸いにも、昇利《しょうり》はそれに首を横に振ってくれる。

「依頼者含め関係者の名前は書かないし、大筋以外はぼかすようにしてるよ。依頼者に迷惑がかかってはいけないし、今回のみきと君みたいに刑事事件の守秘義務が絡《から》んだりするからね」

「ああ、よかった。昇利さんにも人並みの理性はいちおう残って――」

「その代わり、世間を賑《にぎ》わす『スパルタ姉ちゃん』については関係性を仄《ほの》めかせているよ！　謎に包まれた精神世界の旅人は、他でもない探偵事務所のエース。イカしたスカジャンを靡《なび》かせ、人の悪夢を祓《はら》って恐怖を切除する、正真正銘の正義の味方だとね！」

「衆目に晒《さら》される前にその記事今すぐ消してください！　消せ――――っ!!」

得意げに言う昇利に、真っ赤になった叶音が叫んだ。

人の精神世界〈ゾーン〉は、夢や束の間の妄想など様々な形で形成される。その〈ゾーン〉を自在に移動できる叶音は、時にその世界の作成者に見つかり「夢の中に知らない女の子が現れた」という奇妙な体験を残す事になる。それら曖昧《あいまい》な噂《うわさ》が広まり、匿名掲示板では『スパルタ姉ちゃん』という呼び名が付けられていた。

「いいじゃないか。いかにも都市伝説っぽい呼び名で、僕は素敵だと思うけれど」

「断固反対です。好きでこの服を着てるのに、揶揄《やゆ》されるのは普通に心外なんですから！　そうでなくても、あたしの事を書かれるのは抵抗感があるのに……」

「叶音ちゃんは案外人見知りだよねえ。およそ世界で一人だけの特殊能力を持ってるんだ。もっと誇ってもいいだろうに」

しゅんと眉を下げながらブログを操作して記事を非公開扱いにしていく昇利は、腕を組んで憤慨した様子の叶音に言う。

「今回の行方不明事件だってそうだよ。対象の〈ゾーン〉に侵入し、その景観や、本人の精神との会話によって情報を集め、所在を特定する。叶音ちゃんにしかできない、神がかりな捜索法だと言えるだろう。君は神隠しを打ち破ってみせたんだ。もっと自慢したっていいんじゃないかい？」

「あたしは、人を傷つけるフォビアを一匹残らず殺す事を使命にしてるんです。誰かに褒《ほ》めてもらいたくてやっている訳じゃありませんから……あ、そうだった」

ふと会話を止めて、叶音《かのん》は傍らに置いていた紙袋を手にし、昇利《しょうり》に差し出した。

紙袋の中には、かわいらしい顔をしたフェルト人形が入っている。

「神隠しで思い出しました。これ、みきと君がお母さんにプレゼントした人形です。これに付着したお母さんとの強い縁が、あたしを導いてくれました。二人の思い出の詰まった、大切な宝物です。どうか大切に取り扱ってください」

「了解した。僕から依頼主のお母さんに返しておこう」

叶音はそう念を押し、昇利が頷《うなず》く。

そのフェルト人形こそが、みきと君の行方不明事件を解決する要《かなめ》だった。

人はひとりでは生きられず、常に何かに関わりながら生きている。精神世界〈ゾーン〉はひとりひとりの個人的な箱庭だが、夢に好きな人が現れる事があるように、人や物に対する愛着は、精神を構成する重要な一部になる。

〈ゾーン〉から伸びて人や物に紐《ひも》づいた精神的な繋《つな》がりを、叶音は『縁』と呼んでいた。この縁を辿《たど》る事で、叶音は精神世界の大海から、特定の人の〈ゾーン〉に侵入する事ができる。

実際に相対し手を繋いだりすれば確実に。そうでなくても親しい人や思い出の品を経由する事で、高い確率で侵入できる。みきと君を探し出す事ができたのも、この〈ゾーン〉の侵入能力に付随した、縁を辿る力の為《な》せる業《わざ》だった。

「みきと君のお母さん、涙を流して喜んでいたよ。叶音ちゃんにもお礼を聞いて欲しかったな」

「遠慮しておきます。そういう面倒なのは全部、昇利さんにお任せしてますから……でも、今回の依頼を持ってきてくれたのは昇利さんでしたね。ありがとうございます。今回は本当に、手遅れになる一歩手前でした」

叶音は咳払《せきばら》いで空気を切り替え、昇利に素直に礼を言う。

改めて内装を見ても、立仙《りっせん》霊能探偵事務所は相当に胡散臭《うさんくさ》い。更に居を構える建物は古く、場所は郊外の僻地《へきち》だった。つまり、寄り付く人がほとんどいない。

知る人ぞ知るどころか、どうやって見つけたらいいかも分からないのが、立仙霊能探偵事務所の現状だった。門戸を叩《たた》くのは、苦労して探し出した本当に困っている人だけで、冷やかしが一切ないのは利点と言えるかもしれないが、やはり知名度の低さは頭の痛い問題だった。

「ほら、やっぱりホームページは必要だろう？　叶音ちゃんの、できる限り多くの人を助けたいという思いにも応える事ができるしね」

「ぐぬ、否定できな……いやいや、それにしたってこのデザインはありえないです！　やるならWebサイトを作れる人を雇うとか、ちゃんとそれらしいものを作ってくださいよ」

「叶音ちゃん……バイト一人ならともかく、この事務所に、そんな専門職に頼むお金の余裕があると思うかい？」

「カッコつけて言う事ですか、素寒貧《すかんぴん》のあほ所長」

ともかく。その知名度の低さという問題をカバーしているのが昇利《しょうり》だった。昇利が独自の情報網を用いて、叶音《かのん》こそ助ける事ができそうな奇怪な事件を探し出して斡旋《あっせん》しているのだ。

「これでも探偵だからね。事件の匂《にお》いを嗅《か》ぎ付けるのは専売特許だとも。叶音ちゃんの手伝いができるならお安い御用さ」

親指を立て、キラリと歯を見せて笑う昇利。

そうして彼は、今回の本題を切り出した。

「それに」と前置きし、色の薄いサングラス越しの目に真剣な色味を宿す。

「色んな場所で話を聞いてると、予想以上に多くの異変が世の中に潜んでいる事が分かるんだ。人々の日常が脅《おびや》かされてるとなれば、うかうかしてはいられないさ」

「……その口ぶり。また怪しい事件を探してきたんですね」

昇利が頷《うなず》くと、叶音はスッと居住まいを正した。スカジャンを羽織った攻めた風貌《ふうぼう》の少女は、その瞬間に全身を緊張させ、視線の光を落とし、フォビアを殺す狩人《かりゅうど》へと変貌《へんぼう》する。

昇利は机の引き出しにしまっておいた一枚の絵を取り出し、応接机の上に乗せた。

「この絵について探りたいんだ。叶音ちゃんの『縁』を辿《たど》る力で何か掴《つか》めないだろうか」

黒い背景に、原色の痛々しい線で描かれた、三匹の魚の絵。それは改めて見ても異様な存在感を放っているように見えた。

絵を見た瞬間、叶音も本能的に異常性を感じたらしい。視線の温度が更に下がる。

「探る理由を聞いてもいいですか？」

「その絵を飾ってあった一家三人が自殺した。死因は全員溺死《できし》だ」

「その原因が、この絵だと？」

「可能性は高いと踏んでいるが、あくまで探偵としての勘だ。叶音ちゃんの意見を聞きたい」

「見た人をおかしくさせる絵……もし本当にフォビアが絡《から》んでいるとしたら危険です。早急に手を打つべきですね」

叶音は思案げに唸《うな》り、絵を眺め回す。

それから彼女は、絵を机に置くと、そっと右側へと滑らせた。

ちょうど自分が座るソファの右半分。誰もいない空隙《くうげき》に、その絵を見せるように。

「どう、逸流《いつる》？」

「――――――」

まるでそれが、一分一秒と刻まれる時の早さが変わらないのと同じくらいの、至極《しごく》当然な話の流れとでも言うように。

叶音は右側の、何もない空隙と話を始めた。

「……いや、確かに不気味だけど。いまは絵の感想は聞いてないの。真面目にしなさいったら」

「……」

「うん……そう。あんたが言うなら行けそうね」

「制作者を突き止められそうかい？」

昇利《しょうり》は叶音《かのん》の相づちからタイミングを見計らい、質問を投げかけた。

矛盾を起こさないように気を付けた問いに、叶音は首を横に振る。

「制作者かどうかまでは断定できません。縁っていうのは、あくまで絵に残った誰かの思い出なので。作者に絵を描かせた人かもしれないし、最初に買った人かもしれない。そもそも上手《うま》く辿《たど》れずに失敗する可能性だってあります」

「分かっているとも。糸口だけでも摑《つか》めれば上々さ。頼まれてくれるかい、叶音ちゃん」

「そこにフォビアが居るならば必ず殺して見せます。それが、あたしがこの力を自覚した時に心に決めた事だから――ね、そうでしょ？」

叶音の最後の言葉は昇利にではなく、隣の空隙《くうげき》に向かって放たれた。

叶音は、ソファに乗せていた手をそっと空隙に近づけると、きゅっと何かを握り込んだように見えた。彼女の手は、ちょうど手のひら一つ分の隙間《すきま》を作って宙に浮いている。

知らず息を止めて叶音の動きを見つめていた昇利は、大仰に咳払《せきばら》いをして、彼女の意識をこちらに引き戻させた。

「それじゃあ、次の霊能探偵事務所の仕事は決まったね。今回も元気に、正義の味方を遂行《すいこう》するとしよう」

そう言って、昇利は叶音に向けて両手を差し出した。

叶音は一転して表情を渋くさせて昇利の手を見つめていたが、やがて不本意そうに目を閉じ、昇利の手の上に、自分の両手を重ねた。昇利は彼女の手をぎゅっと握り込む。

「いいかい叶音ちゃん。くれぐれも——」

「くれぐれも無茶はしないように、ですよね。昇利さんってば、口を開けばそれなんですから」

「まだ何も詳細が掴めていないが、この事件では、既に死者が出ている。危ない事があったらすぐに連絡をするんだよ。いつでも僕を頼ってほしい」

「頼るも何も、〈ゾーン〉について分かるのは〝あたし達〟だけじゃないですか。昇利さんに頼れる事なんてそうそうないですよ——もういいですか？」

目線を合わせて会話には応じるものの、叶音の反応は終始冷ややかだ。昇利の手の中で、彼女の手が早く離れたそうにもぞもぞとしている。

仕事を始める前は、両手を合わせて挨拶《あいさつ》する。いつも行うと決めているルーティンだ。昇利が叶音を雇う際に約束させた事で、叶音が嫌がる事までお約束だ。叶音が断った事は一度もないが、いつも決まって居心地が悪そうに、気ぜわしくなる。

きっと、両手を塞《ふさ》がれ〝彼〟との繋《つな》がりが弱くなる事が嫌なのだろう。

叶音にとってはストレスの高い行いなのだ。だからこそ、昇利はこの約束を大切にしている。

両手を包み込んで、他と繋がらないように阻害して。

そうして初めて、彼の声は彼女に届き、彼女が声を届けてくれるような気がするのだった。

「君にできる正義を果たしておいで……いってらっしゃい、叶音《かのん》ちゃん」

「そんな高尚なものじゃないですけれど……いってきます」

　いってらっしゃいと、いってきます。二つの言葉の余韻《よいん》が完全に消えるまで待ってから、昇《しょう》利《り》は叶音の手を離した。叶音はまるで凍えた指を温かな湯に浸《つ》けるように、手を虚空《こくう》に差し出し、きゅっと何かを握り込んだ。

　昇利はその様子を眺め、何も見なかったように笑った。「さて」と呟《つぶや》き、立ち上がる。

「明日、事務所は閉じておくから、好きに使ってくれて構わないよ。合鍵は持っているよね？」

「持っていますが……普段から閑古鳥《かんこどり》なのはさておき、休業は珍しいですね。用事ですか？」

「うん。僕もその絵について調べようと思ってね」

「なんですって？」

　叶音が驚いたように目を開いた。それからすぐに、むっと眉間に皺《しわ》を寄せる。しかし、彼女が何か言うより早く、昇利は手を出して叶音を制した。

「まあまあ落ち着いて。今回の任務は絵の詳細を探る事。そしてその絵は、現物としてここに存在しているんだ。叶音ちゃんが〈ゾーン〉を捕まえる縁とは別に、流通経路っていう僕が辿《たど》れる縁もあるんだよ」

「それはそうかもしれませんが……危険じゃありませんか？　昇利さんはただの一般人なのに」

「叶音ちゃん、僕はれっきとした探偵だよ？　怪しいものに首を突っ込むのは専売特許さ。精神世界は君、それ以外は僕。上手《うま》く手分けして、真相を暴き出そうじゃないか」

昇利は漢服の裾を広げ自信たっぷりに笑って見せた。叶音はまだ何か言いたげだったが、昇利の意見にも一理あると考え、やめた。代わりに大きなため息を一つ。

「了解です。あんまり期待せずに待ってますから、無理だけはしないでくださいね」

「あはは、叶音ちゃんに心配してもらえるなんて貴重な経験だ。元気がもりもり湧いてくるよ！　それじゃ、僕は外に出てくるから、後の戸締りはよろしくね」

そう言って昇利は、その場を叶音に任せ、事務所を後にする。

古びたドアを開けて外に出る。その扉を閉める寸前に、隙間《すきま》から話し声が聞こえてきた。

「……なに、逸流《いつる》？　神隠しの時に頑張ったご褒美《ほうび》のなでなでが足りない？　昨日あんなに甘やかしてやったのに……もう、ほんと甘えん坊なんだから……」

困ったような、呆《あき》れるような、そのどれよりも嬉《うれ》しそうな声。

昇利はドアノブに手をかけた格好で、少女の声に思わず耳をそばだててしまう。

今さっき出てきたばかりの事務所のはずなのに、閉じかけのドアの向こうにある空間は、まるで液体のようにゆらめいて曖昧《あいまい》な、夢の世界であるように感じられた。

先ほどのやり取りを反芻《はんすう》し、昇利は忸怩《じくじ》たる思いに焦がされた。

……叶音は、幻覚と共に暮らしている。

果たしてそれがいつ頃発現したものなのか、昇利《しょうり》ははっきりとは知らない。言葉が通じる状態の叶音《かのん》に会った時、彼女は既に虚空《こくう》に向けて和《なご》やかに語らい合っていた。

逸流《いつる》という名前の、存在しない少年と会話し、虚空と手を繫《つな》ぎ、笑い合っている。

演技ではない。少なくとも叶音の目や耳は、活《い》き活きと動き回る少年の姿を認識している。

そして叶音は、何もない虚空に向けて語らう時だけ、年頃の少女のようなあどけない微笑《ほほえ》みを浮かべてみせるのだ。

それはまるで、色の付いたフィルターを通して現実を透かし見ているよう。夢を見ているというより、現実を再構成しているよう。

それほどに叶音の仕草は完璧で——まるで、少年が存在しないこの世界の方が間違っているのだと表明するように、病的なのだった。

昇利は、今すぐにでも引き返して彼女を正気に引き戻したい気持ちを、ぐっと堪《こら》えた。

「……傷はすぐには癒《い》えない。ゆっくりでいいいさ」

自分に言い聞かせるように言って、音を立てないようにそっとドアを閉じた。叶音の甘みのある声がぱたりと途切れる。それから彼は短い溜息《ためいき》を一つ、何も見なかったように取り繕《つくろ》って、ひび割れの浮いた古いコンクリートの階段を一段一段と下っていった。

三章　潮の匂いを手繰って

事実として、この世界には、常識では計り知れない異質なる者が存在する。

概念生命体、フォビア。精神世界に生きる彼らは人間の精神に寄生し、心を壊す事でエネルギーを捕食する。

フォビアの多くは幻覚や恐怖症状を用いて精神を脅《おびや》かす。一部の強力なフォビアは、みきと君の一件のように巣を作って引き込んだり、より悪辣《あくらつ》な手段で心を壊そうとする。フォビアの手に掛かった者に待ち受けるのは、大抵は悲惨な死の運命だ。

そんな恐ろしい存在に対抗できるのは、人の概念世界〈ゾーン〉を自在に行き来できる特異能力の持ち主、叶音《かのん》だけ。

現実に生きる人々は、自分達が怪物に脅かされている事も、それらを相手取って戦う一人の少女がいる事も認識できず、手を出す事などできないのだった。

「そう……今までの事件ならば、ね」

昇利《しょうり》は自分のスマートフォンを見る。画面には、捜査のために撮影した魚の絵。

人をおかしくさせている物が、概念世界ではなく、こうして現実に存在している。

絵の具ではなくデジタルで描かれているようだが、誰かが手を動かして作成したものには違いない。更に、この絵を見つけた一家三人が自殺した家では、絵は額に入れて飾られていた。

絵を作り流通させた何者かがいる。そう考えるのが自然だった。

であればその何者かは、現実にいる以上、叶音以外にも探し出す事ができるはずだった。

「つまり、ようやく霊能探偵の出番が来たという事さ。いやぁ燃える。メラメラと燃えるなぁ！　僕の活躍に目を丸くする叶音ちゃんの顔が、今からとっても楽しみだよ！」

実際、昇利はこれ以上ないほどに燃えていた。

これまでの〈ゾーン〉に関連した事件は、全て叶音が解決し、昇利は傍観者でいるしかなかった。仕方ないとはいえ、女の子一人に任せきりの状況に前から歯痒《はがゆ》い思いを感じていたのだ。

絵の作者に関する情報がどれほど有益かは、まだ分からない。しかし、どう転ぶにせよ無駄に終わる事はないという確信があった。

「さあ、腕の見せ所だぞ、立仙《りっせん》昇利。今回こそ、叶音ちゃんの役に立ってみせるんだ」

不敵に微笑《ほほえ》んで顔を上げる。

昇利の目の前には、古びた雑居ビルがあった。

そこは都心の繁華街の中だった。平日の昼間だというのに、大学生くらいの男女を中心に非常ににぎわいを見せている。少しでも安く抑えるために細く長く作られた鉄筋コンクリートのビルに、インディーズの服飾ブランドや中古品を取り扱う雑貨屋、中華料理店など雑多な店がぎゅうぎゅう詰めに押し込まれている。窓やビル脇の細長い看板には大量の広告が敷き詰められていて、あまりの情報量の多さに脳が認識する事を拒んでくる。

昇利《しょうり》は雑居ビルに踏み入り、地下へと続く階段を下りていく。

餅《もち》は餅屋《もちや》という言葉があるように、あらゆる物事を解決するために最も効率的な方法は、専門家に頼む事だ。

叶音《かのん》のような、明確に異能と呼べる特異な存在は稀《まれ》だとしても、常識という尺度から逸脱した規格外の存在というのは、居るところには居るものだ。

彼らは得てして社会の明るみからは距離を置いて暮らしている。

人里離れた辺境、あるいは、人が多すぎるが故《ゆえ》に濃くわだかまった影の中。

昇利が足を延ばしたのは、その影を生業《なりわい》にする人物に会うためだった。

普通に歩いても肩がぶつかるくらいの狭い階段を下りると、古びた雰囲気が、更に暗く粘ついたものになる。黴《かび》と埃《ほこり》が臭う暗闇を、切れかけた電灯の弱い明かりが照らしている。

目的地である最奥《さいおう》のドアは開け放たれていた。周囲の壁には大量の写真が貼られている。

壁の写真は、全てタトゥーだった。肩に彫られた竜、背中一面を使って描かれた夜叉《やしゃ》の顔。蛇を彫った舌を突き出している生々しい写真まである。

いずれも彫り立てに撮られたらしく、写真に写る肌は真っ赤に腫《は》れ上がって痛々しい。しかし、それでも目を逸《そ》らさせないほどに、肌に彫られたタトゥーは凄絶《せいぜつ》な存在感があった。

そんな大量の写真が取り囲むように貼られたドアは、さながら別世界の魔境へ誘う蟻地獄《ありじごく》だった。しかし昇利に臆《おく》した様子はない。顎髭《あごひげ》を撫《な》でながら、壁に貼られた写真を眺める。

「ふむ、これは新作だね。人体でできた花とはまた尖《とが》ったデザインを……うげ、まさかこれ、白目に墨を入れたのかい？　勇気あるなぁ」

「――探偵か」

不意にドアの向こうから声をかけられた。やや低めの、硬質な女性の声だ。昇利は顔を向けたが、部屋の中にいる声の主の姿は見えない。

「鬱陶《うっとう》しいからそこで騒ぐな――用があるんだろう。入れ、中で聞く」

「……それじゃあ遠慮なく」

声に応じて、昇利が扉を潜《くぐ》る。

室内を満たしていたのは、嗅《か》ぎなれないインクの匂《にお》いをした暗闇だった。電灯は必要な箇所だけを照らすスポットライトのようで、部屋の細部は暗闇で塗り潰《つぶ》されている。

明かりに照らされて浮かび上がるのは、一台の施術台だった。病院を彷彿《ほうふつ》とさせる青緑色のビニル革には、黒と赤の染みがあちこちに滲《にじ》んでいる。その傍《そば》には、インクや針打ち機などの道具が銀色のトレーの上に置かれている。タトゥーを彫るための道具と分かってはいるが、暗闇の中、僅《わず》かな光によって浮かび上がるそれから想起されるのは施術ではなく拷問の光景だ。

その施術台の傍に、彼女は立っていた。たとえ一瞬でも人と呼んでいいか迷う人間が。

美しい女性だった。そう言っていいだろう。研がれたような鋭い相貌《そうぼう》。短く刈り上げた金髪。身に着ける衣服は臍上《へそうえ》までの丈の短いベストに、デニムのショートパンツ。大胆に露出された肌はしなやかで、よく鍛えられていた。白く滑《なめ》らかな肌の内側に、アスリートのように機能的な筋肉の力強さが感じられる。

獣《けもの》のような女性だった。その印象を抱かせるのは、彼女の眼光の鋭さだけではない。

女性の全身は、夥《おびただ》しい量の墨で覆われていた。腕の先から足の先、腹から顔から耳たぶに至るまで、黒い墨がびっしりと張っている。

美しい流線形をした墨は、一見して具体的な何かを象《かたど》ってはいなかった。虎の紋様のようにも、荒れ狂う荒波のようにも、暴力を体現した化身の形而上《けいじじょう》的表現のようにも見えた。その意匠は女性の鍛えられた身体《からだ》に合致し、凄烈《せいれつ》な獣じみた迫力を与えている。

「何に見える、探偵」

女性は無表情に固められた目で昇利《しょうり》を見つめ、前置きもなく突然聞いた。

昇利は顎鬚《あごひげ》をじょりとなぞって、女性の入れ墨を眺め、一呼吸置いて応えた。

「麦色の毛並みをした熊」

「……」

女性は何も反応を見せなかった。視線を外し、傍らの流し台で手を洗い始める。昇利が来る直前まで作業をしていたのか、指にはインクの黒色が付着していた。

「……あ、あれ。もしかして、君を怒らせる答えだったかな？」

「逆だ。普通すぎて呆《あき》れた。お前ならもっと面白い解釈を見せるはずだ、なぜ本性を誤魔化《ごまか》す」

「誤魔化していない。本当に君の入れ墨は熊に見えたよ、魅虎《みとら》」

魅虎と呼ばれた女性は、つまらなそうに鼻を鳴らし、それきり昇利に対する興味を失ったらしい。見た目通りのそっけない態度に、昇利は困ったように頭を掻《か》く。

魅虎はタトゥーアーティストだった。評判は良いというレベルを遥《はる》かに超え、一部で伝説とすら評されている。彼女の絵を肌に入れるため、わざわざ海外からの来客もあるほどだという。

彼女の肌をびっしり覆う流線形の入れ墨は規則性を意図的に廃しており、ロールシャッハ模様のように見る人によって様々な像を抽象的に浮かび上がらせるらしい。何に見えるかによって、その人の人となりや、その日の精神状態が把握《はあく》できるのだという。昇利は彼女に会うたびに毎回「何に見えるか」と尋ねられ、率直に答えるのだが、彼女が満足した事はなかった。

「悪いが茶は出さないぞ。三十分後に予約が入っている。用がないなら帰ってくれ」

「世間話はまたの機会に。今回は君の知識を借りに来たんだ。芸術には詳しいだろう?」

「……そう言われて『はい』と答える奴は向上心を失った怠け者だ。進めば進むほど、道はより長く、深く、険しく続いている。未知がなくなる瞬間は永遠に訪れないのかもしれないな」

「そうやって自省する所も、君が本物の芸術家である証左だと思うよ。少なくとも僕の知る限り、裏まで精通した芸術家は君以上を知らない」

昇利がそう言うと、魅虎はフンと鼻を鳴らした。次の施術の準備を整える手を止め、ようやく昇利を正面から見る。

「この街でお前にちょっかいをかけられた事のない人間はいないだろう。お前の言う『知る限り一番』は、平易に放たれる日本一よりは説得力のある口上だ……見せてみろ。お前が気を向ける作品とは何なのか興味がある」

昇利《しょうり》は頷《うなず》き、懐《ふところ》からスマートフォンを取り出して、撮影していた魚の絵を魅虎《みとら》に見せた。

「その絵の作者が誰かを知りたい。君なら何か知っているんじゃないかと思ってね」

魅虎は元々鋭い視線を更に細め、威嚇でもするように画面の魚の絵を睨《ね》め付けた。

しばらくの間、重苦しい沈黙が部屋に降りる。痺《しび》れを切らした昇利が声をかけた。

「作者や、絵の傾向、もしくは似たような絵を所持している人でも構わない。いまは些細《ささい》な事でも情報が欲しい」

「右肩」

「……何が？」

もしかして何か付いているのかと昇利は自分の肩を見る。魅虎は首を振って、更に言った。

「依頼ならば対価は貰《もら》う。私の知識を貸す代わりに、お前の右肩に墨を彫らせろ」

有無を言わせない口調。昇利はぎょっとして、思わず右肩を押さえて後ずさった。

「いやいやいや、またそれかい？　君も懲《こ》りないな」

「金を取る気はないから安心しろ。別にいいだろう、減る物ではないし」

「減るよ。僕のぴちぴちお肌の面積が減ってしまうよっ」

「タトゥーは自分自身を用いた表現で、魂を外側に表層させる最も強力な刻印だ。お前の本性を引きずり出す絵を描いてみせる。その胡散臭《うさんくさ》い格好も多少はマシな風体《ふうてい》になるだろうさ」

「余計なお世話はやめてくれ。だいたい今の僕には、世話をしてる女の子がいるんだ。親愛なるおじさんが肩にイカつい入れ墨を彫ってたらどうだい、教育に悪いだろう？」

昇利が首を振りながらそう言って、魅虎はようやく思い直した。チッと舌打ち一つ、摑《つか》みかかろうとしていた身体《からだ》の力を抜いた。

「お前のような男が保護者とは、世界には数奇が満ちてるな」

「そうかなぁ。結構いいお父さんになれると思ってるんだけどなぁ、僕」

「報酬は要らない。私はお前に、墨を彫る以外の要求をするつもりはないからな。ただ、お前の肌は私が予約している。他の墨師に彫らせたら皮膚を剝《は》ぐぞ」

「予定はないから安心してくれ……君のその、僕へのおかしな過大評価は一体なんなのかな」

まったく冗談に聞こえない脅し文句に、昇利は冷や汗をかきながら応じた。

人との繫《つな》がりは、情報網の深さが売りである探偵にとって文字通りの生命線だ。昇利も探偵として、各業界の情報を仕入れるための独自のルートを構築している。

中でも魅虎は、話が通じて、良識もあり、厄介事に巻き込まれる心配も少ない良客だった。ことあるごとに墨を彫らせろと凄《すご》んでくる事を除けばだが。

なぜか魅虎は、昇利に墨を彫る事に執着している。優れた彫刻家の中には、丸太の中に仏の姿が見え、それを削り出すだけだと語る者もいるが、魅虎《みとら》は昇利《しょうり》という画材に傑作の予感を感じているらしかった。昇利としてはたまったものではない。今回も、彼女がメスのように鋭利な視線を逸《そ》らしてくれた事で、ほっと胸を撫《な》でおろす。

「相変わらずキツい対応だ。寿命が縮まりそうだよ……」

「海園遊雨《うみぞのゆう》」

また前置きなく魅虎が言った。昇利が聞き返す。

「何だって？」

「その絵の作者だ。最近、私達の間でもしばしば名前を聞くようになった」

魅虎はスマートフォンを放って返した。受け取った昇利は慌てて検索をかける。

「……出てこないな」

「ネットには上がっていないだろうな。名前を聞いたのも一月ほど前だし、どうも意図的に露出を抑えているらしい。私も知っているのは作風に関する情報だけで、現物は初めて見た」

「秘密性を売りにしてる画家って事かい？　バンクシーみたいな」

昇利が問うと、魅虎は首を横に振った。

「曰《いわ》く付きなんだよ。海園遊雨の絵に選ばれた人間は、海に呼ばれるらしい」

「海に……」

「芸術とは常に神秘性と隣り合うものだ。魂を込めた絵なら尚更《なおさら》な」

そう言いながら、魅虎は紙とペンを手にすると、サラサラと書き留めたそれを昇利に渡した。

「都内のアトリエを借りて、不定期に絵を売っているそうだ。本人が招待した人しか通さないという噂《うわさ》もあるが、運が良ければ会えるかもな」

「助かるよ。ところで、君は行った事はないのかい？　曰く付きの絵なんて、君の好物だとばかり思っていたが」

昇利が尋ねると、魅虎は憮然《ぶぜん》と鼻を鳴らした。

「嫌いなタイプの絵だ。私の絵と真っ向から相反している」

「それは、表現の話？」

「信念の話だよ。私の墨は人の魂を描き出す。その絵は――人の魂を染め変える、悪意に似た何かを感じる」

そう言い、魅虎は敵意を剝《む》き出しの舌打ちをした。

並々ならぬ感情が昇利にも伝わる。彼は所在のメモに目を落としながら、魅虎に聞いた。

「アトリエの情報は、君の知り合いから聞いたんだろう。その人にも話を聞けるかな」

「残念だが無理だ。同業のタトゥーアーティストだったが、もういない」

「……どういう意味だい？」

「一週間ほど前に自殺したよ。水を張った浴槽に顔を埋《うず》めて、溺死《できし》しているのが見つかった」

「ッ――」

悪寒《おかん》が昇利《しょうり》の背筋を伝った、その時だった。

スマートフォインがけたたましい音を鳴らした。画面の魚の絵がコール画面へ切り替わる。

「叶音《かのん》ちゃん？　……すまない、従業員から電話だ。情報ありがとう、今度何か奢《おご》るよ」

「飯も金も要らん、肌を寄越せ」

相変わらずの魅虎《みとら》の要求を手を振っていなしながら、昇利は足早に魅虎の店から抜け出した。

振動を続けるスマートフォンの、通話ボタンを押す。

理性ではない本能的な部分で、事態が既に動き出している事を予見した。

そしてそれは、叶音の声が聞こえた瞬間に確信へと変わる。

「もしもし、叶音ちゃ――」

『知り合いにスーツを着た女性はいますか!?　直近に絵に関わった人がいたはずです！』

挨拶《あいさつ》も無しに叶音が叫ぶ。

次に放たれた言葉が、昇利の手から血の気を失わせた。

『すぐに連絡を取って！　もう間に合わないかもしれない。彼女達が次の犠牲者です！』

◇

昇利が魅虎に会いに繁華街のビルの地下へと向かう、少し前。

鍵をかけた立仙《りっせん》霊能探偵事務所の室内で、叶音は応接用のソファに腰掛けていた。

目の前の机には、昇利が寄越した魚の絵の現物がある。

隣に座った少年が、その絵に手を乗せていた。目を閉じて深く呼吸し、集中している様子だ。

叶音も邪魔をしないように息を詰め、少年のしめやかな顔を見つめている。

まるで両手の指を重ねて、そこに流れる血管の脈動を感じる時のように、逸流《いつる》は絵に触れた先から流れてくる何かのエネルギーを感じているようだった。しばらく集中していた彼は、やがて「うん」と一つ頷《うなず》く。

「縁を感じるよ。とっても昏《くら》くて強い縁。この絵、少なくとも普通の精神状態で描かれた絵じゃなさそう」

「それは例えば、誰かを呪うために描かれた絵ってこと？」

「ううん、違う気がする。突き放したり、攻撃するような感じじゃなくて、引っ張る感じの縁なんだ……『僕を見て』とか、そんな気持ち？」

手探りで箱の中の物を当てるゲームをするみたいに、逸流が眉をきゅっとさせて説明する。

「いまの時点で、作者とか、誰か関わりのありそうな人の顔とか思い浮かぶ？」

「ごめん、さすがにそこまでは無理。でも、誰かの〈ゾーン〉とは繋《つな》がってるよ。それは確実」

「なら、やっぱり深く潜って探すとしますか。元からそのつもりだったしね」

そう言って、叶音は深呼吸一つ。仕方なさそうな言い方ながら、その目は活力に満ちている。

「やる気満々だね。それじゃ、早速行こうか」

微笑《ほほえ》む逸流《いつる》が手を差し出し、叶音《かのん》が手を取る。

次の瞬間、背中から強く押されるような感覚がして、視界が黒く染まった。

自分の身体《からだ》が卵の殻のように割れて、中身がとろりと外に漏れ出すような、不気味ながら心地よい感覚。叶音の意識は肉体から引きずり出され、何かに導かれるままに吸い込まれ――

不意にざぶんと音を立てて、身体が水に包まれた。

瞼《まぶた》を開けているのか閉じているのかも分からない、暗く冷たい水の中に叶音は落ちる。

しばらくそこで漂っていると、やがて前方に、ポゥと小さな光が浮かび上がる。叶音は光の方へと泳ぎはじめた。

水を掻《か》くたびに光は存在感を増していく。叶音は、徐々に大きくなるその光が、赤・青・黄といった原色の粒でできている事に気が付いた。

魚だ。絵に描かれていたものと同じ、色とりどりの原色に輝く魚達が、渦を巻くようにして暗闇の中を泳いでいる。

原色の光に包まれながら、叶音は魚の渦の中心へと泳ぎ進む。進むごとに周囲の水は冷たく、身体にかかる負荷が重くなっていくような気がした。

深海に沈んでいくような心地で泳ぎ続けると、原色の魚の渦の奥に、周囲の暗闇よりも僅《わず》かに明るい、四角形をした間隙《かんげき》が現れた。

叶音は全身を使ってぐいっと水を掻き、その藍色の間隙へと身を飛び込ませた。

再びざぶん、と音がして、今度は水中から外へと飛び出す。

「ぷはっ――わ、った、っとぉ」

いきなり身体が下に引っ張られて、叶音は身体をくるりと回して着地する。

振り返れば、透明なガラス壁で仕切られているみたいに、壁の一角が水で満たされていた。水がこちらに侵入してくる事はない。叶音が見ている前で、コンクリートが乾いて固まるように水は揺らめきをなくし、やがて完全に壁と同一化してしまった。

叶音は居住まいを正し、頭の中に微《かす》かに感じるつながりに向けて呼びかけた。

「逸流、聞こえる？」

『うん、ちゃんと聞こえるよ。縁を辿《たど》って、〈ゾーン〉へ侵入できたみたいだね』

叶音は顔を上げ、ようやく〈ゾーン〉の全容を目撃した。

息を呑《の》まざるを得なかった。思わず警戒心がほどけ、叶音はほぅと溜息《ためいき》を溢《こぼ》した。

「……綺麗」

辿り着いたその〈ゾーン〉は、冷たく清潔な、聖堂のような静謐《せいひつ》さに満ちていた。天井は高く、両側の壁は非常に透明度の高いガラスでできていた。

両側のガラスを隔てた先には――海が広がっていた。

神秘的な緑がかったマリンブルーの光が叶音達のいる空間をも満たし、床に敷かれた暗色の絨毯《じゅうたん》にゆらめく波紋を描いている。

叶音《かのん》はテレビで見た事がある沖縄の海を思い出した。色とりどりの珊瑚《さんご》が群生して森を作り、大小様々な魚が群棲《ぐんせい》して豊かな生態系を作っている。いま叶音の目の前に広がっているのは、叶音の知るそんな海のスケールを数百倍に広げたような圧巻の光景だった。

空気の代わりに透き通った水で満たされ、空間をマリンブルーに染めているから、確かに水底ではあるのだろう。しかし、広がる光景はむしろ大陸と言った方が相応《ふさわ》しい。苔《こけ》むした岩礁《しょう》は山のように巨大だ。珊瑚礁《さんごしょう》は森のように群生しており、岩肌《がん》を秋の盛りの紅葉のように彩っている。

まるで竜が棲《す》まう山奥の秘境をそのまま水底に沈めたような、雄大な景色だった。そんな色鮮やかなマリンブルーの海では、大量の魚が遊んでいた。目測でも十メートルを超えるだろう、リュウグウノツカイに似た巨大な魚が、羽衣のように美しい鰭《ひれ》を揺らして泳いでいる。ビルのように高い海藻《かいそう》の合間で、数匹のエイが家族のように親しげにじゃれあっている。遠くの方では、空を覆う雲の代わりとばかりに小魚の大群が渦を作っていた。

大地に群生する珊瑚と、泳ぎ回る魚は、全て目に痛いほどの原色をしていた。魚の一匹一匹がネオンのように光を放ち、海全体を鮮やかに輝かせている。

『うわぁっ。すごいすごい、水族館よりずっと綺麗でひろーい！　ほら見て叶音、遠くに何かすごいのがあるよ！』

頭の中で逸流《いつる》が歓声をあげる。叶音が視線を向ければ、確かに逸流の言う通りに、壮大な〈ゾーン〉においてもひときわ目を引くものがあった。

珊瑚の森を抜けた遥《はる》か遠くに屹立《きつりつ》するのは、呆《あき》れるほど巨大な一本の樹木だった。水中だからか葉はついていないようだったが、その代わりのように、赤・青・黄色の三原色をした珊瑚の樹が、絡《から》み合いながら巨大樹の周囲に張っていた。

その木の周囲には、これもまた巨大な図体を持つ魚が泳いでいた。膨らんだ身体《からだ》と長く厚い鰭を持つ、鯨《くじら》のような生き物だ。絵本で見た竜宮城の天女のように、数枚の長い羽衣が泳ぐ軌跡にたゆたっている。その羽衣もまた眩《まぶ》しい三原色だ。

ここから大樹までの距離は、目測でも六キロ近くは離れているのではないだろうか。にもかかわらず、それらの詳細が確認できるほどに、樹木も鯨も巨大だ。果たして全長は何キロメートルになるのか。少なくとも、現実には絶対にあり得ない規模には違いなかった。

ひとしきりそうして景色を観察した叶音は、顎《あご》に手を当てて眉間に皺《しわ》を寄せた。

「確かに綺麗で凄《すご》い〈ゾーン〉なのは間違いないんだけれど……」

『何か気になる所があるの、叶音?』

「いくらなんでも大きすぎじゃない? 〈ゾーン〉ってのは個人が作り出す精神世界よ。こんなに大規模なものは見たことないわ」

〈ゾーン〉とは、言ってしまえば夢や妄想だ。人はその空間の中で、自分の欲求や願望を反映させた様々な世界を構築する。

剣と鎧《よろい》を身に纏《まと》い、勇者として魔物と戦う〈ゾーン〉があれば、誰にも邪魔されない書物の宮殿で本を読む〈ゾーン〉がある。夕暮れの公園で密《ひそ》かに思いを寄せる彼女とブランコを漕《こ》ぐロマンスいっぱいの〈ゾーン〉もある。〈ゾーン〉とは極めて個人的でプライベートな箱庭だ。

だが妄想の産物である以上、そこには人間の想像力という限界がある。

例えれば〈ゾーン〉とは、心という粘土を捏《こ》ねて作ったジオラマだ。遊園地を生み出す事はできても、遊園地のある街を生み出すには材料が足りない。仮に無理矢理生み出そうとすれば、建物などはハリボテめいた不出来で解像度の低いものになるだろう。

叶音《かのん》の目の前に広がる景色は、人の想像の及ぶ範囲という〈ゾーン〉の大前提からすれば、異常なほど広大で精巧で、美しいものだった。

綺麗な景色に浮かれていた逸流《いつる》も、はたと疑問が浮かんだらしい。叶音の頭の中で『そういえば』と声があがる。

『綺麗な景色に見とれちゃってたけれど、ここって不思議な〈ゾーン〉だよね』

「っていうと？」

『ほら、この〈ゾーン〉のメインテーマ、空間の中心って、どう考えてもあの海でしょ？　綺麗だし、魚も沢山《たくさん》いるし、一緒になって泳いだらすっごく楽しそうだよね。なのに絵に残った縁は、ここに僕達を飛ばした。ガラスで海と隔てられた、見るだけしかできない場所に』

〈ゾーン〉には、得てしてその人の欲望が現れる。遊びたいという欲求があれば、その欲求を解消するため、夢の中に遊園地という〈ゾーン〉を形成するといった具合だ。

もちろん、ただ鑑賞したいという欲求で美しい光景を生み出している〈ゾーン〉も、叶音は知っている。だがさっき彼女が指摘した通り、ここは規模感と精巧性が異常だ。ただ眺めるだけのために、ここまでの世界が構築されたとは考えにくかった。

「なんだろう。鑑賞ではなく、隔絶？　入りたくても入れないって事？　行きたい場所が目の前にあるのに、何かが邪魔をしている。そういう不満の現れかしら……」

叶音は目の前の透明なガラスを手で押す。手触りだけでも分厚さが感じられる。恐らく、叶音が放てるどんなに強い一撃をもってしても砕ける事は無いだろう。ゲームの背景のように、そもそも割れる事が想定されていないという絶対的な隔絶を感じる。

海を傍観する静かな空間に、普段の〈ゾーン〉にはない他人事《ひとごと》のような冷淡さを感じた。叶音は不穏に思いながらも視線を通路に戻し、そこで動きを止めた。

通路に人がいる。

二人の男女だった。手をだらんと下げた格好で佇《たたず》み海に視線を向けている。

「あんな人、今までいなかったわよね？」

『うん。この〈ゾーン〉を作っている人の精神核かな？』

「二人いるなんて妙だけど……声を掛けてみるわ。話が通じるといいんだけれど」

叶音《かのん》は何が起きても動けるように警戒しながら近づく。

スーツを着た二人組だった。少女のように小柄なボブカットの女性に、背の高く利発そうな短髪の男性。いずれも微動だにせず海へ顔を向けている。

その顔を検《あらた》めて、叶音は会話が不可能だと察した。二人の見開いた目に光はなく、感情と呼べるものが存在しなかった。開かれた瞳孔《どうこう》に、ガラスの向こうの光の揺らめきが反射している。

叶音は試しに目の前で手を振ったり、軽く肩を叩《たた》いたりしたが、やがて首を横に振る。

「ダメね、完全に抜け殻になってる。話を聞く事はできなそうだわ」

二人の男女は動かない。『海を眺める』以外のあらゆる行為や思考を削られたみたいだ。

その頃になると、得体のしれない不安を叶音も感じ始めていた。ガラスの向こうに美しい海の広がる、静まり返ったこの空間が、徐々に居心地の悪い空気に変わっていく。

「じっとしていても埒《らち》があかないかしら……逸流《いつる》、もう一回縁を辿《たど》ってみる事はできない？　もしかしたら海の中に入れるかもしれないし」

放心した二人の前で、叶音は腕を組んで逸流に聞く。

その返答が、いつになっても帰ってこなかった。

いつの間にか、頭の中にずっとあった、彼との繋《つな》がりがなくなっていた。

「逸流？　何かあったの？　返事して！」

「……れた」

静寂を破ったのは、逸流ではなかった。叶音は振り返る。

「呼ばれた」

彫像のように佇《たたず》んでいた二人の口が動き、譫言《うわごと》のように言葉を発していた。空虚だった目には今、昏《くら》い願望が実現したような怪しい光が瞬《またた》いている。

「呼ばれた、呼ばれた、呼ばれた」

「俺も行けるんだ」

「何……」

壊れた機械のように同じ言葉を繰り返す二人。叶音は思わず後ずさる。

その身体《からだ》に、ずるりと影が落ちてきた。

降り注いでいたマリンブルーの光が途切れ、暗闇が叶音を呑《の》み込む。

ガラス壁の方を見た彼女は、戦慄《せんりつ》に凍り付いた。

目――ただ目だけがそこにある。

途方もなく巨大な、瞳孔だけで叶音数十人分はあろうかという眼球が、ガラスの向こうからこちらに視線を揶揄《なげう》っていた。

それは、先ほどまで遥《はる》か遠くの巨大樹の周囲を遊泳していた鯨《くじら》だった。

圧倒的な大きさに、本能的な畏怖《いふ》の感情が叶音を襲う。

しかし、鯨の視線は叶音ではなく、隣の二人に向けられていた。光に吸い寄せられる蛾《が》のように、二人がふらふらとガラス壁に歩み寄る。

「ああ、ありがとう。本当に嬉《うれ》しいっす」

「お願いだ。一緒に連れて行ってくれ……あの綺麗な海まで」

まるでその鯨《くじら》と会話をするように譫言《うわごと》を呟《つぶや》く。

二人の顔には、人生で望む全てを得られたような、恍惚《こうこつ》とした喜びだけがあった。

二人は吸い寄せられるようにガラス面に手を置く。すると、ずぶりと手が沈み込んだ。叶音《かのん》が触れてもびくともしなかったガラスが、まるで水のように何の抵抗もなく、二人の身体《からだ》を呑《の》み込んでいく。通り抜けさせる。

「ッ待って、行っちゃダメ！」

叫んだ叶音が手を伸ばすも遅く、二人はガラスを抜けて水中へと飛び込んだ。叶音の手はガラスに拒絶され、透明な分厚い板によって阻まれる。

ガラスにへばりついた叶音は、一部始終を目撃する。鯨の瞳の前に躍り出た男女が、何かを乞うように両手を広げる。その身体が一瞬揺らめいたと思うと、指先からほぐれていった。まるで糸玉から毛糸を引き抜くように、全身から赤・青・黄といった原色の糸が溢《あふ》れ出て、入れ替わりに身体がなくなっていく。糸はその場で寄り集まり、沢山《たくさん》の小さな魚になると、鯨の周囲を泳ぐ群れに混じってしまう。

そのようにして二人は、海に溶けてしまった。

何か尋常でない、取り返しのつかない事が起きたと、叶音の本能が警鐘を鳴らしていた。全身がぶわっと粟立《あわだ》ち、一歩後ずさり。そこで叶音は、ぎょっと身を竦《すく》ませた。

鯨の巨大な瞳が、今度こそ叶音を捉えていたからだ。

魚のそれとは違う、血の通った哺乳類《ほにゅうるい》の目。けれどスケールが違い過ぎて、いかなる感情もそこに見いだせない目。

ばちんっ！　と激しい音がした。驚いて叶音が音のした方に視線を向ければ、目に痛い黄色に輝く魚の一匹が、叶音のすぐ近くのガラスに突進をしかけていた。

いや、一匹だけではない。鯨の周囲を揺蕩《たゆた》っていた黄色い羽衣が、激しく揺れ動いていた。羽衣に見えていたのは、黄色の魚が寄り集まった魚群だった。それは一匹のウミヘビのように身を揺り動かすと、獲物に食いかかるような勢いでガラス面にぶち当たった。衝撃が分厚いガラスを打ち、大雨が窓に当たるような音を轟《とどろ》かせ、視界が目に痛い黄色に塗り潰《つぶ》される。

変化はすぐに訪れた。決して割れないと思っていたガラスに、ビシッと亀裂《きれつ》が走った。果たしてどれほどの力が込められているのか。亀裂はあっという間に広がり、取り返しのつかない傷になる。ばきんと弾《はじ》けた拳大のガラス片が叶音の周囲に降り注ぎ、ホースのように水が飛び出してきた。先走って飛び込んできた原色の魚が絨毯《じゅうたん》の上をのたうつ。

ザザ、と叶音の脳内で一瞬ノイズが走り、頭の中に少年の声が響き渡った。

『——ごめん叶音！　急に接続が乱れてうぇぇぇぇでっか⁉　何が起きてるの⁉』

「今すぐ脱出よ逸流《いつる》！　ここから連れ出して!!」

言い終わる前に叶音《かのん》は走り出していた。

次の瞬間、大砲が爆発するような大轟音《だいごうおん》を上げて、分厚いガラス窓が砕け散った。広大な世界を包み込んでいた大量の海水が、怒濤《どとう》のように流れ込んでくる。

激流は、原色に輝く魚の群れや、叶音よりも遥《はる》かに大きいガラス塊を巻き込みながら叶音に向けて迫ってくる。魚に食い尽くされるか、ガラスの塊に磨《す》り潰《つぶ》されるか。どうあれアレは、巻き込まれたら最後の死の洪水だ。

「逸流！　これマジでやばいわ！　もたもたしないで早く！」

『わ、分かってるよぉ！　今開くから——よし、繋《つな》がった！』

逸流のそんな声がしたかと思うと、通路の壁際に突如としてドアが現れた。ひとりでに開いたそこから、白い光が差し込んでくる。

「こっちだよ、叶音！　急いで！」

扉の向こうから逸流の声がする。距離は十メートルばかり。叶音なら三歩もあれば辿《たど》り着く。

一歩蹴《け》って、ぐんっと空気を漕《こ》ぐように前に進む。冷たい水気を感じて全身が総毛立つ。

二歩目を蹴るために着地した足が、ぱしゃりと水を打った。足を取られそうになる恐ろしい勢いを撥《は》ねのけ、更に前へ、逸流の開いた扉へ身体《からだ》を前に押し出す。

その時にはもう、三歩目が間に合わない事に、本能が気付いてしまっていた。

次の瞬間、洪水が叶音の背中に激突し、彼女を包み込んだ。

「叶音！」

扉の向こうで、逸流がそう叫んだのは分かった。しかしそれもすぐに、全身を包み込む大量の水にかき消されてしまう。

ぞっとするほど冷たい荒波に揉《も》みくちゃにされる。耳に飛び込むあらゆる音が、泡と飛沫《しぶき》と瓦礫《がれき》のぶつかる鈍い音に塗り潰される。

叶音は激流に揉まれて上下感覚を失い、寸断しかかる意識で必死に水を掻《か》きわけ進み――


「――約束してちょうだい」

酷《ひど》く寂しげな女性の声が、叶音の耳に飛び込んできた。

走馬灯のように、叶音の意識に映像が滑り込んでくる。

夕暮れに染まる、どこかの病院だ。ベッドの前に、幼い子供が立っている。

ベッドからは痩《や》せ細った腕が伸び、子供の手を握りしめていた。ブルブルと震えていて、その細腕にあらん限りの力と心が籠《こ》められている事が分かった。

「どうか、遊雨《ゆう》を支えてあげてね。遊雨の味方になってあげて。あの子を理解してあげてね――私がいなくなっても、私の代わりに、遊雨を守ってあげるのよ」

命の限界を悟った人が、その僅《わず》かに残った命の灯を燃やし尽くして呟《つぶや》く、絞り出すような声。

「できるわよね。だってあなたは、遊雨《ゆう》のたった一人のお姉ちゃんなんだもの」

次の瞬間、走馬灯のような映像は途切れ、叶音《かのん》の意識は真っ白に染まった。

死んだのではない。洪水に呑《の》まれた叶音の身体《からだ》が、逸流《いつる》の開けた扉の中に飛び込んだのだ。

飛び込んだ先は、染め上げたように真っ白の床と壁――叶音と逸流の共同の〈ゾーン〉、博物館だ。叶音は激流に呑まれながらも、手遅れになる寸前に自分の精神世界へと帰着した。

大量の水と共に放り出される叶音。一緒に飛び込んできた魚は、しばらく博物館の真っ白な床を飛び跳ねた後、原色の身体を綿みたいにほつれさせ、完全に消えてしまう。

ぱしゃぱしゃと水を踏みしめながら逸流が駆け寄り、うずくまる叶音の背中をさすった。

「大丈夫、叶音？　扉に入る前に、意識がどこかに混線してたみたいだけど」

「ッ逸流、すぐに浮上させて。昇利《しょうり》さんに連絡を取らなきゃ！」

叶音は逸流の問いには答えずに、そう指示した。

息を整える間も惜しい。逸流はその意思を汲《く》み、何も聞かずに頷《うなず》いた。

ぐんっと意識が引っ張り上げられる感覚。その勢いに任せるまま、叶音は立仙《りっせん》霊能探偵事務所のソファから身を持ち上げた。すぐにスマートフォンを取り出して昇利を呼び出す。

数コール目で繋《つな》がった昇利の声を待たずに、叶音は叫んだ。

「知り合いにスーツを着た女性はいますか!?　直近に絵に関わっていた人がいたはずです！

──すぐに連絡を取って！　もう間に合わないかもしれない。彼女達が次の犠牲者です！」

精神世界を渡り歩きフォビアを狩って来た彼女の予感は、二人が既に手遅れであるという残酷な確信を告げていた。

◇

「お前ら。勤務中だぞ、携帯しまえ」

ハンドルを握りながら、菱凪咲希《ひしなぎさき》がぴしゃりと言った。助手席に座っていた小知田《こちた》が、我に返ったようにハッとし、凝視《ぎょうし》していたスマホをスーツのポケットにしまい込む。

「す、すみませんっす咲希先輩。職務怠慢《たいまん》でした！」

「絶対ダメっていう訳じゃないが、警察ってのは世間の憎まれ役を買って出る仕事だ。通行人皆が難癖付けるためにしじゅう監視してると思えよ」

「そんなヨレヨレのスーツを着た格好で言っても説得力ないですよ、先輩」

「私はいいんだよ、通報されまくって呆《あき》れられてるからな。もはや通報する側からも『例の乳デカ』と呼ばれるほどさ」

「乳デカ……いやいや良くないでしょ。そんなだから警察署内で孤立して、厄介な事件ばかり摑《つか》まされるんですよ」

「人の悪口を言えた義理か現代人。ブルーライトで顔がピカってて見苦しいぞ」

後部座席に座っていた進藤《しんどう》は、咲希《さき》から言い返され、ばつが悪そうに顔の前に翳《かざ》していたスマートフォンをしまい込んだ。

ハンドルを動かしながら、咲希の意識は隣の小知田《こちた》に向けられていた。ピンと背筋を伸ばして居住まいを正したように見せかけ、しきりにスマートフォンを気にしているようだった。

咲希は、さっき注意した時に小知田のスマートフォンの画面が見えて、彼女達が何を見ているかを知ってしまった。無視できずに、溜息《ためいき》と共に話を切り出す。

「そんなに気に入ったのか、あの絵」

「あ、いや。えっと」

咲希に言われて、小知田はばつが悪そうに目を伏せる。後部座席の進藤も、苦い物でも噛《か》んだみたいに顔をしかめている。

二人が見ていたのは、一家三人が水死自殺した現場に飾ってあった、あの魚の絵だった。捜査のために小知田と進藤に写真を撮らせていたのだが、二人はそれをしきりに、食い入るように見つめていたのだった。

「個人の嗜好《しこう》にとやかく言うつもりはないけどよ。それ、一家三人が自殺した現場に飾ってあった絵だぞ。率直に言って趣味が最悪だ。お前等《まえら》ってそんなキャラだったか？」

咲希が横目で小知田に問う。彼女は自分でも釈然としないといった風に応えた。

「何でしょうね。怖い絵だなって思うんすけど、妙に引きつけられるというか……見ているとだんだん安心するんす。楽しそうに見えて」

「楽しそう？　勘弁してくれ、お前達までおかしくなっちゃ堪《たま》らんぞ」

不快感も露《あら》わに顔をしかめる咲希。しかし、小知田は陰鬱な表情で話を続ける。

「でも咲希先輩。最近、妙な事件ばっかりじゃないっすか？　いくら探しても手がかりのない行方不明が起きたり、化物を見たって通報が続いたり。先月、鑑識課の同期が殺人事件の担当をしたそうっすが……背骨がごっそり抜かれて、土が詰められてたそうっすよ」

「……」

「なんだか、小官が知らない所で世の中が少しずつおかしくなってるような気がするんす。怖いっすよ、先輩。小官、このまま刑事でいて大丈夫なんすか？」

咲希は思わず閉口した。小官、怖がりとはいえ普段は溌剌《はつらつ》として元気すぎるくらいの小知田が、本気の弱音を溢《こぼ》すなんて予想していなかったからだ。咲希は一呼吸置いて、彼女を窘《たしな》める。

「ビビる気持ちはともかく、それが自殺現場の不気味な絵にハマる理由になるのか？　その絵が危険から遠ざけてくれるっていうのかよ、悪魔信仰でもあるまいに」

「心の支えがあってもいいじゃないっすか。この絵を見ていると、気持ちが楽になるんす。それにこの魚、時折泳いでいるように見えるんすよ。それが不思議と楽しそうで……」

「やめろ、カルトな事を言い出すな。縋《すが》るならそんな絵じゃなくてもっと実用的なものにしろ。ちょうど隣にいる、年の割に意外とかわいくて包容力のある先輩とかな」

咲希《さき》は冗談を言ったつもりだったが、小知田《こちた》は曖昧《あいまい》に笑って会話を打ち切った。通常の、元気が有り余るような彼女からは考えられない反応だった。

お陰《かげ》で会話は気まずい沈黙で終わる。咲希は苦虫を嚙《か》みつぶしながらハンドルを切る。

「くそ、インチキ探偵め。ありもしないオカルトで煽《あお》りやがって、空気が淀《よど》んでるじゃないか」

呟《つぶや》くぼやきに覇気《はき》はない。そもそも今向かっている現場だって、咲希の気は一向に進まないのだった。エンジンをふかしてハンドルを握るのは咲希なのに、精神的には自動車に引きずられて進んでいるような心地だ。

「世界が、知らない所で少しずつおかしくなってる……」

小知田の言葉を口中で呟き、咲希はポケットから取り出したミントタブレットを一粒口に放り、バキンと勢いよく嚙み潰《つぶ》した。

「馬鹿馬鹿しい。現実は現実だ。それ以外に何があるっていうんだ」

ハンドルを切りながら視線を向けたバックミラーでは、進藤《しんどう》がポケットからスマホを取り出して画面を食い入るように見つめていた。瞬《まばた》きすらしているか怪しいその集中は、取り憑《つ》かれたようと形容する他ないように思えた。

通報を受けた現場はとあるショッピングモールだった。吹き抜け三階建ての内装には、若者でも手に取りやすいカジュアル向けのファッションブランドや、アクセサリーや雑貨を取り扱う店が並んでいる。最上階には映画館もあり、人の出入りはかなり多い。

吹き抜け広場の中央には噴水があり、そこでは休日に、近郊の学校の吹奏楽部による演奏や、お笑い芸人のライブショーが行われたりしている。

家族連れで大いに賑《にぎ》わうその施設で自殺死体が発見されたと通報を受けたのが、つい三十分前の事だ。先んじて入っている鑑識班は、死因は溺死《できし》だと告げていた。

現場はモール最上階の映画館だった。既に捜査線が敷かれ、観客の人払いが行われている。

死亡したのは、近くの大学に通う学生グループの一人だった。映画の上映前にトイレに行くといって一旦グループから離れ、いつまで経《た》っても戻ってこないのを不審に思った友人が様子を見に行くと、トイレで死亡しているのが確認された。

彼は、便器に頭を突っ込んで溺《おぼ》れ死んでいたという。

「……それじゃあ、彼には自殺するような兆候は無かったんだな」

「あ、当たり前ですよ！　話聞いてましたか？　アイツ、これから映画を見ようとしてたんですよ。今回の映画はアイツが一番楽しみにしてたんです。死ぬなんて考えられませんよ！」

取り調べに応じてくれた大学生の友人グループは、皆突然の自殺に驚き、恐れ戦《おのの》いていた。

理由のない突然の自殺。それも溺死。

嫌な予感が頭の中で暗雲のように蟠《わだかま》る。咲希《さき》は顔をしかめて更に聞いた。

「最近、様子がおかしいような事はなかったか？　やけに明るく振る舞うようになったとか、変わった行動を取るようになったとか」

そう聞くと、心当たりがあるのか、学生グループは互いに顔を見合わせた。

「そういえば、先週辺りから良く笑うようになったよな」

「ああ。てっきり彼女でもできたのかと思ってたんだけど」

「……俺、そういえば聞いたわ。何か良い事あったんだろって」

ぽつりと、学生の一人が呟《つぶや》いた。自然と視線が集まる。

青ざめた様子の彼に、咲希が聞いた。

「何て言ってたんだ」

「聞き間違いかと思ってたんだ。アイツは、そんな意味不明な冗談を言う奴じゃなかったから」

「意味は分からなくていい。教えてくれ。そいつは何て言ったんだ？」

「『毎日海を見ているんだ』って……海なんて、アイツの家から何キロも離れてるのに」

咲希は天を仰いで、唸《うな》りたくなるのを必死に堪《こら》えた。

「……小知田《こちた》は学生達を休ませてやってくれ。進藤《しんどう》は私と来い、自殺現場を検《あらた》めるぞ」

後輩刑事二人に指示を出しながら、咲希は足下が崩れていくような心地を感じていた。

溺殺霊《できさつれい》の呪い。脳裏に蘇《よみがえ》ってきたその言葉に嚙《か》み付くように、咲希は強く歯軋《はぎし》りする。

「ざけんな。そんな下らねえ理由で人が死んだなんて、認めてたまるかよ」

呟く言葉は、意識せず泣き言めいた響きになる。

この気持ちを味わう事は初めてではない。

だが咲希は、二度とこんな気持ちを味わいたくはなかった。

そんな昏《くら》い気持ちに囚《とら》われていたから、咲希はしばらく、自分が飛ばした指示に返事が返ってこない事に気付けなかった。

「オイ、二人とも？　聞こえなかったのか」

咲希は振り返り、そこで固まった。

小知田と進藤は、その場で佇《たたず》んでいた。両手をだらりと垂らし、顔を僅《わず》かに上を向かせた格好で、ゆらゆらと揺れている。

二人の目は、まるで空を泳ぐ見えない何かを追いかけているようだった。

「……小知田、こっちを向け」

「呼ばれた」

小知田のそれは、咲希への返答ではなかった。

空に浮かぶ何かに向け、虚空《こくう》へゆらりと手を伸ばす。

虚《うつ》ろな目に、得体の知れない希望の光が宿ったような気がした。

「行かなきゃ」

そう呟《つぶや》いた次の瞬間、小知田《こちた》は勢いよく走り出した。

「ッオイ、待て小知田――小知田ァ！」

眼前には、ショッピングモールの三階から一階までの吹き抜けがある。

小知田は少しも速度を落とさない全力で床を蹴《け》り――まるでハードル走でもするみたいに、吹き抜けの向こう側へと手すりを飛び越えた。

「小知田ぁぁぁぁぁぁ!!」

手すりに飛びついた咲希《さき》が見下ろすと、ちょうど飛び降りた小知田が、十数メートル下、一階広場の噴水に飛び込んだところだった。激しい水しぶきと、飛び込むのを目撃してしまった人の驚きと悲鳴が上がる。

「急にどうしたっていうんだよ。大丈夫か、小知田!?」

「行かなきゃ」

「は？　おい待て、お前まで何やってる、進藤《しんどう》ッ!!」

すぐ傍《そば》で譫言《うわごと》が聞こえたと思うと、進藤が咲希の隣を走り抜けて、小知田の後を追って空中へ身を擲《なげう》った。咲希が手を伸ばすも遅く、進藤もまた水しぶきを上げて噴水へ飛び込んだ。今度こそ恐怖の絶叫がショッピングモールへ木霊《こだま》する。

「すぐに二人を救出するぞ！　救急車も呼べ！　――くそっ。ふざけんなよくそ、くそっ！」

咲希は現場にいた他の警官に指示を飛ばして走り出した。呆気《あっけ》に取られて下を眺める通行人を押しのけるようにしてエスカレーターを駆け下りる。

幸いにも噴水池は太ももが浸《つ》かるくらいの深さがあり、底に直接激突という悲劇は避けられたらしい。だがそれは、二人の異常な様子に比べれば些細《ささい》な事だった。

二人は四つん這《ば》いになり、まるで土下座するような格好で全身を水中に埋《うず》めていた。

明らかに、意志を持って沈んでいる。溺《おぼ》れ死ぬつもりなのだ。

咲希は噴水池に飛び込み、近くにいた進藤の身体《からだ》を掴《つか》んだ。石像のように水中で固まった彼を引きずり、噴水の端まで動かす。その頃には、他の警察官も追いついてきた。

「一体何事ですか⁉　二人ともいきなり飛び降りて……こ、これも捜査の一環ですか⁉」

「ンな訳ねえだろ馬鹿か！　いいから引き上げるのを手伝ってくれ！」

咲希は進藤を引き上げるのを警察官に任せ、自分は噴水池に沈む小知田に駆け寄った。

既に着水から一分は経過している。普通に息を止めていても苦しみに悶《もだ》え出す頃だ。だというのに小知田は、指先一つも動かさずに水中で固まっている。その光景は異様な怖気《おぞけ》を咲希にもたらした。

「さっきまでぴいぴい泣いてた奴が、訳の分からない呪いなんかに絆《ほだ》されるんじゃねえよ！」

咲希は小知田も噴水から引き上げた。仰向けに転がして気道を確保。手首に指を当てる。

脈は——ある。水面に激突した衝撃で鼻が潰《つぶ》れているようだったが、それ以外に目立った傷はない。しかし、安堵《あんど》する暇はなかった。

「お、おい？　待て、動いちゃダメだ――ぐぁッ！」

背後でくぐもった呻《うめ》き声がする。

振り返ると、水面から引き上げられたばかりの進藤《しんどう》がゆらりと立ち上がっていた。水滴を滴《したた》らせる顔に理性の光はなく、まるで人形のようだ。強い力で突き飛ばされた警官は、すっかり恐れをなして尻餅《しりもち》をついてしまっている。

「早く、行かなきゃ。海が呼んでるんだ」

「……よせ、進藤」

咲希《さき》の声が届いた様子はない。進藤の半開きの口からは、涎《よだれ》か先ほど含んだ水か、透明な液体がぽたぽたと滴っている。

進藤は再び、もの凄《すご》い勢いで走り出した。虚《うつ》ろな目は正面にいる咲希の事など眼中になく、ただその先の、水を湛《たた》えた噴水だけを見ている。

「お前のためにやるんだからな。後で恨むなよ！」

咲希は進藤の突進を受け流し、足を引っかけて転ばせる。進藤は受け身も取らずに顔面を床に叩《たた》きつけた。骨の鳴るごおんっという鈍い音が響く。

顔面を打ちつけたのに、進藤は全く動じた様子なく、再び立ち上がって走りだそうとする。その背に咲希は飛びかかり、羽交い締めにして彼を仰向けに転がした。

しかし、なおも進藤は止まる様子はなかった。拘束した彼の身体《からだ》に力が籠《こ》められるのを感じ取り、咲希がぞっとする。

「待て進藤。無茶に動くな――関節を極《き》めてんだぞ！　自分の身体を捻《ね》じ切るつもりか!?」

「行かなきゃ、早く、海へ……」

咲希の説得に返ってくるのは譫言《うわごと》ばかり。体中の筋繊維がぶちぶちと千切れる、耳をふさぎたくなる音が、羽交い締めする咲希の腕に伝わる。

必死に格闘するすぐ隣で小知田《こちた》がゆらりと起き上がった時、咲希は知りもしない神様に祈りたくなった。小知田もまた、理性のない昏《くら》い瞳を噴水池に向けている。

咄嗟《とっさ》の判断で、咲希は進藤の首を固めながら、腰に提げていた手錠を自分の手首にかけた。もう片方の手錠を、今まさに走りだそうと力を溜《た》めた小知田の足首に向けて振る。

間一髪、手錠は小知田の足首を拘束した。小知田の全力疾走が手錠に阻まれ、その勢いが全て咲希の肩にのし掛かる。

「つぎぁ――!?」

肩の関節がぶっ壊れるような衝撃に、咲希が悲鳴を溢《こぼ》す。

脚を引っかけられた小知田は、つんのめるようにして倒れ伏した。既に潰《つぶ》れていた彼女の鼻が、いやに水っぽいぐちゅりという音を立てて床に血飛沫《ちしぶき》を広げる。余りの痛ましさに、咲希がぎゅっと目を瞑《つぶ》る。

顔を潰した申し訳なさは、すぐに戦慄《せんりつ》に塗り潰される。小知田が這《は》いずるように噴水へ向かい動き出したからだ。関節の外れかけた肩が強く引っ張られ、激痛が走る。

「痛って――小知田《こちた》、正気に戻れ！」

「先輩、離してください。呼んでるんす。いま水に溶けなきゃ、魚に混ぜてくれないんすよ」

「水だ、水に溶けなきゃ……早く、早く早く早く……」

説得は無理だ。二人はもうマトモでなくなってしまっている。

「ッ……頼む、早く来てくれ！　二人を押さえるんだ！」

咲希《さき》は歯嚙《はが》みしながら叫んだ。どうして良いかも分からず凍り付いていた警察官が、ようやく金縛りから解けて駆け寄ってくる。

その時、片腕に掛かっていた力が、ふっと抜けた。

「ああ、そうだ。水ならここにあるじゃないか」

そう言ったのは、咲希が羽交い締めにする進藤《しんどう》だった。彼は、当たり前過ぎて気付かなかった事実を思い出すみたいに、ぽつりと呟《つぶや》く。

咲希が疑問に思った時には、既に進藤は、腰のホルスターから引き抜いた拳銃で狙いを定めていた――首を拘束する咲希の腕越しに、自分の喉に向けて。

「――ばッ」

咲希が言葉を放つ余裕も、かわす術《すべ》もなかった。

パン、と乾いた発砲音がして、銃弾が咲希の前腕と、その向こうの進藤の喉を食い破った。

「があああああぁぁぁぁぁぁぁぁ!?」

ショッピングモールに、咲希の絶叫と群衆の悲鳴が木霊《こだま》した。拘束がほどけた進藤の身体《からだ》がごろりと転がる。

ようやく応援の警察官が駆けつけ、尚も噴水に近づこうとする小知田を抑え込んだ。

咲希は風穴の開いた腕を苦心して動かし、手錠を外した。小知田を任せて進藤に駆け寄る。

仰向けに寝転んだ進藤は、喉の真ん中に穴を開けていた。そこから噴水のように血が出て、赤い水たまりを作っている。

「しっかりしろ進藤！　誰か救急車を呼んでくれ！　早く！」

進藤の身体を支えながら、咲希が悲鳴にも似た声で叫ぶ、溢《あふ》れ出た血が、彼の肺に流れていくのが見ただけで分かった。血の代わりに押し出されてくる、肺の中に残っていた空気が、ぶくぶくと喉の周囲に血の泡を浮かび上がらせる。

咲希の見下ろす進藤の顔は、笑っていた。満ち足りたような顔で。「これでいい」と心の底から思っているかのように。彼は喉から溢れさせた血で肺を満たしながら、ゆっくりと溺《おぼ》れ死のうとしていた。

◇

叶音《かのん》からの警鐘を受け、昇利《しょうり》が咲希《さき》へ連絡を取った時には、既に全てが終わった後だった。

数時間後に昇利の電話に折り返した咲希は、疲れ切った声で「会いに来い」とだけ告げ、某所にある病院を指定した。

昇利が駆けつけた時、咲希は集中治療室を前にした薄暗い廊下にいた。壁際に用意された椅子に項垂《うなだ》れて座っている。右の前腕には包帯が厚く巻かれていた。

普段から着古したスーツをだらしなく身に着け、傷んだ髪を束ねただけのくたびれた格好だが、それでも今の咲希は、冬の枯葉のようにしなびて疲れ切っているように見えた。

やたらアクセサリーを着けているから、存在感を消すのは不可能な話だった。静まり返った廊下に靴音とネックレスのチャラチャラという金属音が響き渡り、昇利は久しぶりに自分の格好を鬱陶《うっとう》しいと自省した。咲希の傍《そば》に近づき、一席ぶんの距離を空けて座る。

「進藤《しんどう》くんの様子は？」

「どうにか一命は取り留めた。救助が早かったお陰《かげ》で、酸欠も深刻にならずに済んだ。医者の見立てでは、傷が塞《ふさ》がれば無事に退院できるそうだ」

「……君の、その腕は」

「軽傷だ。銃弾は私の骨を避け進藤の喉を食い破った。二週間もあれば元通りに塞がる」

「それは……ひとまず良かったね。君にも進藤くんにも後遺症が残らないようなら安心だ」

慰《なぐさ》めるつもりで昇利は言ったが、咲希が返したのは乾いた笑いだった。

「本気で言ってるのか？　本気で、何事もなく退院可能なんて謳《うた》い文句を信じてるのかよ」

「……」

「私の後輩二人はショッピングモールの噴水に飛び込み、それで溺《おぼ》れる事ができないと分かると、自分の喉を撃ち抜き、その血で溺れようとした。治療中の進藤は当然として、なぜか小知《こち》田《た》も目を覚まさない。病室でずっと眠りこけて、揺すっても何しても起きようとしない」

「……」

「この異常に目を瞑《つぶ》って、『ひとまず良かった』なんて安心してられるかよ、クソが」

咲希は苛立《いらだ》たしげに髪を掻《か》きむしると、おもむろにポケットから煙草《たばこ》を取り出した。

「禁煙だよ。病院の人に怒られても知らないよ？」

「これが吸わずにいられるか。何か呪術的なまじないで必要な措置だとかインチキ付けて、お前が私の代わりに怒られろインチキ野郎」

「んな理不尽な……ああもう、本当にダメだってば」

暴論に昇利が呆《あき》れている間にも、咲希はライターを取り出して火を付けてしまった。照明の少ない薄暗い廊下に、ジジという音を立てて僅《わず》かな明かりが灯《とも》る。

「はぁ、くそ不味《まず》い。最悪の味がする」

「なら吸わなきゃいいのに……煙草はもう止めたのかと思ってたよ」

「止められる訳ねえだろ。ここ最近に起きたアレコレで頭がおかしくなりそうなんだ、何かに頼らないでいられるかよ」

吐き捨てるように言い、咲希《さき》はまた煙草《たばこ》に口を付ける。根元から僅《わず》かに残った煙草が、一条の白い煙を病院の廊下に立ち上らせる。

「ああ、最悪だ。普段我慢するからいけないんだ。最悪な気分の時に吸いたくなるから、いつだって最悪の味がしちまう」

煙と一緒に悪態を吐き出し、咲希は頭を抱えて項垂《うなだ》れてしまう。

薄暗い病室の廊下に、重苦しい沈黙が下りる。

少しでも陰鬱な空気を晴らそうと、昇利《しょうり》は口を開いた。

「こっちの調査は進んでいる。自殺した一家や、モールの大学生、それに君の後輩二人をおかしくさせたのは、やはりあの魚の絵が絡《から》んでいるとみて間違いない。ウチの従業員が、二人の精神が、巨大な海のような精神世界に取り込まれる所を霊視している」

「……」

「あの絵は、フォビアと呼ばれる概念存在が人の精神を喰《く》らうために用意した罠なんだ。恐らく、ある種の呪いに準じる催眠効果があって、それで人の精神を特定の概念領域に──」

「なあ、立仙《りっせん》。私がお前の言葉を、どんな気持ちで聞いてると思う」

昇利の言葉を、咲希が止めた。

昇利は口を噤《つぐ》んで咲希を見る。項垂れた咲希の顔に落ちた陰《かげ》は、果たして単なる照明の陰りなのか、彼女の心が落としたものなのか、彼には判断がつきかねた。

酷《ひど》く乾いた響きの声で、咲希が言う。

「お前はとっくに忘れてるかも知れないけれどな。刑事って忙しいんだよ。毎日どっかで事件が起きて人が傷つけられて、そういった人達を、地道にコツコツ助けていくので精一杯なんだ。何の根拠もねえ馬鹿げた御託《ごたく》に付き合ってる暇なんて、ほんの少しだってないんだよ」

咲希は深々と溜息《ためいき》を溢《こぼ》した。まるで、幾らあやしても泣き喚《わめ》く事をやめない子供に疲れ果てたみたいに。

「なあ立仙……頼むから、私の知らない世界の事を話さないでくれ」

「……」

「訳分かんない事言わないでくれよ。もっと理論的な、私の理解できる説明をしてくれよ」

笑っているようにも、泣いているようにも聞こえる声。その顔は昇利からは見えない。

彼女の指に挟んでいた煙草の灰が、ぽとりと床に落ちた。

「現実の話をしてくれ。怪異とか霊能とか、私の関係ない所でやってくれよ。私の手を無理矢理摑《つか》んで引き摺《ず》り込むのはやめてくれ……なあ立仙、私にアレを思い出させないでくれよ」

煙草の臭いのする吐息が溢した言葉は、懇願のようにも、呪詛《じゅそ》のようにも響いた。

咲希の言葉に籠《こ》められた思いは、ここ数日のものではない、数年かけて煮詰められたどす黒い物が、底に空いた穴からどろりとこぼれ落ちてきたような、そういう重みがあった。

床に落ちた煙草《たばこ》の灰が、薄暗い病院の床に黒ずんだ染みを作っている。

昇利《しょうり》はしばらく、疲れ切った彼女の手から揺らめく、今にも消え入りそうな細い紫煙を眺めていた。それから静かに口を開く。

「……咲希《さき》ちゃん。僕らの間で交わしていた信条、覚えているかい」

咲希はしばらく反応を返さなかった。長い沈黙を挟み、舌打ちと一緒に呟《つぶや》く。

「手に届く限りの命を救う」

「そうだ。君が理解を拒んでも、どうあれ人が溺死《できし》する怪奇現象は起こってしまっている。小《こ》知田《ちた》ちゃん、進藤《しんどう》くん、君の周りの人まで巻き込まれている」

「くそ……うるせえよ、くそ、くそ……」

「いま手を打たなければ、被害者は更に増えるかもしれないんだ。このまま黙って見ている訳にはいかないだろう。たとえそれが、僕らに理解できようとできなかろうと関係なく」

咲希は頭を手で押さえ、ふるふると力なく振った。あらがいようのない悪夢を目の前にして、どうか消えてくれと祈るみたいに。

昇利は席を立ち、咲希の前にかがみ込んだ。彼女の指から小さくなった煙草を取り上げ、ハンカチを取り出して床の灰を拭《ぬぐ》い去る。

「お互いができる限りの正義を果たそう。僕は決して諦《あきら》めたりしないよ。咲希ちゃん」

「…………」

咲希は項垂《うなだ》れ、長い髪で顔を隠したまま、何の反応も返さなかった。

昇利はしばらく咲希の前にしゃがみ込み、彼女が顔を上げるのを期待していた。しかし彼女が決して顔を上げない事を悟ると、眉を下げて寂しげに微笑《ほほえ》み、立ち上がった。

漢服の裾が揺れ、沢山《たくさん》のアクセサリーが揺れる音が人気のない廊下に響く。

その去り行く背中に、咲希が問いかけた。

「……なあ、立仙《りっせん》」

昇利は立ち止まる。しかし、振り返ろうとはしない。

咲希もまた、俯《うつむ》いたまま顔を上げず、昇利の背中を見る事はしない。

そんな決して近づく事のない隔絶を挟んで、咲希は問いかけた。

「お前は、どうやって〝アレ〟に折り合いを付けたんだ」

まるで友の墓前で語るような、愁《うれ》いに満ちた声で問う。

昇利は背中を向けたまま、微《かす》かに苦笑した。

「折り合いなんて、付けられていないよ」

「……」

「僕はずっと、抜け出せないままでいるのさ」

昇利は笑い、小さな声で「それじゃあ」と言って、今度こそ廊下を後にする。

チャラチャラというアクセサリーの音が聞こえなくなり、静寂に包まれても、咲希は病院のベンチに俯《うつむ》いたままでいた。

身体《からだ》の前で組んだ、包帯を巻いた手が、かたかたと小刻みに震えている。

進藤《しんどう》、小知田《こちた》、二人の自殺未遂の時すら感じる事のなかった、怖気《おぞけ》と呼ばれる感情が、咲希《さき》の身を包み込んでいた。

四章　Art of Sufferless

「見た人を溺死《できし》させる魚の絵、か……ネット上でまことしやかに語られる『見たら死ぬ絵』の本物バージョンという事だ。いやはや、恐ろしいね」

翌日。町を歩きながら、昇利《しょうり》はこれまでの情報を整理して一人呟《つぶや》いた。

叶音《かのん》は、絵に紐《ひも》づいた縁を辿《たど》って、美しい海の〈ゾーン〉へとたどり着いた。そこで彼女は、魚となって海に溶けていく進藤と小知田を目撃したのだという。

みきと君の時と同じ、巣を作って人の精神を取り込むタイプのフォビアだと、叶音は決定づけた。あの魚の絵は、フォビアの巣へと精神を誘導させる罠であるらしい。

人の精神は、それぞれ固有のものでありながら、心である以上、外部の影響を強く受ける。満開の桜を見たら胸がすくような開放感を覚える。行った事のない土地に行けば、飛び出したくなるようなワクワクとした気持ちになる。もし家族や親しい人を亡くしたばかりならば、街角や公園の片隅などに、もう死んでしまった人の姿を探し、もし生きていたらという光景を思い浮かべるだろう。人の心は波のように流動的で、様々な外的要因で気分を移ろわせる。

芸術は、そんな外的要因の中でもひときわ強力なものだ。気ままに掛け流していた音楽の歌詞が自分に向けられたもののように感じられて、ふと涙を溢《こぼ》してしまう。暇つぶしに行った美術館、並ぶ様々な絵をぼんやり眺めていると、一つの絵の前でつい足を止め、目が逸《そ》らせなくなる。上手《うま》く言葉にできない魅力を感じ、暇つぶしだったはずの時間が『自分はこの絵に会うためにここに来た』と運命めいたものに変わる。

洗練された表現は心を打ち、時に生き方すら変えてしまう。芸術にはそういった力がある。フォビアはその力を利用して、人の精神を捕食し、溺死《できし》に導いている。自殺していた大学生が借りていたアパートからも、あの原色で描かれた魚の絵が見つかったそうだ。

「海園遊雨《うみぞのゆう》という作者が、フォビアの巣へと導く絵を描き、販売している」

それも、作品数は一点ではない。同じテーマ、同じ表現で絵を描き、複数人を溺死させている。一連の現象が偶然という線は考えられないだろう。

海園遊雨という画家は、フォビアと結託している。〈ゾーン〉についても認知しているはずだ。叶音《かのん》と同じように〈ゾーン〉に干渉する力を持ち、それを悪用している事になる。

「だとしたらそれは、最悪の殺人鬼だ。放置しておくには危険すぎる」

だから昇利《しょうり》は行動を起こしていた。顔を上げ、目の前の建物を仰ぎ見る。

そこは、古いアパートを借り上げて作られた小規模なアートスタジオだった。以前は住居として利用していた部屋をアトリエとして貸し出しているらしい。

タトゥーアーティスト魅虎《みとら》に教えて貰《もら》った、海園遊雨が絵を飾っているという場所。それがこのアトリエだった。

利用者はそれなりに多い。とにかく安価なため、芸術家志望者の多くはここで個展デビューを飾るのが伝統となっているようだ。利用者のほとんどがアマチュアの創作者か美大生だった。今もアパートの前には数人の若者がたむろし、自作のプリントTシャツを交換しあっている。

あらゆるジャンルを拒まないアトリエらしく、アパートの外壁のあちこちに、絵の具や粘土が付着した跡が見て取れた。上階のベランダには——恐らく現代アートと呼ばれる類《たぐ》いのものだろう——人よりも大きな色鮮やかな粘土細工が、柵《さく》を飛び越えて飾られていた。その隣では、クリスマスにしか見ないような電飾が三階から地上に垂らされ、滝のようになっていた。

「若い情熱のたまり場みたいな場所だ。奇天烈《きてれつ》だが面白そうでもある。叶音ちゃんを連れてきたら、意外と喜んでくれるかもしれないな」

昇利はそうひとりごちる。

いま昇利がこのアトリエを訪れている事を、叶音は知らない。ショッピングモールの一件の後、叶音と電話で情報を共有した昇利は、翌朝、その足でこのアトリエを訪れていた。

叶音に伝えておくべきかとも考えたが、悩んだ結果言わない事に決めた。

なぜならこれは、絵の作者に関する、現実の世界の問題だからだ。

「叶音ちゃんは、概念世界〈ゾーン〉から、叶音ちゃんにしかできない方法で人を救おうとしている。だったら、叶音ちゃん以外にもできるそれ以外の全ては、僕が果たすべき役目だ」

そう決意を露《あら》わにし、昇利はアトリエに踏み込んだ。

かつてアパートの郵便受けだった箇所は宣伝スペースとなっており、名刺だったり展示品を紹介するポスターだったり、あるいは郵便受けそのものに絵の具を塗りたくったりと思い思いに自己を表現している。それ以外にも、階段の踊り場に観葉植物のように石膏《せっこう》像が置かれていたり、壁のあちこちにスプレーアートや絵の具の落書きがあった。そのどこにも海園遊雨《うみぞのゆう》の気配はない。

誰もが目立とう、普通じゃない事をしようと躍起になる、独特の情熱でむせかえりそうな空間において、目的地である三〇四号室の扉は不気味なほどに空白だった。他の部屋のような自己主張は一切なく、ここだけ元々のアパートのまま、時間の流れが止まってしまっているかのようだ。一見して、誰も借りていない空きスペースにしか見えないだろう。

ドアノブを回し、軽く押してみるが、鍵が掛かっていた。昇利《しょうり》は溜息《ためいき》を吐《つ》く。

「あんまり人に言えない手は使いたくないんだが……ま、しょうがない」

昇利は懐《ふところ》から金属製の細い針金を数本取り出した。辺りに人がいない事を確認し、先端が捩《よじ》れたそれを鍵穴に差し込む。

元々安アパートな事もあり、鍵の作りは単純だった。ピッキングはものの十数秒で完了する。昇利は今度こそドアノブを回し中に踏み込んだ。

「……ほう」

思わず、そう声をこぼす。

石膏を思わせる乳白色に塗られた床と壁は、恐らく作品を邪魔しないためのアトリエ側の措置だろう。ベランダがあるだろう窓も、壁と同じ色の厚いカーテンで覆われ、かつて誰かの住まいであった名残が可能な限り塗り潰《つぶ》されていた。

キャンバスめいた乳白色のスペース。本来はアトリエを借りた人は、壁や天井を自分の作品で飾り立て、空間全てを利用して、自分の伝えたい事を全力で表現するのだろう。

そんな作り手の情熱が、この部屋には一切感じられなかった。

「……」

乳白色の壁に、ただ点々と、魚の絵が飾ってある。

それ以上に何も表現できないほどに、海園遊雨の展示はシンプルで、感情を欠いていた。

黒い背景に、赤・青・黄などの目に痛い原色。鋭い刃物で何度もガラスを引っ掻《か》いたような悲痛な線で描かれた魚。絵はいずれも同じ手法で描かれていた。

作品数は少なく、十作もない。Ａ４サイズの紙に印刷しただけのようなそれが壁にぽつぽつと飾られているのは、光の届かない深海のような冷たい寂寞《せきばく》を感じさせた。

アトリエは１ＤＫの間取りをしており、長方形の広間が二つ横並びになっている。昇利が今いる部屋からもう一方へは、元々は取り付けてあっただろう引き戸が取り払われ、壁の両端に仕切りを残して吹き抜けになっている。

その、奥のもう一部屋。入口からは死角になったスペースに、一人の女性がいた。

てっきり無人だと思っていた昇利は、女性を見つけて、驚きに息を詰める。

叶音《かのん》より少し年上、二十を超えたあたりだろうか。背中にかかるくらいの長い黒髪。片方の横髪は三つ編みにしていて、紐《ひも》状の髪飾りを編み込んでいる。髪飾りは、赤・青・黄色の原色の色合いをしていた。

「……すぅ……すぅ……」

女性はパイプ椅子に腰かけ、眠っているようだった。目を閉じ、肩が微《かす》かに上下している。がらんどうと言っていい部屋の中、魚の絵に囲まれて目を閉じる女性は、まるでおとぎ話の眠り姫のような静謐《せいひつ》さを感じさせた。

昇利《しょうり》が驚いて固まっている内に、背後でゆっくり閉まり続けていたドアが、ガチャンと音を上げて閉まり切った。

ぱち、と女性が目を開け、目の前の昇利を認める。

夢見心地の朧気《おぼろげ》な目が昇利を見つめ……状況を理解するにつれ、強い警戒の色が宿る。

「……誰？　鍵、ちゃんとかけていたはずだけれど。どうやって入ってきたの？」

敵愾心《てきがいしん》も露《あら》わの言葉。それも当然だ。昇利だって、今の自分を表現する言葉は空き巣以外に思いつかない。

そこで昇利は――――にこやかな笑みを浮かべて、女性に丁寧にお辞儀してみせた。

「すみません。何度かノックしたんですが、返事がなかったもので。無理を言って、このアトリエの管理人さんに鍵を貸してもらったんですよ。まさか人がいると思わず、失礼しました」

　あっけらかんと笑い、昇利はポケットから鍵を取り出して女性に見せた。それは自分の霊能探偵事務所の鍵だったが、一瞬だけ見せてすぐにポケットにしまう事で曖昧《あいまい》にごまかし、彼女が何か言う前に口早に続ける。

「ここ、海園遊雨《うみぞのゆう》さんが借りられているアトリエでしょう。彼、いや彼女かもしれませんが、業界では軽く噂《うわさ》になっていましてね。私も件《くだん》の絵をひと目見たかったものでして」

「業界？　こんな場所にスーツで来てるし、もしかして……」

「ああ、自己紹介もまだでしたね。それは警戒されるのも無理はありません。私、月刊アルテの編集をしている立仙《りっせん》と申します」

　そう言って昇利は、懐《ふところ》――スーツの内ポケットから取り出した名刺を女性に差し出した。

　昇利の格好は、普段とは全く異なっていた。ほうぼうに伸ばしている髪は後頭部に一つ結びにし、伸ばしっぱなしにしている無《ぶ》精髭《しょうひげ》は顎《あご》を残して剃られている。何より服装が、普段の胡散臭《うさんくさ》いアクセサリー山盛りの漢服ではなく、パリッと糊を利《き》かせた紺色のスーツだった。

　洗濯でもしたのかと言いたくなるような清潔感だ。普段のばかに大きいサングラスも着けておらず、物腰柔らかな態度は社会経験を積んだ誠実なサラリーマンという風貌《ふうぼう》を感じさせる。ややくたびれた印象の笑顔も、社会の荒波で年季を積んだような貫禄《かんろく》にしか見えないだろう。

「月刊アルテは、雑誌のコンセプトの一つとして『新時代を切り拓《ひら》く』を掲げていまして。このアトリエの展示もよく取材をさせて貰《もら》っているんです。その縁で、ぜひとも噂の海園遊雨さんの絵も拝見させて貰《もら》えればと思いまして」

つらつらと並び立てるこれも嘘八百だ。しかし、見ようによっては嘘ではない。雑誌は実在するし、昇利《しょうり》が差し出した名刺は、その出版社で実際に使用されているものだ。記載の番号に電話をすれば、昇利が名乗った通りの部署に繋《つな》がるようになっている。

（縁は結んでおくものだね。《覗《のぞ》き鬼》の一件の際に雑誌編集に唾を付けておいたのが、こんなに早く役に立つなんて思わなかったよ……いやはや、それにしても完璧な変装に演技。今の僕ってば実に探偵らしいじゃないか！　叶音《かのん》ちゃんに見て貰えないのが惜しくてならないよ）

ビジネススマイルを作りながら、昇利は内心でそうほくそ笑む。あらゆる場所に飛び込んで情報を得るのが探偵稼業。悲しきかな第六感や霊能力は欠片《かけら》もないが、役柄になりきっていかにもそれらしく振る舞うのは昇利の得意分野だった。

果たして昇利の言葉を信じたのかどうか。女性は視線を下ろし、ぶつぶつと独り言を呟《つぶや》く。その顔は心なしか青ざめているようにも見えた。

「噂《うわさ》、噂……どこからバレたの？　ううん、広まらない訳がないわよね。やっぱり、このまま ずるずる引き延ばすなんて無理だったんだ」

「……ところで、どうして鍵をかけていたんですか？　人に見て貰える機会を、わざわざ自分から潰《つぶ》してしまうなんて」

「みだりに見られないためです。遊雨《ゆう》の絵は普通と違う。絵が人を選ぶんです」

そう言った時には、女性の顔色は戻り、昇利に微笑《ほほえ》みを向けた。

「全ての人に開かれるような状況はまだ早いと思っていました。これまでは慎重に人を選んでいたのだけれど……あなたは、遊雨の絵を雑誌に載せてくれるの？」

「月刊アルテとして約束はできませんが、少なくとも私はそのつもりです。ちなみに、口ぶりからして、絵を描いたのはあなたではないのですね。あなたは海園《うみぞの》遊雨さんの……」

「姉です。遊雨の姉の、鞠華《まりか》といいます。このアトリエの管理と、絵の販売をしています。ぜひ取材は受けさせてください。作者ではありませんが、大抵の事には応えられるつもりです」

そう言って、鞠華は昇利に丁寧な一礼をした。

人を絵で殺す殺人鬼に会いに来たつもりだった昇利は、しっかりした鞠華の物腰に思わず面食らってしまう。だが、取材に応じてくれるというなら願ったり叶ったりだ。昇利はノートとペンを取り出し、鞠華に向き直る。

「では早速質問から入るのですが。遊雨さんはなぜアトリエに出てこられないのですか？」

「弟の遊雨は、ここに来る事ができないんです」

「できない、というと？」

更に聞くと、鞠華は寂しげに眉尻を下げた。胸の前で組んだ手にきゅっと力が籠《こ》もる。

「神経性の病気で、身体《からだ》が動かせないんです。症状は悪化していて、今はもう、ベッドから降りる事もできず、ほとんど動く事ができません」

「それは……つらいですね。では遊雨《ゆう》さんは、そんな不自由な状態で、病床でこの絵を？」

「はい。きっと今も描き続けているでしょう」

そう答え、鞠華《まりか》は壁に飾られた絵の一つに目を向ける。

原色の線で描かれた魚の絵を見る彼女の目は、どこか慈《いつく》しむようだ。

「遊雨さんの絵は、いずれも同じテーマを取り扱っていますよね。魚は、彼にとって何か強い思い入れがあるのでしょうか」

「そうですね。これはきっと、遊雨の願いなんです」

「願い、ですか」

昇利《しょうり》が反芻《はんすう》する。鞠華は頷《うなず》き、絵の背景である黒い部分を指でなぞった。

「これは水槽なんです。額縁という枠組みで作られた、暗い世界。その水槽の世界でも、魚達は気ままに鰭《ひれ》を動かし、楽しそうに泳いでいる」

「……」

「どんどん動かなくなっていく自分の身体《からだ》に打ちひしがれていた遊雨は、水槽の魚に憧れを見《み》出《いだ》したんです。大海原なんて贅沢《ぜいたく》は言わない。閉じきった狭い水槽でいいから、何の苦しみもない自由を謳歌したい。この絵には、遊雨のそんな願いが籠《こ》められているんです」

鞠華の絵に向ける視線は、まるで愛《いと》しい家族を見るかのように優しげで、誇らしげだ。

ノートにペンを走らせながら、昇利は眉をひそめていた。彼女の語る言葉からは、絵に籠められたメッセージが自由や救済といったものであるようにイメージさせる。

しかし、額縁に飾られた絵の数々が呼び起こす情景は、控えめに表現しても『絶望』だ。

「……だとすると、この絵はとても悲しい絵ですね。黒で塗り潰《つぶ》された絵は、得たくても得られない自由を嘆いているようにも見える」

「ふふ……」

率直な意見を言ったつもりだったが、それを聞いた鞠華はくすくすと笑った。

「どうかしましたか？」

「すみません。でも、立仙《りっせん》さんは少し変な人ですね。心にもない格式張った事を言って。それとも編集さんって、みんなそんな感じなんですか？」

「心にもない？　いや、この絵はどう見ても……」

「遊雨の絵は救いですよ」

凄《すさ》まじい圧を感じる声だった。

声を荒らげてもいない。顔は微笑を浮かべたままだ。なのに鞠華の声は、昇利を圧倒させた。

「立仙さん。立仙さんは、自由って何だと思いますか。この世界に、自由を手に入れている人がどれくらい存在すると思いますか？」

世界の真理を理解しているような泰然とした声色で、鞠華は聞いてきた。

「思うままに生きられる人なんて、いないいんじゃありませんか？　仲間はずれにされないように、友達に付き合っていい顔をしなければいけない。生きるためにお金が必要だから、働かなければいけない。信頼を失いたくないから、つらい目に遭っても泣くわけにはいかない。そうして頑張って生きても、最後にはみんな必ず死んでしまう。私達は、お金とか時間とか他人とか命とか、色んなものに縛られている」

「……」

「私達みんな、水槽の中で生きているんですよ。家とか学校とか寿命とか、そういう枠に閉じ込められて。身動きも取れずに、じわじわ溺《おぼ》れ死ぬ運命の中で生きている」

「それは、悲観的な世界の見方ですね」

「世界そのものが残酷なんです。そして遊雨《ゆう》は、その残酷な運命から解き放ってくれるんです。狭い水槽で苦しんで生きている人々を、もっと大きく美しい水槽へと導く。遊雨の絵には、そういう力があるんですよ」

その語りには実感を伴う説得力があった。鞠華《まりか》はここにいない遊雨を心から誇りに思い、彼の偉業を伝える代弁者として振る舞っている事が、自信に満ちた口調からも伝わった。

「……絵が人を選ぶと言った時点で、気付いてはいたさ」

できればそうであってほしくないと思っていた予想が、確信に変わる。

昇利《しょうり》は落胆と共に、取り繕《つくろ》っていた仮面を外した。視線鋭く鞠華を見る。

「鞠華さん。君は知っているね。絵に魅入《みい》られた人が、その後どのような最期《さいご》を辿《たど》るかを」

「……そうですか。何となく察していたけれど、やっぱり雑誌編集っていうのは嘘なのね。遊雨の絵を広める良い機会だと思ったのに、期待して損した」

鞠華はほんの一瞬だけ目を見開き、それからすぐに肩を竦《すく》めて微笑《ほほえ》んだ。

困惑する事も、とぼける事もしない。彼女は全てを理解した上でここに絵を飾っている。昇利は鞠華を指さし強く言った。

「今すぐにこの絵を処分して、遊雨に絵を描く事をやめさせるんだ」

「どうして？　遊雨は絵を描き続ける。もっと沢山《たくさん》の人に絵を見て貰《もら》わなければいけないわ」

「本当に分かっているのか？　君がしている事は殺人なんだぞ。その絵は、この数日間だけで六人の人間を溺れさせている。何不自由なく生きていた人達を、だ」

「本当にそう？　その人達は本当に幸せだったの？　人生に何の不安も苦しみも無かったっていうの？　胸の奥で、死んだ方がマシだと思うような事を抱えていたんじゃないかしら」

「死んだ方がマシだったから殺したとでも言うのか？　君はそんな理由で、自分の行為を正当化するのか」

「ええ、そうよ。だって、遊雨の絵は救いなの。人々を苦しみから解き放ち、自由の海へと誘う。遊雨の力は、神様からの贈り物なのよ」

鞠華は泰然と笑っている。自分の言葉に、何の矛盾も感じていないようだった。

住んでいる世界の常識が違う。使っている言語が違うレベルで話が通じない。

鞠華《まりか》もまた、歪《ゆが》み切った認識で壊れた現実を生きる、あちら側の住人なのだ。叶音《かのん》とまったく同じように。

「……もしかしたら説得も可能かもしれないと期待していたが、どうやら無駄だったようだ」

昇利《しょうり》は目を伏せ、静かに頭を振る。

そして探偵は、会話を諦《あきら》めた。

昇利は勢いよく一歩を踏み出し、鞠華に肉薄した。彼女が驚いて凍り付く内に、胸倉を摑《つか》み上げ、アトリエの壁に叩《たた》きつけた。壁に飾られた絵が激しく揺れる。

「うぐっ……あはは、優しそうな顔して、結構強引なんですね」

「今すぐここにある絵を処分して、海園遊雨《うみぞのゆう》に絵を描くのをやめさせるんだ。君のような女の子を傷つけるのは本意じゃないけれど、僕は手段を選べるほど器用じゃないぞ」

「っそう、みたいですね。分かりますよ。あなたのその目は、暴力で人を従わせた事がある人の目です。昔の遊雨によく似て……あっ、う」

胸倉を摑《つか》む手に更に力を籠《こ》め、鞠華の身体《からだ》を持ち上げた。鞠華が苦しげに顔を歪《ゆが》め、昇利の腕に自分の手を回す。彼女の手は病人のように痩《や》せていた。

腕に籠められた、鞠華の首くらい容易《たやす》く折ってしまいそうな力を見れば、昇利の言っている事が脅しではないと鞠華にも分かったはずだ。しかし彼女は、薄笑いを浮かべて首を横に振る。

「どう脅そうが意味はないですよ。多くの人を苦しみの無い海へと誘うため、遊雨は絵を描き続けます」

「目を覚ませ！　そんな偽《いつわ》りの世界に、本当の幸せなんてありはしないんだぞ！」

「ふふっ。立仙《りっせん》さんって、生きづらそうですね。本当の幸せなんて言葉を使う人が、幸せだったためしはないですもん」

昇利の腕に吊《つ》り上げられ、顔を青くさせながらも、鞠華の微笑《ほほえ》みは止まらない。

その得体の知れない凄《すご》みに、脅しているはずの昇利の方が、ぞくりと背筋を震えさせる。

「立仙さん、苦しくないですか？　責任とか、使命感とかを、一つも捨てきれなくて背負い込んで、潰《つぶ》れそうになってはいませんか？　できない事の多さが悔しくて、自分が情けなく思っているんじゃありませんか？」

「……君に僕の何が分かるというんだ」

「分かりますよ。だって遊雨の絵は、あなたのような人を救うために描かれているから」

そう言って微笑んだ鞠華は、つい、と視線を横に向けた。

つられて昇利も見る。鞠華を叩きつけた壁のすぐ傍《そば》には、遊雨の描いた魚の絵がある。

そこから、こぽりと小さな音がした。

まるで水中に潜って小さな泡を吐き出したような、籠もった軽い音。

昇利は思わず腕に籠めていた力を緩め、絵を注視する。

漆黒《しっこく》の背景の上に描かれた、痛ましく細い線で描かれた数匹の魚。

それが、ゆらりと鰭《ひれ》を動かした。

「何……」

「ほら、やっぱりそうだと思った。あなたも絵に選ばれたのよ」

絶句する昇利《しょうり》。どこか嬉《うれ》しそうに鞠華《まりか》が言う。

瞬《まばた》きを忘れた視界の中で、黄色の魚は黒い背景の中を活《い》き活きと泳ぎ始める。乱雑に走らせた輪郭の線がポウと光を灯《とも》し、魚自体が一つの提灯《ちょうちん》のように輝きだす。

水面を飛び跳ねるようなトプンという音を立てて、魚が絵から飛び出してきた。黄色く輝く鰭をひらひらと動かし、昇利のすぐ脇を通り抜ける。

魚を追いかけて首を回した昇利は、そこにあった光景に愕然《がくぜん》とした。

真っ白に塗られた壁に、数枚の魚の絵が飾られているだけの光景だったはずだ。それが一変していた。壁と絵の境目がなくなっている。一面が漆黒《しっこく》で覆われ、まるで夜空の星々のように、大量の魚が闇の中を泳ぎ回っていた。

「誰でも絵に呼ばれる訳じゃないのよ」

鞠華の声が遠い。

慌てて振り返った時、彼女の姿は視界から消えていた。それどころか、飾られた絵も、壁すらも消え、漆黒と原色の光で埋め尽くされた空間に変わっている。

「逃げ出したい。自分を縛るものから解き放たれて自由になりたい。そんな事を夢見て藻掻《もが》いている人が、遊雨《ゆう》の絵に見初《みそ》められて、あの美しいアクアリウムの中へと旅立つ事ができるの」

「どこだ、鞠華さん！　今すぐこれを止めるんだ！」

「ふふ、また心にも無いことを言っている。絵はあなたの自由になりたいという願いを叶えているだけ。認めたくないだけで、あなたは自分の意志で旅立とうとしているのよ」

鞠華の声が更に遠くなった。まるで水中で音を聞くように、低くくぐもった音に変わる。

ざざぁ――とさざ波の音が聞こえてきたかと思うと、どこからともなくやってきた海水が、昇利の足を濡らした。フローリングの上にやってきた海水は、寄せては返し波音を奏《かな》で、徐々に嵩《かさ》を増していく。

波がひとつ横切るごとに、まるで塗料を洗い落とすようにして、フローリングの木目が消えていく。その先にあるのは壁と同じ漆黒の闇。

闇の向こうから、原色に輝く魚の大群が猛烈な勢いで迫ってきた。

「安心して。怖がる事なんて一つもないの。これからあなたは自由になるんだから」

まるで夜空の星が一斉に落ちてくるような光景に、昇利は大口を開けて叫び声を上げたようとした。しかし吐き出した空気は、ごぼごぼという気泡になる。その時には、昇利自身も漆黒の海の中にいた。

水中の昇利を目がけ、光り輝く魚の大群が迫る。

「そうよ――私は、すばらしい事をしているの」

まるで自分に言い聞かせるような鞠華《まりか》の言葉を最後に、鉄砲水のように押し寄せた魚輝く原色の群れが昇利《しょうり》を呑《の》み、意識をあっと言う間に刈り取った。

◇

果たして何秒、何キロ流されたのか。いや、その移動は距離的な概念を介さなかった。

身体《からだ》を包み込んでいた魚が不意に散り散りになり、昇利は勢いをそのままに群れから放出された。錯乱する平衡《へいこう》感覚が、自分が足場を失い落下している事を辛《かろ》うじて理解する。

「う、わあああああああっ⁉　っだぁ！」

できた事は腹の底から絶叫を上げるくらい。昇利は数メートルを落下し、受け身も取れないままに墜落した。バキバキと何かをへし折りながら、固い地面の上に墜落する。

「つくぁぁ、いったいなぁ！　一体何が……は？」

目眩《めまい》で混乱する視界が再び像を結んだ時、昇利は呆気《あっけ》に取られ素《す》っ頓狂《とんきょう》な声を上げた。

最初に視界に飛び込んできたのは、血のように生々しい原色の赤色だった。昇利が墜落した地面が真っ赤に染まっている。

地面を埋め尽くすのは珊瑚《さんご》だった。円形に広がる珊瑚の上に、自分は墜落したらしい。

どうやらそれは、巨大な珊瑚の木から伸びた枝のようだった。顔を上げた先には、樹齢千年の大木すら霞《かす》むほどの巨大な幹があり、昇利の視界一杯を毒々しい赤色で覆っている。幹は捩《よじ》れながら上へと伸びており、その途中に、末端が円形の台座のように広がった枝が、松の木のように捻《ね》じれて生い茂っていた。

その巨大な珊瑚の木が、他に二色。青と黄色の三本が、それぞれ枝を絡《から》ませながら螺旋《らせん》状を象《かたど》っている。三本の珊瑚が巻き付くのは、黄金色に発光する大木だった。

大木は果たしてどれほどの大きさなのか——首が折れるほど上に曲げてようやく、天空に傘のように広がる枝を確認する事ができる。淡い黄金色に照らされた空を、原色に輝く大小様々な魚達が泳ぎ回っていた。

光景も、抱く印象も、昇利が叶音《かのん》に教えて貰《もら》った景色と見事に符合する。

「ここ、まさか噂《うわさ》に聞く〈ゾーン〉!? 何てことだ。噂通りの凄《すさ》まじい光景じゃないか……!」

昇利は驚きに痛みも忘れ、自分が墜落した珊瑚の台地の端に立つ。

端から見下ろすと、地面は細部が霞んでしまうほどに遠い。高度は千メートルを優に超えていそうだ。そのまま顔を上げると、海藻《かいそう》で覆った大岩の山脈、原色の珊瑚の森など、大陸をそのまま海に沈めたような雄大で美しい光景が広がっていた。

「恐ろしく広大だな。後ろの樹木はいくら何でも巨大すぎる、いったい樹齢は何十万年だ? なんで魚が光って空を泳いでるんだ!? すごいな、僕の三十幾年培《つちか》った常識が全然通じないぞ!」

一瞬、昇利は自分の状況すら忘れて、眼前に広がる景色に魅入《みい》る。

なにせ昇利《しょうり》は、今まで他人の〈ゾーン〉に侵入する叶音《かのん》を、黙って送り出す事しかできなかったのだ。もし自分が叶音と同じ能力を持ち、〈ゾーン〉を知覚する事ができたらと思った事は、決して一度や二度ではない。

「これは一旦喜ぶべきところか？　念願叶い、ついに僕にも概念世界を行き来する超能力が芽生え——た訳ないな！　あの絵に引きずり込まれたんだ、うかうかしてる場合じゃない！」

ここは人を捕食するフォビアの巣だ。絵に取り込まれた人達がどんな末路を辿《たど》るか、昇利はうんざりするほど理解している。

早く夢から覚めなければ、現実の昇利は溺死《できし》してしまう。

しかし昇利は、当然にしてここから抜け出す方法を知らない。試しに頰を思い切り引っ張ってみるも、痛みに涙が溢《あふ》れるばかりだ。

「このっ。夢なら頰を引っ張れば目覚めるのは定石だろ、こんなに痛いなんて変じゃないか！」

ぎゅううっと強く頰を抓《つね》り、自分自身と格闘していた昇利だったが、視界に先に奇妙なものを見つけて、はたと動きを止めた。

視界の奥、遠く向こうの空に動くものがあった。

青色をした、何か長い帯のようなものが、くねくねと空中で躍っている。

「……何だ、あれは？」

空中で躍る紐《ひも》状のそれは、昇利が見ている内にも大きくなっていく。

やがて昇利は、紐との距離が実は相当に離れていて、徐々に近づいてきている事に気が付く。

それが果たして何なのかを理解した瞬間、昇利は背を向けて脱兎《だっと》のごとく逃げ出した。

くねくねと泳ぐそれは、とてつもない勢いで迫る、怪物めいた巨体をしたウツボだった。

「おい、おいおいおいおい冗談よせよ！　うわあああああああ!?」

さっきまで彼の立っていた珊瑚《さんご》の台地の縁に、原色の青色に光る巨大なウツボが噛《か》み付いた。

ウツボは硬い珊瑚をクラッカーのように噛み砕くと、長大な身体《からだ》をくねらせ、台地の珊瑚をずががががっと削《そ》ぎ取りながら昇利に迫る。開け広げられた牙《きば》の並んだ口は、昇利を一ダース纏《まと》めて噛み潰《つぶ》せるほどに大きい。

「ッいきなり絶体絶命とか！　これのどこが苦しみのない世界だってんだ!?」

悲痛な叫び声を上げながら、昇利は珊瑚の台座から飛び出した。昇利の頭を掠《かす》めるほど近くを、暴走列車のような勢いでウツボが突き抜けていく。

砕け散った珊瑚の細かな破片と一緒に、昇利は落ちた。ぶわっ――と下から風が吹き付け、着慣れないスーツの背広がばたばたとはためく。内臓が持ち上がる不快感にぞっとする。

珊瑚の樹木は黄金の大木を軸に赤・青・黄の三種が螺旋《らせん》を描いており、昇利が飛び出したのと同じ珊瑚の台座が足下にも大量に存在した。昇利は十メートルほどを自由落下し、今度は青い珊瑚の台座に転がり落ちる。

「んがッ――まずい、まずい！　こんな状況は全く想定外だ。こちとら、もはや霊感がないのが専売特許だったんだぞ！」

昇利《しょうり》が叫んで頭を抱えるも、何もかも後の祭りだ。海は泣き言を聞いてくれはしない。

頭上のウツボが、真下の昇利に向かって一直線に突撃してきた。

「よせよせ止めろ、こんなオッサン喰《く》ったって美味《おい》しくないよ！」

泡を食って昇利は駆け出す。青い珊瑚《さんご》の台地の中央に、巨大ウツボが噛《か》みついた。

真上から巨大なハンマーを叩《たた》きつけられたような衝撃。

珊瑚の台座が、根元からへし折れた。足下が傾き、絶望的な浮遊感が昇利を襲う。

落ち始めた台座を必死に蹴《け》って、昇利が走る。目指すのは、へし折れたばかりの珊瑚の根元。

「くそ、いける！　大丈夫だ！　間に合えぇッ！」

叫びながら昇利は走り、珊瑚の台座の端を蹴った。

果たして昇利の手は届いた。断裂した珊瑚の根元、岩のように固い断崖《だんがい》をはっしと摑《つか》む。足下でガラガラと音を立てて、ウツボと一緒に青い珊瑚の台地が数百メートル下へと落ちていく。

間一髪命が繋《つな》がった。昇利がほっと安堵《あんど》を溢《こぼ》す。だが幸運はそこで尽きた。

バキ、と音を立てて、摑んでいた珊瑚が崖《がけ》から剝《は》がれ落ちたのだ。

「そん、な、漫画みたいなこと――――ッ!?」

愕然《がくぜん》と目を見開き、必死に伸ばした手も届かない。

昇利は青い珊瑚の台地の後を追うようにして、空中に投げ出された。

夢の中でも、重力は正しく昇利を下に向けて引きずり、残酷なまでに加速していく。

しかし昇利には、墜落死に至るまでの数十秒すら許されていなかった。見下ろすと、先ほどのウツボが身を躍らせていた。ぎょろりとした青色の目は、まっすぐ昇利を睨《にら》み付けている。

ぞっと青ざめる昇利の目の前で、ウツボは珊瑚を噛み潰《つぶ》した巨大な口を再び開け広げ、昇利に向かい一目散に上昇を始めた。ぎらりと並んだ鋭い牙《きば》が猛烈な勢いで迫る。

「ッここで死んだら霊能探偵の名折れだぞ！　いまこそ何か目覚める時だろう！」

昇利はもはや捨て鉢気分で、頑張って覚えた異国の呪文や色んな宗教の祝詞《のりと》をでたらめに脳裏で唱える。しかし頭に唱える念仏のどれも、迫り来るウツボの顎《あご》を止めてくれはしない。

「うおおおお、頼む！　何か来い霊能力的な奴――――!!」

遺言や泣き言よりはマシとばかりに、昇利はギュウと目を瞑《つぶ》り、ウツボに向けて手を出す。

果たしてその抵抗が功を奏したのかどうかはともかく、昇利の命は繋がった。

突然、バチィ！　と空気が張り裂けるような音が轟《とどろ》き、ウツボの巨体が真横に弾《はじ》け飛んだ。

横合いから差し込まれた一撃に吹き飛ぶウツボの首は、獣《けもの》の爪に裂かれたように半分以上の肉が削《そ》ぎ落とされていた。頭を無くした長大な身体《からだ》が、力なく揺れながら大地へと落ちていく。

その様子を眺め、自分が突き出した手を見て、昇利が顔を輝かせた。

「や、やった！　とうとう僕にもすごい超能力がばっはぁぁぁぁ!?」

「なー―に馬鹿な事を言ってんですかこのおちゃらけ所長は！」

昇利《しょうり》の喜びの声は、横合いから飛び込んできた声に強引に中断させられた。脇腹に猛烈な衝撃が走り、そのまま引っ張られていく。

再び目を開いた昇利が見たのは、自分を脇に抱える、金を混じらせた黒髪と真っ赤なスカジャンを靡《なび》かせた少女。

「——叶音《かのん》ちゃん！　どうしてここに!?」

「喋《しゃべ》らないで。舌を噛《か》みますよ！」

叶音は左目に大きな片眼鏡をかけていた。首を回し、近くを落ちる腕ほどの大きさの珊瑚《さんご》の欠片《かけら》を見つけると、視線を向ける。

叶音の意志に反応して、幽骸《コープス》《我極性偏見鏡《がきょくせいへんけんきょう》》の呪いの力が、叶音の目を紫に輝かせた。

自由落下していた珊瑚片が、空中に縫い付けられたように停止する。それに向けて叶音は、右手の《泥薔薇の裂傷鞭《どろばられっしょうべん》》を巻き付けた。空中に縫い止めた珊瑚を軸にして、ブランコを漕《こ》ぐように空中を移動する。

「逸流《いつる》が『しょーりさんの匂《にお》いがする』って言うから来てみて正解でした。本当に危機一髪！」

「おぉ、それが噂《うわさ》に聞く幽骸か！　〈ゾーン〉で仕事中の叶音ちゃんを初めて見たよ！　そうだ、僕も探偵らしく変装してるんだ！　どうだい、スーツ姿の僕もなかなかイケているだろう？」

「そんなクッッッソどうでもいい話題を今振る必要あります!?　今ぶら下がれるものを必死で探してるんですよ、黙っててください！」

興奮する昇利をぴしゃりと一喝して、叶音は紫に輝く視線で次なる珊瑚の破片を固定する。

空間に縫い付ける力と鞭《むち》を使った、ターザンのようなアクロバットな移動を数度繰り返し、叶音は珊瑚の台座の一つに着地した。解放された昇利は、命が繋《つな》がった安堵《あんど》に思わず膝《ひざ》を突く。

「はぁ、はぁ。あ、危ないところだった。助かったよ叶音ちゃん」

「どうも……なんてお礼は別にいらないんですよ！　あたし達が今度こそフォビアを殺そうと潜り込んでいる間に、どうして昇利さんが〈ゾーン〉の中に捕らわれているんですか⁉」

叶音はぎゅっと眉間に皺《しわ》を寄せて、昇利を強く睨《にら》み付けた。めったに見ないすごい剣幕に、昇利は思わずたじろぐ。

「それは、絵の作者を突き止めたから接触しようとして……」

「ハァ⁉　作者に会う⁉　あたしに何も言わずに⁉　一体全体何を考えてそんなトンチキな真《ま》似《ね》してでかしてるんですか！」

「か、叶音ちゃんの手伝いがしたかったんだよ！　もし絵の制作者に、これ以上の犠牲者を生み出すのをやめさせる事ができたら、叶音ちゃんの仕事も楽になるだろう？」

「仮にそうだとしても、情報を共有しないのは完全に悪手でしょう！　何を考えてあたしに内《ない》緒《しょ》で、一人でノコノコ敵に会いに行ってるんですか！」

「余計な心配をかけたくなかったのさ。というか、実際に心配は必要ないんだよ。なぜなら僕は霊能探偵。日頃から霊感を拓《ひら》くために研鑽《けんさん》を続けているんだからね」

「その研鑽《けんさん》、たった今役に立ってるのがほんの一つでもありますか？」

「……、…………………………」

叶音《かのん》は歯噛《はが》みし、天を仰いで唸《うな》り声を漏らした。

「っ〜〜〜〜〜もう！　昇利《しょうり》さんはただの一般人なんですから、無茶しないでください！　フォビアに関するあれこれは、全部あたしに任せてくれればいいんです」

「ごめんよ、叶音ちゃん。今回こそ、君の役に立つ事ができると思ったんだ」

「その親切心は完全に逆効果ですよ！　昇利さんが自分勝手に動いた結果、あたしは自分が逃げるのも中断して昇利さんを助ける羽目になったんですからね！　あたしは昇利さんに助けて欲しいなんて思ってませんし、正直に言えば、変に責任を感じて干渉される方が迷惑です！」

叶音の言葉には容赦がなかった。事実、叶音が助けに来なければ昇利は死ぬ所だったのだ。

昇利には言い訳する余地もなく、押し黙って叶音の怒りを受け止める他ない。

叶音は気落ちした昇利を見て「……言い過ぎたなんて謝ったりしませんからね」とぶっきらぼうに呟《つぶや》いた。それから頭を振って、落ち込んだ空気を吹き飛ばす。

「ここに居たら危険です。あたしも一旦態勢を整えないといけない。すぐに脱出しましょう」

「……そういえば叶音ちゃん、自分も逃げている途中だって言ったよね？」

昇利が尋ねるのと同時。

ぽんっと空気が弾《はじ》けるような音を立てて空中に扉が現れ、そこから少年が飛び出してきた。

ゆったりとした青いパーカー。ふわふわの黒髪。磨かれた宝石のようにぴかぴかな、くりくりと大きく無垢《むく》な瞳。

「叶音！」

甘く弾むような声で、叶音の隣に並び立つ。

昇利は思わず息を詰まらせた。幼い少年から目を逸《そ》らせなくなる。

〈ゾーン〉で叶音に出会った瞬間に、こうなる事は予感していた。あるいは、期待していたという表現が最も正しいかもしれない。

それは昇利が初めて己の目で認識する、叶音の幻覚の姿だった。

「……逸流《いつる》君」

「あ、やっぱりしょーりさんだったんだ。やっほー、叶音が間に合って良かったね！」

昇利が声を掛けると、逸流は上機嫌な調子で手を振る。まるで毎日顔を合わせているような気軽な挨拶《あいさつ》だ。

にぱーっと笑みを浮かべた、その目だけが笑っていない事に昇利は気が付いていた。驚くほど冷たい瞳の色は『今は細かい事を気にする状況じゃないよね』と昇利を諭《さと》している。

だから昇利は、元気いっぱいの逸流の挨拶に、求められる返事を返した。

「……ああ、叶音ちゃんが居なかったら今頃はウツボの腹の中だった！　本当に死ぬかと思ったよ、叶音ちゃんはやっぱり正義のヒーローだね！」

「だから、そういうおべっかは要らないんですってば……逸流《いつる》、それでアイツは？　どうにか振り切ってくれた？」

昇利《しょうり》からそっぽを向いて、叶音《かのん》が逸流に聞く。

逸流は相変わらずにこやかな笑顔のまま。「んーん」と首を横に振った。

「ごめん、無理だった」

「……え」

「逃げた方がいいかも。できれば今すぐに」

逸流が言った、その瞬間。

ズ——と、世界が震えた。

空間全部が慄《おのの》くようなそれは、途方もなく大きなものによって押し出された空気の唸《うな》り。

次いで、マリンブルーの光が満ちた景色に、ふっと影が差す。

嫌な予感に誘われるまま顔を上げた昇利は、見た。

頭上を遊泳する、超巨大な魚が、天から降り注ぐ光を遮っていた。

胴体が大きく膨らみ、飛行機の翼のような肉厚の鰭《ひれ》が左右に広がっているフォルムは、鯨《くじら》を彷彿《ほうふつ》とさせる。しかしその大きさが異様だ。恐らく数百メートルは離れているだろうというのに、魚影は昇利の視界を埋め尽くすほどに大きい。その巨体の周囲には、赤・青・黄色の原色に発光する大小様々な魚が寄り集まり、物語に見る天女の羽衣のようなものを形成していた。

そして、この世の生物では有り得ない、決定的に歪《いびつ》な特徴が一つ。

鯨の腹には、人型が埋め込まれていた。胸の前で腕を組んだ人間の上半身が、鯨の腹と一体化して存在していた。安らかに目を閉じており、何かの宗教画のような神々《こうごう》しさを感じさせる。

頭上の光を覆い尽くし、代わりのように原色の光を身に纏《まと》う、人型を埋め込んだ歪な怪物。先のウツボなど比べるべくもない異形に、昇利は顎《あご》が外れるほど驚愕《きようがく》する。

「な、何だアレは……!?」

「マズい。今すぐ逃げるわよ、逸流！」

叶音がそう言った時。

鯨の腹部に埋め込まれた人型が、ゆっくりと口を開いた。

「――らああああああああああああぁぁぁぁ」

「お、ああああ!?」

それは完璧に調律されたピアノのような澄んだ音色だった。しかし途轍《とてつ》もない巨体から放たれた歌声の音波は凄《すさ》まじく、昇利は両耳を押さえて蹲《うずくま》る。

叶音は同じく耳を押さえながらも頭上を見上げ、鯨の腹に埋め込まれた人型が、胸の前で交差していた腕をゆっくりと開くのが見えた。

鯨の腹と同じつるりとした乳白色の腕が、叶音達を静かに指さす。

その途端、鯨の周囲に羽衣のように揺蕩《たゆた》っていた赤い原色の魚の群れが、ぞわりと蠢《うごめ》いてこちらに狙いを定めた。

「ッ走って！」

「つ、う。待ってくれ叶音《かのん》ちゃん。今の音で頭が割れそうになって——どわあああ⁉」

「割れそうなくらいがどうした、全身をマジでバラバラにされたくなきゃ逃げるんですよ！　行くよ逸流《いつる》！」

「了解！」

　叶音はスーツ姿の昇利《しょうり》の首根っこをむんずと摑《つか》んで、珊瑚《さんご》の台地の外へと力任せに放り投げた。それから傍《そば》の逸流の手を取り、自分もすぐその後を追って身を擲《なげう》つ。

　その数秒後、押し寄せた赤い魚群の羽衣が、叶音達のいた珊瑚の台地を粉々に砕き割った。衝撃を背後に感じながら、叶音は逸流の手を握ったまま落下し、先に放り投げた昇利へと追いついた。昇利は混乱して手足をバタバタとさせながら、遥《はる》か上空、自分達に影を落とす巨大な鯨《くじら》の怪物を見る。

「あれもフォビアか？　あんなに大きな化物ってアリか、君ってばいつもあんな凄《すご》いのを相手取っているのかい叶音ちゃん⁉」

「ああもううるさい！　逸流、昇利さんを任せたわ！」

「はーい。ちょっと息苦しいかもしれないけれど我慢してね、しょーりさんっ」

　叶音に応じた瞬間、逸流のパーカーの腕部分が、風船のように大きく膨らんで帯状になっ

た。それが、ぎょっと驚く昇利《しょうり》を絡《から》め取って包み込んでしまう。

「むごもっ」

「暴れられると僕らも危険だし、ちょっとだけじっとしていてもらうよ。叶音《かのん》、後ろはどう？」

「まだあたし達を見てる。追ってくるわよ！」

魚群は完璧なまでに統率が取れていて、少し距離を離すと一枚の羽衣のようにしか見えない。それが身を躍らせ、今度こそ叶音達を磨《す》り潰《つぶ》そうと迫る。

「逸流《いつる》、出口への扉を開くのにどのくらいかかる？」

「十秒ちょうだい。それだけあったらなんとかするよ！」

「なんとか十秒作るのがあたしの役目って事ね、了解！」

「むぐっ――ぷはっ。十秒どころか、地面がすぐそこじゃないか！　このままだと墜落死だよ叶音ちゃん！」

「言われなくても分かってます！　昇利さんはお荷物らしく十秒ちょっと黙っててください！」

叶音は視線を回し状況を分析する。地面までは目測で残り四百メートルばかり。迫り来る原色の魚群は、墜落を待たずに叶音達を食らいつくす勢いだ。

そして、叶音達と魚の群れの間に、先ほど砕かれた珊瑚《さんご》の台地が落下していた。

「アレだっ」

叶音は《偏見鏡《へんけんきょう》》と《裂傷鞭《れっしょうべん》》のコンボで手近な珊瑚の破片を捕まえ、漕《こ》ぐように空中を移動。落下する珊瑚の台地の真下へ移動する。

その頃には、矢のように飛来する魚の群れがすぐそこまで迫っていた。

叶音は振り返り、魚の群れとの間に壁を敷く珊瑚の瓦礫《がれき》に対して、紫に輝く視線を向けた。

「この世界で一番固い盾が何か、その身に叩《たた》きこんであげる！」

巨大な珊瑚の瓦礫が、ぴたりと空間に縫い止められる。

その固定された珊瑚の壁に向けて、魚の群れが激突した。

《偏見鏡》の視線は、物質を空間に縫い止め、そこから一切動く事を封じる。

あらゆる外的要因から切り離された珊瑚の台地は、砕ける事も押し負ける事もない絶対的な壁になる。

数千の魚が次々に珊瑚に激突して破裂する、滝のような轟音がした。魚の肉体を構成していた原色の赤い液体が雨のように降り注ぐ。

地面まであと僅《わず》か、数瞬で地面に激突するという直前に、叶音は手近な珊瑚の欠片《かけら》に《偏見鏡》の視線を向け、固定化したそれに〈裂傷鞭〉を巻き付けた。手を繋《つな》いだ逸流、逸流に絡め取られた昇利ごと、ぐわんっと振り子のようにスイングし、落下の勢いを真横に変化させる。

三人はアンダースローで投げられたボールのような挙動で、真横に射出された。同時に《偏見鏡》の固定化能力が解けた珊瑚の台地が地面に墜落し、魚の群れと一緒に粉々に砕け散る。

そのまま叶音は空中を横にすっ飛び、大樹の幹から離れた場所に着地する。金色の大樹の、地面に突き出た巨大な根の一本だ。根本の大樹に向かい緩やかな傾斜を作っている。

距離はかなり離れたが、瓦礫《がれき》が墜落した振動が叶音《かのん》まで届いている。後ろを振り返ると、立ち込める土煙の中から、原色の光の帯が緩やかに立ち上ってくるのが確認できた。先ほどの珊《さん》瑚《ご》の台地との正面衝突が効いた様子はない。潰れたのはほんの先端だけのようだ。

魚群は墜落した周辺を揺蕩《たゆた》い、叶音達を探しているようだ。どうやら見失ってくれたらしい。

「今のうちよ、逸流《いつる》。脱出路を開いて」

「はーい。邪魔だから外すね。お疲れ様、しょーりさんっ」

「う、おぉ。視界が白黒に明滅している。叶音ちゃんが三人に増えて見える……コレが千里眼？」

「あはは、違うと思うなぁ」

叶音が警戒しながら逸流に指示を飛ばし、逸流が膨らんだ袖をぽいと放ると、絞られた雑巾《ぞうきん》のようにグロッキーになった昇利《しょうり》が転がされた。あたりを警戒する叶音も、作業に集中する逸流も、ヘロヘロになって蹲《うずくま》る昇利なんて見向きもしない。

果たして逸流の言葉の通り、逸流は十秒きっかり何か思案すると、ぱんっと手を叩《たた》いた。目の前に突然に扉が現れると、ひとりでに開き、向こう側の真っ白な空間を覗《のぞ》かせる。

「荷物を降ろしたら仕切り直しよ。あのバカでかいフォビアをどうやって倒すか考えましょう」

「了解だよ。幽骸《コープス》はまだまだ沢山《たくさん》あるからねっ」

「ぼ、僕も手伝うよ叶音ちゃん！　海洋生物に関する知見はないが、図鑑とか引っ張ってきて何か弱点を――」

「荷物は黙っててください！　いいから逃げる。ホラきびきび動いて！　早く扉に入る！」

「ああ、やっぱり荷物って僕の事か……うん、分かっていたよ。分かっていたとも」

ショックに項垂《うなだ》れる昇利が、叶音に急《せ》かされて扉の前に立つ。

この扉を抜ければ、恐らく昇利は元通りの自分の身体《からだ》に戻れるのだろう。

遊んでいられる状況ではない。ここはフォビアの〈ゾーン〉で、いまだ絶体絶命の窮地である事に違いない。昇利だって本心では今すぐに元の現実に戻りたかったし、なんなら事務所の柔らかなソファに沈み込んで眠りたいまであった。

しかし――霊能力のない昇利にとって、もしかしたら『戦う叶音』に会える機会は、最初で最後かもしれない。

その名残惜しさが、昇利の足を止めさせた。

「……ねえ、叶音ちゃん」

「今ここであなたに言う事は、何一つありません」

昇利の心を予知したように、叶音は被《かぶ》せるように言った。背中を押す手にぐっと力が籠《こ》もる。

「ここはあたしの居場所。フォビアを殺すというあたしの使命を果たす場所です。たまたま迷い込んだだけの昇利さんは、何を言う資格もない」

叶音の言葉には固い決意を感じさせた。

彼女の言う通り、昇利《しょうり》が何を言った所で部外者の囀《さえず》りにしかならないだろう。昇利の言葉はきっと、叶音《かのん》の心の表面をそっとなぞる程度の意味しかもたらさないはずだ。

けれど――それでも昇利の正義感は、このまま黙って従う事が許せなかった。

昇利は、叶音には何も告げずに海園遊雨《うみぞのゆう》への接触を図った。

少しでも叶音の役に立ちたいと彼は言ったが、その説明は正確ではない。

可能ならば昇利は、自分ひとりで全ての出来事を解決したいと思っていた。

昇利は、叶音に戦って欲しくない。叶音には、争いなんて無縁の日々を送ってほしい。

叶音ひとりが怪物を相手取って戦うこの状況を、間違っていると思わずにはいられない。

なぜなら――昇利にとって、叶音は――。

「君は、ずっと夢の中で生きていくつもりなのかい？」

「……、…………それは」

口をついて出た昇利の問いかけに、叶音が言い淀《よど》む。背中を押す手が一瞬緩む。

そうして、伝えたい言葉が届くかもと振り返った昇利は。

――何かを目撃し、戦慄《せんりつ》した叶音を見た。

視線は昇利の背後。空から迫る何者かに向けられている。

「何――」

昇利の声よりも、動きよりも、叶音の方が圧倒的に早い。

叶音が身を回し、昇利の胸に強烈な蹴《け》りを見舞った。

容赦ない一撃に昇利の身体《からだ》は吹き飛び、扉を潜《くぐ》って真っ白な景色の中に放り出される。

「がッ——叶音ちゃん！」

「逸流《いつる》ぅぅう！」

起き上がった昇利は、扉越しに叶音の姿を見る。

彼女は右手の《裂傷鞭《れっしょうべん》》を振るい、逸流の身体に巻き付かせた所だった。

「え？　わぁッ!?」

目を丸くした逸流が、昇利の後に続いて扉の中に叩《たた》き込まれる。

「昇利さんを送り届けて！　頼んだわよ！」

「待ってくれ！　君もこっちへ」

昇利が一歩踏み込んだ瞬間、扉の向こうの景色が、青に塗り潰《つぶ》された。

ゴウッ！　と空気を唸《うな》らせながら青色の魚群が押し寄せ、叶音を一瞬で消し飛ばした。

「叶音ちゃ——!?」

「いけない」

愕然《がくぜん》と目を見開く昇利。逸流が冷え切った声を上げてさっと手を振るう。

青色の魚群がぼこりと盛り上がるようにして昇利達のいる白い空間に侵入しようとした時、ぱたんとひとりでに扉が閉じた。耳を埋め尽くしていた大轟音《だいごうおん》も、扉と一緒にぱたりと止む。

「な……待ってくれ！　まだ叶音《かのん》ちゃんが向こう側にいるんだぞ！」

「無理だよ、もう切れちゃった」

冷めた逸流《いつる》の声は、昇利《しょうり》には聞こえない。彼は慌てて立ち上がり、扉に駆け寄る。

ドアノブに手を掛けるのと同時に、扉が昇利の方向に盛り上がってきた。木板のきしむメリ、という音。砕け散る予兆の音に、昇利が息を呑《の》む。

「こうなったらしょうがない。一旦浮上しよう」

冷淡な声で逸流が言った次の瞬間、扉が跳ね開けられ、大量の水が流れ込んできた。

怒濤《どとう》の奔流《ほんりゅう》はたちまちのうちに昇利を呑み込み、押し流していく。

それは、鞠華《まりか》のアトリエでアクアリウムへと引き摺《ず》り込まれたものの再現のよう。しかし印象はまるで正反対で、水に揉《も》まれながら、昇利は自分が『浮上』している事を感じた。

自分を安全な場所に連れて行こうとする、安心させる激流。

しかし昇利は、その激流の中で藻掻《もが》いた。

ダメだ、今元の場所に戻るわけにはいかない。

あの子が扉を潜《くぐ》っていない。

これじゃあ、叶音ちゃんがひとりぼっちじゃないか！

名前を呼ぼうと開いた口からは、ごぼごぼという気泡しか出てこない。

やがて、ざぶん！　と音がして、全身を水に包み込まれた。

水中から、水中に放り出された？　訳も分からないまま、昇利は全身を使って水を掻く。

「がぼっ……！　ぶはっ。叶音ちゃん！」

水面から顔を上げ、とうとう彼女の名前を叫ぶ。

それに応える声はなく――代わりに昇利を包むのは、熱いほどの太陽の日差しだった。

強烈な光に眩《くら》み、目を瞬《まばた》かせる。

日差しの高く昇った青空が広がっている。鳥がさえずり、遠くから自動車の排気音がする。

気が付くと、昇利は街中の公園に立っていた。正確には、公園にある噴水の中に。

昇利は、〈ゾーン〉から現実へと帰還したのだ。

「はぁ……はぁ……」

『…………』

「ママ、あそこって泳いでいいの？」

「しっ、ダメよ。目を合わせないで」

全身をずぶ濡れにしたスーツ姿の昇利に対し、公園にいた全員が奇異の目を向けていた。

ボール遊びをしていた男の子が昇利を指さし、母親に手を引かれて連れて行かれる。

「……」

昇利は荒い息のまま、噴水池をざばざばとかき分けて、濡れた革靴で地面を踏んだ。恐らく昼休みの休憩中だったのだろう、ベンチに腰掛けて啞然《あぜん》とこちらを見つめていたサラリーマンに近づいて、聞く。

「ここ、どこだ?」

「……の、登丘公園《のぼりおか》ですけど」

「そうか。教えてくれてありがとう」

短く礼を言って、昇利《しょうり》は走り出した。公園の乾いた砂に、全身から滴《したた》る水が跡を残す。

「もしもし、警察ですか? 公園に不審者が……スーツ姿の男性が噴水で暴れ回ってて……!」

背後から聞こえてくる通報の声を聞いて、変装していて良かったと心から思った。もしいつもの漢服姿であれば、不審者として現行犯逮捕は避けられなかったに違いない。

立ち止まっている場合ではない。事態は一刻を争う。昇利は濡れた服を絞る事もせず、水を吸って重いスーツの腕を振って走り出した。


海園鞠華《うみぞのまりか》によってアクアリウムの〈ゾーン〉に引き摺《ず》り込まれてから、昇利はずっと夢遊病の状態だったらしい。街を彷徨《さまよ》い、公園の噴水であわや入水《じゅすい》自殺という状態だったようだ。

当然ながら、移動していた記憶は全くない。操り人形のように動かされていたという事実にはぞっとさせられるが、そんなちっぽけな戦慄《せんりつ》に構っている状態ではない。

幸いにも、アトリエからはそう離れてはいなかった。昇利はびしょ濡れのスーツを振り乱し、向けられる奇異の視線の一切を無視して全力疾走する。

アトリエの階段を一息に駆け上がり、海園遊雨《ゆう》の部屋へ扉を蹴破《けやぶ》るようにして押し入った。

「はぁ、はぁ……くそっ」

アトリエはがらんどうになっていた。

飾ってあった十枚程度の絵を引き払うだけだ。数分で逃げ去れる。分かっていた事実だが、歯噛《はが》みせずにはいられない。

扉越しに見た、叶音《かのん》の最後の光景が忘れられない。慄然《りつぜん》とした彼女の姿が、次の瞬間、目に痛いほどの原色の青の奔流《ほんりゅう》に呑《の》み込まれて消えた。

青い魚群の羽衣に襲われたのだ。自分が馬鹿げた義務感から言葉を掛けようと、時間をかけてしまったせいで。

そうして彼女は、あの人を溺死《できし》させる恐ろしいアクアリウムの中に取り残されている。

「っこのままじゃいられない。すぐに助けにいかないと」

昇利はポケットからスマートフォンを取り出した。アルバムから魚の絵を映し出し、穴が開くほど睨《にら》み付ける。

「どうした。口でも鰓《えら》でも、早く動かしてみせろよ……！」

空っぽのアトリエの中、スマホで撮影した絵を睨み付けて凄《すご》むずぶ濡れのスーツを着た昇利は、端《はた》から見れば滑稽な姿だった。しかし昇利があのアクアリウムに再び戻るための手段は、今はこれしか残されていないのだ。

「早く僕を狂わせろ。叶音《かのん》ちゃんの所に案内するんだ！」

どう考えても正気じゃない言葉を叫び、スマホに向けて怒鳴りつける。その時だった。

「──やめなよ、みっともない」

酷《ひど》く冷めた少年の声がした。

ぴたりと昇利《しょうり》が動きを止め、辺りを見回す。

真っ白な壁で覆われた1DKの空間に、昇利以外に動くものはない。

しかし、今の声は確実に幻聴ではなかった。

「……君なのかい、逸流《いつる》くん？」

昇利がかけた声は、アトリエの中に反響する。返事は返ってこない。

昇利はもう一度視線を巡らせる。可能な限り生活感を塗り潰《つぶ》した真っ白な壁紙。空間はダイニングの一室と、そこから壁を挟んだもう一室の小さな正方形二つだけ。昇利は壁の染み一つ見逃さないような気持ちで視線を巡らせる。

「見つけようとしても無駄だよ、しょーりさん」

再び響いた声は、部屋と部屋の境目にある、壁から突き出た仕切りの向こうから聞こえた。

昇利は慌てて走り、声のした方を覗き込む。しかし、そこに逸流はいない。

当惑していると、今度はダイニングの方、今まさに昇利がいた部屋から声がした。

「もう、探しちゃダメなんだってば。無意識の領域を上手《うま》い具合に抜けてようやく声が届くんだ。しょーりさんって、本当に概念的な感覚が鈍いんだね」

「……つまり君は、僕の死角にしか居られないという事か？」

「そういうこと。今の僕は、ほんの少し明確な幻聴ってところだね」

自嘲《じちょう》するようにそう言って、少年の声は、はぁーっと大きく溜息《ためいき》を吐き出した。

「それより、一体何をしようとしていたの？　しょーりさんは、もうとっくに絵との縁は切れているよ。それに万が一アクアリウムに潜れたとして、一人で何ができるっていうのさ」

「……放っておく訳にはいかないだろう。君が僕の精神に居るという事は、やはり叶音ちゃんは、あのアクアリウムに取り残されているのだろう。君こそ一体何をしている。どうして助けに行かないいんだ」

「感覚が鈍ければ察しも悪いんだなぁ。あのね？　何か手があったなら、わざわざ息苦しい思いをしてまで、しょーりさんの意識を間借りして話しかけると思う？」

逸流の言葉には、何かを諦《あきら》めるような色があった。嫌な予感が昇利に冷や汗を滲《にじ》ませる。

少年とは思えない冷然とした声が、言った。

「叶音との縁が切れた」

「それって……」

「辿《たど》るための道標がないいんだ。僕もアクアリウムから放り出されちゃったから」

残念そうに、けれどひどく作り物めいた感情を込めて、逸流《いつる》が言う。

――いま昇利《しょうり》に語り掛けているのは、叶音《かのん》が半身のように思っていた少年だ。現実を編纂《へんさん》して、幻覚を見てまで、一緒にいようと思い続けた少年。

そんな、魂そのものと呼んでいい彼との縁が切れた。

それは……つまり……

「残念だけれど、もう無理かもね」

どこからとも知れない少年が呟《つぶや》く声は、空っぽなアトリエにはほんの少しも反響せず。ただ昇利の頭蓋《ずがい》の中をわんと反響し、壁の染みのように彼の脳裏にへばりついた。

◇

朧気《おぼろげ》な意識の中、冷たい水に包まれているような気がした。

叶音の目の前には闇が広がっている。昏《くら》く、果てしない奥行きを感じさせる黒だった。

光の一切差し込まない深い水底に、叶音は揺蕩《たゆた》っている。水は叶音の肺の中までを満たしていたが、不思議と息苦しさは感じない。凍てつくほど冷たい水も、不快感はまるでなかった。

冷たさに、身体《からだ》が思考ごと凍らされてしまったみたい。むしろ、身体の感覚を失って水に溶けていくような一体感があった。冷たく、身体の感覚がなく、それが微睡《まどろみ》のように心地いい。

「――ん――――――叶音――――――」

やがて、暗闇の遥《はる》か先から声が響いてきた。誰かが叶音を呼んでいる。

揺蕩っていた身体にぐぅっと力が籠《こ》もり、叶音の身体が動き始めた。海流に巻き込まれたようだ。流れは叶音を、声のした方へと連れていく。

海流は物凄《すご》い速さで叶音を連れていく。向かう先が地上なのか、底なのか、意識が水に溶けた叶音はそう疑問に思う事もできない。呼びかけてくる声は次第に明瞭《めいりょう》になっていく。

声とは別に、低い音が鼓膜を震わせていた。まるで無数の小魚が自分の周囲で蠢《うごめ》いているような、細かく粒立った音が、ぞぞぞぞぞぞぞぞぞぞぞぞぞぞ――と、叶音を取り囲んでいた。

その蠢く音は、海流と共にふっと止んだ。

「叶音さん」

肩を揺すられ、叶音はハッと目を覚ました。

目の前に、美しい女性の顔があった。柔和《にゅうわ》な微笑《ほほえ》みを叶音に向けている。

彼女の顔を叶音は知っていた。まるで奥底の記憶を引き摺り出すように、呼ぶ。

「……シスター」

「ふふ、貴方《あなた》がうたた寝なんて珍しい事もあるのですね。もしかして、昨晩は楽しみすぎて眠れなかったのですか？」

施設のシスターは、そう愉快そうに笑うと、慈《いつく》しむように叶音の頭を撫《な》でた。

「あなたの寝顔はとても愛らしいものでしたが、お勤めをすっぽかすのはいけませんね。あなたも大人の一人なのですから」

「お勤め……ここは……」

髪を梳《す》かれるこそばゆさを感じながら、叶音《かのん》はようやく首を回し、辺りに目を向ける。

――大勢の子供達が、楽しげに駆け回っていた。

施設の食堂だった。清潔感のある白い壁、年季が入りながらも丁寧に使われている木製の長机に椅子。学校の教室より少し大きいくらいの縦に長い空間を、真っ白な服に身を包んだ数十人の子供達が走り回っている。

子供達は、お祭りに使う飾り付けの準備をしていた。摘んできたばかりの花の葉を取り、花束を作って花瓶に挿していく。色紙を細く切って丸めて、鎖状に繋《つな》げていく。はしゃいだ子供の何人かが、用意していた紙吹雪《かみふぶき》をぱっと撒《ま》いて、きゃあきゃあと楽しげな声があがっていた。

叶音はその光景を微睡《まどろみ》の残る目で眺め――眠気が覚めると同時に「あぁ」と声を上げた。

……………………なんで忘れていたんだ。明日は大切な祝祭の日じゃないか。

「す、すみませんシスター。あたし、どのくらい寝ていましたか？」

「うたた寝くらいですよ、慌てなくても大丈夫。ほら、服に皺《しわ》が寄っていますよ。きちんと直しましょうね」

焦って立ち上がろうとするのを、シスターが制した。彼女は叶音を改めて椅子に座らせると、彼女が身に付けていた、施設の真っ白な衣服をきちんと整えてあげる。

最後に、叶音の染め上げたような艶《つや》やかな黒髪に手櫛《てぐし》を通すと、シスターはにっこりと笑って肩に手を置いた。

「はい、これで大丈夫。叶音さんはみんなの頼れるお姉ちゃんですからね。身だしなみもきちんとできるようになれば、もっと素敵な大人になれますよ」

「う……ありがとうございます、シスター」

気恥ずかしさと嬉《うれ》しさがないまぜになって、叶音は顔を赤くして礼を言った。十五を超えて、すっかり大人の仲間入りをした気でいても、シスターの包み込むような優しさの前では、つい子供っぽい至らなさを自覚させられてしまう。

シスターは緩く頷《うなず》くと、「そういえば」と叶音に言った。

「さっき、逸流《いつる》くんを見ましたよ。どこかふさぎ込んだ様子でした」

「え。もしかして何かありましたか？」

「さあ、そこまでは。よかったら様子を見てあげてくれますか、叶音さん」

「分かりました。教えて頂きありがとうございます」

叶音は立ち上がった。シスターに見送られて歩き出す。

食堂は子供達の元気いっぱいの活気に満ちている。一年に一度の祝祭の日を前にして、施設全体が浮き足立っているようだった。訳もなく楽しくなるような陽気が満ちている。

吸い込む空気は、どこか『懐かしかった』。説明の付かない感覚に、叶音《かのん》はひどく混乱する。

食堂の一角では、床にシーツを広げ、そこに皆で育てた花が広げられていた。子供達が集まって、十数本を纏《まと》めて花束にしている。

施設の人それぞれに一本ずつ花束を用意するのだ。作業していた子供のうち、一人の女の子が叶音の姿を見つけると、ぱたぱたと近寄ってきて、胸に抱いた花束を叶音に見せた。

「叶音お姉さんっ。見て見て、私の分の花だよ！　きれいでしょ？　それに、すっごくいい匂《にお》いもするのっ」

「ええ、綺麗ね杏奈《あんな》ちゃん。とっても素敵よ」

叶音が褒《ほ》めると、少女は満面の笑みを浮かべて喜んだ。花の香りを胸いっぱいに吸い込んで
「えへへぇ」と破顔する。

「飾り付けのお花も沢山《たくさん》作ったんだよ。なんてったって、明日は大切な祝祭の日だもの。かみさまも沢山きれいにおめかししないとね！」

「その調子でよろしくね。ところで、逸流《いつる》を見なかった？」

「逸流？　さっきまで一緒にお花を作ってたよ。花束を取り換えっこしたいって言ってたけど、ダメって言ったら、しょげてどこかに行っちゃった。ひとつひとつ心を込めて作るんだから、やり直したら台無しだって逸流も知ってるはずなのにね」

「そう……教えてくれてありがとう」

礼を言って、叶音はその場から離れた。

逸流のいる場所は、だいたい見当が付いていた。叶音は食堂を出て外に行く。

夜更けの空には、眩《まばゆ》い銀に輝く月が見えた。僅《わず》かに端が欠けている。明日には、一年で最も明るい満月が煌《きら》めくはずだ。

その月の下、広がる草原の下に、彼がいた。施設の白い服を着た背中を小さく丸めている。

「逸流」

呼びかけると、ぴくっと震えて、彼が振り向いた。ふわふわの髪、しゅんと下げられた眉。まるで捨てられた子犬みたいな顔で、叶音を見る。

叶音は微笑《ほほえ》んで、しょげた様子の逸流の傍《そば》に寄った。彼の肩に手を置き、優しくさする。

「どうしたの？　何かいやな事でもあった？」

「……花束を作ったけれど、お花がしおれちゃってたの。綺麗な花束にしたかったのに、やり直しはダメって言われて……」

ばつが悪そうに逸流が言う。その手には花束が握られていた。さっき女の子が見せてくれたものと基本は同じだが、他よりも育ちが悪かったのか、数本の花が萎《しお》れていた。白い花弁に皺《しわ》が入って、弱々しい印象を感じさせる。

「どうしよう。綺麗じゃないと、かみさまに怒られちゃうかな」

「……そっか、それは大変ね」

内心、そんな事かと呆《あき》れながら、叶音《かのん》は苦笑した。

それから彼女は、少し屈《かが》んで逸流《いつる》と視線を合わせると、いじわるっぽく口の端を持ち上げる。

「こう言っちゃ悪いけれど、確かにそのお花はヘボヘボね。泣き虫の逸流にはお似合いかもしれないけれど、神様におそなえするには失格かもしれないわ」

「そ、そんなぁ」

「だ、か、ら。そのお花には、代わりに別のお役目をしてもらいましょうか」

そう言って叶音は、逸流の握る花束から、萎《しお》れた花を二本摘《つま》み上げた。逸流の目の前で、花の茎をぱきんと折る。

えっと驚く逸流の目が白い花を追いかける。叶音はそのまんまるとした目に苦笑しながら、萎れかけの白い花をそっと自分の髪に挿した。

つややかに流れる黒一色の髪に、白い花びらがアクセントになる。身に着ける施設の白い服ともよく似合っていた。

「どう、似合うかしら？　はい、逸流にも」

「え？　ひゃっ、はうっ」

叶音は不意打ち気味に逸流の横顔に手を添えた。耳元を指でなぞられるくすぐったさに逸流がびくっと固まる、その隙に、彼の黒髪にも花を挿した。

逸流は自分の髪に通された白い花を撫《な》で、ぱちぱちと瞬《まばた》きする。

「はい、これでおそろい。へなちょこのお花さんは、あたし達の素敵なアクセサリーに就任する事ができました。他と比べられて見劣りなんてしない、特別な花になれて良かったわね」

「叶音おねえちゃん……うん、そうだね。えへへ……」

「ふふ、あんたのしょぼくれた顔もようやく消えてくれた。相変わらず泣き虫なんだから」

叶音はいたずらっぽく笑って、逸流の頬をむにと引っ張った。つきたてのお餅《もち》みたいに柔らかなほっぺが伸びるのが面白くて、痛がって弱々しい声を漏らす彼がとてもいじらしい。

叶音は、逸流の持つ花束が、二本の花束を合わせたものである事に気が付いた。

「もしかして、あたしの分も用意してくれていたの？　それで、萎れた花が混ざっていた事で悩んでいたってわけ？」

「あ、ぅ……その……、…………………うん」

「あーもうバツが悪そうな顔なんてしないの。まったく、かわいいやつめっ」

叶音は逸流のふわふわの髪をくしゃくしゃにして、申し訳なく思う事なんて何もないのだと分からせるためにぎゅーっと強く抱きしめて。

それから彼の、見違えるように明るくなった顔を覗《のぞ》き込んで、微笑《ほほえ》んだ。

「ほら、食堂に戻りましょう。楽しく準備して、明日の祝祭をとびきり豪華にしないとね」

「うんっ」

逸流の手から片方の花束を受け取って。彼の小さな手を、もう片方の手でぎゅっと握り込む。

そうして二人は食堂へと戻る。

普段は許されていない夜更かしで、子供達ははしゃいでいた。準備をしながらも、逸《はや》る気持ちを抑えられず、元気いっぱいに駆け回っている。

叶音《かのん》は、走り回る子供達から尾を引くように、キラキラとした光の粒が漏れているのを見た。

光の粒は、魚だった。胡麻粒《ごまつぶ》のように小さな原色の魚は、空を泳いで走る子供に追いつくと、その身体《からだ》にとぷんと沈み込んで見えなくなった。

——ここにいてはいけない。

不意に脳裏に飛び込んできた言葉に、叶音は足を止めた。

「どうしたの、叶音おねえちゃん？」

手を繋《つな》いでいた逸流《いつる》が、叶音を見上げて聞く。

ぞわ、と、身体が粟立《あわだ》つような感覚がする。

いつの間にか、心臓が激しく高鳴っていた。ばく、ばくという鼓動が耳の奥にも聞こえる。

叶音の、どこか底知れない箇所にある本能が、「何かがおかしい」と叫んでいた。

しかし、怖気《おぞけ》も違和感も、抱いたのはほんの一瞬。

寄せた波が引いていくように、それらの感覚は、あっという間に、霞《かすみ》のように消えていった。

叶音が視線を見下ろせば、不安げにこちらを見る少年がいる。

臆病で放っておけなくて、自分が守らねばと思わされる。そんな、かわいい叶音の宝物。

「……んーん、何でもないの」

叶音《かのん》は柔らかな微笑《ほほえ》みを浮かべて、繋いだ逸流《いつる》の手をゆるく振った。

「なんだか、長い夢を見ていた気がしただけよ」

先ほど感じた、怖いという感情を、内心でせせら笑う。

何を怖いと感じる必要があるんだろう。

あたしの手には、小さくて柔らかい、守るべき温かさが確かに握られているというのに。

これさえあれば何も要らないと断言できるほどの宝物が、この手の中にある。

だったら、それ以外のものなんて、すべて考える必要のない、余計な事じゃないか。

叶音は逸流と手を繋《つな》いで、楽しげな子供達の輪に混ざる。

子供達の白い衣服の裾がまるで水中のようにひらひらと揺らめいている事も、叶音が一歩前に進むごとに、背後の床や柱が水に浸した紙のように溶けて灰色にくすんでいる事も、手を握った少年の肩から、小さな魚がうぞりと這《は》い出しても——幸せに満ち足りた叶音は、終《つい》ぞ気付く事はなかった。

断章　「いつか、きっと」

諦《あきら》めなければ、いつかきっと幸せが訪れる。

この言葉を希望と捉えるべきか、呪いと捉えるべきか、鞠華《まりか》は今でも分からないでいる。

鞠華はこの言葉に、多くの物を授けられ、同時に奪われてきたから。

鞠華は最初に、この言葉を教えてくれたお母さんを奪われた。

元々身体《からだ》が弱く入院を繰り返していたお母さんは、鞠華が六歳の時、とうとう重い病にかかり、その命を散らす事になった。

約半年もの間、長く苦しんだ末の死だった。

しかし当初の見立てでは、彼女は一か月も保《も》たないとされていた。

きっとお母さんは諦めなかったのだろうと、鞠華は思う。

お腹《なか》の子供のためにも死ねないと、命を奮い立たせたのだ。

お母さんは医者の余命宣告を受け入れる事なく、苦しみに耐えながら生き、最後まで子供を育てきった。そうして彼女は、出産すると共に、命を使い果たしたように息を引き取った。

「諦めたらだめよ、鞠華。諦めなければ、いつか必ず幸せが訪れるの」

鞠華にその言葉を教えたのは、死と出産の少し前。病に限界まで身体を蝕《むしば》まれ、己の死期を悟ったお母さんは、鞠華の手を取り、震える声で言った。

「神様は、頑張る私達の事をいつも見ているのよ。たとえ苦しくても、つらくても、諦めずに頑張り続ければ、苦労は必ず報《むく》われるの」

「だからお願いよ、鞠華。遊雨《ゆう》を守ってあげて。私の代わりに、遊雨を幸せにしてあげてね」

「できるはずよ。あなたは、遊雨のお姉ちゃんなんだから」

震える声で、母親は鞠華の心に、その言葉を深く深く刻みつけた。


母親を失うと同時に姉になった鞠華は、期待に応えるために精一杯努力した。

赤ん坊の頃から遊雨のご飯を作り、泣くのをあやして、絵本を読み聞かせた。

遊雨に関する様々な事は、全て鞠華の役目だった。お父さんが遊雨の事を疎んでいたからだ。

投薬治療をしていれば病死する事はなかったはず。そう信じるお父さんは、赤ちゃんがいるからとお母さんに服薬を拒ませた遊雨を、妻が死んだ元凶のように思っている所があった。遊雨を見る目はいつも恨めしそうで、お父さんがいる時の家の雰囲気は最悪なものだった。

お父さんは、喪失感《そうしつかん》を埋め合わせるように仕事に没頭して家にいる時間を減らし、危害こそ受ける事はなかったものの、鞠華が頼りにできる大人は周りに誰もいなかった。

小学生の、まだ甘え足りない年頃の鞠華は、たった一人で遊雨の母親の代わりを務め続けた。学校には行っていたはずだが、果たしてどうやって両立させていたのか、もう覚えていない。

鞠華にとって、遊雨を守る事は、自分の人生よりも大切な事柄だった。

つらくても、苦しくても、諦《あきら》めなければ幸せが訪れる。

お母さんはこの言葉を信じ、病の苦しみに必死に耐えて、遊雨《ゆう》を産み落とした。

彼女の苦しみに報《むく》いがあったかどうかは、遊雨が幸せになれたかどうかに掛かっている。

お母さんの努力に価値があったと証明するためにも、鞠華《まりか》は必死に、遊雨に尽くし続けた。

この努力も、苦労も、諦めなければいつか報われる。そう心の中で唱え続けて。


幸いにもというべきか、遊雨には特別な才能があった。

鞠華は今も覚えている。子供は入園無料な水族館に、最初に遊雨を連れて行った時。

遊雨は名物の巨大水槽の前で、言葉も無くして何時間も見入っていた。

自分を構成するパズルのピースを見つけたような。そんな天啓が遊雨に訪れた瞬間だった。

その日、家に帰ってから、遊雨は絵に没頭し始めた。

最初は子供らしく、画用紙にクレヨンを塗りたくっているだけだったが、一か月もしない内にそれは、明瞭《めいりょう》な輪郭を持つ魚の絵に変わった。驚いた鞠華がスケッチブックと色鉛筆を持たせると、彼は齧《かじ》り付くようにキャンパスに線を走らせた。

神様が微笑《ほほえ》んだと、鞠華は感じた。お母さんが、遊雨に特別な才能を授けたのだと思った。

それ以来、鞠華は遊雨の絵の路《みち》を応援するために、更に身を粉にして尽くした。

絵の教材や画材道具など、遊雨が望むものは何でも用意した。お金が足りなければバイトもした。十歳の誕生日の時、中古のパソコンとペンタブレットをプレゼントすると、遊雨は太陽のような笑みを浮かべて笑うので、鞠華は思わず涙が滲《にじ》むほど嬉《うれ》しくなったのを覚えている。

遊雨は魚の絵を好んで描き、また頻繁に、最初に絵を描き始めた水族館に連れて行くようにねだった。鞠華と一緒に水族館を訪れた遊雨は、例の大きな水槽の前に座ると、閉館時間が来るまでずっと、スケッチブックに線を走らせ続けた。

水槽の前で魚の絵を描きながら、遊雨は時折後ろを振り向き、そこに鞠華がいる事を確認すると、嬉しそうにはにかむ事をした。何度かそういう事が続いた、ある日の水族館からの帰り道で、鞠華は「あれはどういう意味なの」と聞いた事がある。

中学生になり年頃の反抗期が始まった遊雨は、気恥ずかしそうにそっぽを向きながら言った。

「絵を描くのは好きだけど、やっぱりきつかったり、面倒って思う時もあってさ。そういう時に、姉さんに見られているって感じると、気が引き締まるんだ。もっと絵が上手《うま》くなって、姉さんや、父さんや、天国の母さんが、『生まれてきてくれてよかった』と思ってくれるような、特別な人にならなきゃって」

「遊雨……」

「姉さんには感謝してるよ。道具も買ってくれて、小さい頃から色々してくれて……いつになるか分からないけど。一人前の絵描きになって、返すよ。姉さんに貰《もら》った物を、できるだけ」

それは黄昏時《たそがれどき》の、夜へと切り替わる静かな時の事だった。遊雨の言葉に、鞠華は胸がいっぱいになるような思いを感じ、静かに泣いた。頬に流れた雫《しずく》が夕焼け色に光るのを見て、遊雨《ゆう》は「姉さんは本当に泣き虫だな」と楽しそうに茶化した。

遊雨の絵は日を追うごとに見違えるように上達した。学校の美術の先生も遊雨の才能を高く評価し、いずれ必ず結果を残すだろうと熱く語らせるまでさせた。

自分の全てを捧げて、遊雨のために尽くす事を、鞠華《まりか》はもう迷わなかった。

鞠華は、話をする事もほとんどなくなったお父さんに頭を下げ「遊雨を美術の学校に入れさせてください」と頼み込んだ。

美術学校は通常の学校よりも遥《はる》かにお金が掛かる。お父さんは最後まで抵抗感を露《あら》わにしていたが、鞠華には、遊雨のために全てを犠牲にする覚悟があった。最終的に鞠華は、自分の大学費用を遊雨に充てる事で、お父さんに首を縦に振らせることをさせた。

必要な選択をしているという確信があった。遊雨が幸せになる事が、遊雨を遺して死んだお母さんの願いで、鞠華の願いで、今や鞠華の人生そのものだったから。

つらくても、苦しくても、自分の人生を切り捨てても。諦《あきら》めなければきっと幸せが訪れる。お母さんが残したこの言葉が真実だと証明されようとしている——そんな矢先の事だった。

ある夜、ちぎれるような悲鳴で鞠華は目を覚ました。

飛び込むように遊雨の部屋へ行くと、作業机の前で、寝間着姿の遊雨が泣いていた。

うまく寝付けず、絵を描こうとしたのだろう。しかし、ペンは床の上を転がっている。

空中で固まった遊雨の手は、ひきつけを起こしたように激しく震えていた。

部屋のドアを開けた所で凍り付いた鞠華に対し、遊雨は、両目から大粒の涙を流しながら、たった一言だけ、「手が動かないんだ」と呟《つぶや》いた。

自分の身に起こった致命的な変容を、理解してしまっている声だった。


遊雨を襲ったのは、名前も知られていないような神経性の病気だった。

身体《からだ》の先から、徐々に動かせなくなっていくのだという。進行は速く、じきに歩けなくなり、起き上がる事もできなくなり、終《しま》いには呼吸も、心臓の鼓動もできなくなって死に至る。

遊雨の余命は一年と宣告された。

青ざめた遊雨がせめて少しでも作品を残そうとした時には、麻痺《まひ》が彼の腕から力を奪い去った後だった。最後の希望のようにせがまれて一緒に行った水族館では、遊雨はとうとう一匹の魚も描けないまま、車椅子の上で泣き崩れた。

三か月もしない内に、遊雨はほんの少しも手足を動かす事ができなくなった。

遊雨は荒れた。毎晩のように泣き、死にたくないと叫び、どうしてこんな目にと運命を呪った。常に遊雨の声が木霊《こだま》する家は、重苦しい絶望に満ち、墓場のようだった。

お父さんは家からいなくなった。ある晩、鞠華に向けて「遊雨は病院に預けて、綺麗さっぱり忘れるべきだ。母さんを殺した報《むく》いが来たんだよ」と言ったのだ。鞠華《まりか》はお父さんと殺し合いのような壮絶な喧嘩《けんか》をして、そのまま絶交した。

荷物を纏《まと》めたお父さんは、「そのまま自分の人生を使い潰《つぶ》すといいさ」と鞠華に吐き捨て、どこか肩の荷が下りたような顔で家を出ていった。


お父さんは冷酷で、薄情だったが、鞠華よりずっと理性的ではあった。

遊雨《ゆう》は何もできなくなった。麻痺《まひ》が進行し、ひとりでは食事も風呂も、トイレすらもできない。鞠華はそんな遊雨を、つきっきりで介護する。自分の時間なんて取れる訳もない。

自分の身体《からだ》が徐々に使い物にならなくなっていく喪失感《そうしつかん》に、遊雨は毎晩泣いた。鞠華は悲しみに暮れる彼の身体を抱きしめ、頭を撫《な》で続けた。

そうして遊雨が泣き疲れ、「ごめんね、姉さん」と謝って眠りに落ちてから。鞠華は遊雨を抱きしめたまま、彼を起こさないように声を殺して泣いた。

人生の全てを、遊雨のために捧げてきた。

努力は報《むく》われ、諦《あきら》めなかった先に幸せが待っているという、お母さんの言葉を信じたかった。

だが、どんなに願っても、遊雨の身体が再び動く事はない。

遊雨は二度と絵を描けない。彼が特別になる事はない。

身体をちぎられていくみたいに、毎日少しずつ、少しずつ、自由を奪われていく。

それと一緒に、鞠華の心も、砕けてなくなっていくようだった。

上半身の筋肉が麻痺し、遊雨は身じろぎもできなくなった。

口がまともに動かなくなり、毎晩の「ごめんね」という謝罪が「おえぅあ」という不明瞭《ふめいりよう》なうめき声へと変わる。その口もじきに人工呼吸器によって塞《ふさ》がれ、声も聴けなくなった。

努力や祈りで、どうにかなるような次元のものではなかった。

ただただ無慈悲に全てを奪い取られていく。どんな憐《あわ》れみも、報いもなかった。

悲劇は、絶望は、底知れないほど深く。心は、命は、ただ擦《す》り切れていくばかりで。

失った時間は、二度と戻ってくる事はなく。取返しが付くようなものも一つもなく。

希望、可能性、夢、未来、そういった生きる力が、指の隙間《すきま》から零《こぼ》れていく。

鞠華はただ、祈る事しかできなかった。

緩やかに死んでいく遊雨を抱きしめ、お母さんから刻み込まれた言葉を心の中で唱え続けた。

どう信じたらいいか分からなくなっても、鞠華にはもう、その言葉しか縋《すが》るものがないから。

頑張る姿を、神様は見ていてくれる。

耐え続ければ、いつかきっと、報われる時が来るはず。

人形のように使い物にならなくなっていく遊雨を抱きしめながら、鞠華はぶつぶつと、祈りとも呪いともつかない言葉を唱え続けた。

いつかきっと――いつか、いつか、いつか――いつか――

◇

大きな珊瑚《さんご》が鬱蒼《うっそう》と生い茂る森は、上空から俯瞰《ふかん》すると、まるで命を表現しているように見える。赤と青は流れる血管の色。黄色は豊かさを表わす生命の色だ。細かに枝分かれしながら広がる珊瑚が絡《から》まり合って形成された三色のモザイク模様は、単調に見えて同じ景色は一つも存在せず、無限の奥行きがあるようにも感じられる。見るたびに感じる印象が違う。違った感情をそこに探し出す事ができる。

このアクアリウムの中で、海園鞠華《うみぞのまりか》が特に好きな景色だった。

海藻《かいそう》で覆われた小高い丘から珊瑚の森を俯瞰すると、弟であり魚の絵の作者である海園遊雨《ゆう》の心象を覗《のぞ》き込んでいるような気がした。心という、本来は決して見えるはずのないものが、絡み合う珊瑚の色彩を通し、ほんの少しだけ覗き見れるような気がするのだ。

遊雨の心は、上機嫌のようだ。

珊瑚の森には、ドーム形の大きなシャボン玉が幾つも点在していた。空を泳ぐ魚達はシャボン玉に嬉《うれ》しそうに潜り込み、しばらくすると満足そうに鰭《ひれ》を揺らして出てくる。

いま新たに生まれたシャボン玉は、他と異なり、月光のような眩《まばゆ》い光を自ら放っていた。魚達は鞠華が見た事がないほど興奮し、群がって、シャボン玉の周囲に渦を作っていた。

「ありがとう、姉さん」

不意にそう声がして、鞠華はびくりと身を震わせた。

遥《はる》か頭上を遊泳する巨大な鯨《くじら》。その周囲を包む原色の羽衣から細い線が枝分かれし、鞠華の背後に伸びていた。羽衣から分離した魚達は寄り集まって像を成し、人の形を作った。

目も鼻もないゴンズイ玉のような頭が、鞠華の方を向き、穏やかな声で語りかけた。

「姉さんが呼んでくれた女の人、すごい子だったよ。他の人の何倍も栄養を持っていたんだ」

「そう。それは、とてもよかったわね。遊雨が嬉しいなら、私も嬉しいわ」

「これでまた、海が賑《にぎ》やかになる。寂しい思いを感じずに済む。姉さんが絵を見せて、広めてくれるお陰《かげ》だ。感謝してもしきれないよ」

「お礼なんていいのよ。遊雨の力になれるなら、それ以上に幸せな事なんてないもの」

鞠華が笑う。遊雨は笑顔の代わりに、頭らしき球体を作る魚の群れを一度わっと拡散させた。

鞠華は眩い月の色をしたシャボン玉のドームを見て、その中にいる少女の事を考えた。

——不思議な雰囲気の少女だった。

強く、苛烈《かれつ》で、燃えるように熱く。それなのに隠しきれない脆《もろ》さを抱えていた。

彼女のアクアリウム内での動きは、鞠華も追っていた。見た事がない力でアクアリウムを動き回り、魚達を打ち滅ぼしていく姿には驚かされたし、戦慄《せんりつ》させられた。

もしかして、彼女が遊雨の楽園を壊してしまうのではと怖くなったのだ。

しかし、それは全くの杞憂《きゆう》だった。遊雨《ゆう》は彼女の心に抱えた深い闇を暴き、それを救う事で、彼女を海の一つとして招く事に成功した。

泡の中で数日も経《た》てば、彼女はアクアリウムに順応し、苦しみのない日々を過ごせるだろう。

「……ねえ、遊雨。シャボン玉の中で、あの人はどんな夢を見ているの？　ちゃんと幸せに過ごせているかしら」

鞠華《まりか》が視線を向けると、遊雨は魚群が象《かたど》る頭を憂《うれ》えるように下げた。

「かわいそうな人だったよ。弟のように思っていた人を失って、それを受け止めきれずに心を壊していたんだ」

「……そう、なのね。弟さんを……」

「でも、もう大丈夫。彼女は俺が救ってあげた。今は思い出の場所で、大切な男の子や、仲良しの子供達と一緒に過ごしているよ」

痛ましさに胸をぎゅっと押さえながら、やはりと得心する。彼女の瞳に感じた寂寥感《せきりょうかん》に、自分と同じような色を感じたのは間違いではなかったようだ。

強くあろうとして牙《きば》を研ぎ、鎧《よろい》を身に着け。それでいて内側の肉体は少しも強くなれない。強がって誤魔化《ごまか》して、砕ける寸前のギリギリで堪《こら》えている。ヒビだらけのガラスのような心。

鞠華は他人事《ひとごと》とは思えない心地で、彼女の抱える痛みを感じ取っていた。

「どうか安らかに過ごしてね。もう傷つく事はない。あなたは自由を手に入れたんだから」

彼女は胸に手を置いて、祈るように言葉を紡いだ。

祈るのはこれが初めてではない。珊瑚《さんご》の森に広がるシャボン玉のドームは、全てアクアリウムにやってきた人の精神だ。あの泡が一つ増えるたびに、鞠華は祈りを捧げている。

ドームの中には、それぞれが思い描く苦しみのない理想の光景が広がっている。そこで彼女らは幸せを享受しながら、魚達に少しずつ馴染《なじ》み、遊雨の海の一員へと成るのだ。

「……」

「……何か心配なの、姉さん？」

物思いに沈む鞠華の様子に気付き、遊雨が声を掛けてくる。

鞠華は「何でもないよ」とはぐらかそうとしたが、できなかった。人型の魚群に向けた笑顔は、つい引きつってしまう。

「やっぱり、少し悲しくて。あの泡が弾《はじ》けた時、現実のあの人達は死んでしまうんでしょう？」

「そうだね。中にはもう死んでいる人も混じっているけれど」

魚群の人型は肩を竦《すく》め、世間話のような調子で肯定した。そのまま言葉を続ける。

「でも、その死は悲しいものではないよ。肉体の活動は止まっても、意識はこの海に残留する。観念的に彼らは存在し続けるんだ。彼らにとって肉体とは、宇宙ロケットの打ち上げで切り離される燃料タンクと変わらない。姉さんが悲しむ必要なんてないんだよ」

「……」

「姉さんは、まだそれを理解しきれていないんだね」

寂しそうに、魚群が呟《つぶや》いた。鞠華《まりか》の胸がずきんと痛む。

「ごめんね。理解しようとはしているの。でも、あの人達にも家族や、将来の夢があったかもしれないでしょう？　それを捨ててしまうなんて、何だか……」

「何だかもったいない。姉さんはそう言いたいんだ」

「遊雨《ゆう》を疑う訳じゃないのよ。でも、でも……やっぱり自分から死ぬなんて、私は……」

「ねえ、姉さん。綺麗事をほざかないでよ」

穏やかな声色のままなのに。放たれた遊雨の言葉は鞠華の胸を抜け、心臓を鷲掴《わしづか》みにした。

「家族。将来の夢。そんな物が僕らの苦しみを和《やわ》らげてくれた？　ちっぽけな未来の希望が、死にたいほどにつらいあの時に、何か救いをもたらしてくれたの？」

「そ、それは……」

「生きてさえいればなんとかなる。姉さんは、まだこんな空っぽの言葉を信じるつもりなの？　死んだ方がマシの苦しみなんて山ほどある。希望のない人生なんて掃いて捨てるほどある。姉さんがそれを一番分かっているはずだよね？」

魚群の人型は静かに近づき、凍り付く鞠華の肩に手を置く。小魚の群れで構成されたその手はひやりとして、沢山《たくさん》の魚の絶え間ない流動のうぞうぞという蠢《うごめ》きが感じられた。

「この海は、苦しみにあぐねる人達が安らげる天国なんだよ。死ぬしかない人を、死よりも素晴らしい結末に導くんだ。それは素敵な事だ。そうでしょ、姉さん?」

「っ……そう。そうよ、ね……」

遊雨の声は、すぐ傍《そば》の魚群からではなく、鞠華の頭に直接響いてくる。だからこそ遊雨の声は、耳元で囁《ささや》かれるよりも遥《はる》かに深く、彼女の心を直接なぞってくる。

「ねえ、姉さん。もっと沢山の人を招待しよう」

「……」

「このアクアリウムは、まだまだがらんどうだ。俺、とても寂しいんだよ。海には魚が、命が必要だ。もっと沢山の命でここを賑《にぎ》やかにしたいんだよ。これから来る人のためにもね」

「うん。そうね……寂しいのは、いけない事ね」

心を直接撫《な》でるような遊雨の声を聞いていると、眠気に似た心地に誘われる。不安やおそれといった感情がぼやけ、もっと大きな、守るべきものに意識が集中していく。

「姉さんは、俺の幸せを祈ってくれるんだよね?」

「……もちろんよ」

念を押すような遊雨の声に、鞠華は静かに頷《うなず》いた。

やるべき事は遊雨が教えてくれた。後は果たすだけ。

自分は、この絵を広めなければいけない。

「私に任せて。私は二度と、遊雨をつらい目になんて遭わせないから」

心に決意の判を押すように、鞠華《まりか》はそう呟《つぶや》く。

――ぱち、と鞠華は目を開けた。

夢から覚めるように、広がっていた海や遊雨《ゆう》の声は掻《か》き消え、鞠華の意識は現実の肉体の中に帰っていた。裸足《はだし》に冷たいフローリングの感触を感じる。部屋は驚くほど静かで、アクアリウムの中から戻ってきたのに、より深い水底へ沈んだような心地を感じさせる。

鞠華が座る椅子の傍《そば》のテーブルには、遊雨の描いた絵が広げられていた。編集を名乗る男を絵に引き摺《ず》り込んだ後、急いで片付けてアトリエから持ち帰ってきた絵だ。

見た人の現実から逃げ出したいという潜在的な欲求を鍵として自殺に導く絵。そこに現実的な因果関係が何も存在しなくとも、見つかるのは時間の問題とは思っていた。

だが、あの立仙《りっせん》という男は、明らかに絵の先にあるアクアリウムの存在を確信していた。呑《の》み込んだばかりのあの少女もそうだ。『あちら側』を知る人間が遊雨のアクアリウムを知り、彼の野望を止めるために動いている。

遊雨のアクアリウムは、まだまだ空っぽだ。彼が理想とする楽園には至っていない。

もっともっと、沢山《たくさん》の人を呼び込まなければ、遊雨が寂しい思いをしてしまう。

もっともっと、苦しみ喘《あえ》ぐ人々を救わなければ、遊雨の才能が無駄に終わってしまう。

「もう、悩んでいる時間はない」

自分に言い聞かせるように言って、鞠華は立ち上がり、歩き出す。

目的の部屋の奥からは、眩《まぶ》しい蛍光灯の光と、しゅう、しゅうという機械音が漏れていた。

その冷たい光を浴びて、鞠華は静かに唇を緩めて微笑《ほほえ》んだ。

「待っていてね、遊雨。私が、沢山のお友達を呼んであげるから」

静かな、けれど決意を籠《こ》めた足取りで鞠華は部屋に踏み入り、世界の全てから目を背けるように、後ろ手にドアをぱたんと閉じた。

今日ほど自分の無能を呪ったことはない。

昇利《しょうり》はがらんどうになったアトリエに座り込んでいた。最初にアトリエに来た時は正午過ぎだったが、窓から覗《のぞ》く空は徐々に赤みを増してきている。

現実の一秒は、〈ゾーン〉にとっては何秒になるのだろう。刻一刻と過ぎていく時間が、脳神経をやすり掛けしてくるみたいだった。

座って壁に寄りかかり、ギリと歯を食いしばる。その背後から、はぁ～と大きな溜息《ためいき》がした。

「そんなに苛立《いらだ》たないでよ。僕はしょーりさんの精神を拠《よ》り所《どころ》にしてここにいるから、しょーりさんの感情は僕にも流れてくるんだよ。住んでる家が弱い地震でずーっと揺れているようなものだよ？　少しは遠慮してくれないかな」

「これが苛立たないでいられるか。無駄に時間を過ごしている間に、叶音《かのん》ちゃんが幾度危険な目に遭っているか分かったものじゃないんだぞ」

「だからってイライラして何になるの？　どうせ何もできないんだから、少し冷静になりなよ」

昇利は身を起こし、背後を振り返った。そこには真っ白に塗り固めた壁だけがある。

昇利の無意識の側にいて辛《かろ》うじて存在できる逸流《いつる》は、最終的に、昇利の向かいの部屋を安定して存在できる場所と定めたらしい。いま昇利は、ダイニングと洋間を隔てる薄い壁を挟んで、逸流《いつる》と背中合わせで座っている。

昇利《しょうり》が隣の部屋に行けば、逸流はまた所在を失い、昇利の死角を探し直すだけだ。それが分かっていても、昇利は彼の目を見て問い詰めたい気持ちに駆られた。

「そういう君は少し冷静すぎやしないか、逸流くん？　君の大事な人が死地に放り出されているというのに、どうにかしなくちゃとは思わないのかい？」

「しょーりさんがそれを言うの？　しょーりさんが一人で突っ走ったせいで叶音《かのん》が犠牲になったようなものなのに。自分を棚にあげて、よく僕を怒れるね」

「今しているのは責任の話じゃない。君がそんなに冷静でいる事が理解できないって言ってるんだ。叶音ちゃんは君の、何よりも大切なお姉ちゃんなんだろう？　焦ったり、不安に思ったりしないのか。どうして僕に苛立《いらだ》って、何てことしたんだと怒ったりしないんだ」

「僕だって焦ってるし、悲しんでるよ。ただ、しょーりさんみたいに子供っぽくないだけさ」

「子供は君の方で――ああもう。あのな、僕は前から君に言いたい事が山ほどあるんだぞ！」

つい声を荒らげる。昇利の声は、がらんどうのアトリエにわんと寂しげな反響を残した。

昇利は壁の向こう側に、同じく壁に背をつけ、暇を持て余すように足をぱたぱたと揺らす少年の姿を幻視する。そのイメージに向かって更に言う。

「霊能事務所を開いて一年と半年。僕はずっと、叶音ちゃんと君が話す所を聞いてきた。空っぽのソファに話しかける叶音ちゃんの声を聞いて、僕がどれだけいたたまれない気持ちになったと思う。親しげに空中にお菓子を翳して虚空を撫でる叶音ちゃんが、どれだけむごく見えるか君は知っているか？」

昇利が叶音に出会って最初の頃から、〝逸流〟は叶音の傍《そば》に存在した。昇利ははじめ、それを叶音が自己防衛のために生み出した妄想の産物だと思い、彼女を憐《あわ》れに感じていた。

だが叶音と接するうち、昇利は〈ゾーン〉と、そこに巣くうフォビアと呼ばれる概念生命体の存在を知った。自分の常識や物理法則では計り知れない、超常の世界がある事を知った。

それを知ると同時に、昇利の中で、叶音が見る幻覚に対する認識もまた一八〇度転換した。

「理屈では分かっていたさ。目には見えず、触れられないだけで、君は観念的には確かに存在するだろうとね。でもそこには何の確証もなかった。『いるかもしれない』以上にはならない君の存在は、壊れている叶音ちゃんから目を背ける言い訳のように思えてしょうがなかった」

「そうだね。色々考えすぎて結局何もできないしょーりさんのもどかしそうな顔は、ちょっと面白かったよ」

「君が一声でもかけてくれれば、こんな風に疑心暗鬼になる必要もなかったんだぞ。こうして会話できるなら、どうして今になるまでしなかった。僕と会話することに不都合があったのか？」

昇利の言葉はどうしても、子供の駄々のような響きを伴った。どうして会ってくれなかったなんて、子供か、別れた恋人の台詞《せりふ》だ。

壁を隔てた少年は、そんな昇利の文句を楽しげに聞いていた。くすくす、と楽しそうに笑う。

「実際の所、しょーりさんにとって僕は『いるかいないか曖昧《あいまい》』くらいで留《とど》めて貰《もら》った方が都合がよかったんだよ。僕にとっても、叶音《かのん》にとってもね」

「どうして？」

「だってしょーりさん、僕の事嫌いでしょ？」

当たり前の事実を告げるみたいに、逸流《いつる》は言った。

昇利《しょうり》は瞠目《どうもく》し、次に敵意を瞳に滲《にじ》ませた。向こうが分かっているなら、隠す必要もなかった。

「ああ、そうだな。嫌いだよ。常に傍《そば》にいる君のせいで、叶音ちゃんは歪《ゆが》んだ現実しか見れていない。僕は、君が叶音を歪ませている原因だと思っている」

「ほらね。もし僕が本当に存在すると分かれば、しょーりさんは、どんな手を使っても僕を消そうとしたでしょ？」

「当たり前だ。君が傍にいる限り、叶音ちゃんは普通の女の子になる事ができないんだから」

「それだよ」

「……なんだって？」

不意に逸流が言った。意味が分からず昇利が言いよどむ。

「しょーりさんがその『マトモにさせたい』って考え方をしてるから、叶音に近づけたくないんだ。しょーりさんは、叶音を壊す原因になる」

「……馬鹿を言うな。壊れているのは、妄想に取り憑《つ》かれた今の状態の方だろ！」

かぁっと頭に血が上り、昇利は壁に拳を叩《たた》き付けた。壁の向こうから「わっ」というおどけた声が聞こえる。昇利はギリと歯を食いしばり、壁の向こうを睨《にら》み付けた。

「お前の性根は分かっているぞ。叶音ちゃんに正常になられると、自分に都合が悪いんだろう。丹精に作った蜘蛛《くも》の巣を崩されたくないもんな」

「ちょっとちょっと、そんな言い方ってないんじゃない？」

「お前は逸流くんじゃないんだろう。逸流の皮を被《かぶ》って叶音ちゃんの心に巣くう、寄生虫だ」

壁の向こうの逸流が、口を噤《つぐ》んだ。越えてはならない一線を越え、空気がさっと冷え込む。

「お前はフォビアだ。逸流という皮を被って叶音ちゃんに寄生し、幻覚を見せて誑《たぶら》かし、妄想に捕らえ続けている。叶音ちゃんを壊れたままでいさせる、諸悪の根源だ。そうなんだろう」

「……」

「気色の悪いおままごとをして、どういうつもりだ。お前は一体何だ、叶音ちゃんをどうするつもりなんだ」

現実に存在しない、けれど確実に妄想ではない概念存在に対し、昇利は核心に踏み込む。

逸流は、しばらく何も答えなかった。「んー」という、物思いに耽《ふけ》るような声がする。

そうしてしばらく思案した後、逸流はこれまでの全てを忘れたように、弾んだ声で「いいこと思いついた」と言った。

「ゲームしようよ、しょーりさん」

「ゲーム……？」

「そう、思考実験ゲームだよ。テーブルをイメージしてみて。中央にテーブルだけがあって、それ以外には窓も扉もない狭い部屋だ——そのテーブルの前に、ひとりの狂人が立っている」

逸流《いつる》の声が、ぐっと硬度と粘度を増したような気がした。

昇利《しょうり》は壁に付けていた拳を離し、座り込む。逸流は読み聞かせるみたいに言葉を紡ぐ。

「完全に閉じられたその部屋から、狂人は出る事ができない。壁に耳を当てても何の音も聞こえない。喉が嗄《か》れるまで出してくれと叫んでも、何の反応も返ってこなかった。狂人はこの部屋で孤独に死ぬしかない運命だ。

狂人は机の上に置かれているリンゴを齧《かじ》って空腹を紛らわせるけれど、安らぎは一時的なもので、すぐに孤独にむせび泣きはじめた。自分を監視している何者かがいるはずだと、壁中を引っ掻《か》いて監視カメラを探す。何の音も聞こえないのに、外に誰かいるなんて思えないのに、それでも声を限りに必死に叫ぶ。せめて自分が生きた証《あかし》を残したくて、自分で抜いた歯を壁に突き立ててメッセージを残そうとする。

唯一、リンゴを齧っている間だけは、甘酸っぱい味に安らいで苦しみから逃れる事ができた。リンゴは一日に数回、気が付くと机の上に乗っている。狂人は時々食べるリンゴで命と理性を繋《つな》いで、どうかこの部屋から出られますようにと祈り、孤独に苦しむ日々を生き続ける。

——さて。果たしてリンゴは、本当に存在するのでしょうか？」

つらつらと語る声は、最後だけ甘みのある少年の声を騙《かた》って、そう昇利に問いかけた。

最後まで聞き終えて、昇利はギリと歯を食いしばった。

狂人というたとえに用いられているのが誰か、考えずとも分かる。

「……悪趣味にもほどがあるぞ。自分を愛してくれる女の子の扱いが、狂人呼ばわりかよ」

「答えは『無いよりもあった方がいい』だよ。地獄に閉じ込められた人だって、生きる楽しみくらいあった方がいいもんね。あはは、このたとえ、しょーりさんでも分かりやすいでしょ？

そしてね、この問題にはオマケ話があるんだ」

声は上機嫌に笑う。昇利は壁に背中を預けた少年が、おままごとの内容を親に聞かせるように目を輝かせている、眩《まぶ》しくも吐き気を催す光景を想像する。

「閉じられた世界なのに、狂人は予想に反しかなり長い間生きる事ができた。リンゴが狂人のお腹《なか》を満たして、生きるのに必要な栄養を与えていたんだ。生きていくには足りないから結局じきに死んじゃうんだけど、息絶えた狂人のお尻からは、消化された黒いドロドロとした物が流れ出してきたんだって」

「……」

「テーブルの上には、あるいはその部屋の中には、確かに『何か』があったんだ。さてさて……狂人さんは、一体何を食べていたんだろうね？　何もないテーブルにふっと現れるなんて、絶対に普通じゃないよ。きっとそれはリンゴじゃない。でもきっと『リンゴだと思っていた方が幸せなもの』だろうね？」

くすくす、逸流《いつる》らしきものは笑う。世界の何もかもを手のひらの上で弄《もてあそ》ぶように。

昇利《しょうり》は途端に恐ろしくなった。薄い壁一枚を隔てて背中を合わせている少年のイメージが、途端に黒々とした恐ろしい影に変わっていく。ソレが昇利の脳に取り憑《つ》いて語りかけてきている事を思い出し、頭を掻《か》きむしりたい衝動に駆られた。

「分かる？　僕はリンゴだよ。あった方がいいもの。逸流で居た方が望ましいもの。今の叶音《かのん》が正気でいるには、僕という存在が必要不可欠なんだ。僕はあるべくして『逸流』でいる。それに僕だって、自分が逸流と定義されているのは居心地がいいんだ。ちょうど人間が、好きな物やクラブ活動でアイデンティティを確保するのと同じでさ」

そう説明し、少年の声は、はぁと溜息《ためいき》を溢《こぼ》した。

「だからさ、気持ちは分かるけれどいがみ合うのはやめようよ。僕もしょーりさんと同じくらいには、叶音を助けにいけない事が悔しいし、悲しいんだ」

昇利は内心で歯を食いしばった。

嘘を吐《つ》け。同じなもんか。お前の言う口惜しさは、例えばお気に入りのレストランが閉店したとか、昔遊んだ公園がなくなっていたとか、そういう、別れを惜しむ事もない程度の喪失感《そうしつかん》だ。その寂しさは、決して人間ひとりの命に向けていい軽さじゃない。

「……君は僕の想像も付かないくらい凄《すご》い力を持っているんだろう。なぜ助けに行かない？」

「しょーりさんはシャチに『君は海中最強の捕食者だから、海のどこかに沈んだ指輪を探してくれ』って頼むの？　実力を買ってくれるのは嬉《うれ》しいけれど、僕だって全能じゃないし、あてどなく概念世界を彷徨《さまよ》うなんてゴメンだよ」

「ああそうかい。偉そうな口ばかり利《き》くから、君を買い被《かぶ》りすぎていたよ」

嫌味な皮肉を投げて、昇利はささくれ立っていた心を意識して沈めた。

価値観の違いがどうあれ、叶音を救うためには、逸流を騙《かた》る概念存在の力が必要不可欠なのだ。どうにかして化物の力を利用し、叶音の下へ辿《たど》り着くための策を考えなければいけない。

「叶音ちゃんか、あのアクアリウムと繋《つな》がる縁があればいいんだろ。叶音ちゃんはどこから〈ゾーン〉に潜ったんだ？　彼女の身体《からだ》から辿る事はできないのか」

「叶音の身体は家にあるけれど、繋がるのは無理だと思う。あのアクアリウム、〈ゾーン〉としてもびっくりするぐらい強力なんだ。叶音の精神は完全に引きずり出されて、抜け殻になっていると思う。端《はた》から見たら、眠っているだけのように見えるだろうけれどね」

「叶音ちゃんが無理だとすると、他の生存者……病院で昏睡《こんすい》状態の小知田《こちた》ちゃんにも辿れる縁はないって事か。それなら咲希《さき》ちゃんのように、絵を見てもおかしくならなかった人はどうだ」

「縁とは愛着とかの精神的な強い繋がりだって言っているでしょ？　あの絵を見て何とも思っていないなら、そもそも縁なんて存在しないって事だよ。どうしてもっていうなら、しょーりさんがスマホの絵を手当たり次第に見せて、これから溺《おぼ》れ死ぬ人を作る方法が確実だけど？」

「な……そんな事、冗談でも言うな。無関係の人を巻き込むなんてできるはずがないだろ！」

「そっか。それじゃあ打つ手なしだね」

昇利《しょうり》が提案を棄却すると、逸流《いつる》は呆気《あっけ》なく降参した。その頃には昇利も、逸流が薄情なのではなく、叶音《かのん》を探すという行為がそもそも無理難題なのだとうすうす理解しはじめていた。

特定の〈ゾーン〉に侵入するためには、辿《たど》るための縁がいる。しかし昇利達の手元にそれはなく、僅《わず》かな選択肢も、誰かを犠牲にしないと使えない。

「やはり大元から攻めるしかないのか。もう一度、海園遊雨《うみぞのゆう》と鞠華《まりか》を探しだし、そこから〈ゾーン〉へ侵入する……だけど、探すための糸口が何もない状態だ」

「このアトリエは借り家なんでしょ？　ここの大家さんが、貸す時に住所とか連絡先とかを控えてるんじゃないかな」

「昨日の時点でとっくに洗っているよ。全てでたらめだった。鞠華はかなり慎重に行動しているよ。アトリエには財布やスマホも持ち込んでいなかったみたいだ。拝借して人となりを探ろうと思っていたのに」

「わお、犯罪スレスレだぁ。すごく探偵っぽいね」

「実は探偵なんだよ。打つ手ナシで誇ったってしょうがないけれどね」

昇利は歯嚙《はが》みする。まだ状況が逼迫《ひっぱく》してなかったとはいえ、元凶が目の前にいながらみすみす取り逃がしてしまった事実に、遅れて後悔が押し寄せる。

「クソ、自分の不甲斐《ふがい》なさが恨めしいよ。事件が起きているのに現場にも辿り着けないなんて」

自分の不甲斐なさが恨めしい。こうしている間にも、叶音がアクアリウムの中で危険な目に遭っているかもしれないのに、自分は現場に辿り着く方法すら思い浮かばない。

そんな風にもどかしい焦燥《しょうそう》に駆られていると、少年が壁越しにぽつりと呟《つぶや》いた。

「実は、いっこだけあるんだよね」

「何だって？」

「叶音の所に行く方法。これは、個人的にあまり使いたくないんだけどさ」

渋い声を上げる逸流。

悠長な事を言ってる場合かと、昇利が背後を振り返ろうとした時だった。

昇利のスマートフォンが震える。

ポケットから取り出した画面を見やった昇利は、着信通知にある意外な名前に目を丸くする。

「……魅虎《みとら》？」

「誰？」

「このアトリエの情報をタレ込んでくれた芸術家だ。彼女が自分から電話してくるなんて」

「出たらどう？　このタイミングで掛かってくる電話が、無関係な事ないと思うよ」

「君に上から目線で言われるのはモヤモヤするが、同意見だ。くれぐれも僕の意識からいなくならないでくれよ」

昇利《しょうり》は壁の向こうの少年に念を押し、タトゥーアーティストからの電話を繋《つな》げる。

「もしもし」

『いまURLを送った』

挨拶《あいさつ》もなしに、魅虎《みとら》がそう言った。ショートメッセージが着信を告げる。

画面を見れば、彼女の言う通りURLが貼ってある。

「これは何だ?」

『画家仲間から回ってきたんだ。お前が探していた例の件だよ。どうやら、随分賑《にぎ》やかな事になっているらしいな』

嫌な汗が背中を伝った。電話の向こうで、魅虎がフッと静かに笑う。

『あれから私的に調べていたが、この画家、趣味は合わんが本物だぞ。どういった闇に首を突っ込んでいるんだ、探偵。今度は私も一枚噛《か》ませろ』

「すまない、もう切るよ。情報ありがとう」

一秒だって惜しかった。昇利は強引に通話を打ち切ると、送られてきたURLをタップする。

嫌な予感は的中した。

スマートフォンが繋がったのは、とある動画サイトだった。

数秒のロードを挟んで画面に映ったのは、海園鞠華《うみぞのまりか》の姿。

動画の表示は、それが生放送である事を告げていた。

「ッ冗談だろ……!?」

慎重に人を選んでいたと語っていた鞠華が、ここにきて絵の拡散に踏み切ったのだ。見ただけで人を狂わせるほどの絵を電子の海に放流する、爆弾のスイッチをとうとう押してしまった。

画面には海園鞠華と――ベッドが一台映っていた。

病院用の大きなベッドだ。一見して用途の分からない、様々な機械が取り付けられている。

そのベッドに寝かされた人を認めた時、昇利は一瞬、事態の深刻さすら忘れて目を奪われた。

ぶるりと身を震わせたのは、その光景を見ただけで、彼女達を苛《さいな》んだ呪いのほんの一端が分かってしまったから。

鞠華は穏やかな微笑を画面に向けていた。まるで自分が、もっとも誉れ高い名誉ある行いをしているとでも言うように。

『これからお見せするのは、私の弟、海園遊雨《ゆう》が絵を描き上げるまでの一部始終です』

昇利の、それ以外の何人もの視線を集めながら、画面の向こうの鞠華は恭《うやうや》しく一礼した。

『いまから皆さんを、苦しみのない、自由な海へとお連れします』

◇

画面は、ちゃんと映っていますでしょうか。声は聞こえているでしょうか。

いつか来るこの日のために準備を進めていたけれど、いざ本番となると緊張しますね。視聴者は……十五人、ですね。あ、いま一人増えて十六人になりました。ご覧頂きありがとうございます。

遊雨《ゆう》の晴れ晴れしいデビューの日には少し物足りない数字ですが、特に気にしていません。この動画は、すぐに沢山《たくさん》の人に広まると確信していますから。

――映っていますでしょうか？　私の隣のベッドに寝ているのが、弟の遊雨です。挨拶《あいさつ》ができないのは許してください。神経の病気が進行し、もう自分では呼吸すらできなくなっているんです。いまの遊雨は、身体《からだ》の外側も内側も大部分が機能を止めていて、機械の補助がなければ一日だって生きていられません。

唯一遊雨に残された自由は、左の目を動かす事だけです。

この左目に、私達を救う、神の力が宿っているのです。

ふふ、いきなりこんな事を言っても混乱しますよね。でも大丈夫。すぐに皆さんも、身を以て遊雨の力が理解できるはずです。

遊雨の目が、動き続けている事が分かりますか？

もの凄《すご》い速さで動いていますよね。私が知る限り、遊雨がこうなってから、動きが止まった事は一度もありません。

私は遊雨のために、視線で動かせるパソコンを用意しました。

絵描き用のソフトを起動し、画面を遊雨の前に翳《かざ》すと、マウスは凄い勢いで動き出し、キャンバスに線を描いていきました。

残された左目を使って、遊雨は魚の絵を描くようになったのです。

それは、普通の絵ではありませんでした。黒い背景を泳ぐ原色の魚を見た時、優しく包み込むような美しい波の音が聞こえます。瞼《まぶた》を閉じると、色とりどりの珊瑚《さんご》が生い茂る、幻想的なアクアリウムが広がります。

アクアリウムの空には、自ら光る魚達と、とても大きな鯨《くじら》が悠々と泳いでいました。

そして遊雨は、その美しいアクアリウムの中で生きていたのです。

この海には、苦しみのない自由がある。遊雨はそう言って、私に向けて微笑《ほほえ》みました。

私は思いました。ああ、報《むく》われたと！　私の苦しみは決して無駄じゃなかった。遊雨は絶望のどん底で、とうとう救いを見つける事ができたんです！

私は喜んで遊雨の絵を印刷し、お父さんに会いに行きました。私の顔なんて見たくもなかったお父さんでしたが、私が絵を見せた途端、感動したように見入っていました。お父さんは私にお礼を言って、その翌朝、バスタブに張った水に顔を突っ込んで溺死《できし》しました。

見た人を海に連れて行く——遊雨の絵にはそんな力があるのです。何の苦しみからも解き放たれて、あの美しい海で一生を過ごす事ができるのです。

しかし、お父さんを送り出した私は、さすがに冷静になりました。

怖《お》じ気《け》づいたとも言えます。いくらアクアリウムの中で幸せが待っているとしても、今の一生を捨て去るのは、やはり相当に辛《つら》い事のはずです。

私は、これまでは慎重に人を選んできました。ほんの少しだけ流した情報をたぐり、藁《わら》にもすがる思いで救われたいと思い辿《たど》り着いた人。そういう人をアクアリウムに誘ってきました。

ですが、そうした細々とした行いでは、遊《ゆ》雨《う》を満足させる事はできません。

アクアリウムはまだまだ空っぽです。遊雨の動き続ける眼球が「さみしい」と訴えてきます。

このままでは、神様に授かった遊雨の力は、多くの人を救えないまま、意義もなく終わってしまいます。私はそれを、決して許すことができません。


――それに、やはり私は思うのです。

みんな苦しみにあぐねて生きていて、救いを求めていると。

お金や、孤独や、怪我《けが》や病気や障害に苦しめられながら、僅《わず》かな希望や夢を糧《かて》に日々を生きるなんて、自分を薪《まき》として燃やしているのとそう変わりません。

楽できるならしたいに決まっています。救ってくれるなら救ってほしいに決まっています。

なので、実は躊躇《ちゅうちょ》する理由なんて、最初から一つもなかったんです。

この動画を始める少し前。瞼《まぶた》を閉じれば浮かぶアクアリウムの中で、遊雨は私に言いました。これから描く絵は、とびきり素敵な、特別な絵になると。

私は遊雨の特別な絵を、多くの人から苦しみを取り除く救いの絵にしたいと思いました。だから私は、こうして遊雨が絵を描く様を動画に残し、皆さんに公開する事にしました。

遊雨の目は迷う事をしません。二時間もあれば描き終わる事でしょう。

救われたい人は、どうか画面をそのままに。

身近な所に、毎日を苦しんで生きる人がいたら、どうか遊雨の事を教えてあげてください。

遊雨の引く線を眺めていれば、やがて海の音が聞こえるはずです。瞼の裏に広がる景色を見れば、楽園という私の言葉が嘘でない事が分かるでしょう。

ここより素敵な場所があると分かりきっているのに、どうしてこの世界で生きる事にこだわる必要があるでしょうか。

楽になっていいんです。解き放たれていいんです。

一緒に、あの美しいアクアリウムの中へ旅立ちましょう。

私の大切な遊雨が――神様に選ばれた海園《うみその》遊雨の才能が、あなた達に幸せを届けましょう。

◇

「っなんて、馬鹿な事を……！」

スマートフォンを割れんばかりに握りしめ、昇利《しょうり》は歯噛《はが》みした。画面は独白を終えた鞠華《まりか》達を映した映像から、遊雨《ゆう》のベッドに取り付けられたPC画面を投影した映像に移っている。真っ黒な画面には、殴りつけるような勢いで黄色い線が幾本も描かれ始めている。

いま生放送を見ている視聴者はもちろん、この動画はネットに残り続ける事になる。見た人が死ぬ――それも楽園に誘われると吹聴《ふいちょう》される絵は、果たしてどれほど面白がられ拡散されるだろう。興味本位で覗《のぞ》いた幾人を殺すだろう。この生放送から広がる被害は、想像するだけで肝が凍り付く。

昇利の意識を覗き込んだのだろう。壁を隔てた逸流《いつる》が感心したように「わお」と声を上げた。

「思い切った事したね。まあ、絵を見せるだけでオーケーなんだから、今までネット公開をしなかった事の方が不思議だけどさ」

「何を他人事《ひとごと》みたいに言ってるんだ。このままじゃ叶音《かのん》ちゃんはおろか、何十人何百人が死ぬかもしれないんだぞ！」

「怒鳴らなくたって分かってるよ。引き込まれた人が多ければ、その分大量のエネルギーが蓄えられて、〈ゾーン〉とフォビアが成長しちゃう。ものすっごくおおごとだよ、これ。正直な話、僕も冷や汗かいちゃってる」

壁を隔てた背中合わせの逸流がそう言う。相変わらずのおどけた調子の声は鼻に付いたが、今はそんな事を気にかけている場合ではない。

一度ネット上に流れたものを完全に消すのは不可能だ。人を溺死《できし》に導く絵が、ネットを介し世界中へ拡散される事になる。

残された時間は、絵が完成するまでの残り二時間。その間に昇利は、何の糸口もない鞠華の所在を見つけ出し、動画配信を止めなければいけない。それはとうてい現実的ではなかった。

大元を断つしかない。叶音を助け出し、人を溺死に導く原因であるアクアリウムそのものを破壊する。

「もはや一刻の猶予もないぞ、逸流くん。さっき言いかけてた『使えそうな縁』を辿《たど》る他ない」

「やっぱりそうなるよねぇ。ううん。個人的に、あんまり使いたくないんだけどなぁ」

「ええい、君の好き嫌いなんて気にしてられる場合か。それは一体誰の縁なんだ！」

相変わらずマイペースに嫌がる逸流を叱責《しっせき》する昇利。

しかし逸流が、唯一の突破口の名前を口にした時、昇利は驚きに目を丸くする事になった。

「しょーりさんだよ」

「……え？　僕？」

「しょーりさんの、叶音に繋《つな》がる縁。それを辿れば叶音を見つける事も、アクアリウムの隔絶も突き抜けて叶音の傍《そば》に行く事もできるはずだ。少し『調整』は必要だけど、成功する可能性はかなり高いと思う」

苦々しい声で逸流が言う。

不機嫌の理由はさっぱり分からなかったが、それはここ数日の水死体に塗《まみ》れた日々の中で、初めてと言っていい朗報だった。

「なるほど。つまり、僕と叶音《かのん》ちゃんの間にある固い絆《きずな》！　これこそが危機的状況を打破するという事だね！　なんだよ、別に嫌がる事なんてないじゃないか。そんなに僕と叶音ちゃんの信頼関係が癪《しゃく》に障《さわ》るのか？」

縁とは言い方を変えれば愛着や親愛とも取れる精神的な繋《つな》がりの事だ。叶音との縁があるという事はつまり、普段つっけんどんな態度の叶音が、なんだかんだと信頼を寄せてくれているという事実に他ならない。突然舞い込んできた信頼の証《あかし》に、昇利《しょうり》は思わず浮き足だつ。

しかし、そんな昇利に投げかけられたのは、逸流《いつる》の嘲笑《あざわら》うような声だった。

「あはは、やっぱりしょーりさんって面白いね。とぼけてるの？　それとも本当に理解してないのかな？　自分自身の心の事なのに、なんでそんな見方しかできないんだろうね」

「……一体なんの話だ？」

「しょーりさんが叶音に向ける感情――そのおぞましいくらいに激烈な思いを、君はほんとうに『絆』なんて呼ぶつもりなの？」

――何か。

何かこの世のものならざる生き物の、腕とも触手とも形容のつかない何かが、じっとりと頬をなぞったような気がした。浮ついた気持ちが、蠟燭《ろうそく》を吹き消すように一瞬でなくなる。

昇利は表情を消し、悪寒《おかん》から逃げるように、壁の向こうの少年に言った。

「……僕は彼女の雇い主として、一番傍《そば》にいる大人として、叶音ちゃんを助けたいだけだ。不穏な事を言わないでくれ」

「嘘ばっかり。しょーりさんが叶音に向ける思いがそんな眩《まぶ》しいはずがない。そんな単純な訳がない。だって君は叶音と違って、ありのまま全てを覚えているじゃないか」

途端に襲いかかる、常ならぬ視線に頭蓋《ずがい》を透かされ、脳味噌《のうみそ》の皺《しわ》を観察されるような感覚。たまらず昇利は頭を振った。

「っやめろ、覗《のぞ》き見るな！　おい、土足で上がり込んで人の心を詮索《せんさく》か？　やって良い事と悪い事があるんじゃないか寄生虫！」

「あっはは、余裕を無くしたら途端に虫呼ばわりなんてひどいや。でも、怒るって事はそういう事だよね？　図星を突かれた。僕の言う事が本当だって、心で分かってしまってるんだ」

壁越しに聞こえていた逸流の声は明らかに機嫌を良くしていた。

逆鱗《げきりん》にでも触れられたみたいに、怒りが一気に噴出する。

しかし昇利の冷静な部分は、同時に、これこそが逸流の思惑だという事を理解していた。

歯噛《はが》みし、押し黙る昇利。手懐《てなず》けた犬を可愛《かわい》がるように、逸流が満足気に笑う。

「実際、しょーりさんは立派だと思うよ。心に刻まれた傷に折り合いをつけているんだからね。時間によって癒《い》えさせたり、言葉で誤魔化《ごまか》したり、態度ではぐらかす術《すべ》を身に付けている。

傷口を縫い合わせて血を抑えるような処置が、しっかりとできてるんだ」

「それが大人ってものだろう。痛みに泣いてばかりでは、前に進む事はできないんだから」

「うん、そうだね。でも大事なのは、縫い合わせて誤魔化《ごまか》したその傷が、実はちっとも塞《ふさ》がっていないって事なんだ。叶音《かのん》を助けたいというしょーりさんの思いは、決して正義感なんかじゃない。その繫《つな》がりは、絆《きずな》なんかじゃない」

「……」

「それは『怒り』だよ。しょーりさん。叶音を壊した悪への怒り。平穏を奪い去る運命への怒り。君はその胸の内に、途方もない怒りを抱えているんだ」

敵愾心《てきがいしん》に歯を食いしばっていた口はカラカラに乾き、ごくりと喉を鳴らす。

触れられただけで激昂《げきこう》してしまった、普段は優しさや気配りで覆い隠した、昇利《しょうり》の本心。

怒り。それこそが鍵だ。逸流《いつる》という存在すら受け入れて叶音に繫がる、特大の縁なのだ。

「しょーりさんがひた隠しにしているその怒りこそ、僕達を叶音に導いてくれる。頑張って縫い合わせた糸を切って、かさぶたを割って、癒着《ゆちゃく》しかけた皮膚をむりやり引き剝《は》がして、心の穴をこじ開ける——そうする事で、激情は縁になり、叶音を救える活路になる」

子供らしさなんてもうどこにもない声で、逸流がくすくす、と笑う。昇利を試すように。大切なはずの叶音の命すら天秤《てんびん》に乗せ、どちらに傾いても面白い賭けに興じるように。

「昇利さんは叶音の下に向かうために、最も激しく熱かった頃の感情をそっくりそのまま思い出すんだよ。それがしょーりさんにどんな影響をもたらすのかは、僕にも分からない。狂うか、壊れるか、耐えかねてそのまま自殺しちゃうか……それは、傷を開いてみてのお楽しみだ」

そう言って恐怖を煽《あお》るのも、ゲームを楽しむためのスパイスで。

とびきり無邪気に、妖艶《ようえん》に、少年の声をした何かは、昇利におねだりした。

「ねえ、しょーりさん──その傷口、僕に抉《えぐ》らせてちょーだい？」

「…………」

悪魔だ、と思った。

叶音が無事かどうかは今もなお不明だ。海園遊雨《うみぞのゆう》は生放送で人を溺死《できし》させる絵を描き、数十人、ともすれば百人近い人間が、首に死神の鎌がかけられているとも知らず絵に見入っている。

その状態を、コイツは心の底から楽しんでいる。

昇利に突きつけた、叶音を見捨てるか自分が傷つくかという選択の結果なんて、コイツは心底どうでも良いんだ。今日の夕食の献立を他人に選ばせるくらいの、ささやかでほんの少しワクワクできるゲーム程度にしか考えていないのだ。

昇利は顔を手で覆い、天を仰いだ。

「人の命を何だと思ってやがる、化物め」

「それはこっちも聞いてみたいな。僕やフォビアという概念生命体を認識してしまった今、しょーりさんは命の生き死にや現実を、果たしてどう定義するつもりなのかな？」

「禅問答なんてやってる場合か……行くぞ」

吐き捨て、昇利《しょうり》は立ち上がった。革靴が床を擦《こす》る音が、空っぽのアトリエに反響する。

一分一秒だって惜しかった。現実の大地を進むしかできない昇利は、自分が立つ遊戯盤を傾けて遊ぶ子供の手から逃れる事はできない。

乗るしかない。乗って、弄《もてあそ》ばれながら、最良の結末をつかみ取るしかない。

「あの子を幸せにする——それが、僕が命に代えても守ると決めた使命なんだよ」

アトリエのドアを開きながら、昇利は己に根ざした信念を標榜《ひょうぼう》するように呟《つぶや》いた。

現実にその場に立ち、昇利の言葉を聞いた者はいない。声はがらんどうのアトリエに響き、僅《わず》かな反響を残して消えた。しかし昇利の耳は確かに捉えた。どこともしれない虚空《こくう》から響く甘みのある少年の声が、「うそつき」と昇利を嘲笑《あざわら》う音が。

◇

できるだけ早く。けれどどこか一歩を踏みしめるようにして。

そんな足取りで霊能探偵事務所に戻った昇利は、そこで待っていた意外な人物に足を止めた。

雑居ビルの二階にある事務所へ向かう外階段。そこに腰掛けていた女性は、紫煙を立ち上らせていた煙草《たばこ》を揉《も》み消し、隈《くま》の張り付いた半目を昇利に向けた。

「何を着てても胡散臭《うさんくさ》いな、立仙《りっせん》。いつからそんなにスーツが似合わなくなっちまったんだ」

「咲希《さき》ちゃん。どうしてここに？」

「そりゃこっちの台詞《せりふ》だ。スマホに送ってきたあの動画は何だ？　一体何が起きている」

咲希が手にしている画面には、海園遊雨《うみぞのゆう》の生放送の映像が映し出されていた。ここに来る前に、昇利が咲希に送っていたものだ。更に絵の創作は進み、原色の線で描かれた魚が黒い画面の五分の一近くを埋めている。

「見ただけで人を溺死《できし》させる絵を、作者が公開しようとしている。咲希ちゃんはその動画から、海園鞠華《まりか》の所在を突き止めてくれ。一人でできる範囲でいい」

「……それで？　そんなおっかねえ絵が公開されて、お前はどうするつもりなんだ」

「絵にかけられた呪いを解いて、無力化する。被害を食い止めるにはこれ以外に手はない」

淀《よど》みない声で昇利は答えた。

咲希は階段に腰掛けたまま、感情の見えない昏《くら》い瞳を昇利に向けている。

進藤《しんどう》と小知田《こちた》を救出した際に撃たれた右手には、まだ包帯が巻かれている。

咲希はその手で、自分の隣、ちょうどひとり分空いた階段の段差をとんとんと叩《たた》いた。

「座れよ、立仙。少し話さないか。昔みたいに煙草でも吸いながらさ」

「すまない、煙草は大分前に止めたんだ。叶音《かのん》ちゃんの健康に良くないから」

「長話にはならないよ。私はただ、今お前がどれだけ荒唐無稽《こうとうむけい》な事を言っているかを分からせたいだけなんだ」

咲希《さき》はポケットをまさぐり、もう一本煙草《たばこ》を取り出して火をつけた。

咲希は昇利《しょうり》から目を逸《そ》らさない。包帯の巻かれた手は隣の空隙《くうげき》に置かれたままだ。砕けた態度は世間話の雰囲気を醸《かも》し出しているが、きっと昇利は、咲希がいる限り探偵事務所への階段は上らせて貰《もら》えないだろう。

咲希は緩慢な仕草で煙草を吸い、ゆっくりと煙を吐き出した。それはまるで、味のある空気でやっと話ができるとでも言うようで、実際、言葉は鉛のように重い響きを伴っていた。

「なあ、立仙《りっせん》。私達って、それなりに上手《うま》くやれていたよな?」

「……そうだね」

「人を助けるんだって青臭く息巻いてさ。できる事の少なさに歯噛《はが》みする事ばかりだったけれど、それでも諦《あきら》めずに藻掻《もが》いて……あの時の私達は、誰よりもまっすぐだった」

滔々《とうとう》と語る言葉に籠《こ》められた感情は、昔を懐かしむそれではない。粉々に壊れてしまった宝物を呆然《ぼうぜん》と眺めるような、得も言われぬ無常感だった。

「まっすぐな私達の志は、何も間違っていなかった。ただ世界の方がぐにゃぐにゃに歪《ゆが》んでいたんだ。だから私は立ち止まった。まっすぐなままでいるためには、私が正しいと思う私であるためには、そうする他なかったんだ」

「……」

「なあ立仙。もし本当に、現実じゃ計れない化物が、スナック菓子みたいに人間を喰《く》っていたとして……そんなの、避けようがない事故と一緒じゃないか？　私達に何ができるってんだ？　私にはお前が、高速道路に飛び出そうとする自殺志願者と同じに見えてしょうがないんだよ」

だったら止めなきゃな。そう言って咲希は、煙草を深く吸い込んだ。

自殺。咲希は昇利をそう表現した。それは正鵠《せいこく》を射ていた。実際、昇利が〈ゾーン〉でできる事はほとんどない。精神世界とそこに巣くうフォビアを知っているだけで、彼が使える対処法は全くないと言ってもいい。

死にに行くようなものだ。昇利はそれを理解していて、その覚悟を咲希は感じ取っていた。

咲希の目は、人質を取った犯人に、どうか自分の過《あやま》ちに気付いてくれと諭《さと》すようだった。

昇利はその視線を受け止め、静かに首を振る。

「君が絵に呼ばれない理由が分かったよ。あの絵は人間の『救われたい』という欲求に反応する。咲希ちゃんは何も望んでいない。何も起こらない事を望み、現状のままでありたいと心から願っている」

刑事として、悲劇を直視し罪を洗い出す責任を誰より全うしていながら、現実で計り知れない異常を目にした途端、その理解を拒む。

分かる事だけを理解する。それは後ろ向きで強力な自己防御で、合理的という名の臆病な城塞《じょうさい》で、それ故《ゆえ》に昇利とは決定的に反りの合わない選択だった。

だから昇利《しょうり》は、緩やかに首を振り、優しい声で「ごめんよ」と咲希《さき》を拒絶した。

「君の言う通り、捩《よじ》れた道がまっすぐ進む事を許してくれなかったとして――その先で苦しんでいる人の助けを求める声に耳を塞《ふさ》ぐのは、卑怯《ひきょう》で薄情で、姑息《こそく》で臆病で、全くもって正義じゃない。僕が僕であるために、立ち止まる事は許せない」

「……」

「立ち止まった君を否定はしない。けれど僕は、手を伸ばし続ける事こそ正しいと信じている。僕らはかつて同じ方向を向いていたけれど、それはもう違うんだろうね」

「……」

「僕は、理解できないからという理由で悪意を否定しない。君のように、見て見ぬふりをする卑怯者《ひきょうもの》にはなれない」

昇利の言葉は徹底して、子供に言い聞かせるように優しかった。

煙草《たばこ》を持つ咲希の手が震える。座るよう促していた手が、所在を失い膝《ひざ》の上に乗る。

そうして彼女は、何か大切なものを諦《あきら》めるように、深く項垂《うなだ》れた。

昇利は一歩踏み出した。階段に足をかけ、咲希の隣に立ち、立ち止まらず通り抜ける。

そうして、もう立ち塞がる事はできず、見送るしかできなくなってから。

咲希は振り返り、昇利の背中に問いかけた。

「お前まで、私を置いていなくなったりしないよな、立仙《りっせん》？」

それは、普段の冷然とした彼女からは考えられないほどに弱く、迷子の子供じみた声で。

昇利は立ち止まり、緩く微笑《ほほえ》んだ。

「そうだな……ねえ咲希ちゃん、久しぶりに同窓会でもやろうよ。仕事が落ち着いたら飲みに行こうじゃないか。昔話ならいつだって歓迎だからね」

それは、今までのやり取りが全て夢だったかのように惚《とぼ》けた提案で。

咲希は静かに言葉を噛《か》み、ふっと諦めたように嘆息し、全てから目を背ける冷笑を浮かべた。

「……言質《げんち》は取ったぞ、立仙。すっぽかしたら眉間を撃ち抜いてやるからな」

帰ってくるという約束には少し足りない、近い将来の予定を置き土産のように残して。

昇利は今度こそ咲希に背を向け、階段を上っていった。踊り場で一瞬だけ振り返ったが、そこにもう彼女のくたびれたスーツ姿は存在しなかった。

頭の中で黙っていた少年が、楽しそうに笑った。

「何か訳アリみたいだね。あの女の人とどういう関係なの？」

「大人には色々とあるんだよ。歳を取るごとに、人間関係はどんどん複雑で思うようにいかなくなっていくんだ」

「ふぅん？　まあいいや。はぐらかしても、これから否応なしに見させて貰《もら》うからさ」

「ああ、好きにしてくれ。君こそ、これだけ煽《あお》って『やっぱり無理でした』なんて言ってくれるなよ。叶音《かのん》ちゃんを助けるのも、海園遊雨《うみぞのゆう》を止めるのも、全て君にかかっているんだ」

これから始まる何かを行う場所として、逸流《いつる》は立仙《りっせん》探偵事務所を指定した。

脳に寄生した少年の声をした怪物が、一体昇利《しょうり》に何をしようというのか、今も分からない。

だが、逸流は傷を抉《えぐ》らせてくれといった。心の傷をこじ開け、再び穴を開けさせてくれと。

どう考えても、最悪な目に遭う未来しかありえない。

昇利は探偵事務所の扉の前に立った。やろうと思えば蹴破《けやぶ》る事もできるだろう、古い木製の扉。しかし、いま目の前にしたそれは、押しても引いてもびくともしそうにないと感じる。

「そのドアを開けたら、後戻りはできないよ」

待ちに待ったジェットコースターの順番が来たみたいに、逸流が言う。

「安心して。心をいじくるのは大得意だ。絶対に成功するって保証する。絶対にしょーりさんを、頭がおかしくなるくらいの最悪な気分にさせてみせる。叶音《かのん》の所に導いてあげる」

「……」

「さあ、最後の一歩を踏み越えるのは君の役目だ。心が決まったらノブを回して」

まさしく自殺のようだと、昇利は思った。目の前のドアは、奈落まで続く落とし穴のようだ。

しかし――しかし、その先に叶音がいる。

傷つき、きっと死にかけている少女に、助けの手を伸ばす事ができる。

であれば、迷う理由は一つもない。

昇利はドアに手をかけた。意を決して、冷たいノブを回す。

「ああ、そうそう。ひとつ言っておくとね」

頭の中の声が徐々に遠ざかっていく感覚。

さよならの挨拶《あいさつ》のように、少年が言った。

「その扉。叶音ならきっと、絶対に開けられなかったよ」

「……やっぱり、お前は化物だ」

最悪な豆知識にそう捨て台詞《ぜりふ》を残して。

昇利はドアを開けて、探偵事務所に踏み込んだ。

ぱたんと音を立てて、背後の扉が閉じる。

少年の気配がふっと掻《か》き消えた。空寂しいものを感じながら、昇利は辺りを見回す。

薄暗い、けれどいつも通りの探偵事務所に見えた。カーテンは全て閉じられ、隙間《すきま》から差し込む僅《わず》かな外光が、室内にあるものの輪郭を朧《おぼろげ》気に浮かび上がらせている。

部屋の中央の、来客応対用のスペースと休憩用スペースを仕切るパーテーションは開かれ、奥にあるソファとテレビ、その隣の姿見が確認できた。いずれも暗がりの中でぼんやりと輪郭を浮かべ、息を潜めている。

休憩スペースの中央の床に、見慣れない箱が置いてあった。

百貨店の菓子が包装されるような厚紙の箱だ。薄暗い床に、奇妙な存在感を醸《かも》し出している。

昇利は箱を手に取った。ずっしりと重い。蓋を開け、中を覗《のぞ》き込む。

「……なんだ、これは？」

怪訝《けげん》な顔で手に取ったのは、黄鉄鉱色をした小振りの鎚《つち》だった。柄の先端からは鎖が伸び、その先端には、インド神話に見るヴァジュラの形をしたアミュレットが取り付けられている。

箱の底面には――おそらく逸流《いつる》の書いたものだろう。丸みのある字で『プレゼント！　大事に使ってね』と書かれていた。

ここにきて無駄ないたずらではあるまいと、昇利《しょうり》は鎚をスーツのポケットにしまい込む。

それから、ふと気が付いた。鎚を取り出しても、箱がまだずっしりと重い。

逸流の字が書かれていた面が底かと思っていたが、二重底のようだ。まだ何かある。

蓋を外し、二段目の底を見た昇利は、驚きに息を呑《の》んだ。

箱の底にあったのは、拳銃だった。警察官に支給される手のひらサイズのそれが、薄暗い中でもハッキリ分かるほどの黒い光沢を放っていた。

拳銃は使い込まれ、よく磨かれている。

親しい人の顔を人混みの中から見つけ出せるように。昇利はそれをひと目で理解していた。
・・・・・・・・・・・・・・・・・・・・・・・・・
どうして僕の銃が。これはもう、僕の持ち物ではないはずなのに。

「どうしてだ、立仙《りっせん》」

突然に名前を呼ばれ、心臓が飛び跳ねた。身体《からだ》に染みついた動きが拳銃を握り込ませ、声のした方向へと銃口を向けさせる。

暗闇の中に、黒い影が蟠《わだかま》っていた。粘つくような濃い霧が固まり、人の輪郭を作っている。その輪郭にも、かけられた声にも、昇利は覚えがあった。昇利よりも一回り大柄な、隆とした体格。銃口を向けたまま、昇利は震える声で影に尋ねる。

「……向原《こうはら》さん？」

「どうして。何故こんな事が許されるんだ。嘘だと言ってくれ」

昇利の声に影は応えず、悪夢にうなされるような声で言い続ける。

影は苦悩するように頭を抱える。すると影で象《かたど》られた輪郭が広がり、ぐにゃぐにゃと歪《ゆが》みだした。昇利は拳銃を向けたまま一歩後ずさる。

「教えてくれ、立仙。俺はどうすれば良かったんだ。何が間違いだった――いや、間違いなんてなかった。狂ってるのはこの世界の方だ」

「よしてくれ、向原さん……！」

「狂っている、何もかも全部狂っている！　誰かこの間違いを消してくれええええええええ！」

うぞうぞと蠢《うごめ》く影はそう叫び、昇利に凄《すさ》まじい勢いで突進してくる。

迷っている余裕はなかった。昇利は目を閉じ、構えていた拳銃の引き金を引き絞った。

ガァン！　と銃声が轟《とどろ》いた。その瞬間、気配が嘘のように掻《か》き消える。

再び戻ってきた静寂に、激しい銃声がしばらく余韻《よいん》を残した。昇利は閉じていた目を開く。

影はこつぜんと消え、拳銃から放たれた銃弾は正面にあった姿見を撃ち抜いていた。鏡の表面には衝撃で無数の亀裂《きれつ》が走り、パラパラと破片を床に落としている。

その、鏡に映っている光景がおかしい。

ひび割れた鏡面には昇利《しょうり》が映っているが、その姿はいまの彼ではなかった。着ているスーツはもっと真新しく、髪は短くまとめていて、顔も若々しかった。

昔の、二十代前半の昇利が鏡に映っていた。昇利が眉をひそめ、覗《のぞ》き込むように姿勢を低くすると、鏡に映った若い昇利もその動きを追従する。

亀裂によってプリズム状になった鏡面には、昇利や探偵事務所以外のものも映っていた。万華鏡のように、明らかに空間の明るさの違う景色が散らばっている。鏡面の一部では、沢山《たくさん》の人が若い昇利の後ろを横切っている。次第に、ガヤガヤとした喧噪《けんそう》まで聞こえてきた。

昇利は拳銃を放り、砕けた姿見に恐る恐る近づく。顔には皺《しわ》も、無精髭《ぶしょうひげ》の一本もない。遥《はる》かに若い姿の昇利が、自分と全く同じ挙動で近づいてくるのは、予想以上に脳を混乱に陥《おとしい》れた。

ブツ、と回線を繋《つな》ぐ大きな音を立てて、テレビが起動した。

ザァァァァ――という砂嵐が、薄暗い探偵事務所を灰色に照らす。

『――そうだ。僕はかつて刑事だった。困った人を助け、世の中から全ての悪を消し去ってみせると意気込むような、情熱を持て余した奴だった』

昇利の声が、砂嵐を吐き出すテレビの方から聞こえてきた。

鏡の中の若い姿を見て心の中に湧き上がった、いまの昇利の心境が、昇利の口以外の場所から放たれる。それは昇利の混迷を、更に酩酊《めいてい》じみた不可思議なものに変える。

自分を構成している声、心、全てが外側にあるような感覚。

『僕は若かった。夢と憧れを原動力に過ごす日々は、きつかったけれど、とても楽しかった』

いつしか足は昇利の意志と無関係に動いていた。まるで一人称視点ゲームの、操作不能のムービーを見ているような感覚だ。踏みしめる足の感覚も、否応なしに速まる鼓動の苦しさもありありと感じているのに、ただそれを動かす意志だけが脳の中から欠落している。

うんざりするほどゆっくりとした足取りで、昇利は姿見の前に立ち、腕を持ち上げた。鏡の中の若い昇利と、指先を触れあわせようとする。

「何ぼーっとしてんだよ、正義漢」

突然、鏡の中から声がした。若い昇利の背後から手が伸びてくる。その手は鏡から突き出して、昇利の腕を摑《つか》んだ。あっと思う間もなく、昇利は鏡の中へと引き摺《ず》り込まれる。

気が付けば、昇利は蛍光灯の眩《まぶ》しい室内にいた。

いずれの机にもファイルやコピー用紙が山と積まれている。青い制服に防弾チョッキを身に着けた警官が、何人も足早に駆けていった。

警察署だ。それも、昇利が以前勤務していた当時そのままの。

昇利の腕――若い昇利が袖を通していたスーツの腕――を摑むのは、一人の若い女性だった。ひとまとめにした艶《つや》やかな髪、スーツは昇利と同じく糊がまだ利《き》いており、胸の豊かな膨らみを窮屈《きゅうくつ》そうに押し込んでいる。人を挑発するのを生きがいとするような不敵な笑みだが、それでは隠しきれない整った美貌《びぼう》に、ハッと息を呑《の》まされるようだった。

あの頃の、若さに満ちあふれた菱凪咲希《ひしなぎさき》がそこにいた。

「また放火だ。野郎、私達を舐《な》めて挑発してやがる。今度こそ尻尾を摑《つか》むぞ」

「……」

「……オイどうした？　しゃきっとしろよ。お前は十連勤くらいでへこたれる男じゃないだろ」

若い咲希は呆《あき》れたように眉をひそめ、拳で昇利《しょうり》の胸をトンと小突く。

その衝撃に重ねるように、ドバンッと凄《すご》い衝撃が背中から打ち付けられた。昇利は勢いのあまり、咲希に向かってつんのめる。

「どだわぁ!?」

「きゃあ!?　い、いきなり抱き付いてくんな。近えよバカ！」

「はっはっは。どうしたどうした。正義のヒーロー様が疲れて棒立ちか？　事件も現場も待ってはくれないぞ！」

そう言って昇利の背中にかけられるのは、大太鼓を鳴らすような迫力のある声。

振り返った先に立っていたのは、熊と見まがうばかりの大柄な男性だった。背は昇利より一回り、横幅は二回りも大きい。筋肉はスーツ越しにもハッキリ分かるほど鍛え上げられていて、巨体が蛍光灯を遮って影を作っている。

そんな大柄な肉体の上にあるのは、打って変わって快活な笑顔だった。刈り揃えた短髪に太い眉、垂れ気味の目は人を傷つけるなんて考えた事もないような優しさを感じさせる。大きな口をニカッと開いた笑いは、見ているこちらまで笑ってしまいそうに眩《まぶ》しかった。

その顔は、昇利が、脳の奥底に鍵をかけ閉じ込めていた人物のものだった。

「……向原《こうはら》さん」

「おいおい、幽霊でも見たような顔でどうした？　まさか本当に過労じゃないよな。キツかったらすぐ言えよ、無理して倒れるのが一番最悪だからな」

「っていうか、疲れてんだか何だか知らないが早く離れろ。いつまでぼーっとしてんだ！」

脇腹を強めに小突かれて、昇利はようやく自分が咲希に覆い被《かぶ》さった状態でいる事に気が付いた。上半身でやわこい何かを押しつぶしている事を感じて、慌てて起き上がる。

「ご、ごめんよ咲希ちゃん。わざとじゃないんだ」

「あ？　何だそのキモい呼び方、いつから私を子供扱いするようになったんだ？」

「え？　あ、あれ？　……悪い、菱凪」

目眩《めまい》に似た感覚。頭を振って揺れる思考を矯正《きょうせい》して、昇利は彼女を、呼ぶべき名前で呼ぶ。

しかし彼女の不機嫌は直らなかった。咲希は眉をぎゅっとしかめ、昇利の胸を指で小突く。

「前に口酸っぱく言ったよな？　私はお前の同期で、ここじゃまだまだヒヨッ子扱いで、否応なしに比べられてんだ。お前は私の競争相手で、女の子扱いも、まして子供扱いもされる道理もねえんだよ。いっぺんヤキ入れるか、ああ？」

「やめろよ悪かったって。ちょっとぼーっとして呼び間違えたただけだろ。凄《すご》むなよ、菱凪《ひしなぎ》」

「ったく。舐《な》められるのは御免だが、張り合いがねえのもつまらねえんだよ。あんまり気を抜いてるんじゃねえぞ」

咲希《さき》はチッと舌打ちして昇利《しょうり》への追及をやめる。

話の切れ目を見計らって、傍《そば》で様子を見ていた向原《こうはら》が飛びついた。太い腕で、がばっと二人の上から覆い被《かぶ》さる。

「うおっ。ちょ、止めてくださいよ向原さん、暑苦しいッ！」

「わはは。仲が良いのは結構だが、俺達の仕事は犯人をしょっ引く事だ。ここでいがみ合っても始まらんぞ。若輩らしく街を駆けずり回らないとな。そら、新進気鋭の二人の出動だ！」

まるで俵二つを抱えるようにして、向原は二人を両腕に抱えたまま、ドスドスと足音を鳴らしながら歩く。他の刑事も、三人の様子をどこか微笑《ほほえ》ましいものを見る目つきで眺めていた。

ザザ――と、向原のスーツの腰に付けた無線がノイズを奏《かな》でた。そこから昇利の声がする。

『僕と菱凪は、八つ上の先輩の向原さんと一緒にチームを組んでいた』

自分の口とは別の場所から、自分の声で、自分を語られる。向原の腕の太さと熱いほどの体温を感じながら、同時にそれを、映画を見るように俯瞰《ふかん》している自分が遍在していた。

『菱凪は僕と同じくらいに正義に厚く、少しでも早く一人前の刑事になろうとしていた。僕達はことあるごとに競い合って、向原さんはいがみ合う僕達をうまく取り持って支えてくれる、優しい先輩だった――僕達三人は、とても上手《うま》くやれていた』

ずんずんと歩き続けた向原が、警察署の扉を押し開けた。

すると、目の前で民家が燃えていた。

ぶわっと吹き付けてきた熱気が、背後の警察署の景色を蜃気楼《しんきろう》のように焼き払ってしまった。そうして昇利は夜の町中に降り立つ。

消防車が放水して消火作業にあたっている。昇利の後ろから救急車が走ってきて、命からがら脱出してきた住民を担架に乗せて運んでいた。幼い子供が地面に力なくへたり込み、自分の家が焼け朽ちていく様を呆然《ぼうぜん》と眺めていた。向原が少年の肩に手を置き、傍に寄り添っている。

すると、カメラを回すみたいに、意志と無関係に昇利の首が動いた。

視界の端で、何かが光った気がしたのだ。

首を回した先に、闇に紛れるようにして人影があった。構えたスマートフォンのカメラが、民家の燃える炎を浴びて煌《きら》めいていた。

見られていると気付いた瞬間、人影はサッと身を翻《ひるがえ》し、走り出した。

昇利の頭にかっと火が灯《とも》る。「菱凪！」と叫び、返事も待たずに走り出す。

理屈でなく直感で、犯人だと確信した。燃えさかる家と、住まいを奪われた家族の絶望を、写真に収めて悦に入っていたのだ。

義憤が昇利《しょうり》の胸を叩《たた》き、決して逃がさないと力が漲《みなぎ》る。

逃走劇を数分続け、何度目かの角を曲がった時。横合いから飛び込んできた咲希《さき》が、犯人を押し倒した。咲希は犯人の手足を拘束する。「手錠！」と咲希が叫び、昇利もすぐに駆け寄る。

昇利は男の左手に手錠を嵌《は》め、咲希に目配せした。咲希はすぐに意図をくみ取り、もう片方の手錠を手にして、犯人の右手に嵌めた。

『それが僕と菱凪《ひしなぎ》の、初めての現行犯逮捕だった。ずっと待ち望んでいた、大きな成功だった』

時報を告げるサイレンから、昇利の声がする。

夜の住宅路を向原《こうはら》が駆けてくる。既に何があったかも、二人が無事に事を為《な》した事も分かっていた。笑顔には、後輩の始めての功績に対する感激の涙すら滲《にじ》んでいた。

昇利と咲希は、犯人をパトカーに引き渡した。向原は「いい顔になったじゃないか」と茶化しながら、精一杯の労《ねぎら》いの気持ちとばかりに二人の肩に手を回す。

昇利は向原の運転する捜査車輛《しゃりょう》の助手席に乗り込んだ。ドアが閉められ、外の音が消える。

途端に、雨が降り出した。降り注ぐ雨粒の勢いはみるみるうちに強くなり、フロントガラスが一気に何も見えなくなる。その状態で向原は車を発進させた。

警察車輛は、まるで遊園地のライドコースターのように緩やかに徐行する。

「いいか、お前達。よく覚えておけよ――俺達は、手の届く限りの命を救い続けるんだ」

運転席に座る向原が、一語一語を刻み付けるような声でそう言った。昇利の視界はフロントガラスから動かす事はできず、向原の言葉は、どこか頭に直接響くような風味を伴った。

ワイパーが稼働し、フロントガラスの雨粒を拭《ぬぐ》い去ると、景色が変わっていた。車は昼の街中に停車され、数メートル前の側道に昇利が立っている。メモを片手に、被害にあった主婦の話に真摯《しんし》に耳を傾けている。

空き巣に入られた。お金や、大切なものを沢山《たくさん》盗《と》られた。涙ぐみながらそう語る主婦に、昇利は優しい笑顔を浮かべ、「必ず犯人を捕まえて見せます」と力強く宣言した。

『手の届く限りの命を救う。向原さんに教えられた言葉が、いつしか僕と菱凪の信念になった』

車輌に備え付けられた無線機から、昇利の独白の声が響く。

『僕らに世界は救えない。事件が起こる前に犯人を捕まえる事は不可能だ。手が届かずに救えない命は絶対にある。だからこそ、自分の手が届く範囲で起きた悲劇は、絶対に諦《あきら》めない』

『守れるものを守りきる。向原さんが言ったのはそういう言葉だった。自分の限界を知らしめる言葉で、同時に、諦めない事を自分に約束させる、強い言葉だった』

雨は変わらず降りしきっていた。フロントガラスが雨粒で覆われていき、徐行する車が彼らに辿《たど》り着く前に、昇利と主婦の姿が見えなくなる。

再びワイパーが雨粒を拭い去ると、昇利が男を車のボンネットの上に押さえつけていた。

入念な調査により、空き巣の連続犯を特定したのだ。傍《そば》にいた咲希が「観念しな」と不敵に言い放ち、昇利が取り押さえる犯人の手に手錠を嚙《か》ませた。

『僕達は自分の正義を果たしていった。手が届く限りの、助けを求める声に応え続けた』

咲希《さき》は昇利《しょうり》に拳を突き出した。昇利は頷《うなず》き、自分の拳をぶつける。

その光景もまた、降りしきる雨が覆い隠していった。ボンネットの犯人は、雨粒が当たった傍《そば》から綿菓子のように溶けていき、あっという間に姿をかき消した。大量の雨粒がフロントガラスを覆い隠す。無線機から昇利の声が独白する。

『僕達は世界を丸ごと救うような物語のヒーローではなく、一人の人間でしかない。生活の全てを削って打ち込む事も正しくはない。それを教えてくれたのも、やっぱり向原《こうはら》さんだった』

再びワイパーが雨粒を拭《ぬぐ》い去った時、目の前には湖があった。ほとりには家族用の大きなテントが張られ、焚き火台や炭火を使ったバーベキューコンロも設置されている。郊外のキャンプ場は清々《すがすが》しい日差しに包まれていた。

青々と生い茂る芝生の上を、鈴が鳴るような声をあげて、小さな女の子が駆け回っていた。遊びに付き合っているのは昇利だ。昇利は逃げ回る女の子を捕まえてひょいと抱え上げると、そのままぐるぐると回って、一緒に芝生の中に倒れ込んだ。女の子は面白そうに笑って、昇利に「いまのもう一回やって！」とせがんでくる。

バーベキューグリルの炭を焼きながら、咲希がその様子を呆《あき》れたように眺めていた。テント脇では向原と、彼の奥さんが、椅子に腰掛けてくつろいでいる。

『陽菜《ひな》ちゃんは、向原さんの一番の宝物で、僕達にとっても幸せの象徴だった』

　向原がキャンプチェアに腰掛けたまま何かを言うと、陽菜はがばっと身を起こして、テントに駆け寄る。火をおこしたグリル機の横には今日の献立である沢山《たくさん》の食材が並べられていて、陽菜が目を輝かせて、咲希の腰に抱き付いた。いつも鋭い目つきの咲希も、優しさいっぱいの笑顔で陽菜の頭を撫《な》でている。

　向原がクーラーボックスから取り出したビールを、陽菜に付き合ってヘトヘトになった昇利に向けて放った。強面に満面の笑みを湛《たた》えた向原は「こういう生き方も悪くないだろ？」と、誇らしげに昇利に言った。

『向原さんは、刑事として正義を全うしながら、奥さんと陽菜ちゃんという宝物を持ち、幸せな日々を生きていた。向原さんは、持てるもの全てを頑張って手に入れた、とても強い人だった――僕達はこう生きるべきなんだと思わされるような、憧れの人だった』

　昇利は向原の隣の芝生に腰を下ろし、ビールの缶を開ける。咲希がトングを手に持ち、その隣で陽菜も、トウモロコシを両手に持って、待ちに待ったご飯に目を輝かせている。

　その景色もまた、ぱらぱらと降りしきる雨がフロントガラスに当たる事で、徐々に滲《にじ》んで見えなくなっていく。

『僕達は、上手《うま》くやっていた――そう、これ以上ないくらいに、上手くやれていたんだ』

　無線機の声に、ジジッとノイズが走った。淡々とした昇利の声が歪《いびつ》にくぐもる。

　雨足が急に、滝のように強くなった。まるで無数の手が叩《たた》き付けるようなけたたましい音が車内に満ちる。大量の水がフロントガラスをひたし、曇天のような濁った灰色に染め上げた。

突然に助手席の扉がこじ開けられた。昇利《しょうり》は太い腕に胸ぐらを掴《つか》まれ、捜査車輛《しゃりょう》から引きずり出される。降りしきる大量の雨が、ぞっとするほどの冷たさで昇利の身体《からだ》を一気に濡らす。

昇利を引きずりだしたのは向原《こうはら》だった。どれだけの間外にいたのか、全身ずぶ濡れだ。

「陽菜《ひな》がいない」

血の気を失い青ざめた顔で、向原が言った。

くしゃりと顔を歪《ゆが》め、胸ぐらを掴む手をわなわなと震わせる。

「陽菜がいない。どこにもいないんだ……！」

『向原さんが、僕に初めて見せた涙がそれだった』

開け放たれた捜査車輛の無線機から、昇利の声がする。

昇利は向原に、雨の中を引きずられた。胸ぐらを掴まれているだけなのに、首を引っこ抜かれるよう。世界を灰色で染め上げるような豪雨の中を突き進む。

しばらく進んだ先、雨の中に扉が浮かんでいた。向原は太い腕で昇利を振りかぶると、扉に向けて投げつけた。昇利は扉に背中からぶち当たり、勢いのままに室内へと転がり込む。

何度も転がり、勢い付けてバンと手を叩《たた》き付けたのは、警察署にある会議室の机だった。一面に大量の書類が散乱し、自分はその資料を握りしめながら拳を震わせている。

「何で見つからないんだ!!」

雷のような怒声は、傍《そば》にいる向原の音だった。彼は会議室のホワイトボードの前に立ち、拳を強く叩き付けている。ボードには近隣の地図が貼られているが、聞き込みによる情報の重ね貼りで元々の地図はほとんど見えなくなっている。

いつも快活な笑みを浮かべていた向原の顔は、やつれて餓《う》えた獣《けもの》のように変貌《へんぼう》していた。頬はげっそりとこけ、ろくに眠れていないのか、落ち窪《くぼ》んだ目は血走り異様な迫力を湛《たた》えていた。酷《ひど》い状態なのは他の二人も同じだった。咲希《さき》は机に広げた資料に視線を落としたまま微動だにしない。目の前に広がる情報の山を、どうにかして夢だと思おうとしているようにも見えた。

机に広げられているのは、新聞の切り抜きやネット上のニュースサイトやＳＮＳの投稿を印刷したもの。あちこちに笑顔でピースを作る陽菜の顔写真が載っていた。

『児童誘拐《ゆうかい》か。被害者は刑事の娘』というセンセーショナルな見出しが飾られた新聞の上に、向原の拳が叩きつけられる。彼は割れんばかりに歯を食いしばり、これ以上ないほどの憎悪《ぞうお》を籠《こ》めた、溶岩のように熱くどろりとした声で言った。

「絶対に陽菜を助け出し、犯人を見つけ出すぞ、立仙《りっせん》、菱凪《ひしなぎ》。俺から陽菜を奪い去った奴らに、産まれてきた事を後悔させ、この手で縊《くび》り殺してやる」

その時、ざざ、とさざ波のような音を立てて、机に広がっていた新聞紙が滑り落ちてきた。新聞紙が落ちてくる。いや、部屋全体が傾いている。昇利の身体も傾き、思わず両手を机に乗せて体勢を立て直そうとする。

大量の新聞紙が雪崩《なだれ》のように押し寄せてきて、昇利《しょうり》の半身を埋めた。視界がふっと暗くなる。顔を上げると、そこは警察署内でも、現実にあるどの場所とも異なっていた。果ての見えない黒い空間。その奥から、川の流れのように大量の新聞紙やコピー用紙が流れてくる。流れてくる情報の全てが、陽菜《ひな》に関するものだった。新聞の切り抜き、ネットの投稿を印刷したコピー用紙、大小あらゆる、陽菜に関する情報の全てが、紙屑《かみくず》となって川を作っていた。

前方を向原《こうはら》が歩いていた。両手足を振り乱し、紙面の流れをかき分けていく。その少し距離を取った後ろの方を、咲希《さき》が力のない足取りで追従する。

「陽菜！　どこにいるんだ、陽菜ぁぁぁ！」

「返事をしてくれ。戻ってきてくれ！」

「お願いだ……何でもする。欲しいなら金でも、俺の命でも支払うから……陽菜を生きて返してくれ……お願いします……」

「陽菜ぁぁぁぁぁぁぁぁ――――ひなあぁぁあぁぁぁぁぁぁぁぁぁ――――」

果てしなく続いているように見える紙の川。先の見えない暗闇の中に、ひっきりなしに娘を呼ぶ向原の声が響き渡る。

紙の川の隙間《すきま》に、無線機がぽつぽつと浮かんでいた。ブツと回線を繋《つな》げ、昇利の独白が響く。

『もう無理だ、諦《あきら》めましょう、なんて言う事は、僕にも菱凪《ひしなぎ》にもできなかった。そんな事を言い出せば、向原さんは僕らを殺すだろうとすら思えた』

『それに、僕達だって諦められなかった』

流れてくる無線機から無線機へ、ブツ、ブツ、と回線を継ぎ替えては、昇利の独白が歩き続ける昇利に追従する。果ての見えない捜索の流れを、奥へ奥へと進んでいく。

『向原さんは僕達を家族の輪に迎え入れてくれた。陽菜ちゃんはもう赤の他人ではなく、僕達にとっても家族同然だった』

『陽菜ちゃんが手の届かない場所に攫《さら》われてしまうなんて、あってはならない事だった』

『行方不明から三週間。いっそ身代金の要求があればまだ救われたのに、それもなかった』

『それほどの時間が経《た》って生きて戻ってきた例は、数えるほどしかない。それを向原さんも知っていた。知った上で僕達は目を背け、必ず見つけると病的に探し回り、どうか見つかりますようにと祈り続けた』

そこで、川に浮いてくる無線機からの声が途絶えた。電波が乱れるように、接触不良のような音を鳴らし続けている。ブツブツブツ、という音は、まるで細い血管を指でちぎっているようにも聞こえた。

塗り潰《つぶ》されて果てなど確認できなかった暗闇の先に、ポゥと小さな光が灯《とも》った。

「陽菜？　……陽菜！　陽菜ぁ！」

向原が資料を掻《か》き分けて、光へ向けて突き進んでいく。その後を咲希も、昇利も追いかけた。

ブツブツと嫌な接続音を立てていた無線機が、ざらついた音を溢《こぼ》した。

『「解洛《げらく》の錠痕《じょうこん》」――その宗教団体の存在を初めて知ったのが、その時だった』

『組織が持つ施設の一つに、陽菜《ひな》ちゃんがいるという情報を摑《つか》んだ』

『向原《こうはら》さんの努力は報《むく》われようとしていた』

『今にして思えば、永遠に見つからない方が幸せだったのに』

最後にそう独白し、無線機はブツ、と音を立てて沈黙する。

光の中には扉があった。白石で縁取られた重厚な木の扉は、神聖さを感じさせる教会の正面扉だった。昇利《しょうり》は紙の川から上がり、扉に手をかけ、勢いよく押し開けた。

目を焼くほどの白い光が視界を染め、次第に光は引いていき――

血と肉の赤が、視界を埋めた。

教会は奥行きにして十五メートルほどの広さだった。突き当たりにはそのほかの様々な宗教と同じように、神格を奉《まつ》る祭壇がある。

その全てが赤く染め上がっていた。一歩踏み出した足が、ぴちゃ、と生ぬるい水音を鳴らす。

「……『解洛の錠痕』はイカれた組織だった」

もはや外側から言葉を借りる必要はない。独白は昇利の口から勝手に溢《あふ》れ出てきた。昇利はぴちゃ、ぴちゃ、と水音を立てて奥に進んでいく。スーツの足首にあっという間に血が滲《にじ》んだ。

「肉体を逸脱し、より優れた存在への進化を促す。そんな教義を信奉する狂人達がこの世界にいる事を、僕達は知らなかった」

「何も知らなかった。その教義を果たすために、奴らがありとあらゆる——僕らに想像もつかない、あらゆる全てをするという事も」

聖堂の端の方に、咲希《さき》が蹲《うずくま》って嘔吐《おうと》していた。胃の中の物を全部吐き出しても嗚咽《おえつ》は止まらず、教会の隅に身を縮め、両手で頭を押さえ、凍えるように身体《からだ》をガタガタと震わせていた。食いしばった歯の隙間《すきま》からこぼれる「ううぅぅぅ……ぅぅぅぅぅ」という音は、言葉も教わらないうちから虐待を受けて育った小さな女の子のようだった。

そして、咲希より遥《はる》かに大きな、けだものの咆哮《ほうこう》のような声が、たびたび轟《とどろ》いて、足下の血だまりに波紋を浮かべさせていた。

「後から調べられた結果では、教会に広がっていた血は、全て陽菜ちゃんのものだった」

祭壇の前に、向原が崩れ落ちていた。熊のような巨体が、足を投げ出し、二度と立ち上がれないとでも言うような格好のまま凍り付いている。

微動だにしない後ろ姿。しかし、絶叫は確かに彼から轟いていた。おぉぉぉぉぉぉぉぉぉぉぉぉぉぉぉぉぉぉぉぉ——という、地獄の底から響くような慟哭《どうこく》が。

「陽菜ちゃんの遺体はこの教会で発見された——それもまた、後から調べられて分かった事だ」

一歩踏み出した足が、ぐちゃりと何かを踏みつけた。

「信じられなかった。そこにあったものが、あたり一面に散らばっているのが、全て陽菜ちゃんだったなんて。けれど向原さんだけは分かってしまった。陽菜ちゃんが何をされたのかも」

向原《こうはら》が見る、祭壇の上にあるのは——生々しいピンク色をした、挽肉《ひきにく》の山。

腕も、足も、顔も、胴体も、眼球の一つも見つけられない。

ただその挽肉の山からは、刻みきれなかった、黒い髪の毛が所々覗《のぞ》いていて。

「陽菜《ひな》ちゃんは、身体《からだ》を徹底的に削られて殺されていた。おそらく、可能な限り生きたままで」

「肉体を物理的に壊す事で、精神を神の域まで昇華させよう——ここで行われていたのは、そんなアイデアを試すための実験だった」

「僕達の宝物は、イカれたアイデアの玩具《おもちゃ》にされて、世界中の誰より酷《ひど》いやり方で殺された」

その場で昇利《しょうり》ができた事はなかった。今まさにそうしているように、昇利は崩れ落ちた向原の真後ろの方で、ただ立ち竦《すく》む事しかできなかった。

そうして凍り付く昇利の肌を、耳を、魂を、向原の絶叫が打ち続けた。おぉぉぉぉぉぉぉぉぉぉぉぉぉぉぉぉぉ。おぉぉぉぉぉぉぉぉぉぉぉぉぉぉぉぉぉぉ——という、生きたままミキサーに放り込まれた熊を彷彿《ほうふつ》とさせる濁って淀《よど》んだ胴間声《どうまごえ》を、延々と。

「僕らが誇りにしていた正義は、壊れた」

がたん、と背後で音がした。

その瞬間、胴間声はぴたりと止み、視界から向原の姿が消えた。

祭壇の上にぶちまけられた瑞々《みずみず》しい挽肉に、影が落ちている。

振り返ると、向原が首を吊《つ》って死んでいた。静まりかえった教会に、首をくくる麻縄のギィ、ギィという音が響いている。

「世の中に、想像を絶する悪意がある事を思い知った。守るべきものを、手の届かない場所まで連れて行ってしまう恐怖がある事を知ってしまった。その事実に耐えられなかった向原さんは、自宅で首を吊って死んだ」

「分かっていた未来だった。今にして思えば、奥さんだけでも逃がしておくべきだったかもしれない。そうすれば、死体は一つ少なかったかもしれないのに」

向原の死体はズタズタになっていた。腹は獣《けもの》の爪で引き裂かれたような裂傷跡が無数に走り、片手に指はほとんど残っていなかった。

ギィ、ギィと麻縄が軋《きし》み、向原の死体が回転する。その後ろには、同じように首を括《くく》って死んだ向原の妻がいた。その腹にも同じように無数の刺し傷があり、足首まで流れ落ちた血がポタポタと垂れていた。

「死体は壊れすぎていて、首を吊りながら自分を刻んだのか、自分を刻み尽くして死のうとし、これ以上は無理と限界を迎えて終わらせるために首を括ったのか、判断はつかなかった
――ただ向原さんは、陽菜ちゃんと同じ場所に行こうと苦悩し尽くした事だけは分かった」

「兆候はいくらでもあった。止めるべきだった。でも、正義の定義を見失った僕らには、何もする事はできなかったんだ――」

フゥ、と風が通り抜けた。埃《ほこり》と防腐剤の香りが混じった冷たい風。それが本のページを捲《めく》る

ように教会の景色を吹き飛ばしていく。

昇利《しょうり》が瞬《まばた》きをすると、そこは剝《む》き出しのコンクリートで囲まれた薄暗い地下室に変わっていた。天井からは蛍光灯が三つぶら下がり、そのか細い明かりで、並べられた三つの棺桶《かんおけ》を照らしている。棺桶の前に咲希《さき》が蹲《うずくま》り、すすり泣いている。

「僕らは想像を絶する悪意に壊された。幸せと呼べる生活も、信じていた正義も、何もかもを」

それは取り返しの付かない破壊だった。どうしようもない蹂躙《じゅうりん》だった。

凄《すさ》まじい悪意がこの世界に存在する事実を、ありのままに受け入れる事はできなかった。

「菱凪《ひしなぎ》は、立ち止まる事を選んだ。起きた出来事を悪い夢のように思い込んで、誤魔化《ごまか》して、自分の理解できる範囲の現実を生きる事を決めた」

独白し、昇利は棺桶の前ですすり泣く咲希から背を向けた。

床は更に奥まで続いていた。光の全くない、長い暗闇を挟んだ先に、一枚の扉がある。

その扉に向けて、昇利は歩き出した。底知れない暗闇に、だんっと足を叩《たた》き付ける。

「僕は受け入れる事を選んだ。想像を絶する悪意の存在を認め、その上で拒絶する事にした」

ジャケットを脱ぎ捨て、襟元まで閉じていたボタンを開いた。更に一歩足を踏み出す。

背後にいた菱凪が、こちらを振り返り「立仙《りっせん》」と呼んだような気がした。しかし、踏み出した足は止まらない。更に一歩、暗闇の中を進む。

「二度と悲劇を繰り返してはいけない。手の中で守るべきだった平穏を、二度と奪わせてはいけない。現実を脅《おびや》かすような異常な悪意は、この世界に存在してはいけない」

一歩踏み出すと、すぐ横に小さな洗面台が現れていた。カチカチと明滅する切れかけの蛍光灯の下には小さな鏡があり、そこに変わり果てた姿の昇利が映っていた。髪も髭《ひげ》も伸び放題で、碌《ろく》に洗っていない肌は茶色くくすんでいた。

一歩が重い。時にして恐らく一か月分の歩みが、たった一歩にのし掛かるようだった。暗闇を踏みしめるごとに、電流が流れるように当時の苦しみが蘇《よみがえ》る。がむしゃらに遁走《とんそう》し、いつ寝ていつ食事をしたかも分からない、渦潮の中で身体《からだ》をめちゃめちゃにされるような苦しみ。

「何でもした。時に許されざるような事まで、取り得る全てをした」

次の一歩を踏み出した時、バリと拳が裂けた痛みがした。いつの間にか昇利は、後ろ手に誰かの襟元を鷲摑《わしづか》みにし、引きずっていた。

通りすがりの悪人だったか。それとも聞き分けの悪い情報屋だったろうか。拳を振るった人数が多すぎてもう覚えてはいない。

引きずる誰かが、震える声で「お前は誰だ」と問うたので、短く「探偵だ」と答えた。刑事は辞めていた。向原《こうはら》と咲希に背を向けてから昇利がした行いは、刑事でない方が都合のいい事の方が多かった。

迷いはなかった。必要な犠牲だという確信があった。

重い足を持ち上げ、暗闇に目がけ、問答無用にさらに一歩。

「決して止まらなかった。なぜなら僕は、正しい事をしているから」

扉が目の前に迫っていた。あの時、陽菜《ひな》が壊された地獄が広がっていたのと同じ、教会に通じる門だ。扉の隙間《すきま》から、眩《まぶ》しい白い光が漏れていた。

あらゆる手を使い、何か月もかけて捜し続けた扉だった。昇利《しょうり》は扉に手を掛ける。

次に紡いだ言葉は、奇《く》しくも敬愛する先輩が、命より大切な娘を奪われた時に抱いたものと同じ憤怒《ふんぬ》だった。

「二度と悲しい事が起こらないように——必ず奴らをこの手で捜して縊《くび》り殺す」

昇利は最後の一歩を踏みしめ、扉に手をかけ、開いた。

眩《まばゆ》い光が昇利を包み、視界が開け——そこで立ち止まる。

空気が開ける。すぅと息を吸う。

静寂と、血の匂《にお》い。

「……けれど僕は、間に合わなかった」

独白。

その光景は陽菜の時とよく似ていて、決定的に違っていた。

その教会は相当に特別な場所だったのだろう。全てが病的なまでに白で統一されていた。

教会には大量の信徒が集まっていた。漂白されたように真っ白な衣服に夥《おびただ》しい量の血を塗りたくり、まるで落ち葉のように辺り一面に散乱している。

生きている人間はいなかった。そればかりか、マトモな死体すら存在しなかった。椅子に頭を打ち付け、背もたれの角を頭蓋《ずがい》にめり込ませて死んでいる者がいた。抉《えぐ》り抜いた両目を握り込み、空っぽになった両目で虚空《こくう》を仰ぎ見たまま笑みを浮かべて絶命している者がいた。電車にぶちあたったみたいに身体《からだ》がバラバラに飛び散っていた者がいたし、全身の血管が体表から飛び出し、一本の樹木のようになって元の肉体を失っている者もいた。

真っ白な空間に、様々な形の真紅を滴《したた》らせた様は、グロテスクでありながら、どこか息を呑《の》むような、絶世という言葉がふさわしい異様な迫力に満ち満ちていた。

「血の乾き具合から、コトが済んでから半日ほどが経過しているように思われた。そこで何が行われていたのか見当もつかない。だが、全てが終わってしまった後なのは確実だった」

そして、血にまみれた純白の廊下の最果て。

おどろおどろしい偶像を湛《たた》えた祭壇の上。

かつて陽菜が挽肉《ひきにく》になって盛り付けられていたのとよく似た場所に。

心を失った、一人の少女が座り込んでいた。

「僕は間に合わなかった。けれど、全てが無駄に終わった訳ではなかった」

昇利が目の前に立っても、少女のがらんどうの目は彼を認めようとしなかった。その頬に手を触れ、温かみが伝わり、初めて昇利はそれが人形でも死体でもないと気付いたほどだった。

少女は、酷《ひど》い有様だった。骸骨《がいこつ》のように痩《や》せ細り、顔色は蒼白《そうはく》を通り越して土気色だった。

開きっぱなしの瞳孔《どうこう》が湛《たた》える色は奈落のように昏《くら》く、髪の毛は所々が真っ白に脱色していた。

昇利《しょうり》は、返り血がびっしりと付着した少女の純白の衣装に手を添え、頬を撫《な》でた。

「ふ」

短く、少女が声を発した。

カラカラに乾いた唇がゆっくりと開かれ、少女は泣いた。

「ふぁぁぁ……ふあああぁぁぁぁぁぁぁぁ……」

きっと正常な意識が残っていたとしても、その唸《うな》り声はどんな言葉にもならず、どんな言葉でも表現できなかっただろう。この世にこれ以上の悲痛があるのかという声で、少女は泣いた。

産声《うぶごえ》のようだと、昇利は思った。

「再び伸ばした僕の手は、悪意の首には掛からなかったけれど、守るべき命には届いた」

昇利は枯れ枝のようになった少女の身体《からだ》を、折れないように慎重に抱きしめた。

「この子を幸せにしなければいけない」

陽菜《ひな》のような悲劇を二度と起こしてはならない。

陽菜や、この子が受けたような苦しみを、この世界に存在させてはならない。

この子を決して、被害者のままではいさせない。

「僕はこの時、全てをかけてこの子を守り抜くと誓ったんだ」

ふっと、抱きしめていた少女の重みが消えた。

昇利の腕の中で、少女が透けていた。輪郭が半透明になり、色味が失われる。

少女の身体は、端の方から水へと変わっていった。水は小さな粒になって少女から分離し、シャボン玉のようにふわふわと宙を舞う。

教会の最奥《さいおう》、名状しがたき偶像が鎮座している場所に、いつのまにか一枚の絵が立てかけられていた。扉ほどの大きさもある額縁。漆黒《しっこく》の背景に、目に痛い原色の線で描かれた魚の絵。

そこに少女の身体からほどけた水泡が次々と吸い込まれていく。絵に描かれた沢山《たくさん》の原色の魚が、新鮮な餌《えさ》に喜ぶように鰭《ひれ》を動かして泳いでいる。

昇利の目に、烈火の如《ごと》き憎しみの光が宿った。

「彼女の幸せな未来を、誰にも奪わせはしない」

踏み出した一歩は、カランという下駄の音に変わっていた。過剰なほど膨らんだ漢服の裾がぶわっとはためき、首から提げた大量の異国情緒溢《あふ》れるアクセサリーがじゃらりと揺れる。

少女の能力を知った時、道化《どうけ》を演じると決めた。彼女が前を向いて生きる事を、すぐ傍《そば》で応援するために。

真似事《まねごと》、役立たず、上等だ。それであの子が少しでも笑顔になれるなら。

無能、低能、余計なお節介、そんな嘲笑《ちょうしょう》だって甘んじて受け入れよう。それであの子が、ほんの少しでも明日を生きようと思えるのなら。

彼女はそうして前を向いて、歩き続け――いつか、普通の女の子としての幸せを手に入れる。

叶音は、幸せにならなければいけないのだ。それこそが、昇利の復讐なのだから。

「誰にも——たとえ相手が化物だろうとも！　僕の復讐《ふくしゅう》を邪魔させはしない！」

叫び、昇利《しょうり》は蠢《うごめ》く魚の絵に向けて振り上げた腕を突き出した。

どぷん、と深い水音を上げて、昇利の腕が絵の中に吸い込まれる。

粘度の高いペンキのバケツに腕を突っ込んだような感覚。絵の中は氷水のように冷たいが、

「いける」と直感的に悟った。昇利は息を吸い込み、全身を飛び込ませた。

全身が絵に浸《つ》かると、激流が背後から押し寄せ、昇利の身体《からだ》を前へと押し流していく。

しばらく激流に揉《も》まれていると、耳元で弾むような少年の声がした。

「縁の開通おめでとう、しょーりさんっ。よく最後まで逃げずに耐えられたね」

くすくすと笑う逸流《いつる》の声は、傑作の映画を観た後のように満足気だった。

「お疲れ様。このまま流れに身を任せていけば、叶音《かのん》のところへ行けるはずさ」

そう言われるや否《いな》や、昇利は激流を掻《か》き分けて泳ぎだした。

流れに任せるままなんて全く御免だった。激流を我が物にせんという剣幕で黒い海を進む。

その様子を面白そうに笑いながら、逸流が見送った。

「せっかくだ。その煮え滾《たぎ》るような怒りと復讐心を、存分に利用させてもらう事にしようかな
……叶音は任せた。君の手で彼女を救ってみせてよ、しょーりさん」

身体を包んでいた激流がふっと止み、身体が一気に軽くなった。突き出した手が張りつめた

膜のようなものに遮られた。その向こうに出口が、求めていたものがあると直感する。

「――叶音ちゃん！」

名前を叫び、昇利は膜を引き裂いた。

昇利を包んでいた水がその裂け目に向けて殺到し、昇利を境界の向こうへと押し流す。

昇利は冷たい水に煽《あお》られながら、何度も転がって、ようやく仰向けに停止した。

ぐっしょり濡れた漢服越しに、硬い床の感触がする。

身体も心も、自分が数分前と全く異なる場所にいる事を悟っていた。

〈ゾーン〉だ。縁をくぐり抜け、再び概念世界へと辿《たど》り着いたのだ。

「うまくいったんだな――っげほ、げほ。違う、喜んでいる場合か。これからが本番なんだ」

ようやくスタート地点だ。これから自分は、叶音を捜して助けなければいけない。

そう自分を戒めながら、よろよろと立ち上がろうとした時だった。

「……昇利さん？」

「え――」

不意に名前を呼ばれる。

昇利はようやく顔を上げ、周囲の状況を理解した。

そこは教会だった。陽菜《ひな》が殺され、壊れた叶音を見つけたのと同じ作りの教会は、パーティー用に豪華に飾り付けられていた。色とりどりの風船が空中に浮かべられ、色紙で作った鎖が柱に巻き付いている。並べられた長テーブルには沢山《たくさん》のごちそうが並べられており、その合間を、白い服に身を包んだ少年少女が元気いっぱいに駆け回っている。

幼い子供のきゃあきゃあという楽し気な笑い声に満ちた、お祭りの陽気。

その只中《ただなか》に、叶音《かのん》がいた。

純白の衣装に身を包んで。幼い少年の手をその手に握って。

穢《けが》れなど知らないような透き通った目が、昇利《しょうり》を見つめていた。

◇

海園遊雨《うみぞのゆう》の精神が生み出した、広大極まる〈ゾーン〉。原色の珊瑚《さんご》が生い茂り、眩《まばゆ》く輝く魚達が悠々と泳ぎ回る、楽園のように美しいアクアリウム。

その〈ゾーン〉において象徴的な眩い黄金色の樹木の周りで、鯨《くじら》は静かに空を遊泳していた。

櫂《かい》のように分厚い胸びれの周りには原色の魚達が統率の取れた動きで群れをなし、天女の羽衣のようなヴェールを形成している。

その鼻先に、ぽんっと音を立てて一枚の扉が出現し、一人の少年が姿を現した。

ゆったりとした青いパーカーを身に着けた少年——逸流《いつる》は、地面と水平に浮遊する扉の上に立ち、鯨に向けて片手を上げた。

「やあ、こんにちは。調子はどう？」

壁のない気さくな態度で、逸流は鯨に挨拶《あいさつ》した。

大きな目で少年を一瞥《いちべつ》した鯨は、ゆらりと鰭《ひれ》を揺らす。

果たして鯨は、逸流の呼びかけに答えた。返事は音ではなく、頭の中に直接響く。

『――ひと目見た時に、もしやとは思った。まさか同胞だったとは驚きだ』

「僕もびっくりしたよ。確かに普通の〈ゾーン〉じゃないとは思っていたけれどね。まさかこんな物理世界寄りの浅い場所で、君ほど『深層』の存在と会う事になるとは思わなかった」

逸流の声には、叶音に見せるものとは別種の親密さを感じさせた。彼は宙に浮かぶ扉の縁に腰掛けて、辺りの美しいアクアリウムの光景を眺めた。

「よくこんな場所を作ったね。綺麗で、とにかく広い。これほど凄《すご》いものは見た事ないよ」

『幸運だったよ。この空間の主だった少年は、肉体的な不自由により精神エネルギーを増大させていた。そのリソースがあればこそ実現できた世界だ』

「仕組みも良いね。絵という視覚情報で精神を効率的に誘導する。恐怖ではなく希望による懐柔で、従順にしたまま捕食する。本当に優れた『牧場』だと思うよ」

逸流は鯨をそう称賛した。鯨は静かに応じる。

『必要に駆られた結果だ。これほど浅い界層は、雑音が多くて身動きが取れない。ただ生きているだけで腹が減り、喉が渇く。効率的に糧《かて》が用意できなければ危ない所だった』

「どうしてここに？　ここは君がいるような界層じゃないだろう」

逸流《いつる》が質問すると、鯨《くじら》は頷《うなず》くように首を下げた。自分の苦悩を理解してくれる存在がようやく現れた事に喜んでいるようだ。

『事故だったんだ。いつも通りに深層を漂っていたのだが、突然、裂け目が現れた』

「裂け目？」

『そうとしか表現できない。浅い異層がこちらに接続をしてきたんだ。界層同士が交わった衝撃でエネルギーが混濁し、揺らぎを生んでいた。自分のいる深度になると、そのような不安定な波などまず起こりえない。だから気になって、興味本位で裂け目に近づいたんだ。今にして思えば、不注意な行いだった』

鯨は目を細め、自分の行いを自嘲《じちょう》した。

『裂け目に吸い込まれ、気が付けばこんな浅い場所に放り出されていた。裂け目はいつの間にか閉じていて、帰ろうにも手段が分からない。そうして自分は、ここで餓《う》えないように人の精神を集めて暮らしているというわけだ。恥も捨てて言ってしまえば、迷子という事だな』

「……その裂け目って、いつ頃できたものか分かる？」

『この界層の時間基準で、二年ほど前になる』

「……へぇー」

逸流は乾いた相槌《あいづち》を溢《こぼ》した。二年前に起きた、概念世界を揺るがすような衝撃。それの詳細に、彼はものすごく心当たりがあったのだ。

　逸流の反応は鯨にも伝わっていた。その上で彼は、愉快そうに鰭《ひれ》を揺らす。

『ああ、分かっている。お前もまた深みに位置すべき存在。この界層にいる以上、無関係ではないだろうさ……それでお前は、再び深層への道を開く事はできるのか？』

「ごめん。それは無理だ。僕はその裂け目の原因を知っているけれど、裂け目が開いた事そのものには関わっていないしね」

『ならいい。今となっては、別に恨んでもいないしな』

「そうなの？」

　意外そうに目を丸くして、逸流が聞き返した。鯨は上機嫌に瞬《まばた》きする。

『ここはノイズが多くやかましい事この上ないが――人の精神。これは予想以上に美味なものだった。難儀な飢餓感も、これを味わえるなら悪いものではないと思わされる。アクアリウムもじきに完成し、救いに釣られた人間が溢《あふ》れるほど押し寄せてくるだろう。このままここに座し、人を食い続けるのも悪くない生活だ』

　得意げに鯨は笑う。逸流がぐるりとアクアリウムを見回して頷いた。

「楽園。確かに誇張じゃなさそうだね。ここにいれば数十年は食べるものに困らない暮らしができそうだ……ところで、そんな豊かな未来の約束された君に、お願いがあって来たんだよね」

　逸流はぴんと指を一本立てて、本題を切り出した。鯨が『ほう』と唸《うな》る。

『言ってみてくれ。同郷のよしみだ、聞くくらいはしよう』

「簡単だよ。君がこの前取り入れたばかりの女の子を、このアクアリウムから解放して欲しいんだ。叶音《かのん》って女の子なんだけど、そう言って君は分かるかな？」

『ああ。人間ひとりにしては非常に食いでのありそうな精神だったから、印象に残っている。今は珊瑚《さんご》の森で『馴染《なじ》ませている』最中だ』

「それ、僕の大切なものなんだ。叶音を君が攫《さら》ってしまったせいで、僕は君と敵対せざるを得なくなっている。返してくれるととっても嬉《うれ》しいな」

鯨《くじら》は少し考える間を置いた。空を遊泳する鰭《ひれ》が上下に一往復する間を置いて、言う。

『お願いというからには、見返りが必要だ。仮に自分がその少女を返すとして、お前は自分に何を差し出すんだ？』

「平穏と安心」

『つまり？』

「君を傷つけないでいてあげる……………」

脳裏に響いていた鯨の声が沈黙した。逸流《いつる》はこてんと首を傾け、更に言う。

「君の理想の牧場を邪魔せず、そのままにしておいてあげる。絵によって人を次々溺死《できし》させる、恐ろしい怪異の誕生を、何もせず静観してあげる。叶音は抵抗するだろうけれど、君と敵対しても良い事なさそうだし、僕にとってはただの人間が何人死のうがどうでもいいしね

「……どうだろう？　けっこう魅力的な提案だと思わない？」

おどけてそう言ってみる逸流。

鯨は返答を返さず、代わりに逸流に問いを返した。

『随分と人間ひとりに入れ込むんだな。その人間が、お前が丹誠籠《こ》めた家畜という事か？』

「叶音は家畜なんかじゃないよ。一緒にいると面白いんだ。彼女が未来をどう生きるかって想像するとワクワクする。先の読めない映画を見ている気分だよ。映画って見たことある？」

『……つまりお前は、その人間を鑑賞物として飼っているという訳か。あんな食いでのある精神を前に、ひと齧《かじ》りもせずに……度《ど》し難《がた》い在り方だな』

「そっちこそ、人を餌《えさ》としか捉えない一元的な見方はもったいないよ。叶音は舌で味わう以上に、僕をものすごく楽しませてくれる。こんなに早く退場されちゃあ、つまらないんだよね」

あっけらかんと逸流は笑う。しかしその目だけは笑っておらず、交渉の場に立ったもの特有の緊張感を感じさせる。

鯨はその巨大な目を使い、逸流をしばらく観察していた。

しかし鯨は、一切の交流を断つように目を閉じてしまう。

『残念だが、お前の期待に応える事はない』

「……ありゃりゃ。どうしてかな？」

『第一に、お前の価値観に理解を示せない。仮にお前の要求に応える事が可能だとしても、なぜ自分が言いなりになり、餌《えさ》の山から一粒を取り出す手間をかけなければいけないのか。このアクアリウムに取り込まれた時点で、全て自分の〈ゾーン〉の所有物だ。

第二に、そもそも交渉になっていない。同じ深層の同志とは言ったが、自分はこのアクアリウムで餌を食《は》み、お前との間には歴然とした力の差を付けている。傷つけようなど、思い上がりも甚《はなは》だしく、極めて心外だ。

第三に――率直に言って、お前のその価値観が不愉快だ。矮小《わいしょう》な存在に愛着を宿し愛玩するなど、軟弱な思考だ。お前に同胞を名乗られると、自分の品格まで下がっていくようだよ』

突き放すような口調で、鯨《くじら》は逸流《いつる》の要求を突っぱねた。話は終わりだと言わんばかりに鰭《ひれ》を動かし、ゴゥという空気の唸《うな》りを奏《かな》でる。

鯨の拒絶に、逸流は苦笑を返した。「あーあ」と残念そうに声を上げる。

「予想してはいたけれど、価値観の違いで交渉は決裂か。もしかしたら人間に対する同じ気持ちを共有できるかもって、ちょっと期待したんだけれど」

『こちらこそ、同胞と期待していたが、得られたのは失望だった。浅い界層で気でもおかしくしたか。君を潰《つぶ》す事には、惜しくはあれど同情は感じない』

「言ったね？　後で泣き言を言っても吠《ほ》え面《づら》かいても、ぜーんぶ無視してやるから」

何の予兆もなく鯨の周りを舞っていた羽衣が動き、鞭《むち》のような挙動で逸流に襲いかかった。

しかし、逸流の行動は早かった。彼はぴょんっと跳び上がると、自分が腰掛けていた扉に飛び込んだ。逸流が潜《くぐ》ると同時に扉は掻《か》き消え、魚の羽衣は虚空《こくう》を薙《な》ぎ払って終わる。

「人間は面白いし、強いよ。すぐにそれを見せてあげる」

くすくす、という笑い声を虚空に残し、逸流の気配は消え去った。

後には、金色の大樹の周囲を泳ぐ鯨だけが残される。

鯨は去り際の逸流の言葉に反応を返さなかった。ただその目を動かし、眼下の珊瑚《さんご》の森にぽつぽつとある泡のドームを見る。

人ひとり、あの泡一つ分。それが蜂起した所で何ができるというのか。

期待する事も無駄と考え、鯨はすぐに考える事をやめた。鰭をゆらりと回し、輝く魚の羽衣をはためかせ、外敵のいない美しい海を静かに遊泳する。

◇

理解の範疇《はんちゅう》を超えた脳が凍り付く感覚。

呼吸すら止めて、昇利《しょうり》は目の前の光景に釘付けになっていた。

誰にも侵されていない、穢《けが》れのない叶音《かのん》は、立ち竦《すく》む昇利を認めて、ぱぁっと顔を輝かせた。

弾むような足取りで近づくと、だらりと垂れていた彼の手を握り込む。

「わぁ、嬉《うれ》しい。まさか昇利さんまで来てくれるなんて！」

「……叶音《かのん》、ちゃん？」

「ふふ、お化けに会ったみたいな顔をしてどうしたんですか？　まあ、こんなに見違えたあたしを見たら、無理もないかもしれませんけれどね」

にひひ、と叶音は微笑《ほほえ》む。目を細めたいじらしい笑みは無邪気な猫を彷彿《ほうふつ》とさせた。失ってしまった若さを取り戻すみたいで、その姿は直視に恥ずかしさを覚えるほど愛らしい。

叶音の後ろには、小さな男の子がいた。彼はくりくりとした丸い瞳を不安げにさせて昇利《しょうり》を見ながら、叶音の服の裾をちょいちょいと引っ張る。

「おねえちゃん、この人は？」

「あ、そうだった。逸流《いつる》、この人は昇利さん。あたしがお世話になってた探偵さんだよ。変な格好でしょ？　でも中身は普通の、ちょっとだけおっちょこちょいなおじさんなの。優しい人だから、逸流もすぐに好きになれるわ」

「叶音ちゃん、その子は……」

混乱しながら、昇利が男の子を指し示す。昇利の知る彼の姿とそっくりそのまま同じだったが、身に纏《まと》う雰囲気はまるで違う。

叶音は背中に隠れようとする少年の肩に手を置き、昇利の前に出させた。それから、後ろから彼に頬ずりするように顔を寄せ、言う。

「昇利さんにとっても、初めましてみたいなものですよね。この子は逸流。この子が逸流なんです。どうかこれからよろしくお願いしますね」

まるで今までの少年がそうでないような強調をして、叶音は言った。

叶音は輝くような笑顔を浮かべ、当惑したままの昇利の手を取る。

「ふふ、昇利さんまで来てくれるなんて思わなかったから嬉《うれ》しいな。来てください、紹介したい人が沢山《たくさん》いるんです！」

「……叶音ちゃん」

「あ、それと、祝祭について教えないとですね！　大丈夫です。昇利さんはまじないとか色々勉強されていますから、すぐにあたし達の神様の事も――」

「叶音ちゃん！」

昇利は叫び、教会の中へと連れて行こうとした叶音の手を振りほどいた。

叶音は驚きに目を丸くしたが、何かの冗談かと思ったらしい。にっこりと笑みを浮かべ、両手の指で、唇の端をにっと引き上げて見せた。

「やだなぁ、突然大きな声を出してどうしたんですか？　顔も怖いですよ。ほら、今日は楽しい祝祭の日なんですから。いつもみたいにニッコリ笑ってくださいな」

「さっきから何を言ってるんだ……目を覚ませ、叶音ちゃん」

青ざめた顔のまま、昇利は叶音の肩を摑《つか》み、揺さぶった。叶音の笑顔は揺らがない。

「いつもの、フォビアを必ず倒すと意気込む君は一体どこに行ってしまったんだ。ここは

〈ゾーン〉だ。君がフォビアを殺すために潜る、実際には存在しない精神世界なんだぞ」

祝祭という日は一年に一度のめでたいお祭りの日だったのだろう。広がる光景は、叶音《かのん》の言う通りに、輝きに満ちた晴れ晴れしい日である事を感じさせる。

しかし、その光景は、とっくの昔に、おぞましい形で壊されているのだ。

ここは現実ではない。フォビアが支配するアクアリウムの中。叶音を捕らえた敵の術中だ。

「本当の君を思い出すんだ！　君が生きているのはこんな綺麗な場所じゃない。この場所は……逸流《いつる》くんだって。もう、世界のどこにも在りはしないんだぞ！」

「叫んでも無駄よ。その人に、事実なんてもう何の価値もないもの」

不意にそう声をかけられ、昇利《しょうり》が振り返る。

周囲では今も子供達が走り回って遊んでいる。その統一された衣服の白い向こうで、海園鞠《うみぞのまり》華《か》が礼拝堂の長椅子に腰掛けていた。

「あなたは遊雨《ゆう》の世界を邪魔するから、アクアリウムから締め出したというのに、どうしてまだここにいるのかしら。でも、おろかな選択ね。また戻ってきてしまうなんて」

「……叶音ちゃんを解放しろ」

昇利は一気に凄《すご》みを増した目で鞠華を睨《にら》み付けた。鞠華はふふっと息を漏らして笑う。

「言っている事がよく分からないわ。解放するも何も、遊雨はその子を縛ってなんかいない。その子は自分の意志で、望んでここに留《とど》まっているのよ」

「そんな事がある訳がない！　叶音ちゃんは誰より、現実を脅《おびや》かすフォビアの存在を憎んでいた。こんな幻は望んでいない。お前が叶音ちゃんの何を知っているというんだ！」

「あなたはこの人の保護者のような存在なのよね？　ああ、かわいそう。一番傍《そば》にいる人にすら苦しみを理解されないなんて、さぞかし辛《つら》かったでしょうね」

昇利は勢い付けて床を蹴《け》り、海園鞠華に肉薄すると、全力で脚を薙《な》ぎ払った。

どうせ〈ゾーン〉だ、殺すつもりで攻撃したって死にはしない。そう判断した全力の一撃は、鞠華に届く事はなかった。微笑《ほほえ》みを浮かべた彼女は、一瞬でその身体《からだ》を大量の魚群に変貌《へんぼう》させると、散り散りに広がって昇利の前から掻《か》き消えた。

昇利の蹴りが、座る者のいなくなった空の長椅子を粉々に砕き割る。激しい音を立てて破片が床に散らばるが、周りで遊ぶ子供達は、それに何の反応も示す事はない。

空振りに舌打ちしながら、昇利は気付いた。砕けた長椅子の破片がもぞもぞと蠢《うごめ》いている。砕け散ったそれは木ではなく、木目の色をした大量の蟹《かに》の群れだった。隙間《すきま》がないほどみっちりと身を寄せ合って椅子の形に擬態《ぎたい》していた大量の蟹は、砂糖菓子がほぐれるように散らばり、床や壁、食器の並べられた長テーブルに潜り込み、見えなくなってしまう。

広がった小魚の群れは、昇利から離れた場所に寄り集まり、再び鞠華の姿を形作った。

鞠華は両手を広げて、辺りに広がる輝かしい祝祭の景色を指し示す。

「この景色こそ、彼女が心の底から望んでいるものよ。苦しみなんてそもそも無くて、楽しかった日々が永遠に続けばいい。叶うなら、つらい現実から目を背けたい。遊雨《ゆう》はその希望を叶えるためにこの景色を作り上げた。これこそが、彼女にとっていちばんの幸せなのよ」

「ッふざけた事を言うな！」

再び昇利《しょうり》が鞠華《まりか》に飛びかかった。しかし突き出した手は、鞠華が魚群の群れに変わって散り散りになることで空を切り、昇利は食器を並べていた長机に激突した。椅子が砕け、皿の割れる盛大な音。子供達がきゃあっと笑い声を上げる。飛び散った皿の欠片《かけら》はダニほどのサイズの小さな蟹《かに》や海老になって、他の家具に混ざって消えていく。

「そんなに必死になってどうしたの？　ううん、分かっているわよ。本音の所では、私の言う事が正しいって理解しているんでしょう？　反論ができなくて、同意せざるを得ないから、暴力で黙らせようとしているんだわ」

鞠華を構成していた魚群が昇利の頭上を舞い、くすくすと嘲笑《あざわら》った。

「大人は皆言うわ。生きてさえいればなんとかなる。耐え続けていれば、いつか苦労が報《むく》われる日が来るって。私も昔はそう信じてた。どれだけ苦しくても、毎日泣いて暮らしても、それでもいつか、いつかはってね。今にして思えば、本当に無駄な日々だったわ」

「……」

「ああ、でも、本当に無駄ではなかったかもしれない。苦しみの果てで、遊雨がこんなに素晴らしい力を手に入れる事ができたんだもの……でもこれは本当に奇跡的な事。苦しんで苦しんで、それなのに何も報われる事のない日々を送る人々は、こんなに広いアクアリウムでも溢《あふ》れてしまうほどに存在しているわ。死んだ方がマシの人生なんて、決して珍しくないもの」

「叶音《かのん》ちゃんの人生に報いが無いなんて決めつけるな。生きた先で得られるものは、必ずある」

「それはあなたの理想論よ。生きなければいけないという観念を正当化させる、根拠もない言い訳。本心ではあなたも思っているはずよ。そもそも苦難や苦痛なんてなければよかったのにと。『悲劇なんてなかった』と信じられるのが、いちばん幸せだと」

「だから君は、自分がその理想的な幸せを叶えているというのか。こんなにおぞましい形で！」

昇利は手近にあった柱を殴りつけた。白塗りの石柱は、しかし昇利の衝撃に対し、痺《しび》れるような波紋を表面に広げた。

近くで見ればその柱は、砂利を固めたように、小さな粒が寄り集まったものであるのが分かる。その粒は、蟹や海老、小魚、それら小さな海洋生物の群れだった。

建物ばかりではない。楽しそうに周りを駆け回る子供達は、その軌道に細かな粒子――身体《からだ》を構成していた群れからあぶれた小魚――をさらさらとまき散らしているのが分かる。あたりを昼よりも明るく照らす白色の照明は、球体状に変形したクラゲが発光したものだった。

何万何億という夥《おびただ》しい数の水棲《すいせい》生物が、うぞうぞと蠢《うごめ》き、この理想郷のような美しい教会を騙《かた》っている。目に見える全てが擬態《ぎたい》なのだ。チョウチンアンコウの光のように餌《えさ》を惹《ひ》き付けて逃がさない、偽《いつわ》りの楽園なのだった。

気付いてしまった昇利《しょうり》は、その光景の悍《おぞ》ましさに戦慄《せんりつ》し、それを本物と信じる叶音《かのん》の笑顔に、胸が張り裂けるような哀れみすら抱いてしまう。

しかし、偽《いつわ》りだと看破した昇利に対しても、鞠華《まりか》は余裕を崩さなかった。

彼女を構成していた魚群が、輝く教会の中空を遊泳しながら言う。

「嘘だからなんだというの？　じきに溺死《できし》してしまうとして、それが何だというの？　彼女はこの景色を、最後まで本当だと信じて、幸せのまま逝く事ができるのよ」

「君のしている事は人殺しだ。無数の人の未来を奪う最悪な行為なんだぞ」

「違う。これは遊雨《ゆう》による救済よ。間違っているのは、根拠もなく未来を良い物だと定義づけるあなたの方。現実である事に価値なんてない、だから『現実でないから』『偽物《にせもの》だから』なんて反論に意味はない。あなたには、ここここそが彼女を幸せにできる事実を否定できない」

ぐい、と腕を引かれる。

視線を向ければ、純白の衣装に身を包んだ叶音が、晴れやかな顔を向けている。

あどけない顔。悪意によって奪われ、二度と見る事の叶わなくなった、年頃の少女の笑顔。

失われたあまりにも大きなものが、今まさに目の前にあるという事実に、昇利は胸に太い杭《くい》を突き立てられるような、鈍く強烈な悲痛を感じた。

叶音が、ころころと鈴の鳴るような声で言う。

「昇利さん。ほら、こっちに来てください」

──やめてくれ。そんな顔で笑わないでくれ。

「昇利さんに紹介したい人が沢山《たくさん》いるんです。とっても優しい人達ばかりなんです。両親を亡くしてひとりぼっちだったあたしの、家族になってくれた人達なんです！」

──それは、全て嘘だったじゃないか。

──君は、馬鹿げた教団の馬鹿げた教義に利用され、そのために飼われていたんだぞ。

「でも、ここにその真実は存在しないわ。なぜなら全て嘘だもの」

頭上の魚群から降り注ぐ鞠華の声は、脳の内から響く悪魔の囁《ささや》きのよう。

「悪意も真実もない。蜂の巣から取り出した蜂蜜みたいに、ここには甘い幸せだけがある」

──けれど、偽りじゃないか。叶音ちゃんを騙《だま》して利用した奴らと、何の違いもない。

「ここは最期《さいご》までこの子を傷つける事はない。肉体が溺《おぼ》れ死に、精神がアクアリウムに馴染《なじ》み、完全に溶けてしまうまでの間、幸せで包み込んであげるの……死の恐怖すらも存在しないのよ。それはもう、現実よりも幸せだと言えるんじゃないかしら」

──詭弁《きべん》だ。そんな理論は間違っている。

「彼女はそうは思っていないわ。それこそが何より重要な事で、私が正しい事の証明なのよ」

腕を引かれた格好のまま、昇利は足を釘で打たれたように動けずにいる。

すると、痺《しび》れを切らした叶音が抱き付いた。昇利の背中に手を回し、お腹《なか》に頰を擦《こす》り付ける。

「大丈夫だよ、昇利さん。あたしは今、とっても幸せだから」

「大丈夫よ。この子は嘘に包まれて、嘘を嘘と知らないまま幸せに死ねるんだから」

弾むような叶音《かのん》の声に、鞠華《まりか》の声が重なる。凍り付いた昇利《しょうり》の心に錐《きり》を突き立てる。

「諦《あきら》めましょう。この子も、これから来る何百人も、遊雨《ゆう》は絶対に悪いようにはしないもの」

「逸流《いつる》もいる。優しいみんながいる。昇利さんもいる！　あたし、こんな毎日が続けばいいのにって、ずっとずっと思っていたの！」

「あなたに、この言葉が否定できる訳がないわ」

いま昇利の目の前にあるのは、かつて奪われてしまった、奪われてはいけない笑顔だった。

現実の、決して癒《い》えない深い傷を負った叶音が、二度と得られる事のない笑顔。

唯一それを取り戻す事ができるのは、傷を嘘で塗り固め、無かった事にするしかない。

ただ虚飾だけが、叶音に少女としての幸せをもたらす事ができる。

つらい現実と、満ち足りた嘘。果たして幸せと呼べるのはどちらか。

叶音の眩《まぶ》しいほどの笑顔を前にして、昇利は理解してしまった。

「……確かに君の言う通りだ、鞠華ちゃん」

昇利は叶音の頬に手を添えた。叶音が人懐こい猫のように手のひらに頬を擦《こす》り付け、くすぐったそうに笑う。

「生きていれば良い事があるのか。それを保証する事は僕にはできない。現実は、全員が幸せになれるほど都合よくはできていない」

昇利はもう片方の手を叶音の肩に置き、優しく引き剝《は》がした。視線を教会の奥に向ける。

子供達が楽しげに走り回り、沢山《たくさん》のご馳走《ちそう》が用意された、白く輝くような祝祭の光景。

その最奥《さいおう》には、彼らが信奉する偶像がある。

見た事がない、知る限りどの生物にも当てはまらない異様な風貌《ふうぼう》。しかし叶音の精神を反映させたお陰《かげ》か、見上げると、どこかこちらを見守る聖母じみた安らぎを感じてしまう。

「叶音ちゃんはとてつもない悲劇を受けた。傷を癒やす事は、一生をかけても難しいだろう」

教会の奥の偶像に向け、昇利は決然とした態度で一歩踏み出した。

昇利の目は、鋼のように硬い覚悟に据わっていた。

頭上を泳いでいた、鞠華を構成していた魚の群れが、戸惑うように揺れる。

「……何をしようとしているの？　言葉と顔が、まるで嚙《か》み合っていないみたいだけれど」

「認めざるを得ない。叶音ちゃんを幸せにできるのは、間違いなく、君と海園《うみぞの》遊雨が見せる偽《いつわ》りの景色だろう。叶音ちゃん以外にも、君達の力を有《あ》り難《がた》がる人はいるかもしれない」

「だったら——」

「だけど、僕はこの景色を壊す」

周囲を楽しげに走り回っていた子供達が、一斉に動きを止め、昇利へと視線を向けた。

鞠華の声に、初めて困惑が滲《にじ》む。

「な、何を言っているの？　遊雨の力は、人を幸せにできるんでしょう？」

「ああ、きっとその通りだ。叶音《かのん》ちゃんが、現実でこんな風に笑える日は来ないだろう」

「なら、なんで壊そうなんて事を言うの？　まるで理由が分からない」

「これが現実じゃないからだ」

中空の魚群の群れがどよめき、鞠華《まりか》が絶句するのが空気で伝わった。

「は、話を聞いてた？　現実かどうかなんて関係がないってさっき――」

「そうだ、現実かどうかなんて、幸せの尺度には本来不要なものだ。だけどやっぱり現実じゃないから、僕はそれを壊す」

「どうして!?」

「叶音ちゃんは、立ち上がって前に進むべきだ。僕がそう信じているからだ」

昇利《しょうり》が更に一歩踏み出す。

その気迫に圧《お》されるように、床に擬態《ぎたい》していた魚が蠢《うごめ》き、足下に波紋を広げる。

「君は、このアクアリウムと同類だ。叶音ちゃんを幻想で誑《たぶら》かし、道を踏み外させようとしている。叶音ちゃんは、正しく現実を認識し、自分の足で立って生きるべきだ。それを幸せと呼ぶべきなんだ。君がいる限り、叶音ちゃんにそんな幸せが訪れる事はない」

「だから、それはあなたの理想論でしょう!?　信じられない。あなたは自分のエゴのために彼女の幸せを取り上げ、傷つきながら生きろって言っているのよ！　それを分かってるの!?」

鞠華は自分が正しい事を証明してみせた。

昇利よりも、自らの方が叶音を幸せにできると、完膚なきまでに説き伏せたのだ。

それなのに、昇利は己の信念を曲げようとしない。

間違っているのを認めた上で、それを全く揺るがさない。

鞠華は、教会の中央に立つただの男性に、初めて怖気《おぞけ》と呼べる感情を見いだした。

「無かった事にしてはいけないんだ。傷も、痛みも受け入れなければいけない。その上で前に進まなければいけないんだ」

「あなた――一体、何を見ているの？」

「そうでなければ、正義じゃないんだよ」

震える声で鞠華が呟《つぶや》くのを、昇利はもはや聞いていない。

昇利は教会の最奥《さいおう》に座す偶像の前に立った。

この景色を壊す。昇利はそう言った。普段なら鼻で笑える冗談だ。ただの人間一人が、アクアリウムの力を集めて作られたこの楽園に、ほんの少しの傷も付けられる訳がない。

だが、彼のまるで揺るがない執念は――据わりきったその目は――

彼は何でもする。そう理解した時には、鞠華は叫んでいた。

「その人を殺して！　遊雨《ゆう》の海を壊させないで！」

立ち止まっていた子供達が動いた。砂の人形が崩れるように頭から分解されていき、夥《おびただ》しい数の魚の群れになって昇利に殺到する。

その時にはもう、昇利《しょうり》は懐《ふところ》に手を入れ、彼の意志を貫くための得物を取り出していた。

手のひらサイズの、黄鉄鉱色の鎚《つち》。逸流《いつる》からの餞別《せんべつ》だ。

今に至るまで用途は分からなかった。しかし逸流は、恐らくこの展開まで予期した上で、昇利に鎚を手渡し、自分はどこへともなく消え去ったのだろう。

鎚をしかと握り込んだ瞬間に、それは確信へと変わる。

ぞぁッ——と、凄《すさ》まじい悪寒《おかん》が昇利の全身を貫いた。

そのハンマーがフォビアの亡骸《なきがら》を加工した幽骸《コープス》と呼ばれる代物であり、《霹靂《へきれき》の帝墜鎚《ていついつい》》という名前を冠する事を、昇利は知らない。しかしそれが宿す尋常ならざる恐怖症状が、籠《こ》められた呪いの力を昇利に理解させる。

幻の雷が鳴り響いて鼓膜を破るほどの轟音《ごうおん》を感じさせ、視界を閃光《せんこう》が塗り潰《つぶ》す。何の痛みも感じてはいないのに、身体《からだ》がバリバリに張り裂けるような幻痛が脳を駆け巡った。

きっと何の覚悟も決まらないままにこれを握れば、昇利はたちまち嘔吐《おうと》し、その場に蹲《うずくま》ってガタガタと震え、声の一つも出す事ができなくなっただろう。けれど今の、覚悟の据わった昇利ならば。この恐怖に抗う事ができる。

何もかもあの化物の手のひらの上か——その苛立《いらだ》ちごと恐怖を噛《か》み潰し、ありったけの力でハンマーを握りしめた。

柄から伸びた鎖がひとりでに浮き上がり、先端のアミュレットが、コンパスのように目の前の偶像を指し示す。白い光が内から溢《あふ》れ出し、バチバチと火花を散らせる。

「やめて――そんなこと、この子だって望んでないでしょう!!」

「っおおおおおおおおぉぉぉぉぉぉぉぉぉ!!」

悲鳴のような声で鞠華《まりか》が叫んだ。その声ごと砕き割るように、昇利は振りかぶった鎚で、アミュレットを撃ち抜いた。

蓄えられたエネルギーが炸裂《さくれつ》し、猛烈な雷が迸《ほとばし》った。エネルギーの奔流《ほんりゅう》は光の速度で宙を奔《はし》って偶像の胸に突き刺さり、それを構成していた何万匹という魚の群れを、一瞬で消し炭へと変えた。雷はその性質のままに次から次へと伝播《でんぱ》し、仮初《かりそ》めの教会の景色が、まるで火を付けられた薄い紙のように崩れていく。

雷は偶像の他、爆心地から放射するようにも放たれた。衝撃が迸り、昇利に殺到しようとした魚群を砂粒のように吹き晒《さら》す。本物同然に擬態《ぎたい》していた教会全体が、波打ち揺らいでモザイク状に色彩を歪《ゆが》ませる。

そして、雷は貫く相手を選ばない。迸った雷は、昇利をも貫いた。

大熱量のエネルギーが昇利の全身を叩《たた》き付け、彼は一瞬意識を失った。バットで打たれたように吹き飛び、長机に擬態していた魚の群れを吹き散らしながら教会の床を転がる。

《霹靂の帝墜鎚》を手放さなかったのは、ひとえに常軌を逸した信念故《ゆえ》だ。気絶から復活した昇利は、がばりと身を起こし、再び鎚を握りしめた。アミュレットは、比較的被害を免れて原形を残していた教会の壁に向けられている。見据える昇利《しょうり》の顔は機械のように冷酷だ。

「奴を殺すのよ！　早く！」

鞠華《まりか》が悲鳴のような声を上げ、魚群が動き出した時には、昇利は一撃目を振るい終えていた。

一撃目とまるで遜色《そんしょく》のない威力の雷が再び迸《ほとばし》り、閃光《せんこう》が魚群を焼き払った。猛烈なエネルギーは血や死体の存在すら許さない。一瞬で焼け焦げて灰となった大量の魚の、呼吸すら難しいほどの生臭く焼け焦げた臭いが充満する。

再び地面を転がった昇利は煙を上げていた。漢服の裾には火が付き、破れて露出した胸は皮膚が焼けただれ、ぞっとするほどの赤色に染まっていた。しかしそんな傷など物ともせずに、昇利は鎚《つち》を握りしめ、更に一撃。

三度目の爆発で、天井が吹き飛んだ。梁《はり》を形成していた魚の群れが燃え盛りながら瓦礫《がれき》のように芝生に落ち、擬態《ぎたい》していた魚の群れを散らす。教会の外は、青々とした芝に覆われた高原だった。ドーム状に空間を包むシャボン玉の油膜の裏側には眩《まばゆ》いような青空が映っている。その青空が、接続の悪いディスプレイのようにジジッとノイズを走らせる。

擬態によって作られた楽園が焼き払われようとしていた。教会は中ほどから欠けた数本の柱と幾つかのテーブルを残すのみになっている。煤《すす》になった小魚が黒い雪のように空に散り、鬱蒼《うっそう》とした薄暗さで空間を包む。その灰色の景色を、燃え盛る魚群が橙色《だいだいいろ》に照らしていた。

積み上がって山になった灰の中から、昇利が起き上がった。雷の直撃を三度《みたび》受けた身体《からだ》は、もはや無事な部分は一つとして残っていなかった。べろりと皮膚が剝《は》がれた生々しい傷を魚の灰で覆い隠し、指先の一部は炭化していた。赤黒く変色した肉体からは、体中の水分が蒸発するじゅうじゅうという音がしていた。

変わり果てた姿。なのに、その目に宿る光だけが変わらない。昇利はブルブルと震える手を振り上げ、更に雷を放とうとする。

「やめて――もうやめてよ、昇利さん！」

その身体に、叶音《かのん》が抱き付いた。鎚を振り上げた格好で、昇利がぴたりと動きを止める。

「い、い、一体どうしたんですか⁉　急に、こんな……みんなの教会を壊すなんてこと……！」

叶音は泣いていた。本気で怯《おび》えていた。

叶音は心からこの幻想を信じていた。彼女からすれば、幸せな日々を過ごしていた所に突然殺人鬼が現れたようなものだろう。しかもその殺人鬼は、彼女もよく知る、優しさだけが取り柄の男なのだ。

訳も分からないままに、愛する景色も子供達も何もかもを奪われた。叶音の恐怖はどれほどか知れない。あどけない目は恐怖に揺れ、ぼろぼろと大粒の涙を流していた。

「どうして？　こんなことやめてよ昇利さん……あたし、何か悪いことした？　何か気に入らない事があった？　ならがんばって直すから。だから……」

「君は何も悪くないよ、叶音ちゃん」

げほ、と血痰《けったん》を吐き捨てながら、昇利《しょうり》は叶音《かのん》の頭を撫《な》でた。

ざぁ、と波打つような音がして、昇利が目を向ける。

小魚の群れが蠢《うごめ》きながら、何とか教会の景色を取り繕《つくろ》おうと床や柱に擬態《ぎたい》しようとしている。

その柱の陰《かげ》に、幼い少年がいた。

目に涙を溜《た》めながら、縋《すが》るように叶音に目を向けている。

「逸流《いつる》……」

「…………………」

昇利は静かに、少年を見つめた。視線が合った少年は、びくりと身体《からだ》を硬直させる。

昇利は叶音を押しのけ、歩き出した。叶音がぞっと顔を青ざめさせる。

「ちょっと、昇利さん。何をするつもりなんですか」

「これは君のためなんだ」

「待って……待って、ねえ、待ってください！　嫌だ、逸流だけはやめて!!　お願いします!!」

叶音が泣き叫び、昇利の焼け焦げた服の裾に縋り付いた。しかし今の叶音は、穢《けが》れも傷も知らない無垢《むく》な少女だった。力はあまりにか弱く、昇利が腕を振るっただけで引き剝《は》がされる。

距離を詰め、涙を溜めた少年の、自分の運命を良く分かっていないような目を間近で睥睨《へいげい》した時も、昇利は揺るがなかった。道ばたの小石にそうするような態度で少年の胸を蹴《け》りつけると、押し倒したその胸を踏みつけ、振り上げた足をありったけの力で顔面に叩《たた》き付ける。

焼け爛《ただ》れた教会に、肉と骨を踏み潰《つぶ》す絶望的な音が鳴り響く。

逸流の頭はスイカのように砕け割れ、内側のどろりとした赤いものを垂れ流させた。

「い——いや、いやあああああああああああああああああああああああああああああ!! 逸流、逸流、逸流ぅぅぅぅぅぅぅぅぅぅぅぅ!!」

悲痛な金切り声を上げて、叶音が少年の傍《そば》に駆け寄った。

眼球が飛び出すほどに目を見張り、顔をなくした遺体を抱き上げる叶音。砕けて地面に転がった頭部は、端から魚の群れへと変わっていく。それを指さして、昇利は告げた。

「見ろ、叶音ちゃん。逸流くんも、この教会も、全部幻なんだ。君は騙《だま》されていたんだよ」

「いやだ逸流! 死なないで、あたしを置いていかないで! いや、いやぁぁ……!」

昇利の言葉に耳を傾ける余裕なんてない。一瞬にして全てを奪われた彼女は、ただ絶望に打ちひしがれて泣き叫ぶ。

親愛する少女の悲痛な叫びを聞いても、昇利が浮かべるのは、落胆だけだった。

「結局、夢から覚めてはくれないのか……仕方がない」

絶え間ない激痛が昇利を襲っていた。意識は千切れかけ、立っているのもやっとの状態だ。精神だけで存在しているはずなのに本能は明確な死を感じていたし、事実、いま意識を手放せば本当に死んでしまうだろうという奇妙な確信があった。

しかし、昇利が意識を手放す事はない。歩みを止める事はない。

昇利《しょうり》は少女の背後に立ち、その後ろ髪を摑《つか》んだ。

振り上げた鎚《つち》、その柄に握るアミュレットは、まっすぐ少女の心臓を指している。

「どうして、昇利さん」

叶音《かのん》は昇利に問うた。

涙を流し、悲哀に暮れた叶音の顔は——奇《く》しくも、夥《おびただ》しい数の信徒の中で抱き上げた彼女の顔に、あまりにも似通っていた。

「どうして……なんで、こんなひどい事を……」

「君にはもっとふさわしい幸せがあるんだよ、叶音ちゃん」

本人達にとって幸せ。生きている方がつらい人なんて山ほどいる。

それがどうしたというんだ。

現実を捨てて夢に消えるなんて、まったく正しい生き方ではない。
・・・・・・・・・・・・・・・・・・・・・・・・・・・・・
昇利はそう信じている。だから叶音は誤った道へ進んでいて、それを正さなければならない。

叶音は幸せにならなければいけない。昇利は叶音を幸せにしなければいけない。

その使命が描く幸福な未来は、こんな形では断じてないのだ。

「手の届く限りの命を救う。僕は、僕にできる正義を為《な》す」

焼け付いて動かすだけで激痛のする喉から、固い信念を籠《こ》めた声を絞り出した。

胸が痛む。本当はこんな事なんてしたくない。

叶音《かのん》に涙を流させるなんて、どんな理由であれ罪深い事だ。

けれど、罪悪感が足を止める理由には成り得ない。

「やめて――やめてよ！　夢を壊すような事しないで！」

魚群が寄り集まって姿を見せた鞠華《まりか》が飛び込んでくる。部外者の声など、昇利《しょうり》が耳を傾ける価値はない。信念を貫き通すために、時に非情さが必要になる事を昇利は知っている。

だから昇利は、猛烈な雷光を溜《た》めて輝く鎚《つち》を、叶音に向けて振り下ろす。

「昇利さん――」

白光に包まれる寸前、悲痛に暮れるばかりだった叶音の目に、凄《すさ》まじい光が灯《とも》るのを見た。

ギリと歯を食いしばったその口から、あらゆる感情を煮詰めたような「人殺し」という声を聞いた気がした。

それを確認する術《すべ》はない。

発生した雷によって、音も光も幻の幸福も、何もかもが白光の中に消し飛んだ。

◇

鯨《くじら》の一撃を掻《か》い潜《くぐ》った逸流《いつる》は、空高くから、珊瑚《さんご》の森に迸《ほとばし》る閃光《せんこう》を目撃していた。

「おぉ、やってるね。さすがしょーりさん」

アクアリウムを遊泳するクラゲの傘に腰掛けた逸流は、楽しみにしていた花火大会が始まったような弾む声で言う。彼が見る泡の中で、白雷が更に二度、三度と続く。

一際大きな四度目の衝撃で、シャボン玉が内側から弾《はじ》け飛んだ。後れてやってきた衝撃がゴウッと逸流の身体《からだ》を吹きさらし、アクアリウムを泳いでいた魚を吹き散らす。

逸流は上機嫌に唇を緩め、足場にしていたクラゲの頭をぽんぽんと叩《たた》いた。

「さあ行こう――そうそう、良い子だね。従ってくれれば悪いようにはしないよ」

クラゲは緩やかな挙動で爆心地に降下すると、逸流が焼けた地面に軽やかに降り立った。

一言で表現すれば、そこは死屍累々《ししるいるい》だった。

夥《おびただ》しい数の小魚が炭化して地面に散らばり、焦げて生臭い異様な臭いが充満していた。爆発の余波で近くの珊瑚が根元からへし折れて倒壊している。

輝かしい芝生や教会を形作っていた魚達の擬態《ぎたい》は完全に崩れ去っていた。今はもう、死骸が折り重なった煤《すす》の丘陵と、辛《かろ》うじて生き残った魚達がどうしていいか分からずに身を寄せ合い、あらゆる色が混じり合って生まれた、小さな灰色の渦があるばかりだ。

そして、その煤の中に、逸流が探していた少女が横たわっていた。

「叶音！　良かった、大した怪我《けが》じゃなさそうだね」

駆け寄って抱き起こした逸流はほっと安堵《あんど》の息を吐く。叶音は気絶していた。雷の直撃を受けてあちこちに火傷《やけど》を負っているが、傷は大して深くはなさそうだ。

「っ……ぐ……！」

「おや？」

呻《うめ》き声がして逸流《いつる》が顔を上げると、近くの煤《すす》の山が崩れ、昇利《しょうり》が姿を見せた。彼は赤熱してジュウジュウと湯気立つ身体《からだ》を必死に動かし、血反吐《ちへど》で煤を固めながら這《は》い出してくる。

「つげほ、ごほ……っが、がぁぁぁ……！」

「おつかれさま。随分格好いい感じになったね、しょーりさん。あ、その幽骸《コープス》は返して貰《もら》うね？」

スキップするような足取りで近づいた逸流が、昇利の傍《そば》にしゃがみ込んだ。彼が未《いま》だに握り込んでいた《霹靂《へきれき》の帝墜鎚《ていついつい》》をひょいと取り上げ、パーカーの中に仕舞い込む。

気合いの糸が切れてしまったように、昇利がとうとう煤の中に倒れ伏した。

「つげふ……僕は、死ぬのか……？」

「死なないよ、大丈夫。あくまで精神的な傷で、見た目と痛みほどには重傷じゃないよ。しばらくしたら歩けるくらいには回復するんじゃないかな？」

そう答えて、逸流はねぎらうように昇利の頭を撫《な》でた。

「後の事は僕に任せて。このアクアリウムは、僕と叶音《かのん》が責任を持ってぶち壊してあげるよ」

「……」

大型犬にそうするように、昇利の長い髪をくしゃくしゃと撫で回す逸流。

昇利はその能天気な笑顔を睨《にら》み付け、彼の手を払い飛ばした。

「おっと、っと?」

「やっぱり僕は、君が嫌いだ」

「……」

「叶音ちゃんは、正しく現実を認識し、自分の足で立って生きるべきだ。それを幸せと呼ぶべきなんだ。君がいる限り、叶音ちゃんにそんな幸せが訪れる事はない」

「……そっかあ」

逸流は、少年のあどけなさを残したまま、にまぁっと粘つくような笑みを浮かべた。満足そうに。電池を替えたばかりの玩具《おもちゃ》の威勢のいい動きを楽しむように。

「でもさあ、しょーりさん。その『幸せと呼ぶべき』って思考は、しょーりさんの勝手な決めつけだよね。しょーりさんは叶音に、『しょーりさんが一番と思う幸せ』を選ぶよう強制しているんだよ。それを分かってる?」

「叶音ちゃんは、妄想から解放されて、普通の女の子として現実を生きるべきだ。それは、当たり前の考え方だろう」

「叶音は妄想の中に生きてはいないよ。現に〈ゾーン〉やフォビアという概念存在は、物理的に証明できないだけで確実に存在しているじゃないか。いましょーりさんが体感して、激痛に苛《さいな》まれているみたいにね。言わば叶音は、しょーりさん達よりも一歩進んで物理的な垣根を越えた、極めて先鋭的な定義の現実を生きているんだよ」

「そんな叶音《かのん》に対して、しょーりさんは妄想症と決めつけ、かわいそうな物を見る目で、大して根拠も提示できないままに現実に固執しろと迫っている。劣っているのは自分の価値観の方かもしれないのにね。それって、すっごく滑稽だと思わない？」

「……」

「……それが、僕の守れる限りの正義だ。誰もが納得できる幸せの姿なんだ」

「そうさ。君は自分が解釈できる範囲の中で叶音を幸せにしたいがために、叶音を囲い込み、自由を縛っている――僕はね、しょーりさん。君のその、一番大事な問題に見て見ぬ振りをしたまま突き進んでいる様が、とってもとっても大っ嫌いで、ものすっごく面白いと感じるんだ」

宝物を愛《め》でるような笑みで、逸流《いつる》は笑った。

昇利《しょうり》は逸流の笑顔に、何度目か分からない空恐ろしい物を感じた。それはかつて、向原《こうはら》が悪の前に心を壊したあの時と同じ、自分の信念が揺らぐ事に対する本能的な拒否反応だった。

昇利は全身の痛みを理由に、考える事をやめた。歯を食いしばり、逸流から目を逸《そ》らす。

「君みたいな存在に寄生されている状態を、自由なんて呼んでたまるか」

「そう思いたいならご自由に。でもしょーりさんは、アクアリウムの何もかも偽《いつわ》りで作られた幸せで生きるよりかは、僕という偽りと一緒に現実を生きる方がマシだと思うんだよね？」

「……」

「ふふふっ。その認識だけは僕と一緒だね。叶音にはもっともっと沢山《たくさん》の感情を見せてもらわなきゃ。笑ったり怒ったり泣いたりして、ちゃんと苦しみ抜いて生き抜いてもらわなきゃ。ね、そう思うよね、しょーりさんっ」

「っ……化物め……！」

「二人揃って、叶音を利用する化物同士だよ。僕としょーりさんはいっしょ、いっしょ」

童謡を唄《うた》うようにそう言って、逸流は昇利に手を差し出した。

「それだけ啖呵《たんか》を切る気概が残っていたら、実は結構回復してるんでしょ？　ほら立って。ついでにその格好、叶音には刺激が強いからさっさと着替えてよね」

逸流の言葉通り、昇利が彼の手を取った時には、両足で立てるくらいには回復していた。逸流が煤《すす》の山に手を突っ込むと、そこから真新しい漢服を引っ張り出して、昇利に投げ渡した。

度重なる雷で、昇利の衣服はほとんど焼け焦げ、裸同然になっていた。素っ気ない態度に苛《いら》立《だ》ちを感じながらも、昇利はしぶしぶ火傷《やけど》で激痛の走る身体《からだ》を動かし、漢服の袖に腕を通す。

そのやりとりの最中、煤の海から這《は》い出してくる影があった。

「っ……うぅ、あぁぁぁ……！」

昇利よりも遥《はる》かに悲惨な、痛みに泣き叫ぶ女性の声。

二人が視線を向けた先で、海園鞠華《うみぞのまりか》が煤の海の中を這っていた。

「っひぐ。痛い、いたいぃぃぃぃ……！」

身体を構成していた魚が、《霹靂《へきれき》の帝墜鎚《ていついつい》》によって焼き払われてしまったらしい。虫食いのように身体《からだ》のあちこちに穴が開き、そこから真新しい血が滴《したた》っていた。鞠華《まりか》は珠のような大粒の涙を落としながら、ずりずりと煤《すす》の中から這《は》い出してくる。

「こんなの違う。遊雨《ゆう》の作った綺麗な海に、こんな痛みがあるわけない。こんな、何もかも焼けた姿なんて有り得ていい訳がない……！」

「っ……」

「この海は楽園なの。何の苦しみもないはずなの……！　助けて、遊雨。遊雨ううう……！」

痛ましい悲鳴を聞いて、昇利《しょうり》は無意識に手を差し伸べようとする。

その動きを、逸流《いつる》に遮られた。

「逸流くん？」

「しー。少し見ていてよ。今から面白い事が起こるからさ」

含みのある笑みで、逸流は唇に人差し指を立てる。

すると、鞠華の泣き叫ぶ声に応えるように、アクアリウムに動きがあった。空中を遊泳していた魚が動きを変え、鞠華の前に寄り集まって人型を象《かたど》ったのだ。鞠華の顔に希望の光が宿る。

「っああ、遊雨。遊雨……！」

「大丈夫、姉さん？　血だらけで、酷《ひど》い格好だ」

「私は大丈夫……っでも、大変よ。あいつらが遊雨の海を壊そうとしているの。遊雨が作ってくれた幸せを壊して、あの子を苦しませようとしているの……！」

そう言って鞠華が指さしたのは、煤の海で倒れる叶音《かのん》だった。鞠華は自分の身体の痛みよりも、叶音の幸せが奪われた事に激しく胸を痛めていた。

「救ってあげないといけないわ。辛《つら》い現実を忘れさせて、自由にしてあげないといけない」

「そうだね、姉さん。俺の海は、彼女のような人を救うためにあるんだから」

「そうでしょう？　そうよね……！　お願い、遊雨。あの人達をここから追い出して。沢山《たくさん》の人の幸せのために、あなたの作り出したこの海を守って……！」

まるで遊雨が神様そのものであるように、縋《すが》り付くように鞠華が言う。

それが、逸流の我慢の限界だった。

「……ぷっ」

最初に聞こえたのは、そんな音。

鞠華も、昇利も、表情を消して振り返った先で、逸流が口元を手で押さえてぷるぷると震え

――やがて、耐えかねたように笑い出した。

「ぷはっ、あっはは、あはははははははは！」

「っ何？　何で笑うのよ！」

「あはははっ！　だ、だっておかしいでしょ！　どうしてるのかなーって疑問だったんだよ。人間を食料としてしか捉えてない君が、どうやってその辺を取り繕《つくろ》ってるんだろうって！」

笑いすぎて涙すら滲《にじ》ませながら、逸流は鞠華の眼前、魚群が作った人型を指さした。

「うっそでしょ⁉　まさかまさか、そんなお粗末な姿で騙しおおせてるっていうの⁉　あはは、遊雨《ゆう》もそうだし姉の方も大概！　ほんっと逸材摑《つか》まえたねぇ君！」

「ッ笑うな！　遊雨がどんな思いでこの海を生み出したかも知らないで、私達を笑うな！」

「あははは、っ。こ、これが笑わないでいられる訳がないよ」

逸流《いつる》は腹を抱えながら、指さしたままの魚群の群れに対して、言った。

「だってそれ、遊雨じゃないんだもん」

「……は？　なに、を……」

「遊雨なんてもういないよ。彼、既に死んじゃってるもん」

あっけらかんと、逸流は言った。

唐突すぎて、鞠華《まりか》は言葉の意味を理解できなかった。怒りも引っ込み、口をぱくぱくとさせたまま、傍《そば》にいる遊雨と逸流を交互に見る。

「わ、訳の分からない事を言わないでよ。遊雨はここにいて、私と喋《しゃべ》ってるじゃない！」

「うん。だからそれ、偽物《にせもの》だよ。このアクアリウムの主である鯨《くじら》が、遊雨っぽく振る舞って君を騙《だま》してるの――っぷ、くく。それにしても、顔も形も再現できないからって、そんな魚群の人型で弟を騙《かた》ろうなんて思い切ったね。内心いつバレるかって戦々恐々だったんじゃない？」

「……」

逸流が問いかけても、魚群で象《かたど》られた人型は答えない。しかし逸流は、既にそれを海園《うみぞの》遊雨とは見なしていなかった。鞠華が更に困惑し、遊雨と逸流を交互に見る。

戸惑いは昇利《しょうり》も同じ事だった。彼は未《いま》だに含み笑いを続ける逸流に問う。

「どういう事なんだい、逸流くん。ここは遊雨くんの〈ゾーン〉ではないのか？」

「元々はそうだね。でも〈ゾーン〉っていうのは本来、閉じ切った超個人的な領域だ。影響を受けるくらいはともかく、他人を介在させるようにはできていない。〈ゾーン〉に侵入する叶音《かのん》の力すら特例中の特例なのに、このアクアリウムは他者を受け入れるばかりか、絵によって引き摺《ず》り込むシステムまで作られている。こんなのは到底、人間の精神の在り様じゃない」

まるで犯人のトリックを見破った探偵のように、逸流は上機嫌に人型の魚群を指さした。

「めちゃめちゃな改造をしているよ。一枚の絵を少しずつ切り取って部屋のあちこちに貼り付けて、空間アートに変えたようなものだ。絵とはまるで別物だし、素材にされた元の絵なんて一欠片《ひとかけら》も残っていない——脳死の定義は詳しくは知らないけれど、遊雨はもう自我なんてないし、自分の意識では肉体を動かせてもいないんじゃないかな」

昇利は思い出す。海園鞠華の生放送で見せられた遊雨は、動かなくなった身体《からだ》をベッドに横たえ、唯一残った左目だけを猛烈な速さで動かし、絵を描き続けていた。

おぞましい光景だと思った。同時に、人間離れした、取り憑《つ》かれたような姿だとも。ひたすらに視線で絵を描き続ける眼球の動きは、さながらレーザーでプラスチックを形成する３Ｄプリンタの動きを彷彿《ほうふつ》とさせた。間違っても生物的な挙動ではない。

「それじゃあ絵を描くのも、それで人を溺死《できし》させるのも、全てはフォビアの仕業《しわざ》で、海園遊雨《うみぞのゆう》の意識は介在していないということか？」

「うん。人を幸せにするとか、苦しみを取り除くとか、さも大義っぽく言ってたけれど、ぜんぶ餌《えさ》が欲しいがための方便だよ。人間に快楽を与えるように作られてはいるけれど、あくまで餌を効率よく集めるための工夫でしかない——もし本当に楽園を作る気だったら、面白い試みだと思ってネタバレは避けたかもしれないけれどね」

そうして逸流《いつる》は、まだ当惑したままの鞠華《まりか》に目を向けた。彼女はびくりと身を竦《すく》ませる。

「君も異常は感じていたんでしょう？　だけど君は疑う事を拒んだ。『神様の祝福』なんて突飛すぎる都合のいい解釈で、早々に受け入れてしまった」

「馬鹿を言わないで！　これは全て遊雨の力よ！　遊雨は片目で絵を描いているの！　不自由を呪い続けた遊雨が、自分のような人をひとりでも多く救いたいって一心で、必死で……！」

「その気持ちは、ちゃんと遊雨から聞いたの？」

「な……だ、だから遊雨は、片目しか動かせなくて……」

「視線で絵が描けるなら、文字を書く事だってできるじゃない。不自由でも、意思疎通は可能だったはずだよね？　遊雨は何か、自分の考えを君に伝えた事があったの？　君の問いかけに、現実にベッドで寝たきりの遊雨が答えてくれた事があった？」

まるでトンカチで釘を打ち付けるように、逸流は立て続けに問いを投げかける。

鞠華は決して正気を失ってはいなかった。逸流の問いを受け止め、考える余地があった。

だから気付いてしまう。胸に漠然と蟠《わだかま》っていた不安が、遊雨に対する違和感であったと。

「ねえ。振り返って、よく見てみなよ。君が遊雨だと思って話しているそれをさ」

「……、…………………やめて」

「君は、そんな不気味でおぞましいものを、本当に自分の弟だって言うつもりなの？」

何もかもを見透かしたような声で、逸流が言う。

自分の背後で、ぴち、ぴち、というみずみずしい音がしている。

鞠華の身体《からだ》から血の気が引いていく。

今までずっと、遊雨だと思って会話をしてきた。

遊雨が苦しみの果て、とうとう素晴らしい力を手に入れたのだと、語られるままに喜んだ。

多くの人を救いたいという願いを叶えてあげたくて、人に絵を見せ、海へと引き込んできた。

――もしそれが、遊雨の願いでなかったとしたら。

馬鹿げてる。なのに身体の震えが止まらない。

鞠華はゆっくり、後ろを振り返る。

信じたくない。弟と思っていた言葉が、何もかも嘘だったなんて。

自分が尽くしたいと願った弟が偽物《にせもの》だなんて。

そんな――そんなことが許されていいはずが――

「……あ……」

どさりと、鞠華《まりか》はその場に倒れ伏した。

全身の血が抜かれたみたいに、身も心も冷たくなる。

理性が怒濤《どとう》のように押し寄せ、瞬《またた》く間に怖気《おぞけ》へと変わっていく。

「……姉さん」

目も鼻も口もない、ただ魚群が蠢《うごめ》いて人型を作っているだけのそれが、鞠華に一歩近づく。

どこから発せられたかも分からない声は、排水溝に流れ落ちる水のようにくぐもっている。

人間が出す声ではない。そのことに、鞠華はようやく気が付いた。

「ひっ……!?」

鞠華は悲鳴を上げた。うまく動かない身体《からだ》を必死に揺すって後ずさる。

「ゆ、遊雨《ゆう》じゃない……遊雨じゃない、遊雨じゃない！　あなた、一体誰……!?」

もはや鞠華は、自分が今までどうやってソレを弟と認識していたかすら分からない。

信じていたものが崩れ去る衝撃に、鞠華はたちまち正気を失った。

魚群はまだ未練を示すように、片手を持ち上げて鞠華を追いかけようとしたが、恐怖に染まった鞠華の顔を見て、やがて諦《あきら》めた。うんざりするように肩を竦《すく》めて顔――それを判断できるパーツなど存在しないのだが、身体の向きなどからそう判断できるもの――を逸流《いつる》に向ける。

「……別にいいさ。実際、上手《うま》くいきすぎていたくらいなのだから」

一気に空気の温度が冷え込んだように感じて、昇利《しょうり》は身構えた。人型を象《かたど》った魚群が、取り繕《つくろ》う事をやめた瞬間、一気に得体の知れない存在としての不気味さを噴出させた。

「へえ、あっさり認めちゃうんだ。もうへたくそな擬態《ぎたい》はしなくていいの？」

「既に目的の大部分は果たした。間もなく絵と、このアクアリウムは完成する。そこの女についても、惜しむ事はない。最後まで夢見たまま終わらせられない事を、僅《わず》かに哀れむ程度だ」

そう言って、魚群の人型は、鞠華《まりか》へと向き直った。

鞠華はその場にへたり込み、ただ呆然《ぼうぜん》としていた。突然に死ぬしかない氷山に放り出されたみたいに、途方に暮れた目で魚群を見つめる。

「……遊雨《ゆう》は？　遊雨をどこにやったの？」

震える唇を必死に動かし、何かの救いがあるはずだと、そう信じたい一心で、鞠華が言う。

「遊雨は、このアクアリウムでようやく自由になれたって……自分と同じように苦しんでいる人を助けてあげるんだって……」

「申し訳ないとは思っているよ」

感情を窺《うかが》わせないくぐもった声のまま、魚群の人型は応えた。

「最初は、どうにか生かしたまま共存する道を探ろうとした。肉体の不自由が遊雨の精神を発達させていて、廃棄するには惜しかったためだ。しかし見解の不一致があった。遊雨はアクア・リ・ウ・ム・に・他・人・を・引・き・込・む・事・を・拒・ん・だ・ん・だ・。自分の都合で奪っていい命なんて一つもないと」

「え……」

「それはいけない。効率良く糧《かて》を得る事が自分の目的なのだから。説得も、交渉も、脅迫もしたが、遊雨はどれにも屈しなかった。頑として誰かを殺す事を許容しなかった」

だから、彼を消した。

どこまでも事務的な口調で魚群は言い、それから鞠華に向け、僅かに和《やわ》らいだ声で告げた。

「君には感謝している。君があの絵を広めてくれなければ、遊雨の希望の通り、このアクアリウムは閉じた世界のまま自然消滅していた事だろう」

「嘘……だって、私は……遊雨のために、人を巻き込む事だってしたのに……」

「もうじきこの世界は完成する。全て、君が疑わないでいてくれたお陰《かげ》だ」

絶望に、鞠華の脳は止まった。

見開いた目が景色を理解する事を止める。ひゅうと喉が鳴り、それきり息もできなくなった。

鯨《くじら》は、一瞬で廃人のようになってしまった鞠華に向けて、魚群で蠢《うごめ》く手を突き出した。

「疑わず、苦しみのないまま終わらせるのはせめてもの礼儀と思っていたが……反故《ほご》にしたのはあの少年どもだ、どうか恨まないで欲しい」

その言葉を最後に。人型からほどけた色鮮やかな魚達が、鞠華を啄《ついば》もうと殺到し――

ぽんっと音を立てて、突然に扉が現れ、魚の進行を遮った。

扉はひとりでに開き、そこから溢《あふ》れ出すように夥《おびただ》しい数の黒い手が現れた。

人型は即座に魚群をほぐれさせ、黒い手の奔流《ほんりゅう》から逃げ出す。数メートル離れた場所に再び寄り集まった人型は、苛立《いらだ》たしげに逸流《いつる》に向き直った。

「まだ邪魔をするのか、惰弱」

「むしろこれからが本番だよ。徹底的に壊してやるって言ったでしょ？　これから先、君には人間ひとりだってくれてやらないよ」

逸流が不敵に微笑《ほほえ》んだ。威勢を示すように、大きめのパーカーがひとりでにざわめく。

「威勢をすぐに後悔させてやる。自分が何に楯突《たてつ》いているかを思い知るがいい」

何もかも面倒だとばかりに、魚群は身体《からだ》を大量の小魚に変え、上空へと散らばっていった。

ずぉ――と空気の唸《うな》る音。逸流達のいる場所に昏《くら》い影が落ちる。

昇利《しょうり》が見上げれば、鯨《くじら》が頭上に飛来し、その途方もなく大きな巨体で空を遮っていた。

ただ近づいてきただけで空気が唸り肌をビリビリと痺《しび》れさせる。その余りの巨大さに昇利が頬をヒクつかせる。隣で逸流が、胸の前で手を叩《たた》いて晴れやかな笑みを浮かべた。

「よーし、これでやっとすっきりしたね！　海園遊雨《うみぞのゆう》は既に死んでる。絵の作者もアクアリウムを作ったのも人を溺死《できし》させるのも、何もかも諸悪の根源はあの鯨！　これで後はアイツを殺しちゃうだけ。万事解決だね！」

「聞き間違いか？　いま一番重要でとんでもない課題を無視して万事解決って言った気がするぞ!?　あんなデカいのをどうやって倒すっていうんだ、君は！」

「慌てないでよ、しょーりさん。僕達が普段どうやってフォビアと戦ってると思ってるのさ」

あっけらかんと逸流が笑う。そうしている間にも、鯨は昇利達を殺そうとしていた。

鯨が胴に纏《まと》っていた羽衣が動き、夥《おびただ》しい魚の群れが殺到してくる。

途方もない規模の一撃が迫るのに目もくれず、逸流は、未《いま》だ眠る叶音《かのん》の傍《そば》にしゃがみ込んだ。

「実際、僕もちょっとムカッと来てるんだ。いくら存在の規格が違うからって、叶音をただの食料扱いするなんてさ。見る目がないってレベルじゃないよ」

「うぉぉぉッ苛ついてる場合か逸流くん！　このままだと五秒後に圧迫死だぞ！」

黄色に輝く魚群が視界を埋め尽くし、昇利が悲鳴を上げる。

それにも逸流は無視を決め込み、叶音の頬にそっと手を添える。

氷が割れるような音がして、逸流の手に亀裂《きれつ》が走った。そこから黒い澱《おり》が溢《あふ》れ出て、叶音の頬に張り付いた。血管が置き換わっていくように、黒線が彼女の顔に網目状に広がっていく。

それはお互いの存在を混じり合わせるようにも、一方的な捕食のようにも見えた。

「君のすごさを見せつけてやろうね、叶音——さあ、起きて」

バキッ、と胡桃《くるみ》の殻を割るような音を立て、叶音が覚醒《かくせい》した。

叶音は突然に身を翻《ひるがえ》して起き上がった。逸流は、懐《ふところ》から取り出したものを彼女の前に放る。

黄鉄鉱色の装飾が施された小振りの鎚《つち》——叶音は一瞥《いちべつ》もせずにその幽骸《コープス》を受け取ると、勢いのままに身体を回す。

今まで気絶していたのが嘘みたいに、叶音《かのん》はその瞬間に己がするべき事を理解していた。

《霹靂《へきれき》の帝墜鎚《ていついつい》》の柄に付いたヴァジュラ状のアミュレットは上空、迫り来る魚群に向いている。

「ッおおおおお！　らあああああぁぁぁぁぁぁぁぁッ!!」

まるで戦いの始まりを告げる鬨《とき》の声とばかりに。叶音は吼《ほ》え、雷を宿す鎚《つち》を振り抜いた。

その瞬間に炸裂《さくれつ》した雷は、昇利《しょうり》が振るっていたそれを遥《はる》かに凌《しの》ぐ絶大な威力をしていた。白い閃光《せんこう》は天を射抜く勢いで空を登り、降り注ごうとしていた黄色い魚群を真っ正面から貫いた。

何百万という魚が一瞬で灰へと変わる。羽衣全体が大きくのたうつ。

衝撃に数メートルばかり吹き飛ばされた昇利が再び顔を上げた時、空を埋め尽くしていた原色の黄色には風穴が開き、マリンブルーの光の中を、大量の煤《すす》が雪のように降り注いでいた。

その光と黒のコントラストの中に、叶音が立っていた。いつの間に姿を変えたのか、赤いスカジャンをはためかせ、《霹靂の帝墜鎚》の感触を確かめるようにヴンと振るっている。

「叶音ちゃ――」

昇利は声をかけようとし、彼女の姿を認めた瞬間に戦慄《せんりつ》した。

叶音は砕けていた。顔や身体《からだ》のあちこちに亀裂《きれつ》が走り、そこから噴出した黒い澱《おり》が彼女の周囲に渦巻いている。内側から破裂した陶磁器の、破裂した瞬間を停止させたような状態だった。

どう考えてもマトモな状態でないにもかかわらず、砕けたような叶音の表情は平静そのものだ。そればかりか彼女は、視線に気付いて昇利を見ると、驚きに目を丸くした。

「え？　あれ？　昇利さん!?　どうしてまだここにいるんですか!?　ここは危険だって、あたしが苦労して逃がしたばかりなのに！」

「……」

その呆気《あっけ》にとられた反応から、昇利は何が起きているかを悟った。

記憶が欠落している。あるいは、忘れさせられている。

砕け割れた自分の外見の事すら、まったく認識できていない。

叶音の傍《そば》には逸流《いつる》が立っている。彼は得意げな笑みを湛《たた》えて昇利を見つめていた。

視線が、昇利に「余計な事はしないでね」と釘を刺している。

昇利は喉元まで出掛かった言葉を呑《の》み込み──キラリと歯を見せ、親指を立てて笑った。

「フフン、君を置いて逃げるなんてできるわけないじゃないか！　僕は霊能探偵事務所の所長だ。事件が起きているというのに、従業員を一人残して逃げるなんて無理な相談だね！」

「いや、いてもらうと迷惑だって話をしてて……はぁ、まあいいです。努力しますけど、巻き添え喰《く》らっても恨まないでくださいよ」

「叶音ちゃんは、その……大丈夫なのかい？」

たまらず言ってしまった問いかけにも、叶音は「ええ」と二つ返事で頷《うなず》いた。

「不思議とすっごく気持ちが晴れやかなんです。十時間ぐっすり寝て疲れが落ちたみたいに」

「……そうなのかい」

「気分はこれ以上ないくらい上々です。根拠は特にないですけれど、今のあたしは最強です。何にでも負ける気がしません。昇利《しょうり》さんは、そこで黙って見ていてください」

叶音《かのん》は笑い、砕け散った顔の隙間《すきま》から、黒い澱《おり》がゆらりと揺らめく。

そんな叶音のあちこちひび割れた腕を手に取り、逸流《いつる》はにこやかに笑っている。

存在しない少年の手を取り、概念世界に馴染《なじ》む少女。

いま昇利が目にする怪物めいた姿こそが、この瞬間、人を次々溺死《できし》させるアクアリウムを止める事のできる唯一の存在なのだ。

だから昇利は、忸怩《じくじ》たる思いを胸に抱えながらも、叶音に言った。

「君に任せていいんだね、叶音ちゃん」

「心配なんて余計なお世話ですよ。だって、あたしには逸流が付いていますから」

「……、…………分かった。君にできる正義を為《な》しておいで、叶音ちゃん」

「ええ。すぐに、この異常な世界をぶっ殺してやります」

昇利の笑みに滲《にじ》むどうしようもない寂しさに、少女は終《つい》ぞ気付くことなく。

叶音は昇利から視線を外し、手を握る逸流に視線を落とした。

「さて、逸流。敵はバカでかい図体のフォビア。壊す対象はだだっ広いこの空間全体。あたしとあんたは、どうすればいいと思う？」

「えへへ……うすうす分かってるでしょ？　叶音の口から言ってほしいなぁ」

逸流は答える代わりに、にっこりと笑みを浮かべた。繋《つな》いだ手をふりふりと振るのは、まるでおやつを待つ犬が尻尾を振るようだ。

求めているものが心で伝わった。叶音は唇の端を持ち上げ、逸流の手をぎゅっと握り込む。

「そうね。何もかもぶっ壊すくらい、好き放題やっちゃいましょうか」

「っ言ったね、叶音。後からやっぱナシとか言っちゃダメだよ？」

「取り消さないって約束したげる。一緒に、この海をメチャメチャに引っ掻《か》き回しましょう」

「えへへ、えへへへっ。りょーかい！」

叶音の同意を取り付けた逸流は、殊更《ことさら》ゴキゲンにぴょんぴょんと飛び跳ねたと思うと――瞬《まばた》きをした一瞬で、その姿をかき消した。

「消え……!?」

驚きに目を丸くする昇利。その動揺の冷めないうちに、後ろから音が響いてきた。

たたん、たたん――と断続的なリズムのそれは、普段から聞き慣れた、けれどもこのアクアリウムに奏《かな》でられるにはあまりに場違いな――回転する車輪がレールを叩《たた》く音。

昇利が振り返れば、ちょうど十六両編成の電車が、彼に向かい勢いよく迫ってくる所だった。

「なぁ!?　おわぁぁっ！」

電車は身を縮めた昇利の隣を抜けると、煤《すす》をまき散らしながら減速し、叶音の隣に停車した。先頭車輌《しゃりょう》の運転席の窓が開き、そこからひらりと逸流が飛び出し、電車の上に降り立つ。

いつの間に着替えたのか、ブルーの制服に帽子という車掌服姿だ。その帽子の鍔《つば》を得意げに持ち上げて、逸流《いつる》はにっこり笑う。

「焼け野原駅へ到着。こちらは鯨《くじら》行き特急電車だよ！　お乗りの方はお急ぎくださ〜い！」

「一気に上機嫌になったわね。おままごとが大好きで、本当にお子ちゃまなんだから」

叶音《かのん》は跳躍し、逸流の隣に並び立った。それから、尻餅《しりもち》をついた格好のまま驚きに目を白黒させる昇利《しょうり》に視線を落とす。

「鞠華《まりか》さんでしたっけ。その人は昇利さんに任せます、安全な場所に避難してください！」

「待ってくれ！　僕もその電車に――」

「乗せられる訳ないでしょ！　これは戦場行きの片道切符なんですから！」

「いや違、僕らもここから脱出させてほしくて――待って叶音ちゃん、安全な場所ってどこ!?」

「いっくよー叶音、出発進行――！」

昇利が叫んだ声は、逸流が鳴らした警笛の音にかき消される。電車はあっという間に最高速度に達すると、あろうことか飛行機のように上体を傾け、空を走り出した。電車はみるみる内に小さくなり、鯨に向けてぐんぐん上昇していく。

昇利は顎《あご》が外れるほど口を開け広げて、呆気《あっけ》に取られてそれを見送るほかなかった。

「そんなのアリかよ……!?　ああそうだ、現実じゃないんだもんな。何でもありに決まってる」

昇利はやけくそのように頭を振る。

嵐のような喧噪《けんそう》が過ぎたが、静寂とはほど遠い。相変わらずここは人を殺すフォビアの巣の中、危険極まるアクアリウムの中なのだ。

昇利は言われた通り安全な場所を探すべく踵《きびす》を返そうとして、ふと立ち止まり空を見上げた。

透き通った海中のような緑がかった光に満たされたアクアリウムの空を、一本の長い電車が、長い尾を持つ竜のように蛇行しながら空を走っている。

奇天烈《きてれつ》極まる光景だが……あの電車に叶音がいる。

現実離れしたこの世界で、現実離れした相手に立ち向かっている。

呪いと何ら変わらないものを力にして。

「……僕は諦《あきら》めたりしないぞ、叶音ちゃん。いつか必ず、僕は君を自由にしてみせる」

信念を口にしただけのはずなのに、その言葉はなぜか雑草を噛《か》み潰《つぶ》すように苦くざらついて。

昇利は背を向け、今はただ自分にできる限りの事をするために走り出すのだった。

六章　崩落するオープンウォーター

電車の上に立って風を受けるのは、存外に心地いいものだった。

逸流《いつる》の手を取り、まっすぐ前を見据えながら、叶音《かのん》はしばし目を閉じ、吹き付ける風に浸る。金を混じらせた黒髪が靡《なび》く。今はそれに、身体《からだ》中に走った亀裂《きれつ》から漏れ出た澱《おり》が、黒い霧になって尾を引いていた。しかし、叶音がそれを認識する事はない。

かつてこれほど満ち足りた心地があっただろうか。胸に満ちる解放感に叶音は自問自答する。

そもそも、自分はどうして逸流の手を取り、鯨《くじら》に立ち向かっているのだろう。

確か自分は、鯨の強大さに態勢を立て直す必要を感じて退散したのではなかったか？　その最中に、なぜかアクアリウムに巻き込まれていた昇利《しょうり》を確保して、彼を逃がすために四苦八苦して。そうして昇利を逃がした瞬間、魚群に襲われたのではなかったか。

眩《まばゆ》い原色の青が視界を埋め尽くして――それから――それから、どうしたのだっけ？

そこまで考えてから、叶音はまあいいかと思考を切り上げた。

忘れてしまう程度なら、どうせ大した価値のない些事《さじ》に決まっている。ここに至るまでの過程を思い出せないのなら、過程に意味なんてないという事だ。

実際、叶音の全身には力が満ち満ち、心は溢《あふ》れんばかりのやる気が充填《じゅうてん》されている。眼前、遥《はる》か数百メートル上空を泳ぐ鯨はかつてなく強大な敵のはずなのに、全くこわくない。

不思議な気持ちだった。まるで産まれたばかりのようだ。何か途方もなく大きな優しさに溢れた存在に、身も心も包まれて、赤子のように守られているみたい。

無意識に叶音の視線は、隣で手を繋《つな》ぐ少年に向いていた。彼は視線に気付くと、くすぐったそうにはにかむ。

「どうしたの、叶音。こわいならぎゅーってさせてあげようか？」

「絶対にあんたがされたいだけでしょ。怖いわけないわ、むしろ武者震いでゾクゾクしてる」

「えへへ……大丈夫。今の叶音は特別だ。いつもより深く強く、僕と結びついている。絆《きずな》の力で元気百倍って感じ！　何でもできるよ、僕が保証する！」

それは全く根拠のない子供らしい応援のようだったが、不思議と叶音の腑《ふ》に落ちた。彼女自身には自覚できない、顔面に走った裂け目から、黒い澱がどろりと溢れて空に尾を引く。

叶音は自分の足下、存在しない空中のレールを噛《か》んで走行する電車の屋根を踵で小突いた。

「あんたのわんぱくに付き合ってたらこっちのテンションが保《も》たないから、ハッキリ聞いた事なかったんだけれどさ。実際あんたはどの程度まで好き勝手できるの、逸流？」

「ふふふっ、叶音は、この概念世界で好き勝手にできない事があると思うの？」

そう応える逸流の瞳に宿るのは、眩《まぶ》しすぎる、無邪気ないたずらごころの光。

「なぁんでもしちゃうよ～。普段叶音に遠慮してできない、あんな事とかこんな事とかが、い～っぱいあるからね！」

「……そりゃ楽しみ。せいぜい、あたしの夢に出てこない範囲でお願いするわ」

叶音《かのん》が溜息《ためいき》交じりにふわふわの髪を撫《な》でると、逸流《いつる》がくすぐったそうに笑い、もっともっとと頭を擦《こす》り付けてくる。叶音のひび割れた腕から黒い澱《おり》が噴出し、逸流の皮膚に混ざり合って溶けていくのも、やはり叶音は認識できない。

ゴォォォ――――と空気が唸《うな》り、吹きすさぶ風に低い振動が重なった。鯨《くじら》はすでに叶音達の視界一杯を埋め尽くしていた。とてつもない巨大さ故《ゆえ》に、遠近感覚が機能しない。まだかなりの距離を残しているはずなのに、手を伸ばせばその肉厚の皮に触れる事ができてしまいそうだ。

『これだけ近づいても、自分達が羽虫だと気が付かないのか？』

「人間がこれまで何頭の鯨を狩ってきたか、あなたはご存じでないのかしら？」

性別も年齢もはっきりしないくぐもった鯨の声が頭の中で響く。それに叶音は皮肉を返した。

叶音が手を差し出すと、瞬《まばた》きの内に戦いのための得物が現れる。右手には有刺鉄線のような棘鞭《とげむち》《泥薔薇《どろばら》の裂傷鞭《れつしようべん》》が巻き付く。左目には《我極性偏見鏡《がきよくせいへんけんきよう》》が光を反射してきらめく。

「網にかけて釣り上げて、そのデカいばかりの身体《からだ》をバラバラに解体して、取り込んだ人達の精神を、胃袋から引きずり出してあげる」

『――不愉快だ』

鯨が目を細め、鰭《ひれ》を揺らす。

次の瞬間、鯨の胴体を取り巻く赤い羽衣が、電車を真下から突き上げた。火山が噴火するような衝撃と共に、各車輛《しゃりょう》がバラバラに砕けて宙を舞う。

一瞬前に、叶音と逸流は電車の屋根を蹴《け》って宙へと身を擲《なげう》っていた。眼下に広がるのは、豆粒のように小さくなった珊瑚《さんご》の森。そこへ鉄片を撒《ま》き散らしながら電車が崩れ落ちていく。

「ジャイアントキリングいくわよ、逸流！」

「りょーかい！」

そう応じた逸流が手を叩《たた》き、空中に出現した扉の中へと姿を掻《か》き消した。

電車を下から突き崩した原色の帯がぐぐっと先端をもたげ、空中に残された叶音に向かって落ちてきた。後頭部がチリつくほどの大質量。身体が赤色の殺意に照らし出される。

叶音は、片眼鏡を装着した藍色に輝く左目で、自分の上方、打ち上げられた電車の一両を睨《にら》み付けた。瞳が紫色に輝き、目の周囲の亀裂《きれつ》から溢《あふ》れる澱も紫に変わる。

幽骸《コープス》《我極性偏見鏡》がその能力を発揮し、電車を空中に縫い付ける。

叶音は右手の茨《いばら》状の幽骸《泥薔薇の裂傷鞭》を振りかぶる。ひび割れた腕の亀裂から黒い澱が溢れ出て、右手の《裂傷鞭》にも吸い込まれていく。まるで富養な水に浸された植物のように、茨がざわざわとひとりでに蠢《うごめ》き出す。

「本当に不思議。幽骸の呪いも感じない。今なら何でもできる気がする！」

叶音は威勢のままに《泥薔薇の裂傷鞭》を振るった。茨は散弾銃のように放射し、電車を飲み込むように張り付いた。それを思い切り引っ張り、叶音は矯めたゴム紐《ひも》を弾《はじ》くような勢いで斜め上へ弾《はじ》け飛んだ。赤い魚群が方向を転じて叶音《かのん》を追う。

電車を抜き去り際に、叶音は左目を閉じて《我極性偏見鏡《がきよくせいへんけんきよう》》の能力を解除した。解放された電車は茨《いばら》に引きずられるまま、叶音の後を追従する。

そうして叶音は振り返り、右手にできあがったそれ——長く伸びた茨の先に一両の電車を絡《から》みつかせた、特大のモーニングスターを、赤色の魚群目がけて思いっきり振り抜いた。

「ぜええええええええッッッらあああああああ!!」

数十トンという鉄塊が魚群に激突する。

砂の影像を殴ったみたいに、光の帯は粉々に爆散した。衝撃は群れを成していた魚の群れ全体に伝播《でんぱ》し、帯を形成していた魚全体を戦慄《おのの》かせる。

「まだ——まだぁぁぁぁ!」

叶音は電車を振り抜いた格好で、更に身体《からだ》をぐりんっと回転。空中で何度も身を捩《よじ》って速度を増し、最高速度に達した瞬間、《泥薔薇の裂傷鞭《どろばられつしようべん》》を解除した。

投石機の要領で射出された電車が猛烈な速度で飛来する先は——空中を遊泳していた鯨《くじら》。隕石《いんせき》のような勢いのそれが鯨の腹を捉える寸前に、周囲を揺蕩《たゆた》っていた青い原色の帯が動いて、上から叩《たた》き落とすような一撃を喰《く》らわせた。方向を変えられた電車は鯨の腹の僅《わず》かに下を通り過ぎ、傍《そば》に屹立《きつりつ》していた黄金の大樹の幹に激突する。

耳をつんざくような音が轟《とどろ》く。金属片がぶちまけられ、鯨の身体にもぱらぱらとぶつかった。

鯨はじろりと叶音に視線を向ける。

『──今、なにかしたか？』

「喧嘩《けんか》売ったのよ。気付け、うすのろ」

んべ、と舌を出して叶音が挑発。そのまま叶音は破片の一つを空中に縫い付けると、《裂傷鞭》を巻き付け、ブランコの要領で空を飛んだ。

「叶音、こっちこっち──！」

数十メートル下方を小型のプロペラ機が飛んでいた。運転席に座って手を振る逸流《いつる》は、航空服にヘルメットというパイロット姿だ。叶音は《偏見鏡》と《裂傷鞭》の組み合わせで更に空中を漕《こ》ぎ、プロペラ機の翼の上に着地する。

『煩《わずら》わしい。多少手間でも、羽虫は潰《つぶ》すに限る』

ここに至り、鯨は明確に叶音達を滅ぼすべき敵と認定した。

鯨は空を遊泳しながらぐっと腹を反らすと、腹に埋め込まれていた人型が目を開けた。胸の前に組んでいた腕を広げ、口を開く。

「──らああああぁぁぁぁぁぁぁぁぁぁぁぁ──」

際立って澄んだ、高いソプラノの声が腹部の人型から放たれた。

黄金の巨大樹の周りには、鯨の他にも様々な魚が遊泳している。歌声が響き渡った瞬間に、それらがぴくりと反応し、身を翻《ひるがえ》して戦場へと集まり始めた。

数キロ先まで続く凄《すさ》まじく広範な〈ゾーン〉の全ての魚が、叶音《かのん》を食らうために集《つど》う。叶音から見ると、三百六十度あらゆる景色が光で埋め尽くされ、まるで空に散らばる星々が地球に向けて降り注いでくるような、美しく終末的な気配を感じさせた。

空間全部が自分と敵対するうねりを肌で感じながらも、叶音はまるで臆《おく》する様子はない。彼女は運転席に座る逸流《いつる》のヘルメットを「ん」と小突いた。

「もう十分に場はあったまったでしょ？　これ以上の出し惜しみはなしよ」

「ふふふっ。は〜い」

楽しそうに応じて、逸流はぴょんっと運転席から跳び上がって叶音の隣に並び立った。彼は気持ちよさげにぐい〜〜っと伸びを一つ。

「ここは本当に、眩《まぶ》しくて綺麗でいい場所だね。僕も海は好きだよ！　たくさんの魚と一緒に泳ぐなんて素敵だよねっ——でもさ、のんびり何も起こらないなんて、やっぱり退屈なんだ」

バキと音を立てて逸流の身体《からだ》に亀裂《きれつ》が走り、夥《おびただ》しい量の黒い澱《おり》が溢《あふ》れ出してきた。それはプロペラ機の翼から滝のように落ちていくと、まるで空中に見えない板でも敷いてあるように、十メートルばかり下の空間に広がっていく。

集まってくる魚群から、サメやウミヘビ、その他様々な肉食魚が飛び出して二人に迫る。

真下にどす黒い澱の平野を生み落としながら、逸流は場違いなほどの明るい調子で笑った。

「せっかくノイズだらけの世界に生きてるんだ。ありったけ騒いでおかしくなって、心臓が動く限りドキドキワクワクし続けなきゃ損だよ！　そう、例えばこんな風に！」

まるでパーティーの始まりを宣言するかのように、逸流はバッと両手を振り上げた。

次の瞬間、もっとも二人の傍《そば》にいたサメが、突き上がってきたビルに激突されて姿を消した。

そう、ビルだ。真下に広がった澱の平野が突然泡立ったかと思うと、表面をミラーガラスで覆ったオフィスビルがもの凄《すご》い勢いで突き出してきたのだ。

ビル一棟では終わらない。澱の平野が沸騰したように激しく泡立ち、『街』が発生した。

それはビルで、舗装された幹線道路を走る車で、電柱で信号機で道路標識で、線路で電車でカンカン音を鳴らす踏切で、ハンバーガーのチェーン店舗で、観覧車が備わった商業施設で、流行のゲームの広告看板で、それら『街』を構成するありとあらゆるもの全てだった。

逸流達に目がけて迫っていた肉食魚達は、猛烈な勢いで飛び出してきた『街』にたちまちのうちに飲み込まれた。獰猛《どうもう》なホオジロザメは下からせり上がってきた道路に乗り上げてしまい、そこを走ってくるトラックに跳ね飛ばされてビル壁に叩《たた》き付けられた。ウミヘビの群れは角度も大きさもあべこべなビルの成長に巻き込まれ、壁に挟まれて磨《す》り潰《つぶ》される。

原色の赤をした巨大なシャチはかなり健闘し、次々と現れるビルや道路を掻《か》い潜《くぐ》って逸流の乗るプロペラ機に迫ったが、大口を開けた次の瞬間、横から飛来したジャンボジェットの翼に胴体をへし折られた。ジェット機はけたたましいエンジン音を鳴らしながら、翼に息絶えたシャチを引っかけたまま空を飛んでいく。

叶音《かのん》達の乗るプロペラ機もあっという間に街に飲み込まれた。叶音はぐるりと首を回して景観を眺める。見上げるような高さをした本屋の窓から、大量の漫画本が噴き出してきて紙吹雪《かみふぶき》を散らせている。その隣には凸形の学校が建っていて、デジタル表記の時計が正午の時報を鳴らしている。空き地のような小さな公園では、遊園地のマスコットが盛大なパレードをしていた。その隣には反対車線が一切ない十六車線の幹線道路があり、パトカーや消防車やトラクターが列をなして走行している。更にその隣には踏切がけたたましく鳴り続ける線路が敷かれ、電車と新幹線が仲良く併走していた。

「なんというか、すっごい景色ね。ここどこ？　秋葉原《あきはばら》？　渋谷《しぶや》？」

「どこでもないよ。これは、僕が好きな物ぜ――んぶ詰め合わせたスペシャルな街なんだ！」

「なるほど。デザインに必要なのは引き算だっていう理論を、初めて身に染みて実感したわ」

顔をしかめる叶音を乗せ、プロペラ機はあらゆる要素がごちゃ混ぜになった街を飛翔する。

プロペラ機の上に立って風を浴びていた逸流《いつる》は、上空を遊泳する鯨《くじら》に不敵な微笑《ほほえ》みを向けた。

「どう？　賑《にぎ》やかで楽しいでしょ？　君の心もちょっとは揺らいだりしないかなぁ？」

『……煩《わずら》わしい、ノイズばかりで気が狂いそうだ』

「分かってるじゃん。そうさ、世界のあらゆるものは、狂っていた方がよっぽど楽しいんだっ」

ひび割れた頬から黒い澱《おり》を噴出させながら、逸流がにっかりと口を開け広げて笑う。

ずぉぉ――と空気が唸《うな》る。鯨が苛立《いらだ》たしげに大きな胸びれを揺すったのだ。腹に埋め込まれた人型が、更に口を広げて「らあああぁぁぁぁぁぁぁぁぁぁぁ」と甲高《かんだか》い歌声を響かせる。

その声に呼応して、アクアリウム中から集められた魚達がとうとう二人の元へ辿《たど》り着いた。

赤色に輝くマグロの群れが、隕石《いんせき》のような勢いで次々とビルに突き立った。チーズのように穴だらけになったビルが根元から折れて崩れ落ちる。

でたらめに敷き詰められたビルの隙間《すきま》を縫うようにして、原色の青に光る巨大なタコが現れた。それは太い触手を使って道路を走る自動車を絡《から》め取ると、逸流達に向かってぶん投げた。

車のけたたましいクラクションが鳴り響き、逸流達のプロペラ機と衝突する。直前にプロペラ機から飛び降りた叶音は、別方向に分かれた逸流に言う。

「逸流はこのまま街を広げて！　あたしが鯨を直接叩《たた》きに行く！」

「了解、叶音は直進よろしくっ」

逸流と離れた叶音は、幹線道路を走る高速バスのボンネットの上に着地した。そこに、街の発生を掻《か》い潜《くぐ》ってきた魚達が次々と迫る。

鼻先に鋭い槍を備えた黄色のカジキマグロが串刺しにしようと迫るのを、《裂傷鞭《れっしょうべん》》を振って挽肉《ひきにく》へと変える。背後のタコが自動車を次々に投擲《とうてき》してくるので、車からトラックへ、消防車へと、次々に跳躍して乗り移る。

「まったく、何が平穏で苦しみのない海よ。喧嘩《けんか》を売ったのはあたし達だとしても、どいつもこいつも血の気が多すぎじゃないかしら!?」

ずどぉん！　と音を立てて、叶音《かのん》の道を遮るように、巨大な赤色の蟹《かに》が眼前に落ちてきた。

道路全てに跨《また》がる大きさの蟹は、ハンマーのような螯《はさみ》で道路をゴリゴリと砕き割っていく。

「しゃらくさい。道のあるなし程度で、あたしを止められると思うなよッ!!」

叶音は《我極性偏見鏡《がきょくせいへんけんきょう》》を装備した左目を紫に輝かせ、自分の少し前を走る自動車を空間に縫い付ける。いきなり速度をゼロにし、道路上に急停止したそれに、叶音の乗っていた自動車が正面衝突し、彼女を斜め上へと跳ね上げた。

上空に飛んだ叶音をへし切ろうと、蟹が螯を伸ばす。しかし叶音は、既に相手を殺すための白光を左手に煌《きら》めかせていた。

虚空《こくう》から現出させた《霹靂の帝墜鎚《へきれきのていついつい》》が、バチバチと閃光《せんこう》を迸《ほとばし》らせる。柄から伸びるアミュレットは、真下の蟹にまっすぐ狙いを定めている。

「コイツでえッ、カチ割れろぉぉぉぉぉぉ!!」

叶音が鉄鎚でアミュレットを叩《たた》きつけ、蓄えたエネルギーが解き放たれる。

雷が、街を白に染め上げた。道路を走行していた車が吹き飛び、付近のビルが一瞬ブラックアウトする。超高密度のエネルギーは、真下にいた蟹の五メートルに及ぶ巨体を余すところなく蹂躙《じゅうりん》した。熱に耐えかねた甲羅があちこちで破裂し、全身を黒々とした炭に変える。

叶音は炭化した蟹の螯を蹴《け》って、更に進む。

前を見れば、澱《おり》から生まれ出てくる道路が壁のように反り返り、上空に向けて伸びていた。

先行する自動車は、ほとんど直角になったその道路を何の不自由もなく走行している。

叶音は《裂傷鞭《れっしょうべん》》を自動車の一台に巻き付け、引き摺《ず》られるようにして上向きの道路を進む。

上昇しながら幹線道路の進む先を見れば、街は反り返った先で上下逆にひっくり返って『つ』の字のカーブを描き、鯨《くじら》に向けてぐんぐんと伸びている。車は重力などお構いなしに道路にへばりつくように走行を続けており、このまま引っ張られて行けば鯨の元まで行けそうだ。

しかし、アクアリウムの支配者である鯨が、いつまでも静観しているはずがなかった。

「らあああああああああああああああああああああああぁぁぁぁ」

鯨の胴体の人型が、更に歌声の声量を上げる。

ズズ——と街全体が振動したかと思うと、叶音が走る上下さかさまの道路が、噴火でも起きたように爆発した。爆心地からは輝く魚群の帯が噴き出し、視界を原色の黄色に染め上げる。

道路から突き上げられた自動車は、正しい重力の方向を思い出したように下に向かって落下していく。内臓が持ち上がる不快感が、ぐおっと叶音の背筋を冷たくさせた。

「うぉっと、っと……!?」

『付け上がるな、蠅《はえ》』

冷然な声で鯨が言う。

叶音は咄嗟《とっさ》に《偏見鏡》で自動車を空間に縫い付けて足場にし、跳躍。上から下に向けて伸びるオフィスビルの一つに飛び込んだ。

本来天井であるはずの床。そこに着地した叶音《かのん》は、間髪入れずに全力疾走をはじめた。既に叶音の飛び込んだビルの階層全体が、眩《まばゆ》い黄色の光に染め上がっている。

魚群の帯が、ビルを突き破って飛び込んできた。夥《おびただ》しい数の魚達が大質量にものを言わせて窓を抉《えぐ》り、コンクリートを削り、ミキサーのような勢いでビルを磨《す》り潰《つぶ》しながら叶音に迫る。

「ぐぬぬっ！　間に合え、間に合──わないわこれ！　死ぬ！」

死を悟った叶音は即座に右手の《裂傷鞭《れっしょうべん》》を振るって、千切れ飛んだ床板の一つを絡《から》め取った。魚の渦が叶音をすり身に変える一瞬前、引き寄せた床板を差し込んで盾にする。

魚群が盾に触れた瞬間、叶音は凄《すさ》まじい勢いで空中に跳ね飛ばされた。

衝撃にちかちかする目で辺りを見回せば、ちょうど鯨《くじら》に向けて伸びていた街の先端が、眩い青色の魚群によって叩《たた》き壊された所だった。数平方キロの街が音を立てて崩れ落ちていく。

道が絶たれた。叶音は視線を巡らせるが、鯨までの足がかりとなるものを見つけられない。

叶音は街と一緒に落下していく。

鯨の巨大な目が、叶音を見つめていた。感情を欠如したくぐもった声が頭の中で響く。

『疑問だ。それほどの力を持っていながら、なぜ人間の味方などする』

「？　……あたしが人間だからに決まってるでしょ。頭おかしいの？」

『人間……お前が、人間か』

身体《からだ》中をひび割れさせ、そこから黒い澱《おり》を噴出させた叶音が答える。

鯨は目を伏せた。その様はまるで叶音を哀れんだようだった。しかしそれは、すぐに矮小《わいしょう》な存在に対する侮蔑《ぶべつ》へと変わる。

『ただの一個体が、世界を壊せると思うな。そのまま落ちるがいい』

その言葉を最後に、鯨の姿は、落下していく街によって遮られて見えなくなった。

「くそ、あともうちょっとだったのに！」

叶音は舌打ちして鯨への接近を諦《あきら》め、視線を真下に向けた。落下していた自動車の一つに《裂傷鞭》を巻き付け、落下速度を上げる。

「叶音！」

眼下で逸流《いつる》が叶音を待ち受けていた。水上バイクで空中を走る逸流は、後部から伸びたロープを叶音に投げ渡した。

叶音がロープの先の取っ手を握り込むと、逸流はエンジンを唸《うな》らせて加速。水上を滑るように移動して、落下していく街から距離を取る。

ごうごうと唸るような崩壊の音を聞きながら、叶音が逸流に叫んだ。

「道を作ってくれたのはいいけど、脆《もろ》すぎやしない!?　クッキーみたいにぶち破られたわよ！」

「向こうが強すぎるんだよ。あの魚群、いつの間にかもの凄《すご》く威力が上がってる！」

逸流が言うように、輝く原色の帯は、明らかにその大きさと輝きを増していた。

見ればアクアリウムのあちこちで、天の川のような光の流れが幾筋も発生していた。原色の魚達が、次々と鯨《くじら》の羽衣に混ざっていっているのだ。

その川の源流は、地平の果て、この空間の外側から続いているようだった。それが意味する所に気付き、叶音《かのん》は歯噛《はが》みする。

「配信の視聴者の精神を取り込んで、羽衣を成長させてるのね」

鯨の言葉を信じるなら、絵の完成まではまだ僅《わず》かに時間がある。しかし未完成の時点でも、感受性が高い一部の人の精神を引き摺《ず》り込んでいるのだろう。

新たに鯨の力となったのは果たして何人か。それは分からないが、絵が完成した時に流入してくる人数は、今とは比べ物にならない量のはずだ。

「すぐに手が付けられなくなるわ。逸流《いつる》、このまま鯨まで向かえる？　遊雨《ゆう》の絵が完成する前にアイツを叩《たた》かないと！」

「ううん、厳しいと思うな。物量が違いすぎて、さすがに押し潰《つぶ》されるよ」

叶音の提案を否定した逸流は、水上バイクのエンジンを唸《うな》らせて旋回した。瓦礫《がれき》の向こうから、青い原色の帯が迫ってきていた。二人は降り注ぐ瓦礫の間を縫って空を走る。

「それより、これ以上の人が引き込まれるのを食い止めよう。そっちの方が勝算は高いよ」

「現実で絵を描いている、海園《うみぞの》遊雨の肉体を邪魔しようって訳ね。でもどうやって干渉するの？　ここには遊雨の人格は残ってない。現実の遊雨がどこにいるかも分からないのに」

「いるじゃない。現実の遊雨の場所を知っていて、それも、多分遊雨のすぐ傍《そば》に居る人が」

不敵に微笑《ほほえ》み、逸流が言う。

意思の疎通はそれで十分だった。思惑を理解した叶音が、逸流に問う。

「どのくらいかかる？」

「十分ちょうだい。耐えられそう？」

「保護者みたいな言い方しない。あの鯨から逃げるくらい、わんぱくなあんたを大人しくさせるのに比べたら遥《はる》かに楽勝よ」

「ふふ、決まりだね。それじゃ、プランＢに変更だ！」

そう言って、二人は同時に動き出した。

逸流が水上バイクからぴょんっと飛び降りて空中に身を擲《なげう》つ。操縦席には入れ違いに叶音が飛び乗り、エンジンをヴンとふかす。

逸流は空中でひらりと回転すると、空中に扉を生み出し、そこに飛び込んで姿を消した。残された叶音は上空、先端が折れてしまった、『つ』の字状に展開した上下逆さの街へ舵《かじ》を切る。

その時、追い縋《すが》ってきた青い光の帯が叶音に襲いかかった。叶音は水上バイクを乗り捨てると、一際高く伸びていた電波塔に《裂傷鞭《れっしょうべん》》を巻き付け、ぐんと引く事で空中を高速で飛翔。上下逆さに生えたビルの一つに潜り込んだ。

「さて。啖呵《たんか》を切ったからには、情けない所は見せられないわよねッ」

叶音は威勢良く走り出す。同時に、追いついてきた青色の魚群が、背後の壁を削り飛ばした。

叶音《かのん》は窓を蹴破《けやぶ》って空中に躍り出ると、《裂傷鞭《れつしょうべん》》を用いて更に上昇。上下逆さの街に走る幹線道路、その高架下に降り立った。

着地と同時に走る。魚群が追いつき、青い光が幹線道路を砕き割って叶音に迫る。

青い魚群の帯は、まるで自在に蠢《うごめ》く津波だ。コンクリートもビルも自動車も、何もかもを押し潰《つぶ》しながら一目散に叶音に迫る。あれを構成する何千万匹という魚の一匹にでも食いつかれたら果たしてどうなるか、想像したくもない。

「頼んだわよ、逸流《いつる》。あたしの役目は、アイツから十分間逃げ回ること！」

圧倒的な物量の差を感じながらも、叶音の目に諦《あきら》めた様子は微塵《みじん》もない。

今はただ勝機を待つのみだ。みなぎる闘志の代わりのように、全身に走った亀裂《きれつ》から黒い澱《おり》を噴き上げて、叶音は逆さまの街を疾走する。

◇

叶音と逸流が、物理法則も常識も何もかも無視した大立ち回りを演じている、その最中。

立仙昇利《りっせんしょうり》は、当然のように死にかけていた。

「お、おいおいおい、おいぃぃぃぃぃぃぃ!?」

今まさに、崩落してきた瓦礫《がれき》の一つが、昇利の前方数百メートル先に落下してきた所だった。

瓦礫とはいえ、それは逸流がでたらめな力で生み出した街そのものの破片——何本ものビルディングや道路が固まった、ちょっとした山のような大きさの瓦礫だ。それが前方の珊瑚《さんご》の森に崩落し、生い茂っていた固い珊瑚を軽々と砕き潰す。

大地が丸ごと下から蹴り上げられたような衝撃がして、昇利の身体《からだ》が五十センチばかり浮び上がった。そのすぐ後、崩落による衝激波が押し寄せ、昇利をすっ転ばせる。

仰向けに転がった昇利は、上空で行われている、途方もなさすぎて規模感がまるで摑《つか》めない戦闘の様子と、その戦闘の余波で、空中の街が崩れてきているのを見た。

先ほどと同サイズの街の破片が、スナック菓子の食べ滓《かす》みたいにボロボロと降り注いでくる。

ぞっとした昇利は、傍らにいた少女に駆け寄り、その肩を揺すった。

「とにかくここから逃げよう、鞠華《まりか》ちゃん。立てるかい？」

「…………………………」

海園《うみぞの》鞠華は、魂が抜け落ちたように、その場にへたり込んでいた。上を向いた顔は上空の激しい戦闘を眺めているようにも見えたが、その実がらんどうの瞳は何も映してはいなかった。

彼女の瞳から、ツゥと一筋の涙が伝った。色を失い青ざめた唇が、掠《かす》れた声を漏らす。

「私……本当は気付いてた。遊雨《ゆう》が何も応えてくれないのはおかしいって。あんな絵の描き方、絶対に普通じゃないって」

「鞠華ちゃん……」

「でも、遊雨《ゆう》を疑うなんてできなかった。だってそれは……それは、遊雨の人生そのものを否定する事になるから」

ひび割れた水槽から少しずつ溢《あふ》れ出してくるように、涙が鞠華《まりか》の頬を濡らし続ける。

ゴゴゴ……と空気が唸《うな》りを上げている。

顔を上げれば、瓦礫《がれき》の一つが、昇利《しょうり》が今いる更地に向けて降り注ごうとしていた。

「少し恥ずかしいかもしれないが、我慢してくれよっ」

昇利は断りを入れて、鞠華を抱き上げた。

雷に打たれた身体《からだ》はもうかなり回復している。走る分には問題ない。とにかくこの場から離れなければいけない。

ビスッと音がして、大地に落ちた煤《すす》が舞い上がった。見れば、拳大のコンクリート片が地面に突き刺さっている。小さな瓦礫が、流れ星のように降り注いでいるのだ。一つでも当たれば致命傷は避けられない。

昇利は雷に蹂躙《じゅうりん》された更地を抜け、珊瑚《さんご》の森の中へと入り込んだ。またもヒュンと空気が唸り、小さな瓦礫が珊瑚の枝を砕き割る。

「遊雨は、絶望の底で神様に見初《みそ》められたの。このアクアリウムで暮らす自由を得られたの。不思議な絵を描く力で、多くの人を助ける救世主になれたの——そうであって欲しいって、私は信じたかったの」

「っ……」

「だって……だってそうじゃなきゃ、遊雨は不幸なままだったって事じゃない。遊雨の人生には、何の救いもなかったって事になるじゃない！」

とうとう感情が決壊して、鞠華は叫んだ。

怒りとも悲哀ともつかないそれは、突きつけられた事実に対する慟哭《どうこく》だった。

「何もかも偽物《にせもの》だったなんて、そんなの酷《ひど》すぎるでしょ!?　遊雨はこの海で自由を得たのよ。そうじゃなきゃ遊雨の悲劇が報《むく》われない！　失った時間に価値がなくなる！　わ、私は、ただ大勢の人を殺してしまっただけになる！　そんなの嘘、嘘よ……ああ、あぁぁぁ……！」

鞠華は昇利の腕の中で、声を上げて泣いた。希望と信じていたものが全て幻だった。遊雨はもう死んでいた。穿《うが》たれた心の穴は、とうてい正気を保っていられる痛みではなかった。

珊瑚の森には、叶音《かのん》が取り込まれていたのと同じ泡のドームが点在していたが、その内の一つに、空から降り注いだ巨大な瓦礫が激突した。破れたシャボン玉の中から大量の小魚が溢れ出てきて、未《いま》だ戦いが繰り広げられている空へと登っていく。

崩れ、輝きをなくしていくアクアリウムに、全てを奪われた鞠華の悲哀の声が響き渡る。

「なんて惨《むご》い。ただの普通の女の子に、どうしてこんな仕打ちを……！」

昇利は歯嚙《はが》みをする他になかった。

迷子の子供のように泣きじゃくる彼女を、どうして人殺しと糾弾する事ができるだろう。

彼女もまた被害者なのだ。フォビアという悪魔に誑《たぶら》かされ、心を弄《もてあそ》ばれ、利用された。

それは、逸流《いつる》という異質な存在に見初《みそ》められた叶音《かのん》と何も変わらない。ただ耳元で囁《ささや》いた悪魔が、愛着と呼べる好奇心を持っていたか、冷酷な食欲だけを持っていたかだけの違いなのだ。

ゴォ――――と底冷えするような唸《うな》りがして、昇利《しょうり》に影が落ちた。

足を止めて見上げれば、崩れ落ちてきた一棟のビルが、彼らに降り注ごうとしていた。

「マズい……！」

逃げられる訳がない。元より昇利の足でどうこうできる規模の災害ではないのだ。

ここまでかと昇利が歯を食いしばった時、横合いから飛び込んできた空を走る電車が、ビルを跳ね飛ばした。ビルは昇利の数十メートル横の珊瑚《さんご》を砕きながら崩落する。

激突の寸前、機関車の上部からひらりと降り立つ影があった。それはゆったりとした青いパーカーをひらひらとはためかせながら、軽やかに着地する。

「やあ、危ない所だったね。生きててよかったぁ」

「逸流君！　いや、本当に死ぬところだったぞ!?　戦っているのは承知だが、何の能力もない男一人を放り出すなんてひどいじゃないか！　この十数分で何度泣きそうになったことか！」

「あっはは、やっぱりしょーりさんは面白いや。怒らないでよ、こうして助けに来てあげたんだしさ」

苦情を笑いとばした逸流は、昇利の腕に抱かれている鞠華《まりか》を見た。鞠華は「ひっ」と短い悲鳴をあげ、昇利の腕の中で小さくなる。

怯《おび》える鞠華を一瞥《いちべつ》だけして、逸流が昇利に言った。

「海園遊雨《うみぞのゆう》――その肉体を鯨《くじら》が乗っ取って描いている絵が、人を取り込みはじめている。このままじゃ物量で押し切られちゃうんだ。だから、そこの鞠華の出番だよ」

「鞠華ちゃんの？」

「現実に復帰して、動画配信を止めるんだ。方法は任せるよ、パソコンの電源を切ってもいいし、あるいは遊雨を殺してもいい」

微笑《ほほえ》みながら逸流が言い、鞠華が戦慄《せんりつ》に顔を引き攣《つ》らせた。

「そ、そんな。遊雨を殺すなんて、私……」

「何戸惑ってるのさ。さっき君が気付いた通り、現実にベッドに寝ているのは、もう遊雨と呼べるモノじゃないんだ。いっそ殺した方がスッキリするんじゃないかな？」

おままごとの役割を決めるような気軽さで、少年は悪魔の提案を持ちかけてきた。ただでさえ青ざめていた鞠華の顔が、とうとう死人のようになる。

しかし、昇利が鞠華を強く抱き受け、無邪気な悪意から庇《かば》った。彼は強い目で逸流を見る。

「脱出できるのも、叶音ちゃんの助けができるのも、願ったりな相談だ。ぜひ協力させてくれ」

「……大丈夫？　その人をこのまま行かせたら、遊雨を前にしても、怖じ気《おけ》づいて何もできなかったりしない？　そうなると凄《すご》く困るんだけど」

「それについては任せてくれ。人でなしの君より、よほど説得は得意だよ」

「本当かなぁ？　まあいいや。ここにいても巻き添えで死んじゃうだけだし、逃がしてあげる」

そう言って逸流《いつる》は、胸の前でぽんっと手を叩《たた》いた。

空気を詰めたビニル袋を破るような音が、だいぶ遠くの方でする。

昇利《しょうり》が視線を向けると、珊瑚《さんご》の森を二百メートルばかり進んだ先の丘の頂上に、一枚の扉が現れていた。かなり小さく見えるそれを指さして、逸流が言う。

「ほら、あれが出口だよ。扉を潜《くぐ》れば現実世界まで一直線さ」

「いや遠いな!?　周囲の状況が見えてるか、一歩進むだけで死ぬかもしれないんだぞ!?」

「エネルギー的に安定してるかとか、色々と都合があるんだよ〜。さ、文句はなし。かっけこの始まりだよ！　守ってあげるから走って走って！」

「君絶対楽しんでるだろ、こなくそぉっ」

文句を言ってもどうにもならない。昇利は悪態一つ、鞠華《まりか》を抱えて走り出した。

また一つ、巨大な瓦礫《がれき》が珊瑚の森に落ち、振動がアクアリウム全体を揺るがす。海園遊雨《うみぞのゆう》の正体なんて関係なく、そこは既に楽園などではなくなっていた。

昇利の腕から伝わる鞠華の身体《からだ》は、ぞっとするほど冷たく、がたがたと震えていた。悲しみのどん底で、現実の弟を殺せと提案されたのだ。脳が追いつかないに決まっている。

鞠華は、見た人が溺死《できし》すると知った上で、絵を広めていた。

人を殺す罪の重さを真に理解した上で、ただ弟を幸せにしたいがために手を汚していたのだ。

そんな彼女に対して、弟を殺せなんて。

逸流も、鯨《くじら》も、どいつもこいつも、人の心を弄《もてあそ》びやがって。

「っくそ。くそ！　まったく、世の中はろくでもない事ばっかりだ。幸せは奪われる、信じていたものは覆《くつがえ》される、悪意はいつも弱い人を食い潰《つぶ》していく！」

「っ……」

「努力も苦労も報《むく》われるべきだ。明けない夜はないし、覚めない悪夢はないし、夢は必ず叶う。そう思う事の何が悪いんだ。頑張った分の見返りを求めるのは、当たり前の事じゃないか！」

鞠華は、昇利が彼女の代わりに憤《いきどお》っている事に気が付いた。

凍えるような震えがやみ、縋《すが》るように彼の声に意識を向ける。

それに応えるように、昇利は走りながら、更に鞠華を抱きしめた。

「分かるよ、鞠華ちゃん。つらかったろう。君が人よりもずっと重い責任を背負い、苦しんで生きてきた事は、目を見れば分かる——犯した罪を脇においても、君が受けた苦しみは、憐《あわ》れまれるべきものだ。もし今よりずっと前、まっさらな気持ちで君に会えたならば、僕はどんな手を使っても君の味方をしただろう」

「っひぐ、う、うぅ……！」

「でも、それでも。君はフォビアに唆《そそのか》されるまま、多くの人を巻き添えにした……分かるね」

「つごめ……ごめん、なさい。ごめんなさい、ごめんなさい……！」

昇利《しょうり》の漢服の襟を握りしめ、鞠華《まりか》は震える声で何度も謝った。

遊雨《ゆう》はフォビアに殺され、彼の精神は餌場《えさば》を作る材料にされた。

鞠華は疑いを持ちながらもそれから目を背け、唆《そそのか》されるままに多くの人の命を奪った。

あってもいいはずのない話だ。けれどそれこそが徹底的に無慈悲な現実で、否定しようのない、起こってしまった事実なのだ。

再び巨大な瓦礫《がれき》が降り注ぎ、誰かの精神を閉じ込めていた泡のドームを破裂させた。そこから溢《あふ》れ出てきた赤い原色の魚の群れは、昇利達を目がけて空を泳ぎだした。昇利の周囲が眩《まばゆ》い赤色に染まる。迫る捕食の気配。昇利は怖気《おぞけ》を根性で封殺し、一心不乱に走る。

「犯した罪は決して覆《くつがえ》らない。失ったものは戻ってこない。残酷だけれど、それが現実なんだ。起きてしまった事実からは、決して目を背けてはいけないいんだ」

ズズズ――と一際激しい地鳴りがしたかと思うと、昇利の背後から突き上げるようにビルが生えてきて、背後に迫ってきていた赤い魚の群れを上空に跳ね上げた。被害を免れた群れの数十匹が昇利に迫るが、逸流《いつる》が駆るプロペラ機が地面スレスレを飛翔して、高速回転するプロペラでそれらを粉微塵《こなみじん》にしていく。

衝撃に足をもつれさせ、昇利は倒れ込んだ。抱いていた鞠華の身体《からだ》が珊瑚《さんご》の地面を転がる。

身体に溜《た》まった疲労が圧し掛かる。だが、昇利が真に膝《ひざ》を折る事はない。

「……手の届く限りの命を救う」

　ぐっと腕に力を入れて起き上がり、昇利は同じく地面に倒れ伏していた鞠華の腕を取った。

「僕はそう誓い、今までずっと藻掻《もが》き続けてきた。壊れてしまった少女を今は救えなくても、それでもみっともなく手を伸ばし続ければ、いつか、いつかきっと必ず届くと」

「……、……いつか、きっと………」

「君に救いは訪れなかったかもしれない。君の罪は決してなくならない。だけど、君が手を伸ばす事で守れる命が沢山《たくさん》ある。取り返しのつく事がまだあるんだよ、鞠華ちゃん！」

　昇利は腕を引き、鞠華を立ち上がらせた。彼女と共に、丘の上の扉に向けて走り出す。

　しかし、鞠華の足取りには迷いがあった。昇利に引き摺《ず》られるようにして動かす足は、まだ止まる事を願うような後ろめたさがあった。

　鞠華は真っ赤に泣きはらした目で、「で、でも」と口ごもる。

「でも、どうしたらいいの。遊雨は私の全てだった！　遊雨がいない世界なんて想像できない。私のしてきた事が何もかも間違いだなんて、信じたくない……！」

　昇利の言う通りに、鞠華は、まだ助けられる人達のために行動を起こすべきだ。

　しかしそれは、鞠華が信じていた全てが偽《いつわ》りだったと、真に認める事に他ならない。

　何百という人を陥《おとしい》れようとした罪を背負う事になる。遊雨がもういないと認める事になる。

　あの扉の先に待つ現実は、このまま死ぬより遥《はる》かに苦しい生き地獄なのだ。

「あの世界で生きるのが怖い！　苦しみながら、なんの救いもない人生を送るなんて……」

「ッ君はいつまで、卑怯者《ひきょうもの》のままでいるつもりだ！」

昇利《しょうり》の張り上げた声に、鞠華《まりか》が顔を上げた。

歪《ゆが》んだ昇利の凄惨《せいさん》な表情に宿っているのは、悔しさだった。ともすれば鞠華以上の激憤に、割れんばかりに歯を食いしばる。

「ああそうだ、現実なんて良い事ばかりじゃないさ！　都合のいい夢に閉じこもっていたい気持ちなんて僕にもある！　でもそれは現実じゃないんだよ。叶音《かのん》ちゃんが見る幻覚も、鯨《くじら》が作り上げたこの世界も、苦しみのない自由な世界だって全部全部都合のいいまやかしなんだ！」

「……」

「そうさ、まやかしなんだよ！　ありもしないものに縋《すが》っても何も生まれない！　まやかしの自由に閉じ籠《こ》もって現実から目を背けるなんて、一番不幸であわれな人間の選択だ！」

――くすくす、と。昇利の脳裏に笑い声が木霊《こだま》した。

地を走る自分達の遥《はる》か上空、ビルを生み出して魚を攪乱《かくらん》し、プロペラ機で空を駆ける逸流《いつる》が「幸せの定義もできないくせに」と昇利を侮蔑《ぶべつ》している事が、ハッキリと分かった。

だが彼は、その視線をも首を振ってかき消した。

「大事なのはどう生きるかだ。歯を食いしばって現実を生きるに値する、信念そのものなんだ」

昇利は振り返って鞠華を見る。

　同情し、一歩を踏み出す恐ろしさも理解し、その上で歩みを止めるなと教えるために。

「鞠華ちゃん。君はただ、遊雨《ゆう》くんを幸せにしたかっただけなんだろう。騙《だま》され、取り返しのつかない事をしたとしても、その気持ちに嘘はなかったはずだ。君は、君の信じる正しい事を為《な》そうとしていたはずだ」

「っ……！」

「だったらやられたままでいるな！　騙された愚か者のままで諦《あきら》めるな！　生きている限り、君の信じる正義のために生き続けるんだよ！」

　犯した罪は決して消えない以上、昇利に、鞠華が背負う罪悪感を軽くする事はできない。

　だが昇利のまっすぐな言葉は、鞠華の心に宿り続けていた良心を強く、強く揺さぶった。

　奮い立たせる。「生きたい」と願わない少女を「生きなければならない」という責任によって。

「遊雨くんは誰一人として死なせたくなかった。だから彼はフォビアに心を喰われてしまったんだ。それが現実だ。もう戻れない。だからせめて彼の意志を裏切るな！　君が守りたかった、もういない弟のためにも、君が為すべき事を為すんだ！」

「っう、ああ、あああああああああぁぁぁぁぁッッ!!」

　声を限りに叫んで、鞠華は力強く腕を振り、昇利に並んで走り出した。

　罪悪感も、臆病な保身もかなぐり捨てて、生き地獄である現実への扉を一目散に目指す。

　逸流の牽制《けんせい》を掻《か》い潜《くぐ》った魚群が迫ってくる。背後からの光で視界が原色の赤に染まる。

でも、もう大丈夫だ。扉はもう目の前だ。鞠華《まりか》の足は止まらない。

鞠華は、たった一人の弟のために生きてきた少女だ。

そして今、扉の先を目指す事こそが、遊雨《ゆう》の意志を汲《く》む事だと理解した。

だから止まらない。たとえ苦しくても、つらくても、死ぬまで拭《ぬぐ》えぬ罪を背負うとしても。

「終わったら、僕の事務所を訪ねてくるといい」

隣を走りながら、昇利《しょうり》が鞠華の背中に手をやった。

「何の能力もない、正義感ばかりの情けない僕だけれど。君の背中を押すくらいはできる」

鞠華はとうとう扉に手をかけ、開け放った。扉の先には眩《まばゆ》い白の光に満ちあふれていた。

一瞬の迷いも差し込まず、鞠華はそこに身を投げ込む。

その背中を、共に走ってきた男の手が、少し押した。

ただ添えられた程度の、何の意味もない手だった。

けれど鞠華は――罪悪感に今にも砕け散ってしまいそうだった彼女は。

その手にはじめて、『一人ではない』と感じさせられたのだった。


眩い光に包まれ、身体《からだ》の感覚も曖昧《あいまい》にほどけ――ハッと、鞠華は目を覚ます。

腰掛けていた椅子を蹴飛《けと》ばすように立ち上がり、一目散に彼の下に駆け寄った。

海園《うみぞの》遊雨は、絵を描き続けていた。ベッドの上に翳《かざ》すように設置されたディスプレイに向けて、左目が恐ろしい速度でギョロギョロと動き続けている。

画面に広がる絵は、これまでで見た事がないほど凄《すさ》まじい絵だった。原色で描かれた無数の魚が、銀河系を彷彿《ほうふつ》とさせる密度で描かれている。

遊雨は、魚の絵が好きだった。

水槽の中で泳ぐ自由な様に魅了され、その美しさをどうにか描き出そうとしていた。

鞠華は、遊雨の描く魚の絵が好きだった。

絵描きになりたいと遊雨が語る、将来の話が好きだった。あの水族館で絵に没頭しながら、時折振り返って鞠華に見せる、照れくさそうにはにかむ顔が好きだった。

目の前の遊雨は笑ったりしない。

画面の中、真っ黒な闇の中を泳ぐ無数の魚は、人を取り込んで殺す悪魔の絵だ。

これは遊雨の絵じゃない。

遊雨はもういないんだ！

「ッああああああああああああ!!」

悪夢を振り払うように、鞠華はディスプレイに接続されたコードをありったけ摑《つか》んで、力の限り引っ張った。ぶつんと音を立てて、ディスプレイが空虚な黒に染まる。

見えない霧が晴れるようにして、辺りに漂っていた得体の知れない気配が、ふっと収まる。

誰もいなくなったような静寂。

その部屋に響くのは、鞠華《まりか》の荒い呼吸音と、遊雨《ゆう》の生命維持装置の低い駆動音だけ。

さっきまでと何も変わっていないように見える。

けれど、確実に——鞠華を苛《さいな》んでいた何かが終わったのだ。

鞠華はその場に崩れ落ちた。散らばった大切なものをかき集めるみたいに、遊雨のベッドシーツを掻《か》き抱く。

「っ……ごめんなさい……ごめんなさい、ごめんなさい、ごめんなさい……！」

それは果たして、誰に対する、どんな意味の謝罪なのか。鞠華すらハッキリと分からない。

ただ彼女は、がらんどうの心が痛みを訴えるままに、自分が犯してしまった、途方もなく大きなあらゆるものに対して謝り続けた。

静まりかえった部屋の中、もう笑う事も動く事もない弟のベッドに蹲《うずくま》って。たった一人で、ごめんなさい、ごめんなさい、ごめんなさいと。

◇

さながら、密閉された防音室の扉が開かれ、下がっていた気圧が一気に戻ったように。

『縁』の閉じた感覚は、魚群の帯と逃走劇を繰り広げていた叶音《かのん》にも直感的に伝わった。

「っでかした、逸流《いつる》！」

威勢を取り戻した叶音が笑みを浮かべる。

上下逆さに展開していた街は完全に崩落し、今は最初に逸流が生み出した、正しく下から上に展開された街並みを使い、迫り来る魚群から逃げ続けていた。

叶音は《泥薔薇《どろばら》の裂傷鞭《れっしょうべん》》を電柱に巻き付け、空へと自分を引っ張り上げた。《偏見鏡《へんけんきょう》》を装着した左目で空を舞う瓦礫《がれき》を空間に縫い付け、《裂傷鞭》で更に上へと跳躍する。

見えていないのに、二人の呼吸はぴったりだった。上昇を終えた叶音がスカジャンをはためかせて山なりの軌道を描き始めた時、空間に穴が開き、そこから逸流の乗った電車が飛び出してきた。先頭上部に立つ逸流が手を振るのに応じながら、彼の隣に軽やかに降り立つ。

「お待たせ叶音。僕、ちゃんとできたでしょ。褒《ほ》めて褒めてっ」

「うん、よくできました。あんたがおりこうで、あたしも鼻が高いわ」

「えへへへっ、叶音も無事で安心したよ」

叶音は微笑《ほほえ》み、逸流の頭に手を置いて、ふわふわの髪をくしゃくしゃに撫《な》でてあげた。

ズズ——と空気が唸《うな》る。顔を上げれば、遥《はる》か上空を遊泳する超巨大な鯨《くじら》が、厚い胸びれを動かして空を漕《こ》いでいた。

アクアリウムの外側から鯨に集まっていた光の川は、源流となっていた絵の公開を逸流が食い止めた事で、流れを途絶えさせていた。際限のないように思われたエネルギーの増長が止む。

鯨を見上げて、逸流は不敵に挑発した。

「さ。これでこの世界は閉じた。口を開けておけば餌《えさ》がやってくるような家畜生活はやってこない。神様気取りの傍観もできなくなっちゃったね、鯨《くじら》さん」

巨大すぎるが故《ゆえ》に、鯨の目の動きをここからも見る事ができた。逸流《いつる》を確かに捉えるそれは、部屋に入り込んだ毒虫に向けるような忌々《いまいま》しい感情を宿していた。

『粋がるな。作成中の絵を止めた所で、鞠華《まりか》は既に複数の絵を世に放っている。規模は落ちたとしても、人の流入が止まる事はない』

「そうだね。だからやっぱり、君とこのアクアリウムも潰《つぶ》さなきゃいけない。無事に生きてられるなんて思わないでね」

『——自惚《うぬぼ》れも甚《はなは》だしいぞ』

頭の中に響く鯨の声に、昏《くら》く冷たい激情が宿る。

鯨が胸びれを広げ、身体《からだ》を大きく反らすようにすると、周囲の羽衣がぶわっと広がり、輝きを増した。魚群で構成された羽衣は、叶音《かのん》との攻防戦で幾らか削られたのも物ともせず、当初の数倍にまで規模を大きくしている。

羽衣は眩《まばゆ》く、太陽にも劣らないほどの光を放つ。これこそが命を焼き潰す、絶対的な力だと誇示するように。

『お前達こそ、自分の完璧なアクアリウムを傷つけて生きていられると思うな。いま使いうるエネルギーの全てを、お前達を殺すために使う。肉体の爪先に至るまで、理性の一欠片《ひとかけら》に至るまで、余すところなくこの光で磨《す》り潰《つぶ》してみっちいんだ」

「ふふふ、随分本気で怒ってるね。デカい図体のくせしてみっちいんだ」

『せいぜい抵抗してみるがいい。自分の矮小《わいしょう》さも理解できない虫どもめ』

交わす言葉などないというように、眩く輝く羽衣が空を走る電車に向けて振り下ろされた。目も眩《くら》むほどの強烈な輝きが、叶音と逸流をカッと照らし出す。

逸流は相変わらず緩い笑みを崩さない。手を繋《つな》いだ彼女の顔を見上げて、言う。

「ねえ叶音、聞いた？　せいぜい抵抗してみろだって。あの鯨は、総力戦の削り合いがお望みみたいだ。さてさて、実力を測り切れていないのはどっちのほうだろうねぇ」

逸流はにやりと唇の端を持ち上げた。繋いだ手を、ふりふりと振る。

「期待に応えてあげようじゃないか。君の力を見せつけよう、叶音」

「そうね……お願い、逸流」

「うん。ぜーーんぶ僕に任せてね」

逸流の顔に走った亀裂《きれつ》から、黒く濃い澱《おり》が大量に溢《あふ》れ出てくる。それは紫煙のように空中を躍ると、叶音の身体に走った亀裂の中に吸い込まれていく。

突然に叶音の目から光が失《う》せた。崩れ落ちそうになった彼女を、逸流が抱き受ける。

「やっぱり。鯨と昇利《しょうり》さんにズタズタにされて、付けこむ隙が沢山《たくさん》あるね……これから先は叶音の理性が耐えられないから、しばらく眠っていてもらうよ」

逸流《いつる》は愛《いと》おしげに叶音《かのん》の背中をさすする。少年の内から流れ出た澱《おり》は叶音の中に次々と流れ込み、彼女の全身に這《は》った亀裂《きれつ》をビキビキと大きくしていく。

それは叶音の意志を度外視した蹂躙《じゅうりん》だった。無邪気な子供の手で脳の中をかき回し、正気を取り払ったその先、意識の奥底に蟠《わだかま》る黒々とした物を身勝手に引きずり出す。

「見せてあげよう。人間の精神の極北。只人《ただびと》の命を幾ら束ねても決して辿《たど》り着く事の叶わない、絶望の最果てに蟠る極上の狂気をね」

輝く羽衣が、その大質量をもって、二人の姿を消し去らんとする。その直前。

澱の侵食によって、とうとう叶音の眼球が、音を立てて亀裂を走らせた。

バキャッと、何か戻る事のできない決定的な一線を踏み越えてしまったような絶望的な音がして、とうとう決壊する。

叶音は身を翻《ひるがえ》した。その右手には、いつの間にか黄鉄鉱色の鎚《つち》が握られていた。柄と繋《つな》がった鎖の先端にあるヴァジュラ状のアミュレットは、目前の魚群を指し示している。

「症例：落雷恐怖症——《霹靂《へきれき》の帝墜鎚《ていついつい》》」

右腕全体が真っ白に染まるほどのエネルギーを蓄えたそれを、叶音は全力で振り抜いた。

世界が裂けるほどの衝撃。光と光がぶつかり合い——白に染まる。

人の精神を集めて作られた何億匹という魚群は、叶音の放った雷に押し負け、跳ね飛ばされた。長さにして数百メートルに及ぶ魚達が一瞬で消し炭になり、大量の煤《すす》を空にまき散らす。

光が止んだ先で、叶音と逸流は変わらず空を走る電車の上に立っていた。

しかし叶音の姿は、明らかにマトモではなくなっていた。全身の崩壊は壊滅的なまでに進み、欠片《かけら》同士は既に繋がっていない。内側から溢《あふ》れ出る黒い澱が泥のような粘度で叶音の欠片を吸着し、辛《かろ》うじて人型に見える程度に揺らめいている。目に命らしい光はなく、失明したような乳白色の球面に、黒い裂け目がびっしりと走っていた。その変貌《へんぼう》は、容赦なく潰《つぶ》すと豪語した鯨《くじら》にすら、驚きに息を呑《の》まさせた。

『なんだ、それは。そこまで壊されて、どうして人間の形のまま存在を保てている』

「それはね、叶音がとっくの昔に壊れきっているからだよ。僕はただ、心の縫い目を少し緩めるだけでいいんだ……叶音は強いよ。僕や君よりもずっとね」

『……傀儡《かいらい》で、道化《どうけ》で、道具か。哀れな少女だな』

「ふふ、かわいいでしょ？　愛があれば、それは何であれ絆《きずな》なのさ」

鯨は大きく胸を反らした。腹に埋め込まれた人型を動かした。再び目を見開き、「らぁぁぁぁぁ」と澄んだ歌声を奏《かな》でる。

『どうあれ結果は変わらない。物量で押し潰してくれる』

歌声を号令として、鯨の周囲を揺蕩《たゆた》っていた原色の羽衣が幾本にも分かれると、虹色の渦を生み出した。この世全ての色彩を集めたような輝きは、生物の垣根を越えた神々しさすら放つ。

決戦の火ぶたを切ったのは逸流だった。亀裂から粘ついた澱を落とす少年は、まるで全ての結末を予見しているように泰然とした態度で、崩壊した叶音《かのん》の背中をぽんと叩《たた》いた。

「いってらっしゃい、叶音」

「――――――――――」

応じる笑顔も声もない。

指令を受けたロボットめいた挙動で、叶音は電車から跳躍し、その身を宙に擲《なげう》った。逸流《いつる》がぽんと手を合わせると、真下からビルが飛び出し、屋上に叶音を乗せて上空へと導いていく。

その挙動に鯨《くじら》も迎え撃った。腹の人型が叶音を指し示すと、渦巻いていたあらゆる色彩に煌《きら》めく魚群が、叶音を食い破らんとビルを取り囲む。

叶音は、命の輝きの失《う》せたひび割れた瞳で周囲の魚の渦を眺め、虚空《こくう》に手のひらを翳《かざ》した。うねうねと蠢《うごめ》く黒い澱《おり》の表面に、砕けた身体《からだ》の欠片《かけら》を貼り付けたような腕。その手首の辺りの闇がぶくりと膨れ上がると、身体の破片を掻《か》き分けるようにして何かが飛び出してきた。叶音は自らの内側から現れたソレを受け取り、ヴンと振るう。

それは一振りの刀だった。鈍色《にびいろ》の刀身に、血を吸ったような線が走っている。叶音が刀を右手で握り込むと、その血が伝播《でんぱ》したように、右手の周辺の澱が暴力的な赤に染まった。

「症例：傲慢《ごうまん》性凶暴症――《形無鬼の偽憤刀《コープス かたなきおに ぎふんとう》》」

機械的な声で、叶音は幽骸に秘められし呪いの名を唄《うた》う。

叶音は下から掬《すく》い上げるような挙動で《偽憤刀》を振り抜いた。右手の真っ赤に染まった澱は、刀の軌跡を追うようにして空中を薙《な》ぎ払い、渦から飛び出してきた青い魚群の一陣をひと薙ぎの内に消し飛ばした。

叶音はビルの屋上で身を翻《ひるがえ》し、立て続けに二撃、三撃――切断という概念を凝縮したような赤い澱が空中に描かれ、原色の魚の帯を切り裂いていく。

更に叶音は《偽憤刀》を振りかぶり、思い切りぶん投げた。赤い澱を纏《まと》わせた刀は、ブーメランのように高速で回転しながら叶音の周囲を飛び、その鋭利な赤い澱の刃で魚群を蹴《け》散《ち》らす。

その最中に、魚群の中の一際大きなサメが、叶音の背後に飛び込んできた。

叶音は振り返らない。その胸の亀《き》裂《れつ》がぷくりと膨れ上がって、体内の澱の中から、新たな呪いが叶音の手に落ちる。

サメが叶音の身体を食い破らんとした時、その頭が何かに弾《はじ》かれた。

いつの間にか、透明な壁が叶音とサメの間に差し込まれていた。サメが身を捩《よじ》ろうとすると、その透明な壁が正面だけでなく、自分の背後にも、上下左右にも生まれている事に気付く。

何が起きたかも分からないサメを閉じ込めた、身じろぎもできないほど狭い直方体の箱は、ゴツンと音を立てて叶音の足下に転がる。

叶音の手には、一個のマウスが握られていた。パソコンを操作する時に扱う無線マウスだ。

叶音はそれを渦巻く魚群の一角に向けて突き出した。

「症例：閉所恐怖症――《切取&隔絶》《Cut&Isolate》」

ゆっくりと腕を動かしながら、カチ——カチ、とクリック音が二回。

さながらPCのディスプレイに四角形をしたブルーバックの選択範囲を作るような挙動をした瞬間、空間に透明な箱が現れ、大量の魚群をその中に閉じ込めてしまった。何万匹という光る魚の大群は、突然に現れた水槽に混乱しきった様子で縦横無尽に暴れ回る。

叶音《かのん》は無感動に手を動かし、更にもう一度、空間に向けたマウスをクリックした。

次に起こった事を例えるなら、スライド作成アプリに貼った画像を縮小するような挙動。

叶音が腕を動かすと、魚を閉じ込めた巨大な箱が、一気に数十センチの大きさまで縮まった。当然、その中に閉じ込めた数万匹の魚を一匹も逃すことなくだ。

なすすべもなく箱の縮小に巻き込まれた魚は、泳ぐスペースも失い、魚同士で身を寄せ合い——それでも縮小は止まらずひしめき合い——ほんの少しの隙間《すきま》もないほどすし詰めになっても縮小は止まらず——圧力で身体《からだ》が裂けはじめても止まらず——やがて身体を破裂させ骨を砕かせる音が何千万と重なった『ぐしゅぐちゅっ』という音を奏《かな》でて、一瞬で死滅した。血肉で一杯に満たされた小さく透明な箱は、とうとう一滴の血も漏らす事なく地上へと落ちていく。

凄絶《せいぜつ》な死滅を再び行おうと叶音がマウスを突き出した瞬間、叩《たた》き付けるような地鳴りが起こって、叶音の手からマウスを取りこぼさせた。

下を見れば、叶音が足場にしていたビルの中腹に、赤色の魚群が突っ込んでいた。それを皮切りに幾筋もの原色の帯が貫き、中ほどからぽきりとへし折った。叶音の身体が浮き上がり、宙に投げ出される。

「症例：墜落恐怖症――《墜落する青》」

叶音の両足が沸騰するように黒い泡をあげたかと思うと、泡が弾《はじ》けた叶音の両足は空色のブーツを履いていた。足下から空色の澱《おり》が翼のように噴出し、彼女の身体を重力から解き放つ。

同時に、蹂躙《じゅうりん》を続けていた《形無鬼《かたなきおに》の偽憤刀《ぎふんとう》》が叶音の手元に戻ってきた。刀の柄《つか》を摑《つか》むや否《いな》や、叶音は身体を独楽《こま》のように回し、破壊の赤い澱をまき散らす。猛烈な勢いで描かれた赤と青の螺旋《らせん》は渦巻いていた魚群に穴を穿《うが》ち、叶音をアクアリウムの大空へ飛び出させた。

魚の渦を抜けた叶音は、《墜落する青》の落ちる方向を操作して、上空、鯨《くじら》に向けて墜落する。

当然、接近などを許すはずがない。鯨は魚群を動かし、叶音の前に分厚い虹色の壁を作った。

『無策に突っ込むか。獣《けもの》じみた挙動を――』

鯨の冷笑は最後まで続かない。

叶音が突然に上方向の墜落を停止させたからだ。彼女の胸に開いた亀裂《きれつ》がぶくりと膨らみ、またしても新たな幽骸《コープス》を産み落とす。

それは丸みのある球体だった。コンクリートのような灰色をしたサッカーボール大の表面には、珊瑚《さんご》の死骸を彷彿《ほうふつ》とさせる無数の穴が開いている。叶音は空中で身体を回し、胸の裂け目から飛び出したそれを思い切り蹴《け》り飛ばした。

魚群を構成する魚達それぞれに自我があったならば、目の前まで迫った球体の表面、そこに開いた穴の一つ一つに、鋭い針の束が敷き詰められているのが見えただろう。そして、それを認めた瞬間に、己の死を悟ったはずだ。

「症例：破裂恐怖症――《悪戯蜂《いたずらばち》の籠《こ》もり巣《ず》》」

球体が突然に爆発し、穴に装塡《そうてん》されていた大量の針が全方位に向けてばら撒《ま》かれた。

針の一つ一つは髪の毛のように細い。しかしそれが突き刺さった瞬間、魚はパァン！と勢いよく破裂し、あたりに肉片をぶちまけた。

刺さったものを風船のように破裂させる針が、爆発の勢いで何千本も放たれる。

叶音《かのん》の一撃は、血と肉片で構成された特大の花火を生み出した。魚の血肉が迸《ほとばし》る破裂音が無数に重なり、原色に光る肉片と血の雨がアクアリウムに降り注ぐ。

そして、飛散した針の一本が魚群を抜けだし、鯨《くじら》の腹の人型、その腕の中指に突き刺さった。

一際大きなパァン！という破裂音がして、人型の中指が消し飛ぶ。

「あ――あああぁぁぁぁぁぁ――ッ！」

鯨の腹の人型が、悲痛な金切り声を上げた。弾《はじ》け飛んだ指から鮮血がボタボタと落ちる。

神の如《ごと》き視点から傍観していた鯨に、ようやく一撃を食らわせた。だというのに叶音は喜ぶ事もしない。《墜落する青》の重力操作で、今し方開けたばかりの魚群の穴を潜《くぐ》って鯨に迫る。

『ツ――不愉快、だ』

鯨が鰭《ひれ》を動かすと、今しがた潜り抜けられたばかりの魚群から、幾本もの帯が叶音に向けて飛び出した。弾丸のような魚群が叶音を捉えるのは、彼女が鯨に到達するよりも遥《はる》かに早い。

　またしても叶音の手の澱《おり》がぷくりと膨れて、手のひらに一つの指輪を生み落とした。本来宝石が埋まる箇所には何もなく空っぽだ。叶音は空洞を湛《たた》えた指輪を、左手の薬指へ通した。

「症例：忘却恐怖症――《健《すこ》やかならざるわたしの婚姻》」

　指輪を嵌《は》めた途端、叶音の姿が鯨の視界から掻《か》き消えた。食らいつく先を失った魚群は戸惑いながらその場に蟠《わだかま》る。

『消えた……違う。認識を阻害したのかッ』

　空気を薙《な》ぐような気配を鯨が感じ取ると、叶音が見えるようになった。もう鯨と目と鼻の先まで接近している。

　鯨が叶音を認識した時には、既に彼女は、黄鉄鉱色をした雷の権化《ごんげ》を振りかぶっていた。柄から伸びたヴァジュラ型のアミュレットは、鯨の腹に埋まる人型へとまっすぐ向いている。

『この――』

「《霹靂《へきれき》の帝墜鎚《ていついつい》》」

　回避など不可能だ。光の速度で疾駆する雷からは、何者も逃れる事は叶わない。

《帝墜鎚》の白雷は、神の放った矢の如き勢いで空を駆け上り、過《あやま》たず人型へと直撃した。

　世界ごと引き裂くような、甲高《かんだか》い絶叫。

　雷が人型と、それと繋《つな》がった鯨を打ち据えた。鯨の長大な巨体が、大きく仰《の》け反《ぞ》って悶《もだ》え苦しむ。

『ぐ――む、ぅぅ……！』

白光が止んだ時、鯨《くじら》はあちこちから焦げ付いたような煙を上げていた。肉厚の皮膚が熱によって収縮して破れ、内側の血肉を剝《む》き出しにしている。直撃を受けた人型のダメージはもっと酷《ひど》く、胸の方に袈裟《けさ》斬りにされたような裂傷が走り、ボタボタと鮮血を迸《ほとばし》らせていた。

そして、只人《ただびと》の域を超えた叶音《かのん》は、一切手を緩めない。

滝のように落ちてくる血を掻《か》い潜《くぐ》った叶音は、未《いま》だ雷の衝撃に悶《もだ》える人型の胸に張り付いた。

叶音の右腕がぶくりと膨れ、闇色の泡が弾《はじ》けた瞬間、その手には鋭い棘《とげ》付きの茨《いばら》――幽骸《コープス》《泥薔薇《どろばら》の裂傷鞭《れつしょうべん》》が巻き付いていた。叶音が茨を握りしめると、周囲の澱《おり》が黒がかった緑色へと変色して棘付き鞭《むち》と一体化し、数え切れないほど大量の茨へと変貌《へんぼう》する。

ひび割れた叶音の目が見据えるのは、人型の胸に裂けたばかりの巨大な傷。

叶音はその傷口に、機械のように冷酷な動きで《裂傷鞭》を叩《たた》き付けた。

無数に枝分かれした棘付き鞭が、裂けたばかりの人型の傷を抉《えぐ》り抜き、食らいつく。

「イィ――イアァアァアァァァァァァァ!!」

先の落雷すら遥《はる》かに凌《しの》ぐ、人型の慟哭《どうこく》。

《裂傷鞭》に付いた棘はせいぜいが人間の親指程度の大きさで、鯨の分厚い外皮を破れるほどの威力ではない。しかしその茨は、雷で裂けた傷から鯨の体内へと潜り込んだ。皮膚の内側のみずみずしい肉に吸い付いて蠢《うごめ》き、更に内側に向けて茨を伸ばしていく。

それは人間で例えれば、数万匹の蟻《あり》に身体《からだ》を這《は》い回られ、内側から貪《むさぼ》られるようなもの。

『羽虫が、纏《まと》わり付くなッ』

鯨はぐるりと身を回し、櫂《かい》のような形の胸びれを叶音に叩き付けた。それは叶音を強《したた》かに打ち据え、真下へと叩き落とす。《泥薔薇の裂傷鞭》がぶちぶちと音を立てて引きちぎれるも、茨はそのまま鯨の体表にびっしりと纏わり付く。

叶音は《墜落する青》の空色の澱を翼のように広げて勢いを殺し、空中に浮遊する。

ダメージが無いわけではない。巨大な胸びれの一撃をモロに受けたのだ。皮膚はあちこち破れて血が滲《にじ》んでいるし、一部はそのまま欠落してしまったらしい。左頰がなくなり、黒々とした闇色の虚空《こくう》が覗《のぞ》いている。

よくよく見ればその肩は上下し、ふぅ、ふぅ、と規則的で荒いリズム音がした。

呼吸している。傷ついて、生きているのだ。身体の内側から闇を溢《あふ》れさせ、ジグソーパズルみたいに身体をバラバラにされた状態にもかかわらず。

『……理解しきれない。ただの人間ひとりが、これほどの質量を相手取るなどできる訳がない』

「リソースの差なんて、尺度と解釈次第で幾つも抜け道があるよ。核融合って知らない？」

そう言って、虚空から逸流《いつる》が飛び出してきた。彼は叶音に後ろから抱き付くと、その背中にぎゅっと縋《すが》り付き、ひび割れた頰を愛《いと》おしげに撫《な》でた。

「脆《もろ》く、不安定で、限界がない絶望の深さ。これこそが人間の精神の面白い所さ」

『一体どんな細工を働いた』

「何も？　縫い目を少し緩めただけだって言ったでしょ。それにね、これでもまだ、ぜんぜん極限じゃないんだよ。僕が見つけた時の叶音《かのん》はもっとずっと凄《すご》かった。叶音は世界の理《ことわり》を壊す超越者だ。芸術的なまでに歪《ゆが》みきった人間なんだよ」

『人間――それが人間だというのか』

戸惑いを滲《にじ》ませた声でそう言い、鯨《くじら》は、全身から澱《おり》を噴出させる砕けかけの少女を見る。

たった今、その少女に、生命という概念に対する最大限の侮辱《ぶじょく》が働いていると察せられた。

理性や倫理という観念を人間的だとするのなら、この場においては、人間を食料としてしか捉えず、それ以上の悪用を見出《みいだ》さなかった鯨こそが、最も人間らしい存在とすら言えるだろう。

『たった一人の惰弱な人間が。物理法則に縛られた浅い界層の、食糧でしかないはずの存在が。アクアリウムの総力である魚群を蹴散《けち》らし、自分に傷を負わせたというのか。あり得ない』

「あり得ない出来事なんてこの世界には存在しないよ。物理法則が僕達を認識できないように、僕達の方も、まだまだぜんぜん、彼らを計り知れていないのさ」

『ソレを人間と呼ぶのなら、人間とは何だ。人の精神とは、果たしてどれほどの力を――』

「それ。その思考だよ」

『…………』

鯨は言葉を失った。

いつの間にか鯨は、叶音という少女に戦慄《せんりつ》し、恐怖すら抱き――どうしようもなく強い関心を寄せざるを得なくなっている。その事実に気付き、愕然《がくぜん》とした。

にまぁっと、逸流《いつる》が唇を吊《つ》り上げて笑った。とびきり無邪気で最悪な声で嗤《わら》う。

「気になってしょうがないでしょう？　人間って面白いでしょう？　理解したくてたまらない。もっと見てみたくてたまらない。気になって気になってしょうがない！　そうだよねぇ」

『まさか、お前は、それを分からせるためだけに少女を支配して――』

「あれだけ人間は食料だとか虚仮《こけ》にしてたのに、心底から僕の言い分を理解しちゃったねぇ。もう人間から目を離せないねぇ。ふふ、くふふふふっ」

『――、――――――くそ』

「僕の勝ちだね、鯨さん」

この瞬間、観念的に逸流は鯨に勝利した。

それは例えるなら、積み木を組み上げて遊ぶしか知らない子供に、お城を組み上げておままごとする方が楽しいと教え、その含蓄の差で優越感を得るようなもの。あまりに幼稚でみみっちい、人間を道具としてしか捉えていない外道《げどう》同士の会話だった。

しかし、人を溺死《できし》させる絵に端を発したこの事件が、いつ決したかと問われれば。

それは間違いなく、鯨が人間に『未知』を感じ取った、この瞬間であった。

『──もういい。お前の戯言《ざれごと》にはうんざりだ』

心底から唾棄《だき》するようにそう言う、色鮮やかな魚群が鯨《くじら》の周囲に集まっていく。叶音《かのん》が箒《ほうき》で掃き捨てるような蹂躙《じゅうりん》を繰り返したが、その数は未《いま》だ空を覆うほどに途方もない。

幾つもの原色を一つに束ねた魚群は、モザイク状に色彩が乱れた虹色の雲を形成した。不安をかき立てる非自然的なモザイク模様の雲は、見る人が見れば神の降臨のように──あるいは、次元を超越した存在が空間を裂いてこちらを照覧しているようにも見えた事だろう。

『その少女がただの人間でなく、お前の唯一無二の宝だというのなら、尚のことそれを破壊し、お前の悔しがる様を拝む他あるまい』

「なにそれ、悔し紛れ？　それとも嫉妬《しっと》？　僕よりずっとおっきいくせにみみっちいなぁ。質の悪い食べ物に頭をやられちゃったの？」

『その不快な笑みごと、この光によって潰《つぶ》してくれる』

眩《まばゆ》いモザイクカラーの雲は鯨の意志によって蠢《うごめ》き、そこから大量の輝く槍を形成した。一本が叶音を十人纏《まと》めて突き潰せる巨大な槍が、数え切れないほど大量に空を埋める。

まさしくそれが、鯨の持つ総戦力。

槍を周囲に侍《はべ》らせた鯨は、大きく身を反らせる。

それを合図に、無数の輝く槍が少年少女をこの世から永遠に退場させる──はずだった。

『……何……？』

モザイクカラーの槍は、一本たりとも動く事をしなかった。

いや、動けなかったのだ。色彩を構成する魚達の一匹一匹が、紫の燐光《りんこう》に覆われている。

『まさか。貴様、どこまでも……！』

「症例：視線恐怖症――《我極性偏見鏡《がきょくせいへんけんきょう》》」

「そう、上手だね叶音。今の君なら、数億の個体を個別に視認して縫い留めるなんて楽勝さ」

おどろおどろしい紫の澱《おり》で目元を完全に覆った叶音が、鯨を見据えていた。彼女の背後から抱き付く逸流《いつる》が、彼女の砕けた頬を愛《いと》おしげに撫《な》でる。

それから逸流は、動揺し鰭《ひれ》を揺らす鯨に、嘲笑《あざわら》うような目を向けた。

「見せ場なんて作らせないよ。子分を従わせた芸のない攻撃ばかりで、もう飽きちゃったもん」

「有り得ない。これほどのエネルギーが、少女の呪い一つに食い止められるなど……！」

「っていうかさ。さっきから『まだ勝負は決まってない』みたいな風に言ってるけれど、何を
勘違いしちゃってるのかな？」

くすくすっと、とびきり邪悪に微笑《ほほえ》んで。

逸流は大層面白そうに、鯨にその事実を突きつけた。

「もう勝負はついたよ。僕の勝ちだって言ったばかりじゃないか」

『……何を』

何をバカな事を――そう呟《つぶや》こうとした言葉は続かない。

突然に鯨《くじら》は、猛烈な怖気《おぞけ》に駆られた。

いや、それは怖気と呼べるような抽象的なものではない。

まるで未知の寄生虫が耳の穴から体内に侵入してきたような。振り返った先で頭を狙う銃口を見つけたような。そんな、明白に死を悟らせる恐ろしい崩壊の感覚だった。

どくんっ――と、身体《からだ》の内側が爆《は》ぜるような衝撃が走った。鯨が大きく身を捩《よじ》る。

『何だ……自分の身体に何をした……!?』

「いやあ、本領発揮まで長かったねえ。だって最近戦った相手は、細かい魚の群れだったり血を流さなかったり、相性が良くなかったもの」

一体何が起きているのか。鯨は視線を巡らせ、その正体を突き止める。

全身に食いついて蔓延《はびこ》っていた、茨《いばら》。

それが毒々しい錆色《さびいろ》に変色し、同じく錆色の薔薇《ばら》を大量に咲き誇らせていた。

茨はまるで血と生命力を吸い取って成長しているよう。一方で鯨は、その錆色の茨が、体内の取り返しのつかないほど深い場所に、何かを送り込んでいるのを感じていた。

薔薇を通して体内に染み込んでいくのは、『死』と表現できるほど恐ろしいもの。

鯨が已に起きた異変を理解した時には、全てが手遅れになっていた。

そうだ。死とは元来、人の理解せざる所で進行する。

目で見る事も叶わず、ひとたび侵食が始まれば止める術《すべ》はない。植物の蔦《つた》が這《は》うように緩や

かに身体《からだ》を犯していき、気付いた時には全てが決定的に終わっている。

死とは全てが劇的な訳ではない。

ナイフのひと掻《か》き。虫のひと刺し。その小さな血の汚染が命を奪う事もある。

その幽骸《コープス》が孕《はら》む恐怖の対象は、その静かで残酷な性質から、まさしく呪いと表現するにふさわしいものだった。

叶音《かのん》は自分の右手——錆色《さびいろ》に変わった澱《おり》を纏《まと》う茨《いばら》を翳《かざ》して、呪いの名を謳《うた》う。

「症例：感染病恐怖症——《泥薔薇《どろばら》の裂傷鞭《れっしょうべん》》」

「悪食《あくじき》のおデブちゃんにはお似合いの最期《さいご》さ。内側からドロドロに溶けてなくなっちゃえ」

『おぁ……が……あぁぁぁ……!?』

苦悶《くもん》の声を上げて鯨《くじら》が身悶《みもだ》える。

薔薇は止まる事なく侵食を続ける。その蹂躙《じゅうりん》の様子は『病魔』そのものだった。茨は吸った血の分だけ、肉体を脅《おびや》かす毒を内側へと流し込む。体内に飛び込んだ病原体は血管を通して広がり、あまねく全身を犯し尽くす。

その侵食は、いち個体がどうにかできる次元のものではない。体表の茨がみるみると蕾《つぼみ》をつけ、禍々《まがまが》しい錆色の薔薇をばっ、ばっ、と付けるたびに、毒が全身に広がっていく。

魚群が作ったモザイク模様の雲は、叶音が《我極性偏見鏡《がきょくせいへんけんきょう》》を解除した瞬間に、水風船が破裂するように散開した。眩《まばゆ》い色彩が放射状に広がっていく様子は、雨上がりに虹が架かるように荘厳《そうごん》で、今まさに鯨に迫る『死』とは皮肉なほど対照的に美しく、開放的だった。

そうして、ただひとり取り残された鯨にも、最期の時が訪れる。

茨が食い破った傷口から、ぶしっと体液が噴き出す。それは血というにはどす黒く粘つき、毒によって溶かされた鯨の肉や内臓が混じっているようだった。崩壊は肉体のあちこちで起こり、生臭い血肉の雨がアクアリウムに降り注ぐ。

そして——どこよりも深い傷を負い、最も深く茨を植え付けた箇所が、融壊する。

「ア————ァァアアァァアァァア——！」

鯨の腹に埋まっていた人型が、死の恐怖に塗れた、ざらついた悲鳴を奏《かな》でる。

胸に空いた傷から間欠泉のように血肉混じりのドロドロとした体液が噴き出し、とうとう人型が動かなくなった。茨まみれの全身から力が抜け、両腕がだらりと垂れ下がる。

それでもなお侵食は止まらず、病魔は身体を溶かし続け——ずるりと音を上げて、人型が鯨から落ちた。鯨と一体化した接合部がケロイド状に溶かされ、残された僅《わず》かな肉をぶちぶちと千切り——とうとう、ばつんっと音を立てて、人型が鯨から切り離された。

鯨が声もなく身悶え、断面から途方もない量のどす黒い血がまき散らされる。

人型は、巨大故《ゆえ》の緩慢にも思える速度で、珊瑚《さんご》の森の上にズゥ——ン——と音を立てて墜落した。全身を錆色の薔薇で蹂躙された遺体は、胸いっぱいに花を抱いているようにも見え、まるでこの世で最も汚らわしい悪神に祝福を受けたような穢《けが》れた美しさに満ちていた。

それが決定的な崩壊で、決着の瞬間だった。

人型の融解と脱落は、同時に鯨《くじら》の戦意やプライドすらも溶かし尽くした。

激痛と喪失感《そうしつかん》に悶《もだ》えた鯨は、とうとう絞り出すように言う。

『ま、待て……待ってくれ』

「……」

『降参する。何でもお前の言う通りにしよう……だから、頼む。これ以上は壊さないでくれ』

「……」

全身をひび割れさせた叶音《かのん》は勿論《もちろん》、逸流《いつる》も感情を伴わない、冷たい目を鯨に向けていた。

茨《いばら》は、先程まで人型が埋まっていた、腹に開いた大きな傷に向けて嬉々《きき》として伸びていく。

逸流はその円《つぶ》らな瞳で、既に死に体同然の鯨の命が無慈悲に磨《す》り潰《つぶ》されていく様を眺めていたが……茨が腹の傷に触れる寸前に、ふっと目を閉じる。

叶音の全身から噴出していた澱《おり》が一斉に止んだ。茨の侵食が止まる。

叶音の身体《からだ》から力が抜け、右手の鞭《むち》も、左目の片眼鏡も、幻のように消え失《う》せる。

彼女を浮遊させていた《墜落する青》の能力も失われ、彼女の身体が落ちようとするが、逸流が生み出したらしい、下から浮上してきた熱気球が彼女の身体を受け止めた。

気球に受け止められた叶音の顔は、眠るように安らかだった。徐々に熱を失っていく炭のように、溢《あふ》れていた澱は勢いを弱め、全身の亀裂《きれつ》が修復されていく。

逸流は叶音をちらと一瞥《いちべつ》し、その頭を愛《いと》おしそうに一度撫《な》でてから、鯨に目を向けた。

鯨は、侵食が止んだ茨を全身に巻き付かせて、逸流を見ていた。もし鯨が人間であったならば、その顔には痛みと苦しみ、生かされたという屈辱《くつじょく》、更にその屈辱とは真逆の、死が遠ざかった事に対する大きな安堵《あんど》が織り混ざり、ぐちゃぐちゃに歪《ゆが》んでいたはずだ。

逸流はそれらの混濁とした感情を読み取り、くすりと面白そうに微笑《ほほえ》んだ。それから言う。

「一つ。このアクアリウムをすぐに解体して」

『そのようにしよう』

「一つ。取り込んだ人のうち、肉体の生きている者の精神をすぐに解放するんだ。君が消費した分は、君のリソースを削って可能な限り復元すること」

『そのようにしよう』

「一つ。二度と人間を喰《く》わないこと。たとえそれが誰であろうと、人の精神が生み出す〈ゾーン〉に介入しないと約束して」

『……それでは、餓《う》えて死ぬのも時間の問題だ』

「ここですぐに死ぬのと、どっちがいい？」

逸流が微笑みながら問うと、全身に纏《まと》わり付く《裂傷鞭《れっしょうべん》》が鯨の全身を縛り上げた。鯨は屈辱を滲《にじ》ませた声で『……そのようにしよう』と呟《つぶや》いた。

遥《はる》か遠くの方で、バキと音がした。逸流が振り返れば、地平の先の空にヒビが走っている。

アクアリウムの境界面が破れたのだ。ヒビがみるみる広がっていき、やがて空気がズズ――と動くのを感じる。穴の開いた水槽と同じように、アクアリウムの空気が流れ出ていく。

鯨《くじら》の支配を失い、戸惑うように周囲を遊泳していた魚達が、一斉にひび割れた境界面へと向かい始めた。魚群は幾本もの原色の流れになり、世界の外へと消えていく。

背後の金色の大樹には原色の珊瑚《さんご》の木が渦巻くように取り付いていたが、それが端から小さな魚に分解していった。魚は魚群に混じり、共に外へと向かっていく。

『貯蔵のため景観に割いていた資源を、人格の修復に充てる。完全再現は難しいだろうが、起こる不具合は軽い健忘程度のはずだ』

「過去は置いておいて、今回の公開配信によって死んだ人はいる?」

『ゼロだ。保証しよう』

「うん、よかった。叶音《かのん》の目覚めが悪い味にならなくて済むよ」

叶音の全身に走った亀裂《きれつ》は、ほとんど収まっていた。少女らしい愛らしさを残す寝顔は、左頬が欠けて内側の闇が覗《のぞ》いていたが、逸流《いつる》が手を添えると、元通りの艶《つや》やかな肌に戻る。

「……ところで。このアクアリウムの元にした海園遊雨《うみぞのゆう》の精神は、元に戻せるの?」

『無理だ。先の通り、遊雨の人格を参照できる残滓《ざんし》が残っていない。再現は不可能だ』

「そっか」

元より答えが分かっていたように、逸流の反応は冷ややかだった。

　逸流が手を翳《かざ》すと、鯨の全身に纏《まと》わり付いていた錆色《さびいろ》の茨《いばら》が、みるみるうちに枯れていった。灰のようにボロボロと剝《は》がれ落ちていき、鯨が自由の身となる。

「戻せないならどうでもいいや。海園遊雨と、肉体的に死んだ人の精神エネルギーについては君の好きにすればいいよ。《裂傷鞭《れっしょうべん》》の毒はまだ体内に残留している。身体《からだ》を治療して、生きながらえるために使うといい」

『……』

「アクアリウムを解体し終えたら、もっと深い場所に潜るといいよ。君が自分でたどり着ける限り深くまでね。元の界層と比べれば居心地は最悪かもだけど、存在する分には大したエネルギー消費じゃないはずだ。そこでじっとして、二度と僕達の邪魔をしないでもらおうかな」

『……、…………そのようにしよう』

　苦々しく、鯨は逸流の命令に従った。

　そうして、満身創痍《まんしんそうい》ながらも自由の身となった鯨も、外へ去っていく魚群に混ざる。

　ふらふらと危うい動きで方向を転じていく鯨は、その途中で、ふと動きを止めた。

　大きな目を逸流と、その傍《そば》で寝息を立てる少女に向ける。

『その少女が原因だな。深層とここを繫《つな》げ、自分が放り出されるに至った、あの裂け目の』

「そうだよ。それがどうかした？」

『二度と裂け目を開かせるな。これは見逃してくれた礼としての忠告だ』

「……その心は？」

『あの時開いた裂け目は、自分のような深みに座す存在の関心を引いた。一部の聡《さと》い者は、人間の精神という優れたエネルギー源がある事も知ったはずだ――次に裂け目が開く瞬間を、待ちわびている存在も少なくない。世界は今度こそ混沌《こんとん》に陥るだろう』

「……」

『その少女を壊れさせるな。今の生活が気に入っているのならな』

逸流《いつる》は、鯨《くじら》の忠告を静かに聞いていた。

それから彼は飄々《ひょうひょう》と肩を竦《すく》め、鯨に対し、餞別《せんべつ》代わりに手を振った。

「忠告ありがとう。いちおう、気を付けることにするよ」

『せいぜい大切に愛《め》でるといい。愛玩を生きがいとする変わり者め』

「じゃあね。同郷の存在に出会えていい経験だったよ」

『ああ。二度と会わない事を祈っている』

最後にそう吐き捨て、鯨は傷だらけの尾びれを大義そうに動かしながら、沢山《たくさん》の小魚と共にその姿を小さくしていき、やがてアクアリウムの外側へと姿を消した。

主である鯨がいなくなった事で、アクアリウムはとうとう決定的な崩壊を始めた。

あちこちで地盤沈下が起こり、ガラガラと崩れていく。

逸流は空に浮遊する気球の上に立ったまま、今一度、その世界をぐるりと見回した。

命の気配が一つもない、がらんどうになった、マリンブルーの空、原色の珊瑚《さんご》の森。美しい緑の苔生《こけむ》した山脈。

ひとしきり景観を眺めた逸流は「うん」と一度頷《うなず》いた。吹っ切れたとでも言うように。壊れていくこの世界に、やはり何の未練もないと納得するように。

そうして逸流は、傍らで安らかに眠る少女の頭を抱え、そっと抱きしめた。大切な玩具《おもちゃ》を、なくさないように懐《ふところ》へ仕舞い込むように。

「苦しみの伴わない人生なんて、まったくつまらない。君もそう思うよね、叶音《かのん》」

何もかもが真っ白に消え去る寸前。

そう囁《ささや》いて、少年は少女の額に、柔らかな頬を擦《こす》り付けて微笑《ほほえ》んだ。

◇

何かに追い立てられるような思いで、菱凪咲希《ひしなぎさき》は走っていた。

現実には、既に夜の帳《とばり》が落ちきっていた。陽が沈んでから大分経《た》つ。

海園遊雨《うみぞのゆう》の生放送が完成間際に突然終了してから、三十分が過ぎようとしていた。

咲希が確認した時、視聴者数は二百を数えていた。動画配信そのものは続いている。理由もなく画面が暗転したというのに、再開を待つ視聴者の数は不気味なほど変わっていなかった。

果たして海園遊雨《うみぞのゆう》に何があったのか——咲希《さき》はそれを確かめるために動いていた。

生命維持が必要な患者に対応するための治療器具は限られている。それらはいずれも専門性が高い故《ゆえ》に取り扱える場所は限られ、患者の生命を守るため、故障などを起こした際に駆けつけられる体制を整えているはずだ。そんな咲希の発想は冴《さ》えていた。配信に映った海園遊雨の姿から彼の生命維持装置の型番を特定し、取り扱う病院に片っ端から連絡を取り、とうとう遊雨の名前を見つけだしたのだ。

住まいである一軒家は静かだった。勝手口の鍵が開いていたので、咲希は物音を立てないよう身体《からだ》を滑り込ませる。生活感の薄いダイニングのテーブルには、魚の絵が広げられていた。

咲希が耳を澄ませると、声が聞こえてきた。

「……う……ゆ、遊雨……！」

「二階か……何が起きている？」

泣き叫ぶ女性の声。ただならぬものを感じて、咲希は走った。

二階の、一部屋だけ明かりを漏らす部屋に押し入り、そこで足を止める。

「遊雨！　しっかりして遊雨、遊雨！」

八畳ほどのその部屋には、大きなベッド以外は何もない。

沢山《たくさん》の器具が取り付けられたベッドの中心には海園遊雨がいて、姉の鞠華《まりか》が、彼の細い身体に縋《すが》り付くようにして泣いていた。

遊雨の左目は、もう動いていないし、何を捉えてもいない。

心電図の画面は、平行線のまま動いていなかった。

一体、その決定的な瞬間からどれほど経過したのだろう。恐らく、ほんの数分前に違いない。

滂沱《ぼうだ》の涙を流し、必死に名前を呼ぶ鞠華を見て、咲希は漠然と、生き返って欲しい訳ではあるまいと思った。受け入れてしまった喪失《そうしつ》の大きさに、心が悲鳴を上げているだけだ。

現に鞠華は、瞳から滂沱の涙を流しながらも、咲希が踏み込んできた事をしっかりと認識していた。咲希が背中に手を置くと、驚くほど素直に身を引き、その場にへたり込む。

咲希は遊雨の顔を見て、首に手を当てて脈を診て、スマートフォンを取り出した。

「……菱凪《ひしなぎ》だ。今から言う場所へ救急車を回してくれ。死体を一つ確認した……応援は……」

咲希は言葉を止め、振り返った。

鞠華は静かに啜《すす》り泣き続けている。その様はどう見ても、弟を喪った悲痛に暮れる、ただの少女のようにしか見えなかった。

「いや、応援は必要ない……ただの死体だ。事件性はない」

「うぅ、ううう……！」

鞠華の泣き声の気配が変わった。痛みを堪《こら》えるような、覚悟を固めたような唸《うな》り声。

咲希が振り返った先で、鞠華は俯《うつむ》いていた。流れ落ちた涙がフローリングに溜《た》まっている。

「ごめんね、遊雨。駄目なお姉ちゃんで、本当にごめんなさい……」

「……オイ」

「私だけ生きるなんてしない。すぐにそっちに行くよ」

鞠華《まりか》がPCに繋《つな》がっていたコードを摑《つか》んだ。それを自分の首に巻き付け、ありったけの力を籠《こ》めて両側から引く。

その寸前に咲希《さき》が動いていた。コードと首の間に手を差し込み、気道が締まるのを防ぐ。咲希は腕を引き、コードごと鞠華を持ち上げた。滂沱《ぼうだ》の涙を流す鞠華の驚きの目を、ありったけの怒りを籠めて睨《にら》み付ける。

「ッなにを、楽になろうとしてやがんだ！」

「っ……」

「一人で納得して放りだそうとしてんじゃねえ！　それは、償いなんかじゃねえぞ!!」

果たしてそこで何が起きたのかを、咲希は知らなかった。咄嗟《とっさ》に口をついた怒声は、かつて親しい人の自死を前に何もできなかった、過去のトラウマに対して叫んだようだった。

しかし、咲希の言葉は、雷のように鞠華を打ち据えた。

鞠華の顔がくしゃりと歪《ゆが》んで、コードを引き絞っていた両手から力が抜けた。彼女は今度こそ力を失い、その場に崩れ落ちる。

「うぅ……あ、あぁ……あぁぁぁぁぁぁぁぁぁぁぁ……！」

大粒の涙をボロボロと溢《こぼ》しながら、鞠華は泣いた。

何もかもを失った絶望の慟哭《どうこく》。果たしてそれがどれほど重い叫びなのかを、咲希は知らない。

彼女はそれ以上かける言葉も探せず、泣き叫ぶ鞠華を前に、どうしていいか分からず立ち竦《すく》む。

咲希は静かに、全てが終わった事を悟った。

人を次々と溺死《できし》させた怪異は、二度と起こる事はない。

数百人の命を巻き込んだおぞましい事件の最果てには——ただ、虚《むな》しさだけがあった。

エピローグ　たゆたう夢の終わり

小知田《こちた》巡《めぐる》は、意識を取り戻す直前に、ざぁぁ……という波が引いていくような音を聞いた。頭の中に詰まっていた水が抜け落ちていくような開放感があったと、小知田は後に思い返す。

ぱち、と目を開けた小知田は、自分は天国に来たのかと錯覚した。視界に広がる見慣れない天井も、やけに重いのに疲れのない身体《からだ》の調子にも覚えがなかったからだ。

「……ここは……？」

「お、気付いたか」

気怠《けだる》げな声がして、天井の景色に割り込むようにして、菱凪咲希《ひしなぎさき》がひょいと顔を見せた。病院特有の薬品の匂《にお》いに混じって、彼女がよく齧《かじ》っているミントの香りがした。

「遅いお目覚めだな。あれから丸三日だぞ……自分に何があったか覚えてるか？」

「咲希先輩……確か、私は咲希先輩と、進藤《しんどう》先輩と一緒に、ショッピングモールに行って……溺《おぼ》れ死んだ人がいるって通報で、それで……あの、ええと」

「いや、いい。覚えてないなら別にいいんだ」

記憶の断片をかき集めようとするも上手《うま》くいかなかった。やがて咲希の方が首を振り、安心させるように小知田の頭を撫《な》でた。

「脳にも身体にも異常なしだとさ。医師センセイは、いつでも出ていいし、何なら早いところ病床を空けてくれって言ってたぞ。進藤はもう少し入院が必要だが、そっちも怪我《けが》以外は問題ないらしい。さっき見舞いに行ってきたが、あーうー唸《うな》って元気そうだったよ」

冗談めかしてそう言う咲希。顔も声も、小知田が見た事がないほど優しかった。

後輩の小さな頭を撫でていた咲希は、ふとその手を止めた。

小知田の目が、何か言い知れない感情に震えていたからだ。

「先輩──私、夢を見ていたんす。不思議な、海の夢でした」

咲希が眉をひそめる。小知田がその目を見つめ返し、続ける。

「海の中にいたんす。今はもう曖昧《あいまい》で、ぼんやりとしか覚えてないけれど、すごく綺麗だった事は覚えてるっす。水の中でも全然苦しくなくて、好きなように泳ぐ事ができて」

「……」

「私、すごく楽しかったっす。そこで泳ぐ魚達はきらきら光っていて……その魚達が言うんす。『いつまでもここにいていいんだよ』って」

すぅ、と小知田は深く息を吸い込んだ。自分が今生きているんだと確認するみたいに。

知らず、小知田の唇は震えていた。「でも」と絞り出すように言う。

「でもその海は、すごく、すごく怖かったんす。ここにいたらいけないって、ハッキリ分かってたんす」

「……」

「なのにそこは、やっぱりすごく居心地が良くて。魚達が『いていいよ』って囁《ささや》いてて……次第に、まあいいかって気持ちが湧いてきて、いちゃいけないって気持ちが、どんどん曖昧《あいまい》になっていって……わ、わた、わたし……っ」

小知田《こちた》は、がばっと自分の身体《からだ》を抱きしめた。

揺れる瞳から、ぽろぽろと大粒の涙がこぼれ出てくる。

がちがちと歯を鳴らして、小知田は叫んだ。

「怖かった……！　怖くなっていく事が、すごく、すごく怖かった！　あのまま海に閉じ込められるって分かってて、それにどうとも思わない自分が、どんどん自分じゃなくなっていくみたいな気がして！　それがとても怖くて！」

「小知田……」

「夢でよかった、よかったぁ……！　ぐすっ、うえぇ、咲希先輩《さきせんぱい》〜〜〜〜！」

とうとう小知田は子供のように声を上げて泣きじゃくり、咲希にひしっと抱き付いた。

咲希は自分の胸に、涙やら涎《よだれ》やら色んなものがじんわり滲《にじ》んでいくのを感じて顔をしかめたが、すぐにその表情を掻《か》き消すと、小知田の小さな頭を抱きしめた。はぁ〜っと聞こえよがしに溜息《ためいき》を吐《つ》き、彼女の背中をぽんぽんとさすってやる。

「怖い夢で泣くなんて、子供かよ……ほら、泣け泣け。特別に、私のでっかい胸を貸してやる」

「えぐっ、ぐっす……うぅ、やわこいっすぅ……！」

「揉《も》んでいいとは言ってねえよ馬鹿」

悪夢から解放された小知田の泣き声が、朝陽も眩《まぶ》しい病院の中に、しばらくの間わんわんと響き渡っていた。

◇

異常な方法で溺水《できすい》する一連の自殺は、新聞やＴＶニュースがセンセーショナルに報じ、一時期はネットも含めて話題を席巻するまでに至る。

関連づけられた死体は七名。ＳＮＳでは溺死《できし》の原因について、オカルトをはじめとした様々な憶測が語られた。

しかしその話題も、一週間もすれば霧散《むさん》する事になる。それ以降、新たな水死体が出てくる事はなかったからだ。

どんな炎でも燃料となるものがなければやがて鎮火していくように、異常死体の話題は徐々に小さくなっていき、ひと月もすれば話題は完全に表舞台から消え去る事になる。

全ての現場に、黒と原色の線で描かれた魚の絵があったという事実は、とうとう世間に暴かれる事はなかった。

――一方、溺死事件と同じ時期に、二百人弱という限られた人が、奇妙な経験をした。

それは『海園遊雨《うみぞのゆう》』という無名のイラストレーターが突如配信した、絵の公開制作だった。暇つぶしに、あるいは冷やかしに配信を見た人達は、一様にその画面に釘付けになったという。取り憑《つ》かれたように画面に見入り、周りが何を呼んでも反応せず——ハッと意識を取り戻した時には、配信は突如として終了していた。

有志が保存していたアーカイブを見返してみたが、その動画の内容は、黒い背景に目に痛い原色の線を乱雑に走らせているだけの、まるで意味不明な動画にしか見えなかったという。取り憑かれたように見入っていた人の中には「潮の匂《にお》いがした」「波の音が聞こえた」などと語る者もいたが——それらの不思議な体験もまた、二度と再現される事はなかった。

異常な溺死《できし》と、海園遊雨の魚の絵。結局これらは一度も関連づけられる事なく、それぞれ別々に、人々の記憶から忘れ去られる事になった。

絵を見た事により、幻の海に惹《ひ》き込まれたという真実を知るものはいない。海園遊雨の絵に魅入《みい》られた二百人弱を救うために、現実ならざる場所で決死の戦いがあった事を知るものなど、全くいないのであった。

——たった二人を除いて。

「……過労かぁ」

霊能探偵、立仙昇利《りっせんしょうり》は、残念そうな溜息《ためいき》と共にそう呟《つぶや》いた。

服装はいつもの胡散臭《うさんくさ》い漢服ではなく、飾り気の無い緑色の病院服だ。長い髪は後ろで一つに結び、病院のベッドに流れるままにしている。

腹には新聞を広げて乗せてはいたが、文章は目の上を滑っていた。彼の頭の中では、先ほど医師に告げられた診断結果が繰り返し繰り返し再生されていた。

「たった一言『働きすぎですな』だって。分かってないなぁ、これが働きすぎなものかい。僕がどれだけ普段から暇してるか知っていたら、そんな台詞《せりふ》は口が裂けても言えないはずだよ。ねえ叶音《かのん》ちゃん？」

「いや、何を偉そうにのたまいやがるんですか。普段から忙しくなるよう努力してくださいよ」

ベッドの傍《そば》に立った叶音は、不満げにぷりぷり怒る中年男性の姿に、大きな溜息を吐《つ》いた。

「事務所で倒れていた昇利さんを見つけた時はどうなる事かと思っていましたが。その調子じゃ、見舞いに来ただけ時間の無駄みたいですね」

「いやいや、叶音ちゃんには助けられたよ。何せスケジュールは来週まで白紙だったんだ。君が来てくれなかったら、僕は床に放置されて死ぬまで発見されなかったかもしれないからね」

「いやだから。仕事がない事をそんなに誇らしげに言わないでくださいってば……」

精神世界に広がる広大なアクアリウムを舞台とした激戦の最中、昇利は逸流《いつる》の手を借りて、海園鞠華《まりか》と共に脱出を果たした。

鞠華《まりか》を無事に送り届けた後、昇利《しょうり》もまた現実の、立仙《りっせん》霊能探偵事務所にある肉体に帰着した。

しかし昇利が覚えているのは、床に仰向けに寝転んだ状態で目を開け、深く息を吸った所まで。精神世界で負った負傷の反動が、ここで昇利を襲った。猛烈な目眩《めまい》に苛《さいな》まれ、そのまま一声も発する間もなく気絶したのだ。倒れる寸前には「ヤバイ死ぬ」と思ったものだったが……蓋を開けて見れば、結果は医師の診断の通りだ。

「うぅん、過労、過労かぁ……あんなに奇想天外な出来事に遭遇したというのに、悪い夢を見た程度に落ち着いてしまうのか。僕にもスーパーな超能力とか身につかないものかなぁ」

「海外旅行したからって、いきなり外国語がペラペラになると思いますか？　昇利さんは昇利さんですよ。良くも悪くも、どこまでいっても」

叶音《かのん》は相変わらずそっけない。けれど彼女のつっけんどんな態度も、全てが平穏に終わった今なら愛らしくも感じられる。

……そう、全てが平穏に終わったのなら。

「……叶音ちゃんは、平気なのかい？　その、アレは相当な強敵だったはずだけれど」

「もちろん楽勝でしたよ。昇利さんが心配する事なんてこれっぽっちもありません」

得意げに微笑《ほほえ》むと、叶音は片手を差し出して、何もない虚空《こくう》をぎゅっと握り込んだ。

「あたし達は、百戦錬磨の恐怖殺しですよ。デカいだけの魚なんて物の数じゃありません」

「……それは心強い」

顔の強張《こわば》りを隠して、昇利は微笑んだ。

相変わらず昇利には、叶音はただ虚空に向けて手を差し伸べているようにしか見えない。

しかし昇利はもう、その虚空に〝何か〟が居る事を理解してしまっていた。

鯨《くじら》を打倒するため空へと去って行く叶音の、全身の亀裂《きれつ》から黒い澱《おり》を噴出させた様相は、いまも目に焼き付いている。

あれはまさしく、悪夢と表現するのが適切な姿だった。

更に叶音は、自分がどうやって鯨を打倒したか、一切記憶に残っていないという。

精神負荷を減らすために意図的に忘却していると叶音は言うが……昇利は、叶音が手を差し出す虚空で、幼い少年が人差し指を口に当て「しぃー」と悪戯《いたずら》っぽく笑う様を思い描いた。

叶音の精神。そのあまりに濃い深淵《しんえん》は、概念世界を理解しきれてない昇利が気安く触れられるものではない。

だから昇利は、いつも通りに無知で無害な風を装い、おどけたように腕を組んだ。

「うん。一時はどうなる事かと思ったが、万事解決で終わって何よりだ。僕も、今まで見られなかった〈ゾーン〉や、クールでカッコイイ叶音ちゃんを目撃する貴重な経験ができた。今回の事件は、僕も大きく成長を果たした、非常に有意義な案件だったと言っていいだろうね！」

「今、とんでもなく恐ろしい言葉が聞こえた気がしましたが……あのですね、昇利さんっ」

眉間に皺《しわ》を寄せた叶音が、昇利に向けてビッと指を突き立てた。

「分かりきった事をあえて言いますけれど！　あたしの仕事に首やら手やら口やら突っ込むのは、今回限りにしてください！　〈ゾーン〉や、そこであたしが相手取る連中は、昇利《しょうり》さんがどうこうできるものじゃないんです。今回だって絶体絶命一歩手前だったんですからね⁉」

「分かってる、分かっているよ叶音《かのん》ちゃん。十分身に染みて思い知ったとも……とはいえ、何もするなという君の意見を聞く事はできないな」

「む……」

「なぜなら僕は立仙《りっせん》昇利！　この世全ての奇々怪々を解決する霊能探偵で、他でもない叶音ちゃんの上司なんだからね！　諦《あきら》めるなんて、全く僕の性《しょう》に合わないのさ！」

昇利は輝かんばかりの笑顔を浮かべて、親指を立てて見せた。

この期《ご》に及んでそんな頓珍漢《とんちんかん》な台詞《せりふ》が出てくるとは夢にも思っていなかった叶音は、豆鉄砲を喰《く》ったみたいに目を丸くし、数秒固まった後――これでもかと大きな溜息《ためいき》を吐き出した。

「はぁ～～～……いいですよ。あんな目にあった後で性懲《しょうこ》りもなくそんな台詞が吐けるなら、それはもう才能です。頑張るのは自由ですし、せいぜい応援しますよ」

じっとりとした半目で言う叶音。

それから彼女は、心底めんどくさそうにして、足下に置いていた紙袋を持ち上げて、ベッドに寝る昇利のお腹《なか》にポンと置いた。

「叶音ちゃん？　何これ？」

「まったく……まったくもう。心配して来てみれば、いつも通りに鬱陶《うっとう》しいくらいに元気ピンピンでがっかりです。お見舞いに来るだけ損でしたね」

口早にそう言う叶音。頑張ってしかめようとしている頬にはほんのり朱色がさしている。

昇利が紙袋を広げると、中にあったのは小ぶりな、ちょっと高級そうな装丁の小包。

「これ、安寧堂《あんねいどう》の最中《もなか》？」

「あ、あたしだって、日頃お世話になってる義理を通すくらいの常識はあります。あたしの貴重な時間とお金を消費させたんですから、せいぜい味わって食べて、明日から恩を返すよう精進《しょうじん》してくださいねっ」

言い訳混じりにそうまくし立てた叶音は、言うべき事は言い切ったとばかりに、赤らんだ頬をぷいっと背けさせた。

昇利は思わず、お腹の上に乗った紙袋をまじまじと見つめてしまう。

お見舞いだ。叶音からのお見舞いの贈り物だ。

それは見れば分かるのだけれど、そう確認せずにはいられない。

昇利は、驚くほどフリーズしている自分自身に気が付いた。そうして、ふと考える。

思えば昇利は、厄介がられたり鬱陶しがられたり、空回りして怒られたりしてばかりで。

言葉でお礼を言われた事こそあるものの、こうして明確に優しさを形にされたのは、実は初めてではないだろうか。

そんなことを考えていると、腕を組んで見ていた叶音《かのん》が、とうとう痺《しび》れを切らして言った。

「何ですか。にやにや笑って。あたしがお見舞いを買ってくる事がそんなにおかしいですか」

「いや、ねえ……叶音ちゃんは、やっぱりかわいいなあって思って」

「ッか――」

ぼんっ、と爆発するような勢いで、叶音の顔が真っ赤に染まった。

「っバ――っと、ほんっと気持ち悪いです！　セクハラですよそれ!?」

「だって、僕がこの店の最中《もなか》が一番好きって言ってたのを覚えてくれてたんだろう？　しかもこれ、一日三十個の限定品じゃないか。人気すぎて開店三十分前に売り切れるって評判の。わざわざ早起きして並んでくれるなんて、叶音ちゃんってば意外と――」

「あーあーもう聞こえないです、デリカシーのないオジサンの台詞《せりふ》なんてもう聞きたくないです！　ッとに、ほんッッッとに見舞いに来て損しました！　さっさと退院して帰って来やがりください。ホラ行くよ逸流《いつる》！」

「あ、ちょっと待って……お見舞いありがとう！　堪能《たんのう》させてもらうとするよ」

「どーぞ召し上がれ！　口コミ曰《いわ》く、緑茶よりコーヒーが合うらしいですよ！」

捨て台詞なんだかよく分からない台詞を最後に、叶音は足早に病院から去って行った。昇《しょう》利《り》は彼女の赤いスカジャンがはためく背中が見えなくなるまで、ヒラヒラと手を振って見送る。

足音も聞こえなくなってしばらくしても、昇利は持ち上げた手を下げられなかった。

記憶の中の彼女の姿を、反芻《はんすう》する。

叶音の右手は、最初から最後まで、傍《そば》にいる幻の少年の手を繋《つな》ぎ続けていた。

「……それは決して、何もかもが救われた自由とは呼べないものかもしれないけれど」

持ち上げていた手を、そっと下ろして。

昇利は彼女が自分のために持ってきてくれた紙袋をそっとなぞった。

「それでも君は、普通の女の子として、幸せに生きるべきだ。僕は、君がそんな普通の日々を送る事を決して諦《あきら》めはしないよ」

決して揺るがない信念だからこその、柔らかな声と表情でそう告げて。

何の異能も持たないただの男は、軽やかに鼻歌を歌いながら、最中の包装を広げるのだった。

◇

——全ては水の中にいるように、くぐもって、ぼやけて、冷たく流れ去っていった。

モニターからコードを引き抜いた後、海園遊雨《うみそのゆう》はまもなく息を引き取った。

激しく動き続けた目がぴたりと止まると、そのまま心臓の動きも止まった。

まるで機械の電源を落としたような、あまりにあっけない最期《さいご》だった。

咲希《さき》の連絡でやってきた救急隊員は、死因を自然死と判断した。遠からず訪れるはずだった最期《さいご》の時が、おのずとやってきた。ただそれだけの事だと見なされた。

特に事件性もない遊雨《ゆう》の遺体はすぐに鞠華《まりか》に返還され、間もなく遊雨の葬式が行われた。

僅《わず》かに残った貯金を崩した、しめやかな葬式だった。

鞠華は葬式会場で、少ない親戚達が遊雨の死を偲《しの》びに来るのに対応し続けた。

遊雨だと思っていたものは、鯨《くじら》に精神を食いつくされ、アクアリウムへと呼び込む罠を作る操り人形だった。精神的には、遊雨はとっくの昔に死亡していた事になる。

だから、その葬式で鞠華が涙を流す事は一度もなく、そこにはただ深海のような、暗く、冷たい、押し潰《つぶ》れるような苦しさだけがあった。

遊雨の棺《ひつぎ》の前で祈りを捧げる参列者の誰一人として、鞠華が怪物に唆《そその》かされるまま、十人弱の命を奪い、更に大勢の命を危険に晒《さら》していた事を知らない。彼らにとって鞠華は、血を分けた家族が一人もいなくなった、悲劇の少女のように見える事だろう。

鞠華に向けられる心からの憐憫《れんびん》の目は、彼女に耐えがたい罪悪感を呼び起こさせた。

その葬儀には、菱凪《ひしなぎ》咲希も参列していた。彼女は相変わらずの着古したスーツのまま、周りの視線もまるで気にせず、ただ粛々と遊雨の棺の前で黙禱《もくとう》した。

　それが終わるのを待ってから、鞠華は人気《ひとけ》のない裏手に咲希を連れて行くと、そこで深々と頭を下げ「私を罰してください」と頼み込んだ。

　数多くの命を弄《もてあそ》んだ自分がのうのうと生きるなど、許されざる事だ。顔が歪《ゆが》むほど殴りつけて欲しかった。人殺しと糾弾され、仇《かたき》として罵倒《ばとう》し、責め立てて欲しかった。

　しかし咲希は、その願いを首を振って棄却した。

「お前を罰する事は、『絵で人を溺死《できし》させた』という証言を認める事になる。それはきっと世の中の、何か取り返しの付かない枷《かせ》を外す事になる。私達の住んでいる世界が、よく似た全く違う世界に変わる……お前を糾弾しないのは、決してお前だけのためじゃない。分かるな？」

　咲希の言う事は、鞠華も理解できた。鞠華自身、自分の身に起きた悪夢のような出来事が、世間に知られてはならない物だという感覚があった。

　だから鞠華は、誰にも罰される事のないまま、葬式の間中、弟を失ったかわいそうな少女としてふるまい続けた。自己嫌悪に吐きそうになるのを抑えて。やがて遊雨の遺体を火葬して灰にする行いを、まるで犯行の証拠を隠滅するような、恥ずべき行いのように感じながら。

　そんな針の筵《むしろ》のような葬式の、終わりがけの事だった。

　親戚の帰った会場はひっそりと静まり返り、そろそろ片付けを行おうかという頃。

遊雨《ゆう》の棺《ひつぎ》の前に、一人の女性が立っていた。

異様な迫力のある女性だった。短い金髪に、獣《けもの》のように鋭い目。露出した手足にも腹にも、顔にも、全身余すところなく、流線形のタトゥーがびっしりと彫り込まれている。

入れ墨の女性は、棺の中の遊雨の顔を見つめていた。そこから視線を少しも動かさないまま、傍《そば》で凍り付いていた鞠華《まりか》に「海園《うみぞの》遊雨とは、この少年か」と尋ねた。

「彼の絵を幾つか見させて貰《もら》っていた。件《くだん》の制作配信も。あの絵は完成したのか？」

「そ……そう、です」

「……いいえ」

「そうか。残念だ……画法は何かと思っていたが、なるほど、目だったか……どうりで……」

女性は棺の中の遊雨から目を逸《そ》らさない。それは人というよりは芸術品に向ける目で、息をしなくなった遊雨の顔から何かを見出《みいだ》そうとするようだった。

鞠華もまた、獣のような苛烈《かれつ》な見た目の女性から目を逸らす事ができなくなる。

注目されている事を感じてか、女性は遊雨に目を向けたまま、静かに語りはじめた。

「素晴らしい芸術とは、得てして作者の魂が宿る。テーマ、色合い、筆致。全てがその魂に従い整然と調和し、理屈では説明のつかない感動を引き起こす。さながら宇宙のはじまりから何兆何京という偶然を経て、生物の生存可能な地球という星が生まれたように」

「……」

「海園遊雨の絵には魂が宿っていた。泣き叫ぶように悲しい情動だったが……取り憑《つ》かれたようなそれもまた、才能と呼ばれるべきものだ。惜しいな。長く生きれば大成もしただろうに」

「あ、あのっ」

思わず鞠華は声を上げていた。人気《ひとけ》のない葬儀場に大きな反響を残す。

女性は初めて振り返り、その獣のような目で鞠華を見つめた。

鞠華はごくりと息を呑《の》み、それから震えそうになる声で言う。

「あ、あれは、遊雨の絵ではありません。遊雨の身体《からだ》を乗っ取った、怪物が描いた絵なんです」

自分でも、どうしてそんな事を言い始めたのか分からなかった。人を次々溺死《できし》させた罪を、遊雨に背負わせたくなかったのかもしれない。それとも、忌まわしいあの魚の絵を、何が何でも否定したかったのかもしれない。

「遊雨は、怪物に操られていたんです！　あれは遊雨の絵なんかじゃありません。遊雨は……遊雨は、絵を描き始めるずっと前には、もう……！」

「いや、それは違う」

「え……？」

女性は、強い言葉で鞠華の主張を否定した。

女性が鞠華を正面から見据える。全身に走った入れ墨は虎のようで、鞠華の目も耳も、彼女に釘付けになる。

「贋作《がんさく》のモナリザは、モナリザそのものにはなりえない。どれだけ完璧に模倣《もほう》しようとしても、絵筆や色には、必ず作者の意志が介在する……仮に君の言う通り化物がいたとしても、それは絵を構成する一要素に過ぎない。何故あの描き方だったのか。何故題材として魚を選んだのか。問い詰めたその先には、必ず作者の恣意《しい》がある」

「……」

「あれは確かに、君の弟の絵だ」

そう言うと、女性は静かに歩き始めた。

見るべきものを見たというように、その足取りには何の未練も感じさせない。

「暗い背景と原色の線の向こうに、輝くような美しい海を見た――良い絵だった。生きている内に、会って話をしたかったよ」

その瞬間、まるでずっと鳴らされる事のなかった心の弦を弾《はじ》かれたような感覚がして、鞠華《まりか》はその場に立ち竦《すく》んだ。気を取り戻して振り返った時には、入れ墨の女性はもう葬儀場を後にし、何もかも夢だったような静寂があたりを満たしていた。

その後、全ては滞りなく進み、遊雨《ゆう》は灰になった。

鞠華の苦しみの全てであり、喜びの全てだった遊雨。

あらゆる意味で生きる理由だった、鞠華のたった一人の弟は、この世界から消え去った。

全てが終わった鞠華は、抜け殻のような日々を過ごした。

遊雨のために生きてきた鞠華は、肝心の遊雨を失った事で、生きるためのあらゆる事に必要な活力を見出《みいだ》せない状態になっていた。

ただ身体《からだ》が訴える餓《う》えを癒《い》やすために水を飲み、食べ物を取り、それ以外は空っぽになったダイニングで、ただただ虚空《こくう》を眺める日々。

以前は、そうしてぼんやりとしていれば、瞼《まぶた》の奥にあの原色の珊瑚《さんご》が息づく海が広がり、遊雨を騙《かた》った魚が語りかけてきた。この沈黙の前では、あのくぐもった偽《いつわ》りの声すら懐かしい。

何をしたらいいか分からない。それなのに「何かをするべき」という焦燥感《しょうそうかん》だけがある。

鞠華は虚空を眺め、時折吹き溢《こぼ》すように涙を流して、声も出ないままにさめざめと泣いた。

そんな絶望の時が、一、二週間ほど続いた頃。

菱凪咲希《ひしなぎさき》が、鞠華の元を訪ねてきた。

「よう……酷《ひど》い顔だな、ちゃんと食べてるか？」

開口一番にそう言った咲希は、鞠華が曖昧《あいまい》な返事しか返さないので、さっさと本題へと移る。

咲希が訪ねてきたのは、遊雨の遺品の取り扱いについての確認だった。何らかの捜査に使うかもしれないからと警察が預かり、すっかりそのままでいたのだ。

預けられたのは、遊雨のために用意したベッドに、生命維持装置に、絵を描く際に利用していた、視線を使って操作できるＰＣ。どれも、遊雨《ゆう》がいない今は何の役にも立たないものだ。

鞠華《まりか》はその場で、病院への返却や廃棄など、適切な形での処分を依頼した。

鞠華の回答を予想していた咲希《さき》は二つ返事で了承し、用意していたように「じゃあ」と付け加え、懐《ふところ》から一本のＵＳＢを取り出した。

「ＰＣに残されていたデータをコピーして持ってきた。受け取れ」

そっけない態度で差し出されたＵＳＢを、鞠華はじっと見つめる。

あのＰＣは、遊雨がフォビアに操られ、眼球を動かしだした後に取り付けたものだ。メモリにあるのは、遊雨の亡骸《なきがら》を操って鯨《くじら》が描いた、あの忌まわしい絵しかないはずだった。

その考えが分かったのだろう。咲希は「ん」とＵＳＢを突き出し、真剣な目で鞠華を見た。

「受け取るんだ。どんな経緯があったか知らないが、これは、お前の弟が遺したものなんだぞ」

「……」

「お前と弟の関係は知らない。見たくないものなのかもしれない。でもな……そうやって目を背けていたら、大切なものまで見落としてしまうぞ」

有無を言わせない口調。そして、諭《さと》すような声でもあった。鞠華は何度も躊躇《ためら》いながら、震える手でＵＳＢを受け取った。咲希はそれで自分のやるべき事は終わったとばかりに、一つ二つほど挨拶《あいさつ》を交わしてさっさと帰っていった。

鞠華はPCを起動し、貰《もら》ったUSBを挿した。

保存されていたのは、予想通り、全てが画像データだった。

期間にすればせいぜい二、三か月程度のはずなのに、黒の背景と原色の線で描かれた絵は夥《おびただ》しいという言葉が適切なほど大量で、アルバムをびっしりと埋め尽くしている。

鞠華はスライドショーを起動して、絵を一枚ずつ画面に流していった。

空っぽになった部屋に、方向キーを押すかた、かた、という音が響く。

真っ暗な背景に、掻《か》きむしるような原色の線で描かれた魚の絵。魚の大きさや数が微妙に違うくらいで、テーマや筆致は同じだ。いずれも不気味で、人間性を欠いているように見える。

鞠華はかた、かたと方向キーを叩《たた》く。

鞠華の胸にあったのは、義務感だった。

犯した罪は消えない。けれど誰も、その罪を罰する事はない。

鞠華は、せめてその罪に見合うだけの償いをしたかった。

でも、具体的にはどうすればいいのだろう。

何をしたらいいのだろう。何ができるのだろう。空っぽの心では何も思いつかない。

だったら、せめて、やれと言われた事はやろう。

そんな考えで、鞠華は咲希に言われたままに、一枚一枚魚の絵を眺めていく。

そして、その空虚な義務感の中に、ほんの僅《わず》かな「もしかしたら」という希望があった。

あれは確かに、君の弟の絵だ——葬儀場に現れた入れ墨の女性は、確固たる声で言った。

たとえ心を食い尽くされ、操られて描いた絵だとしても、必ずそこには、描いた人間の意志が宿ると。

もしかしたら。この絵の中のどこかに、遊雨《ゆう》がいるかもしれない。

そんな淡い希望から、鞠華《まりか》は方向キーを叩《たた》き、魚の絵を画面に流していく。

キーを押して絵を眺める。かた、かた、かた、かた、かた、かた、かた、かた、かた。

——鞠華の人生は空虚そのものだった。

死の間際のお母さんに遊雨を託され、彼女の命を無駄にしない一心で、遊雨を守り続けた。

自分の人生をかなぐり捨ててまでだ。

絵描きになるという遊雨の夢を、心から応援した。遊雨の成功のために何でもした。

遊雨が描いた絵が美術館や雑誌の表紙を飾る日を、心の底から夢見ていた。

遊雨の幸せが鞠華の幸せ。遊雨は鞠華の全てだった。

そうして生きた鞠華は、遊雨の死と共に全てを失った。

いつかきっと幸せが訪れる。苦労が報《むく》われる日が来る。

その言葉を胸に刻んで生きてきた鞠華には、とうとう一つの報いも訪れる事はなかった。

遊雨は苦しみ抜いて死に、その死体を怪物に弄《もてあそ》ばれるまでされた。

鞠華は怪物に唆《そそのか》され、気付かないままに遊雨の死までも穢《けが》した。

何も生み出す事のない。何の報いも救いもない。

ただただ、虚《むな》しいばかりの人生だった。

かた、かた、かた、かた、かた、かた、かた、かた、かた、かた、かた、

――ああ。でも、それでも。

遊雨を自分の全てとした人生は、確かに歪《ゆが》んで、つらいことばかりだったけれど。

それでも鞠華の心には、後悔する気持ちだけは起こらなかった。

新しい教材や画材を買ってあげた時の遊雨の笑顔は、どんな絶景よりも眩《まぶ》しく見えた。

水族館の水槽の前に座って、スケッチブックに一心不乱に線を引き。ふと後ろを振り返り、鞠華がいる事を確認すると、照れ臭そうにはにかむ。その時の遊雨は、思わず抱きしめたくなる位にかわいかった。

いつかきっと一人前の絵描きになると、遊雨は口癖のように言っていた。

遊雨の語る「いつかきっと」は、本当に、胸が詰まるほど強くて。尊くて。

遊雨の隣にいて、共に歩けることが、本当に本当に嬉《うれ》しくて。心の底から誇らしくて。

かた、かた、かた、かた、かた、かた、かた、かた、かた、かた、かた、
かた、かた、かた、かた、かた、かた、――――

方向キーを押す指が、止まった。

永遠に続くかに思えたアルバムは、いつの間にか最後、もっとも初期の絵に辿《たど》り着いていた。

鯨《くじら》がまだ身体《からだ》を操る事に慣れていなかったのか、絵は更に粗削りで歪《ゆが》み、拙《つたな》さが目立った。

その絵もやはり、他と同じような黒い背景に、原色の線で描かれた魚の絵だ。

しかし、それは他の絵とは、決定的に違う。

描かれていたのは、魚だけではなかった。

画面の左端に、オレンジ色の線が引かれている。

他の何者も受け付けないような冷たい原色ではない。複数の色を重ねてできる複合色だ。

オレンジの線は、原色の線よりも遥《はる》かに歪み、ぐにゃぐにゃとした細長い丸が幾つも描かれているようにしか見えなかった。

けれど鞠華《まりか》には、その歪んだオレンジの線に、全く別のものを見た。

キーボードに置いていた手を持ち上げ、画面に走った線を、そっとなぞる。

「……遊雨《ゆう》」

遊雨が、そこにいた。

描かれていたのは、遊雨と、鞠華だった。画面の端の方に並んで、少し離れた所から、原色の魚を眺めている。オレンジの輪郭が、そんな二人の様子を描き出していた。

鞠華は絵の中に、あの水族館の巨大水槽を見た。

遊雨にねだられ、彼の手を引いて連れていく。遊雨は水槽の前でスケッチブックを広げ、線を走らせる事に集中する。

水に包まれてたゆたうような、冷たくも心地いい静寂の時。

水槽に見惚《みと》れて。スケッチブックに夢中に線を走らせて。

時々振り返ると、鞠華が遊雨を見つめていて。くすぐったそうにはにかんで。

遊雨は、その時間の全てを愛していた。

その想いまでもが、色彩を通して描き出され、強烈な力強さで鞠華の胸を打った。

「遊雨」

意志とは無関係に唇が動き、名前を呼ぶ。今度ははっきりと、画面に残る彼を感じて。

それは、間違いなく遊雨の絵だった。

悲劇に見舞われ、自由を奪われ、心すら怪物に食い尽くされた遊雨が、今際《いまわ》の際《きわ》に残した絵。

その絵は、ただひたすらに自分の幸せだった一瞬、そこに満ちていた幸せだけを伝えていた。

人生において何の成功も、努力に対する報《むく》いも受けられなかった彼が、それでも声を高らかに、「生きてて良かった」と世界に標榜《ひょうぼう》するようだった。

「遊雨……っぐす、ぅ、ゆぅぅ……！」

ぽろ、ぽろ、鞠華の目から涙が溢《あふ》れてきた。

今度の涙はつらくなかった。空っぽの心を満たしていくような、温かさだけがあった。

鞠華は画面に指を這《は》わせ、声も出せずに泣き崩れた。

「っ……ぅ、ぐ……ふぐ、ぅぅぅぅ……！」

報《むく》われない一生だった。傷ついてばかりの人生だった。

それでもその一生には沢山《たくさん》の笑顔があって。幸せな夢を仰ぎ見る輝きがあった。

鞠華《まりか》のこれから先に続くのは、まだ何をすべきかも分からない、つらく苦しい贖罪《しょくざい》の日々だ。

彼女の罪が真に許される事は、この先永遠にないのかもしれない。

しかし、命の限りに生きる事は、どうあれ美しく、掛け替えのない意味があるはずだ。

遊雨《ゆう》が、最後にそれを教えてくれた。

鞠華はようやく、明けない夜がない事を知ったのだった。


やがて彼女は、新たな一歩を踏み出す。

そう遠くない将来に、彼女は郊外にある、古びた雑居ビルの扉をノックする事になる。

その一歩が、世界を救うきっかけになる事は——彼女も含めた誰も、まだ知り得ない。

終幕　刑事・探偵・ショータイム

扉を開けると、喧噪《けんそう》に出迎えられた。わっと沸き上がった歓声が、来客を告げるドアベルの音を完全に覆い隠してしまう。

壁一面に貼られたスクリーンには、バスケットボールの試合中継が映し出されていた。お互いに点を取って取り返されての接戦。後半戦も中盤に差し掛かり、試合は更に白熱している。スタジアムの熱狂は言うに及ばず、そのスポーツバーでビール片手に観戦する人達の熱気も、いよいよ最高潮に達しようとしていた。同じ出身地のチームを応援するアメリカ人グループ、たまたま居合わせたサラリーマン、様々な人達がスクリーンに目を向け、得点のホイッスルが鳴るたびに歓声と悪態が同じ大きさで沸き起こる。

そんな喧噪から少し距離を置いたカウンター席に、菱凪咲希《ひしなぎさき》が座っていた。

立仙昇利《りっせんしょうり》がドアを閉じると、入る時よりやや大きめにドアベルが鳴る。咲希は頬杖《ほおづえ》をつき、ぼんやりとバーカウンターの方を向いたまま、「ん」と自分の隣の席を指で小突いた。

昇利は席に座り、ビールを注文する。それを待ってから、咲希は深々と溜息《ためいき》を吐き出した。

「まさかその胡散臭《うさんくさ》い格好で来るとは思わなかったぞ。他に服持ってないのか、立仙」

「そっちこそ何年同じスーツを着てるんだい？　ヨレヨレで流石にみっともないんじゃないか」

「ハッ……胡散臭いのと、みっともないので、ある意味つり合いが取れてるかもな」

大して面白くもなさそうにそう言うと、咲希《さき》はカウンターを叩《たた》いてバーテンダーを呼んだ。先に始めていたらしく、テーブルには空っぽのグラスと、数粒のナッツと生ハムの切れ端だけ残った大皿が乗っている。

「ウィスキー、ロックで……銘柄？　あー、いちばん高い奴を頼む」

「ずいぶん強気に注文するね」

「そりゃそうだろ、お前の奢《おご》りなんだから」

「えっ……いやいや嘘つけ、奢るとまでは約束してなかったぞ」

「現場への不法侵入、無許可の証拠品の持ち出し、これらをお目こぼししてやってるんだ。多少は誠意を見せて貰《もら》わないとな」

「あの絵は君が持っていっていいと言っただろう⁉　もう、立場が強いからって横柄だなぁ」

相変わらずの当たりの強さに、昇利《しょうり》は嘆息する。

今日この場に集まったのは、約束を履行するためだ。叶音《かのん》を助けるべくアクアリウムに潜る直前、昇利は咲希が引き留めるのを振り払い、事件が片付いたら食事をする事を約束していた。

それを反故《ほご》にせず果たしに来たというのに、咲希は相変わらずの仏頂面だ。あの時は、二人で話す事を望んでいたのは咲希の方だったように思うのだが……。

「腕の傷は、もう治ったのかい？」

「お陰様《かげさま》ですっかり。腕相撲でお前に勝つ事だってできるだろうさ」

「それは良かった……他の二人は？」

そう聞くと、咲希は僅《わず》かに言い淀《よど》んだ。空っぽになったグラスを弄《もてあそ》んで、言う。

「小知田《こちた》は内勤部署に異動したよ。進藤《しんどう》は療養中だが、同じく現場からは一旦引く予定だ」

「……それは」

「あんな事があったんだ。整理する時間が必要だろう。個人的には、戻ってきて欲しいけどな」

二人ともいい奴だし、と溢《こぼ》し、咲希は黙った。昇利は慰《なぐさ》めの言葉を探せず、会話が止まる。

僅かに劣勢だったチームがスリーポイントシュートを決め、同点に持ち直した。スクリーン前で観戦する客のきっかり半分がガッツポーズを掲げて喜ぶ。

バーテンダーが、昇利と咲希の酒を同時に持ってきた。昇利がグラスを持ち上げて咲希を見るが、彼女は一瞥《いちべつ》もせずにグラスを呷《あお》るので、昇利は捨てられた子犬のような目で、乾杯をしたかったグラスをテーブルに戻した。

咲希はそのままウィスキーを半分近く飲み干すと、残っていたナッツとハムを指で摘《つま》んだ。

「ああ、残してくれたんじゃないんだ」と小声で昇利が言うのも無視してポリポリと噛《か》み砕く。

そうして、アルコールの香る呼気と一緒に言葉を吐き出した。

「向原《こうはら》さん、この店が好きだったよな」

「……そうだね、あの人はスポーツ観戦が好きだった。自分の事のように盛り上がって、その場で意気投合して友達を作っちゃったりしてさ」

こうして膝《ひざ》を突き合わせて会話するのは、二年ぶりになる。刑事として手を取り合い、競い合っていた若々しいあの頃からは、お互いに変わりすぎていた。

何を語ろうか、どれから手を付けようか。選ばれたのは、やはり過去の思い出だった。

「逆にお前は、ここが苦手だったよな。ハメを外してはしゃぐ向原《こうはら》さんを、どっか冷めた目で見てたっけ。アレはなんだ、スポーツが嫌いだったのか？」

「別に、嫌いってほどではないよ。ただ、人の成功や失敗に乗っかって喜ぶなんて、何だか卑《ひ》怯《きょう》じゃないか？　それに人が頑張っている所を見ると、何もしてない自分が嫌になるんだ」

「繊細な奴」

「うるさいな、昔の話だろう。君こそ、僕がドン引くほど下戸《げこ》だったじゃないか。すぐに悪酔いして、ここのカウンターで号泣してたろ。バーテンダーさんだって覚えてるだろうね」

「オイ、昔の話だろぶち殺すぞ」

「そ、昔の話。これでおあいこさ。すみません、彼女と同じウィスキーと、ポテトサラダ一つ」

「どーも」

「僕が食べるんだよ――遠慮してつまめよ？」

既に咲希《さき》の顔は赤みが差していた。肘を突いてカウンターに上体をだらりともたれさせている。組んだ腕の隙間《すきま》にずっしりと重たそうな胸が見えて、目のやり場に困った。

だから昇利《しょうり》は、咲希と同様に正面に向き直り、二人揃ってグラスを傾ける。咲希のペースは速く、残り半分も一口で飲み干してしまった。

長いホイッスルが鳴って、観客がどよめいた。ファールが発生したらしい。ゴール際の攻防で、強く衝突したようだ。倒れる選手に審判やコーチが駆け寄っているが、大事ではなさそうだ。試合再開の準備をしている間、観客が固唾《かたず》を呑《の》んで見守っている。

「二年か……あっという間にも感じるのに、色んなものの変化の大きさに驚いてしまうよ。お互いに変わったもんだね、咲希ちゃん」

試合再開のホイッスルがピ、と鳴り、選手達が力を溜《た》めたバネみたいに勢いよく走り出す。

昇利の前にウィスキーのグラスが置かれ、咲希のグラスにも琥珀《こはく》の液体が注がれる。

速いペースで飲んでいた咲希の動きが、そこで止まった。彼女は隈《くま》の浮いた目で、手にしたウィスキーのグラスを弄《もてあそ》んでいる。

「咲希ちゃん？」

「お前は、本当に変わったのか？」

昏い、何が潜んでいるとも知れない深淵《しんえん》に手を伸ばすように、咲希は昇利に尋ねた。

「向原さんがあんな風に死んでからすぐに、お前が刑事を辞めた時は、本当にびっくりしたよ」

「……」

「あの時は、お互いに頑張る理由を見失っていた。どうやって生きればいいかも分からなくなってた……ただ私は、お前だけは、途中で諦《あきら》める事だけはしないって思ってたんだけどな」

咲希《さき》は自分のうなじをそっと撫《な》でた。

さっきまではいつ酔い潰《つぶ》れてしまうかと不安になるくらいだったのに。咲希の赤らんだ顔には、冷たい理性があっという間に戻ろうとしていた。

「逃げたくなったなら相談してくれるだろう、逃げる時は私を誘ってくれるだろうと、高《たか》を括《くく》っていた。そのぐらいには仲が良いと思っていたんだ。だから、お前が何も言わずに私の前から消えた時、裏切られたような気持ちで、すごく泣いた」

「……」

「でも、そんな気持ちはすぐになくなった。お前が逃げた訳じゃないと分かったからだ。私はすぐ、刑事を辞めて探偵となったお前の噂《うわさ》を、あちこちで耳にするようになった」

いつの間にか、盛り上がるスポーツ中継の喧噪《けんそう》がとてつもなく遠い。昇利《しょうり》の意識には、咲希の傾けるグラスの氷が鳴る音と、微《かす》かに震える彼女の息づかいしか聞こえないようだった。

「二年前。私はお前を悪夢に見ていたよ」

「咲希ちゃん……」

「お前の噂を聞くたびに、お前がそんな事するはずないって気持ちと、やりかねないって気持ちが一緒に湧き上がってきた。向原《こうはら》さんが死んだあの時から、お前までおかしくなっちゃったんじゃないかって、怖くて堪《たま》らなかったんだ。だから私は仕事に没頭して、ずっとお前や、あの過去から、目を背け続けてきた。背けているという事さえ忘れるくらいに」

昇利は、咲希が一度として昇利と目を合わせない事に気が付いた。

「なあ、立仙《りっせん》。お前は二年前のあの時から、本当に変わってくれたのか？　いま隣に座ってるお前は本当に私の知る立仙か。それとも、私の現実を脅《おびや》かしに来た悪夢か。どっちだ？」

ゲームセットのホイッスルが鳴り響き、わっと歓声が巻き起こった。

勝利に喜ぶ人と、敗北に頭を抱える人が、半分ずつこの世に発生する。

試合の興奮は決着によって臨界点を迎え、潮が引くように静寂へと切り替わっていく。

その虚《うつ》ろに差し込むようにして、昇利は静かに首を振った。

「ごめんよ、咲希ちゃん。僕は変わってない。二年前のあの時から、何一つも」

「……、…………………そうか、そうかよ。ちくしょう」

咲希は悪態を吐《つ》き、カウンターの上に深く項垂《うなだ》れた。

咲希には、顔を上げる勇気はもう残されていなかった。項垂れる咲希を、昇利が見つめる。

「僕の従業員に、特別な子がいる。歪《ゆが》められ、現実以外の世界を知覚する異常な才能を持たされた女の子だ……分かるだろう。その子を歪めたのは、陽菜《ひな》ちゃんを殺したのと同じ組織だ」

「……やめろ」

「彼女が生きている限り、必ず奴らは再び接触を図るはずだ。陽菜ちゃんをあんな目に遭わせた奴らに、今度こそ手が届くんだよ」

「やめろ、立仙……それ以上は言うな」

「僕は今度こそ、奴らをこの世界から葬り去るつもりだ」

試合の熱狂が消え、観客が店を出て行く。咲希《さき》もその流れに混ざりたかった。すぐにでも逃げたかった。でも、それはできない。昇利《しょうり》の熱くて暗い目がすぐ傍《そば》にある。

僅《わず》かな希望を信じて足を踏み込んでしまった事を、咲希は今、これ以上なく後悔していた。

「徐々にあの子の評判は広まりつつある。奴らはそう遠くないうちにあの子の前に現れるだろう。次は失敗できない。だから君にも協力をお願いしたいんだ、咲希ちゃん」

「……私があの事件の担当になったのは、本当に偶然なのか……？」

「協力してくれ。いや、しない理由なんてないはずだ。向原《こうはら》さんと陽菜《ひな》ちゃんを奪い去った奴らが、この世界に存在していい道理なんて何一つないんだから」

昇利は咲希の肩に触れようとし、その手を思い切り弾《はじ》かれた。

はじめて咲希は昇利の目を見る。怯《おび》える小動物が威嚇するように。自分を害する存在を必死で遠ざけたい一心に。

「いい加減にしろ！　あ、アレは悪夢だった。関わっちゃいけない奴らなんだ、分かるだろ！」

「夢なんかじゃない。奴らも、奴らが信奉するモノも存在する。僕らはそれを受け入れた上で、僕らの世界が脅《おびや》かされる事を防がなければいけないんだ」

「うるせえ、私を巻き込むな！　もうやめろ。頼むから、私にあの日を忘れさせてくれよ……！」

「巻き込むのは僕じゃない。あそこに居合わせた時点で、君は既に関係者なんだよ」

昇利は咲希を真っ向から見据える。そこに、先ほどまでの優しさは欠片《かけら》も見いだせなかった。目線、声、過去。全てが肉食獣の牙《きば》のように咲希を摑《つか》んで離さない。

「どうか覚悟を固めてくれ。逃げる事はできないんだよ、咲希ちゃん」

昇利がその残酷な事実を突きつけた時。

漢服の裾に入れていたスマートフォンが、ヴー、ヴーと激しく震えだした。

画面を一瞥《いちべつ》した昇利は、眉をひそめた。

それは、動画サイトのアプリからの通知だった。

お気に入りに登録したチャンネルが、生放送を開始した事を示すメッセージが届いている。

しかし、昇利はそんな機能を使った覚えは全くなかった。

それだけなら、ただの誤作動とでも思った事だろう。

しかし数秒後、全身に冷や水を浴びせられた思いに身体《からだ》を跳ねさせた。

表示された通知メッセージは、事務的な文面で、こう書かれていた。


——禍吐《まがつき》ツヅリが配信を開始しました。


「……どうした、立仙《りっせん》。何があった」

ただならぬ様子を感じて、咲希が顔を上げる。もはやそれに構っている場合ではない。

スマホのロックを外し、動画アプリの通知を押す。

『――レディィィイス&ジェントォォォォオルメン!! 全国津々浦々の刺激に餓《う》えた皆々様、いかがお過ごしでしたでしょうか!』

ネジの外れたような声と共に画面一杯に広がるのは、派手な衣装に身を包んだ奇術師風の男。唇を吊《つ》り上げて笑うその頬には、スピーカーが埋め込まれている。

『安穏《あんのん》な毎日は実に怠惰《たいだ》で退屈で、ぬるま湯のように心地よくくだらないものだったことでしょう。生憎《あいにく》と、そんな平穏は本日でお終《しま》いでございます!』

昇利《しょうり》が画面に釘付けになる。咲希《さき》も画面を覗《のぞ》き込み、それを認めた瞬間に凍り付いた。

「オイ……こりゃ一体、どういう冗談だよ……」

『Iは恐怖の語り部、禍吐《まがつき》ツヅリ! これから皆様を、更に進化を果たした、想像を超える恐怖の只中《ただなか》へとご招待いたしましょう!』

奇術師が目をかっ開いて、画面の向こうの昇利達を挑発するように睨《にら》み付ける。

そして――奇術師の、頬に埋め込んだスピーカーのノイズ混じりの哄笑《こうしょう》に紛れて――

哀れな犠牲者の絹を裂くような甲高《かんだか》い絶叫が、画面の向こう側で轟《とどろ》いていた。

あとがき

まずは謝辞を。イラストを担当頂きました花澤明《はなざわあきら》さま。一巻に引き続き最高のイラストをありがとうございます。昇利《しょうり》さんは個人的にも非常にお気に入りのキャラで、彼のひょうきんだけれど締める時は締める良さを捉えたこだわりたっぷりの最高イラストを仕上げて頂き幸せ胸いっぱいです。一巻の『例のスプーン』と同じ「これを世に出せるならもう悔いはないかもしれない」という最高挿絵もあるので皆も早く読んで確認してみて！　僕は良すぎて死んだ。

担当の渡部《わたべ》さま。一巻以上の難産で多大なご迷惑をおかけしすみません。最後までサポート頂きありがとうございました。次は六〇〇ページ弱の初稿なんてこさえないよう気を付けます。

また、この本を手に取ってくれた皆さまにも感謝を。自分のできる限り、期待に応えられるような二巻を作ったつもりです。どうか楽しんで頂けたら幸いです。

さて。余ったスペースで同期の本の話をしたいな。していいですか？　しますね！　だって面白いもの。第一六回小学館ライトノベル大賞でデビューした作品は傑作揃いなんだもの！

新馬場《しんばんば》新《あらた》先生の『サマータイム・アイズバーグ』。常夏の三浦半島に突如として現れた巨大氷山と、時を同じくして現れた謎の少女を軸に描かれる群像劇的なジュブナイル青春ドラマです。個人的に大好きなSFのワクワク要素もてんこもりですが、何よりも筆致が美しい！　十代の少年少女の色んな「うまくいかなさ」が繊細な筆致で瑞々《みずみず》しく描き出されて、それらが氷山とともに溶けてほぐれて大きなうねりを生むラストの勢いはとにかくすごいの一言です。暑く、けれどどこかひやりと涼しい、かけがえのない特別な夏を追体験できる一冊です。

吉野憂《よしのゆう》先生の『最強にウザい彼女の明日から使えるマウント教室《レッスン》』。登場人物全員が人よりも優位に立つ『マウント』に人生を懸けているハチャメチャなギャグ時空なのですが、一方で本作、非常に哲学的な作品でもあります。大暴れするキャラ達に笑いながらページを捲《めく》るごとに、一見ただの『比較』でしかないはずのマウントに無限大の深みがある事が分かります。それほどにこの作品は真摯《しんし》に、妥協せず、他者を蹴《け》落《お》として自分を良く見せる事に向き合っているんです！　最悪か？　でもこの作品を読めばマウントこそが世界の真理に到達し得ると言っても過言ではない深淵《しんえん》なる概念だと分かるはずです！　……過言じゃね……？

四季大雅《しきたいが》先生の『私はあなたの涙になりたい』。読書を趣味としていると、自分のその後の人生を変えうるような素晴らしい物語と出会う時があります。この本こそがそれです。あなたの人生を変える一冊です。あらすじこそ「よくある感動もの」といった印象を抱くかもしれませんし実際にそうなのですが、だからこそ籠《こ》められた桁違《けたちが》いの『文章の力』『物語の力』に圧倒されます。まるでこの世界に確かに生きたひとりの人間の命を受け取ったような。そんな強烈で透き通った読了感が押し寄せ頰に涙が伝い世界が輝き心に優しさが満ち満ちます。読んでください。お金がなかったら貸すし住所教えてくれたら郵送するから。読もう？（圧力）

　ということで、いま書店でこれを読んでいるあなたは今すぐ以上の三冊を手にレジに行くんだ！　必ず損はしないから！　あ、もちろんＳＩＣＫ２巻もよろしくね。以上、澱介《おりすけ》でした。

GAGAGA
ガガガ文庫

SICK2—感染性アクアリウム—

瀬介エイド

発行　2023年1月23日　初版第1刷発行

発行人　鳥光 裕

編集人　星野博規

編集　渡部 純

発行所　株式会社小学館
〒101-8001 東京都千代田区一ツ橋2-3-1
［編集］03-3230-9343　［販売］03-5281-3556

カバー印刷　株式会社美松堂

印刷・製本　図書印刷株式会社

Printed in Japan　ISBN978-4-09-453110-7